Ein Darkover-Roman

*»Weit entfernt in der Galaxis
ungefähr 4000 Jahre in der Zukunft
gibt es einen Planeten
mit einer großen roten Sonne
und vier Monden.
Willst Du nicht mitkommen
und ihn mit mir erforschen?«*

Marion Zimmer Bradley

Über die Autorin:

Marion Zimmer Bradley, 1930 in den USA geboren, publizierte anfangs vor allem in Zeitschriften und Anthologien. Der Durchbruch gelang ihr 1962 mit *The Planet Savers – Retter des Planeten*. Mit dieser Geschichte war der Grundstein für die Romane um den Planeten *Darkover* gelegt, die innerhalb weniger Jahre zu einem der beliebtesten Fantasy-Zyklen einer riesigen Fangemeinde avancieren sollten. Seit 1962 hat Marion Zimmer Bradley über zwanzig *Darkover*-Romane und unzählige Kurzgeschichten geschrieben sowie eine Reihe Anthologien herausgegeben. 1983 wurde Marion Zimmer Bradley mit ihrem Roman *Die Nebel von Avalon* schließlich weltberühmt.
Sie starb im September 1999 in ihrer Heimatstadt Berkeley, Kalifornien.

Marion Zimmer Bradley

Rote Sonne

Ein Darkover-Lesebuch

Aus dem Amerikanischen von
Rosemarie Hundertmarck

Knaur

Die amerikanische Originalausgabe erschien 1987 unter dem Titel
Red Sun of Darkover bei DAW Books, New York.

Dieses Buch ist in Deutschland bereits unter dem Titel
Rote Sonne von Darkover erschienen.

Der Verlag dankt Olaf Keith für die Unterstützung
bei der Vorbereitung dieses Buchs.

Besuchen Sie uns im Internet:
www.droemer-weltbild.de

Vollständige Taschenbuchausgabe 2001
Droemersche Verlagsanstalt Th. Knaur Nachf., München
Copyright © 1987 by Marion Zimmer Bradley
Copyright © 2001 der deutschsprachigen Ausgabe bei
Droemersche Verlagsanstalt Th. Knaur Nachf., München
Alle Rechte vorbehalten. Das Werk darf – auch teilweise –
nur mit Genehmigung des Verlages wiedergegeben werden.
Umschlaggestaltung: ZERO Werbeagentur, München
Umschlagabbildung: Agentur Schlück, Garbsen
Satz: Ventura Publisher im Verlag
Druck und Bindung: Nørhaven A/S
Printed in Denmark
ISBN 3-426-60976-2

2 4 5 3 1

Inhalt

Einführung

Jahr für Jahr stellt es ein größeres Problem für mich dar, eine Einführung zu einer weiteren Darkover-Anthologie zu schreiben. Denn wenn ich mich nicht wiederholen will, gibt es immer weniger zu sagen. Erkläre ich zu Gunsten neuer Leser eingehend, wo jede Geschichte im Rahmen der Darkover-Saga anzusiedeln ist, laufe ich Gefahr, alte Fans, die den Background schon kennen, zu langweilen. Ich versuche also, einem engen Pfad zwischen weitschweifigen Erklärungen und der anmaßenden Voraussetzung, der Leser sei bereits mit dem vertraut, was ich geschrieben habe, zu folgen.

Inzwischen bin ich daran gewöhnt, dass sich junge Autoren mit Sachkenntnis im Darkover-Universum tummeln, und da diese Anthologien als durch und durch professionell akzeptiert worden sind, glaube ich nicht mehr, Zugeständnisse für Amateure machen zu müssen.

Um eine weitere mir gestellte Frage zu beantworten: Es kommt sehr selten vor, dass ich bei diesen Geschichten mehr als ganz minimale Korrekturen vornehme. Ich redigiere sie ungefähr auf die gleiche Weise, wie ich es bei meinen eigenen Arbeiten mache. Manchmal löse ich einen zu langen Satz in zwei oder drei kürzere Sätze auf (was einer meiner eigenen Hauptfehler als Schriftstellerin ist), oder ich berichtige entsprechend den gültigen Regeln die Interpunktion. Aber viel »Lektorenarbeit« tue ich im Allgemeinen nicht; bei Autorinnen (oder Autoren), die nicht gut genug sind, weise ich die Arbeiten zurück oder bitte sie, es noch einmal zu versuchen.

Außerordentlich frustrierend ist es für mich, dass ich jedes Mal zum Schluss mehr Geschichten habe, als ich brauchen kann, und eine gute Geschichte ablehnen muss, die meinen Lesern bestimmt Freude gemacht hätte.

Wenn ich Darkover-Geschichten für diese Anthologien

lese, achte ich zuerst und vor allem auf Charakter – und auf die Fähigkeit, dem Leser das Gefühl zu vermitteln, er teile eine bestimmte Facette darkovanischen Lebens. Ausgefeilter professioneller Stil ist mir nicht so wichtig, aber ich verlange einen guten Handlungsaufbau, also die Fähigkeit, eine Geschichte so zu erzählen, dass der Leser beim Lesen daran glaubt.

Ich pflege nach einem von drei Merkmalen Ausschau zu halten:

1. einem neuen oder ungewöhnlichen Gebrauch von *laran,*
2. einem unbekannten oder unvermuteten Streiflicht auf eine Lieblingsperson und
3. einer Person, in die ich mich augenblicklich verliebe.

Ist eins von diesen vorhanden, bin ich ziemlich sicher, dass meine Entscheidung richtig ist, denn das scheinen die Gründe zu sein, aus denen andere Leute Darkover-Geschichten lesen. Und wenn ich Darkover-Geschichten von anderen Leuten lese, ist es das, wonach ich Ausschau halte.

Marion Zimmer Bradley

Über Diana L. Paxson und »Eine andere Art von Sieg«

Einige der »Amateure«, die Darkover-Geschichten schreiben, haben sich bestimmte Zeitabschnitte und Personen in der Geschichte Darkovers ausgesucht und sie eingehend erforscht, und als Folge davon habe ich sie als »offizielles« Darkover anerkannt.

Diana Paxson hatte es sich im ersten und zweiten Band dieser Anthologien vorgenommen, über die Zeit unmittelbar nach der Landung zu schreiben, um sich (und uns allen) zu erklären, wieso die Überlebenden einer technologisch orientierten Raumschiff-Crew eine in den Grundzügen feudale Gesellschaft schufen. In der folgenden Erzählung heißt es:

»... es tauchten immer wieder andere auf, die lieber ihre Mitmenschen überfielen, als dem unwirtlichen Planeten, auf dem ihre Urgroßväter vor einem Jahrhundert gestrandet waren, den Lebensunterhalt abzuringen ...«

Das trifft auf Darkover ebenso wie auf jede andere Kultur zu. Diana hat ihre eigene Serie geschaffen, die Romane über Westria, von denen es jetzt drei gibt, während sie für mindestens vier weitere Verträge abgeschlossen hat. Sie hat außerdem den ausgezeichneten zeitgenössischen Fantasy-Roman BRISINGAMEN (Freyas Halsband) geschrieben und arbeitet augenblicklich an einem König-Artus-Buch, in dessen Mittelpunkt die Sage von Tristan und Isolde steht. Sie ist Pädagogin, hat am Mills College und beim Berkeley-Programm für Erwachsenenbildung unterrichtet, lebt in dem wohlbekannten literarischen Haushalt »Greyhaven« – ausführlich erklärt in der Anthologie mit dem Titel GREYHAVEN (DAW 1983) – und hat zwei Teenager-Söhne namens Ian und Robin.

Übrigens wurde in GREYHAVEN unabsichtlich der falsche Eindruck erweckt, ich selbst wohnte in diesem berühmten alten Haus. Das stimmt nicht, ich habe nie in Greyhaven gewohnt, ausgenommen ganz kurze Zeit, als meine Familie und ich auf der Suche nach einem Haus waren. Greyhaven beherbergt meine Mutter, meine beiden Brüder, ihre Frauen und Kinder und gelegentlich andere, die als Köchinnen, Babysitter oder Gäste durchpassieren. Mein eigenes Haus, etwa eine Meile von Greyhaven entfernt, heißt »Greenwalls«. Nicht, wie manche Leute gedacht haben, weil die vorderen Empfangsräume, als wir einzogen, in einem besonders abstoßenden Ton von Avocado-Grün gestrichen waren, sondern wegen des großen Gartens, der auf drei Seiten von grünen Hecken geschützt ist.

Aber Diana und ich sind beide außerdem Bewohnerinnen der literarischen Welt von Darkover ...   MZB

Eine andere Art von Sieg

von Diana L. Paxson

Bis Darriel di Asturien oben auf dem Wachturm von El Haleine angekommen war, war der ferne Rauch nur noch ein Schmierfleck vor dem blass amethystfarbenen Himmel. Mikhael zeigte darauf, wobei sich in seinem braunen Gesicht die Falten vertieften, und Darriel maß die Strecke an der schimmernden Biegung des Valeron ab.

Es kommt zu früh. Er versuchte, die Bilder von dem dortigen Geschehen zu verwischen. *Wir haben uns noch nicht von dem letzten Überfall erholt ...*

Ganz gleich, wie oft Darriel die Männer vom Valeron gegen die Räuber führte, es tauchten immer wieder andere auf, die lieber ihre Mitmenschen überfielen, als dem unwirtlichen Planeten, auf dem ihre Urgroßväter vor einem Jahrhundert gestrandet waren, einen Lebensunterhalt abzuringen. Auf Darkover gab es für Menschen zu viele Gefahren, als dass sie ihr Leben im Krieg hätten verschwenden dürfen!

»Bist du sicher? Wir sind mitten in der Erntezeit – vielleicht hat man Stoppeln auf dem Feld verbrannt ...« Er brachte den Einwand automatisch vor, obwohl er wusste, dass es nicht Mikhaels Art war, falschen Alarm zu geben. Dominic Allart kam hinter ihnen die Stufen heraufgepoltert, und Darriel trat zur Seite, damit der Junge sehen konnte.

»Vorhin war mehr da, mein Lord«, erklärte Mikhael fest. »Eine Rauchfahne, beinahe so hoch wie die Klippen. Aus der Richtung lässt sich schließen, dass es Crawfield gewesen ist. Die Halle dort ist ganz aus Holz gebaut, und in der letzten Woche ist es trocken gewesen. Jetzt werden wohl nur verkohlte Reste davon übrig sein.«

»Ist das alles, was du dazu zu sagen hast?«, rief Dominic aus. »Was ist mit den Menschen in Crawfield? Kümmert es dich nicht, was mit ihnen geschehen ist?«

Beide Männer drehten sich um. Dominics helle Haut wurde so rot wie sein Haar, aber er starrte trotzig zurück.

Früher war Darriels Haar ebenso leuchtend wie Dominics gewesen, aber jetzt mischten sich graue Fäden hinein. Er war zu müde, sich gegen diese flammende jugendliche Entrüstung abzuschirmen. Die Hände auf die Brüstung legend, suchte er Kraft von den kalten Steinen zu gewinnen. *El Haleine ist sicher vor jedem Feind,* dachte er in seiner Verzweiflung, *aber was nutzt das jenen, die nicht hier Zuflucht suchen können!*

Mikhael trat zwischen sie, als solle sein Körper eine Barriere schaffen, die seinen Herrn vor Dominics Emotionen schützte. Im Lauf der Jahre hatte Darriel sich an die merkwürdige Beschützerhaltung seiner Männer ihm gegenüber gewöhnt, obwohl er sich manchmal fragte, warum sie ihm folgten.

»Doch, es kümmert mich, und ihn auch«, sagte Mikhael mit leiser Stimme. »Ihn kümmert es zu sehr, und ich werde nicht zulassen, dass du es noch schlimmer für ihn machst!«

Darriel spürte, dass Dominics Zorn sich in verwirrte Zerknirschung verwandelte, und er richtete sich mit einem Seufzer auf. Die Sensibilität, die für ihn gleichzeitig Gabe und Fluch war, gab es auch in der Allart-Familie. Dominic war ein guter Junge, aber seine Gefühle waren unkontrolliert. Darriel ertappte sich immer wieder dabei, dass er ihm auswich, nur, um sich selbst zu schützen. Vielleicht war es ein Fehler gewesen, dass er den Jungen als Pflegesohn angenommen hatte – und bestimmt hatte es in diesem Jahr wenig Zeit gegeben, in der er ihn hätte unterrichten können.

»Dann bitte ich um Entschuldigung. Ich wollte nicht so hitzig werden«, murmelte Dominic. »Wann brechen wir zu ihrer Verfolgung auf?«

»Zweifellos wird mein Lord seine Männer zusammenrufen ...«, wehrte Mikhael ab.

»Nein, ich gehe mit euch!«, unterbrach Dominic ihn. »Bitte, mein Lord!« Er drängte sich an Mikhael vorbei und ließ sich vor Darriel auf ein Knie nieder. »Mein Vater hat mich hergeschickt, damit ich lerne zu kämpfen, und drei Monate lang habe ich nichts anderes getan, als die Mauern von El Haleine abzugehen! Ihr müsst mich mitkommen lassen!«

»Nun gut.« Darriel konnte sich der Verzweiflung in Dominics grauen Augen nicht verschließen. »Hole deine Ausrüstung. Bis Mittag müssen wir auf dem Weg sein.«

Kurz nach dem Mittagessen brachen die Reiter auf, nahezu zwei Dutzend Männer vom Valeron auf stämmigen Hirsch-Ponys. Ihre Waffen waren Kurzbogen und Speere mit Bronzespitzen, und sie trugen Vorräte für eine Woche oder länger bei sich. Darriel hatte nicht gewagt, zu viele Kämpfer von den einzelnen befestigten Besitzungen abzuziehen, aber Robard MacCrae und Mikhael und Dominic Allart und die anderen ritten mit ihm, alles gute Männer. Die Reihe musternd, sah Darriel die entschlossenen Gesichter von Leuten, die dies schon zu oft gemacht hatten – den jungen Allart ausgenommen, dessen Augen wie *Chieri*-Juwelen leuchteten. Bei diesem Anblick verkrampfte sich Darriels Magen, aber ihm fiel kein Vorwand ein, unter dem er den Jungen hatte nach Hause schicken können.

In der Nacht lagerten sie am Valeron. Das Ende des nächsten Tages brachte sie zu den verbrannten Balken, die einmal Crawfield Hall gewesen waren. Auch das war etwas, das die Männer schon zu oft gesehen hatten. Nach Robards knappen Anweisungen machten sie sich daran, die verkohlten Überreste der Bewohner zu begraben. Die Räuber hatten zu einer Zeit, als drinnen alles schlief, rings um die Halle Buschwerk aufgestapelt und angezündet – das zeigten die Spuren –, und nicht einer der Menschen war den Flammen entkommen. Darriels Männer banden sich ihre Schals über die Nasen, um den Übelkeit erregenden Geruch nach verbranntem Fleisch abzuhalten, aber Darriel selbst bemerkte ihn kaum. Wie der Gestank die Luft verpestete, so war die psychische Atmosphäre voll vom Widerhall der Qual und einer bösartigen Befriedigung, die gegen seine mühsam aufgerichteten Barrieren anstürmte.

Sie schnitten ihn von den Gefühlen der Lebenden ebenso ab wie von denen der Toten, und so war der Schock umso größer, als Dominic zu schreien begann. Für einen Moment brach Darriels Kontrolle zusammen. Robard sah ihn taumeln, hob ihn auf und trug ihn unter die Bäume.

»Idiot«, schalt Robard, als Darriels Atmung sich zu beruhigen begann. »Du hättest so gescheit sein sollen, nicht da hineinzugehen!«

»Ich hatte es satt, wie ein Kind behütet zu werden ...« Darriel setzte sich auf. »Und mit mir war alles in Ordnung, bis Dominic ...« Er blickte auf die Lichtung zurück, sah, dass Mikhael den bewusstlosen Jungen hochhob, und wies in die Richtung.

Mikhael brachte Dominic zu den Bäumen. Robard rief: »Ich verstehe nicht, wie du es mit ihm aushältst! Jetzt bereue ich, dass ich dir den Jungen aufgehalst habe, auch wenn er mein eigener Verwandter ist!«

Darriel maß ihn mit einem eigentümlichen Blick. »Du hältst es mit *mir* aus ...«

Robard zuckte die Schultern und grinste. »Das ist etwas anderes. Du *benutzt* deine Gaben, und du schonst dich nicht.«

Das mochte stimmen. In einem dutzend Jahren hatte Darriel sich mit dem Führeramt abgefunden, das Robard und die anderen ihm aufgedrängt hatten. Er konnte nur versuchen, ihr Vertrauen zu rechtfertigen. Aber dieser Junge bedeutete ein Problem, wie es ihm bisher noch nicht vorgekommen war. Er sah auf Dominics bleiches Gesicht nieder, das ihn schmerzlich an sein um zwanzig Jahre jüngeres Ich erinnerte. Der junge Allart besaß das gleiche Potenzial. Konnte er lernen, es zu kontrollieren?

»Nun, wenn es das ist, wozu ich gut bin, sollte ich wohl etwas unternehmen«, meinte Darriel schließlich. »Hilf den anderen da drüben, zu Ende zu kommen. Ich werde versuchen, ein paar Hinweise aufzufangen, wer die Angreifer waren und wohin sie verschwunden sind.«

Darriel lehnte sich an den rauen Stamm der Silbertanne. Mit doppelten Sinnen hörte er Robards Schritte verhallen und seine Gegenwart verblassen. Seine Hand tastete in seiner Tasche nach dem weichen Lederbeutel mit dem kleinen Sternenstein, den Robard bei einem Ritt in die Berge gefunden hatte. Als er ihn das erste Mal betrachtete, war ihm von den darin tanzenden Lichtern schlecht geworden, aber er hatte an die Erzählungen seiner Mutter von dem Stein gedacht, den *ihre* Mutter ständig bei sich getragen hatte, und er hatte ausgehalten. Nach einer Weile verging die Übelkeit. Jetzt fand er, dass die Versenkung in den Kristall ihm half, seine Kräfte auf ein bestimmtes Ziel zu richten.

Darriel nahm den blauen Stein in die Handfläche und konzentrierte sich auf das Flackern in seinem Innern. Sein Atem vertiefte sich, sein Blick richtete sich ins Leere, sein Körper sank entspannt gegen den Baumstamm. Der Lichtfunke in Darriels Handfläche wurde heller, pulsierte im gleichen Rhythmus wie sein Herzschlag, zog ihn hinunter, hinunter und hinein ... Mit einem Mal klärte sich das vage Bewusstsein in seinem Innern, und der gefleckte Wald verdunkelte sich zu einem Schirm, auf dem eine Fülle anderer Bilder sich zu regen begann. Darriel blickte auf eine Szene aus Feuer und Dunkelheit.

Wie in einem Traum entrollten sich vor ihm die Ereignisse,

15

die zwei Nächte früher stattgefunden hatten. Er sah die Gesichter von Männern, vom Feuerschein und Blutrausch verzerrt wie Dämonen aus der Hölle der *cristoforos*. Männer trugen Säcke mit Korn und Wurzelgemüse aus den Scheunen, trieben die Herdentiere zusammen, führten sie weg. Der Winter kam, und sie brachten ihre Ernte ein. Nach und nach konzentrierte sich Darriels Bewusstsein auf einen Mann, der ruhig inmitten des Tumults stand – einen großen Mann mit ingwerfarbenem Bart, dem ein halbes Ohr fehlte. Beinahe als fühle er Darriels spätere Rückschau in die Vergangenheit, drehte der Mann sich um, und Augen, kalt wie der Winter, schienen Darriels Augen zu begegnen, so dass er zusammenzuckte.

Und dann verwischte plötzlich eine andere Präsenz die Vision. Sie war vertraut, aber nahe – zu nahe ... In instinktiver Selbstverteidigung machte Darriel eine abwehrende Geste und empfing als Reaktion auf allen Ebenen eine solche Qual, dass er in die gegenwärtige Realität zurückgeschleudert wurde. Langsam klärte sich das Bild. Dominic lag ein paar Fuß von ihm entfernt, in fötaler Haltung zusammengerollt. Robard und die anderen gruben noch. Offenbar war der Schrei des Jungen für körperliche Ohren nicht hörbar gewesen.

Als die Welt aufhörte, sich Schwindel erregend um ihn zu drehen, griff Darriel nach dem ihm entfallenen Kristall und steckte ihn weg. Dann kroch er zu Dominic hinüber. Der Junge war blass und schwitzte, aber er atmete noch, und nach einer Weile öffneten die grauen Augen sich wieder.

»Zweimal an einem einzigen Tag! Armer Dominic!« Darriel vergaß die ärgerlichen Worte, die er ihm hatte sagen wollen.

»Junge – was fange ich nur mit dir an? Ich habe deinem Vater versprochen, dich das Kämpfen zu lehren, aber das ist es nicht, was du brauchst, nicht wahr? Dein Problem, mein Sohn, ist, dass du zu sehr bist wie ich.«

Dominic schluckte. »*Ihr* kommt gut zurecht ...«

Darriel zuckte die Schultern. Er spürte bereits ein dumpfes Pochen hinter den Augen. »Mehr oder weniger, wenn ich auch nicht immer verstehe, wie. Eines kann ich dir jedoch sagen: Man darf mich nicht stören, wenn ich mit jenem Stein arbeite!«

Dominic schüttelte den Kopf. »Er hat mich hergezogen ...«

»Das habe ich mir gedacht. Vielleicht sollten wir dir einen eigenen besorgen. Versuche in der Zwischenzeit, eine gewisse Kontrolle zu entwickeln. Wenn die Emotionen rings um dich zu stark werden, stelle dir eine Wand vor, und errichte diese Wand auch dann, wenn *dich* heftige Gefühle überkommen! Ich bin inzwischen fähig, mich vor den meisten Leuten zu schützen, aber nicht vor dir.«

Dominic sah ihn entgeistert an. »Es tut mir Leid ... Das wusste ich nicht!«

»Jetzt weißt du es. Es war nicht deine Schuld«, setzte Darriel freundlicher hinzu. Die beiden Söhne, die seine Frau Lionora ihm geboren hatte, stellten den üblichen Unfug an, aber er war ihnen gegenüber nie in die peinliche Situation geraten, dass er nicht wusste, wie er sie zu behandeln hatte. Auf einen Jungen wie Dominic war er nicht vorbereitet gewesen.

Aber ich sollte ihn verstehen können – er ist genau wie ich in dem Alter! Darriel empfand plötzlich Sympathie für seinen eigenen Vater, der ihn auch nie recht zu nehmen gewusst hatte. Es durchfuhr ihn wie ein Blitz: *Dominic hatte mein Sohn sein sollen!*

»Ich denke, wir müssen einfach lernen, damit zu leben«, sagte er unbeholfen. »Geh jetzt und hilf Ewan bei den Pferden. Ich werde noch einmal versuchen, zu sehen, wohin diese Schurken gegangen sind.«

Drei Tage später wanden sie sich steil aufwärts in die Berge hinein. Das hier war ein neues Land. Menschliche Siedlungen waren weit verstreut und armselig, und die Bewohner versteckten sich, wenn die Männer von El Haleine durchritten. Keiner wusste, wo die Räuber hausten, aber sie wussten einen Namen, Rannarl der Rote, und wenn sie ihn aussprachen, spürten die Männer vom Valeron ihre Angst.

Sie kamen an zerbröckelnden Mauern vorbei, die ihnen zeigten, wie Crawfields bald aussehen würde. Darriel war sich klar darüber, dass die Räuber Ursache dieser Verwüstung waren. Sie hatten die Ressourcen ihres eigenen Landes erschöpft und rückten jetzt auf die Ebenen des Valeron vor. Das Bild stieg vor ihm auf, wie seine eigenen Felder verlassen dalagen und das Volk, das er liebte, voller Furcht floh, und er erschauerte.

Von dieser Vision angetrieben, drängte Darriel seine Männer, dem immer undeutlicher werdenden Pfad zu folgen. Er hatte kein Auge für die Schönheit der Gipfel unter dem Schleier des blassfliederfarbenen Nebels im Morgengrauen, für die Herrlichkeit der Nussbäume, die im rötlichen Licht der Mittagssonne zwischen den immergrünen Koniferen flammten, oder für die Pracht der purpurnen Bergketten unter den schrägen Strahlen der untergehenden Sonne.

Für ihn war der leere Pfad voll von Männern, denen die Jahre, in denen sie ihre Mitmenschen beraubt hatten, ihren Stempel aufgedrückt hatten, und immer zog ihnen voran der Rote Rannarl, der kaltäugige Anführer mit dem fehlenden Ohr. Die Tage waren immer noch angenehm, aber es hatte schon ein paar kurze Schneeschauer gegeben, und nachts drängten sich die Verfolger dicht um ihr Feuer. Sie mussten diese Gesetzlosen erledigen, bevor der Schnee liegen blieb, oder bis zum Frühjahr warten.

Am fünften Tag erreichten sie die Feste. Es war nicht das einfache Lager, das sie erhofft hatten, sondern eine Burg, die beinahe so stark war wie El Haleine. Darriel spähte an ihr empor, und er empfand unfreiwillige Bewunderung, denn die Männer, die sie verfolgten, beugten sich nicht leicht dem Willen eines anderen. Wie mochte der feindliche Anführer sie dazu gebracht haben, derartige Verteidigungsanlagen zu bauen? Er erinnerte sich an den wintrigen Blick, den er in seiner Vision gesehen hatte, und vermutete, dass er sie durch Furcht regierte.

Diese Nacht verbrachten die Männer vom Valeron in einem kalten Lager, das sie auf dem Hang hinter der Festung in einer Mulde angelegt hatten. Der Wind wehte Bratenduft zu ihnen herüber. In der Festung schmausten die Räuber vor einem hell lodernden Feuer das Fleisch von gestohlenen Chervines. Im Wald froren ihre Verfolger und kauten gedörrtes Korn.

»Diese Mauern sind stark, aber sie bestehen nur aus Holz«, bemerkte Ewan. »Wir könnten Buschwerk um sie aufstapeln und sie anzünden ...«

Robard antwortete mit einem kurzen Auflachen. »Und was meinst du wohl, würden die Wachen tun? Hast du die Männer in Pelzmützen nicht gesehen, die um den Rand der Palisaden wandern?«

»Aber nachts ...«, protestierte der Jüngere.

»In El Haleine stellen wir nachts Posten auf«, sagte Darriel. »Nach dem, was wir bisher gesehen haben, muss dieser Rannarl als Befehlshaber gut genug sein, um es ebenso zu machen.«

Ewan murmelte etwas Unanständiges.

»Ja, aber ein listiger«, stellte Robard trocken fest. »Wir dürfen ihn nicht unterschätzen.«

»Wir könnten warten, bis sie fortreiten, und die Festung hinter ihnen niederbrennen«, schlug Ewan vor.

»Warum sollten sie fortreiten?«, fragte Mikhael. »Von dem, was sie aus Crawfields mitgenommen haben, können sie bis zum Frühling leben.«

»Es liegt Schnee in der Luft«, setzte einer der anderen Männer hinzu. »Wir würden gut daran tun, nach Hause zu kommen, bevor die Wege zu sind.«

»Wenn wir sie nicht bald zum Kampf stellen können, müssen wir umkehren. Wenigstens wissen wir jetzt, wo sie ihren Bau haben«, bemerkte Darriel.

»Ja«, stimmte Robard zu. »Aber mir dreht sich der Magen um, wenn ich sie im Hochgefühl über die leichte Beute, die sie am Valeron gemacht haben, zurücklassen soll.«

Darriel nickte. Auch in ihm empörte sich alles bei diesem Gedanken.

»Wenn wir nicht von außen eindringen können, ist es dann vielleicht möglich, die Burg von innen zu öffnen?«, unterbrach Dominics erregte Stimme die Stille.

»Was meinst du?«, fragte Robard, aber in Darriels Geist schwang das massive Tor bereits auf, noch bevor Dominic antwortete.

»Wenn ein Mann sich als Flüchtling ausgäbe, der bei Rannarl in Dienst treten möchte, würden sie ihn vielleicht einlassen. Er könnte nachts hinuntersteigen und das Tor öffnen ...«

Eine heftige Diskussion brach in dem Kreis los. Würden solche Männer einen Freiwilligen annehmen? Wie sollte Rannarl sonst seine Bande zusammenbekommen? Wenn die Geschichte gut genug war ... Aber würden sie sich nicht wundern, dass der Mann sie hier aufgespürt hatte?

»Gerade wegen dieser Fähigkeit nähmen sie ihn!«, rief Dominic aus. »Und da er nun einmal weiß, wo sie stecken, werden sie ihn nicht wieder gehen lassen.«

»Sie könnten ihn einfach töten«, wandte Mikhael ein.

»Wenn ihr *Angst* habt ...«, sagte der Junge. »Ich werde gehen!«

Mikhael wollte auffahren, aber Robard legte ihm beschwichtigend die Hand auf den Arm.

»Wer genug Verstand hat, einen solchen Plan auszuführen, hat auch genug Verstand, sich zu fürchten!«, erklärte Robard streng.

»Aber es war meine Idee!«, beschwerte sich Dominic, und Darriel durchfuhr ein stechender Schmerz.

»Es ist noch Zeit genug, nach Freiwilligen zu fragen, wenn wir uns für einen Plan entschieden haben«, unterbrach Robard. Er wandte den Kopf, und Darriel merkte, dass sie ihn jetzt alle ansahen.

»Ich werde kein Menschenleben dafür aufs Spiel setzen, solange es noch einen anderen Weg gibt.« Darriel sah sich im Kreis der Gesichter um, die nichts als undeutliche Flecken in der Finsternis waren.

Seine anderen Sinne leisteten ihm bessere Dienste. Er spürte Robards zuverlässige Unterstützung, Dominics Aufregung, Mikhaels abflauenden Ärger und eine Flut gemischter Emotionen von den anderen Männern. Die Diskussion ging weiter, aber an jedem Vorschlag gab es etwas auszusetzen, und schließlich stand fest, das der einzige Plan, der überhaupt eine Chance hatte, der des jungen Allart war.

»Es wird klappen – ich weiß es!«, behauptete Dominic. »Sie werden bei mir überhaupt nicht auf den Gedanken kommen ...«

»... dass du irgendeine Art von Desperado bist«, vollendete Robard. »Junge, Junge, du kannst nicht da hineingehen – sie würden dich bei lebendigem Leib fressen! Sieh dich an mit dem Flaum auf deinen Wangen und den strahlenden Augen! Sie werden niemals glauben, du habest irgendetwas getan, wofür du zum Gesetzlosen erklärt worden bist.«

»Das ist ungerecht!« Das Strahlen war zu einem zornigen Funkeln geworden. »Es ist *mein* Plan. Denkt ihr, ich könne nicht gut genug Theater spielen, um sie zu überzeugen?«

»Es geht nicht darum, was wir denken, Dominic«, sagte

Darriel. »Du bist unerfahren, und das Risiko ist sowohl für den Mann, der hineingeht, als auch für uns zu groß, als dass du Rannarls Festung zu deinem Übungsplatz machen darfst.«

»Aber wie kann ich mich bewähren, wenn keine Gefahr dabei ist?« Dominic sah von einem zum anderen. »Es ist nicht meine Schuld, dass ich jung aussehe ...«

»Du *bist* jung«, berichtigte Darriel. »Und du wirst noch viele Gelegenheiten bekommen, deinen Mut zu beweisen.«

»Wirklich?«, kam die bittere Antwort. »Ihr seid mir den ganzen Sommer aus dem Weg gegangen, und vermutlich werdet Ihr damit fortfahren, sobald wir wieder zu Hause sind. Wie soll ich Euch beweisen, was ich kann, wenn Ihr nicht da seid!«

Darriel war ebenso entsetzt über die nackte Verzweiflung wie über die Worte des Jungen. Hatte er ihn dermaßen vernachlässigt? In einem Sinn war das, was der junge Allart behauptete, durchaus wahr. Darriel wusste aus eigener Erfahrung, dass man lernt, das Unmögliche zu vollbringen, indem man es wagt. Er erinnerte sich nur zu gut, wie oft er seine Männer zitternd und zagend angeführt hatte, ohne zu wissen, ob er Erfolg haben würde; aber durch die Not anderer Leute war er gezwungen, es zu versuchen.

Das war wohl der Unterschied, dachte er. Nicht seine eigene Not hatte Darriel den Mut gegeben, Gefahren auf sich zu nehmen, die ihn noch jetzt schaudern machten, sondern das Wissen, dass niemand anders da war, der *fähig* war, zu tun, was getan werden musste.

»Nicht vor mir musst du dich bewähren, Dominic, sondern vor dir selbst«, erwiderte er müde. »Wenn du so empfindest, dann *habe* ich dich im Stich gelassen. In Zukunft werde ich dich nicht ignorieren, das schwöre ich! Aber ich darf nicht nur daran denken, was für dich nötig ist, sondern auch, welche Forderungen die Aufgabe stellt. Bist du tatsächlich derjenige, den man in dieses Nest von Skorpion-Ameisen schicken sollte?« Sein Blick forderte Robard und die anderen flehend auf: *Sagt etwas! Lasst mich dafür nicht ganz allein die Verantwortung tragen!*

»Ich werde gehen ...«, erklärte Robard entschlossen.

Darriel sah hilflos auf seinen Freund, und er fragte sich, wie er ohne Peinlichkeit aussprechen könne, was er für ihn empfand.

»Rob, ich habe um Meinungen gebeten, nicht um Freiwillige«, antwortete er leise. »Ich glaube, du bist in deinem eigenen Haus zu lange der Herr gewesen, als dass du jetzt den Gesetzlosen spielen könntest. Aus dem gleichen Grund scheide ich aus, und ich würde sowieso nicht kräftig genug wirken ...« Darriel reckte die Arme, deren Kraft weniger von den Muskeln als von der nervösen Energie kam. Dann sah er von einem zum anderen.

»Wir brauchen einen Mann, der aussieht, als habe er schon ein paar Kämpfe mitgemacht, jemanden mit einem steinernen Gesicht, der seine Reaktionen verbergen kann, wenn diese Banshees anfangen, sich ihrer Morde zu rühmen.« Sein Blick wanderte von einem Mann zum anderen, obwohl seine körperlichen Augen ihm bei dem trüben Licht weniger nützten als jener andere Sinn, für den er keinen Namen hatte. Jung und Alt, hartnäckig und ausdauernd oder bebend vor Eifer sahen sie zurück.

»Vielleicht Mikhael?«, fragte Robard schließlich.

»Ich werde gehen, *Vai Dom*«, bestätigte Mikhael. »Bevor Ihr mich in Eure Dienste nahmt, Lord, war ich auf du und du mit jedem Schuft in Dellerey. Ich habe das alles hinter mir gelassen, aber es gibt Dinge, die ein Mann nicht vergisst. Ich glaube, sie werden mir nicht misstrauen.«

»Nicht, wenn du selbst ein Verräter bist! Damit kann ich natürlich nicht konkurrieren!«

Darriel merkte, dass Dominic nicht laut gesprochen hatte, und konnte gerade noch einen erstaunten Vorwurf hinunterschlucken. Es gab ein bisschen Gemurmel. Darriel spürte, dass die anderen Männer einverstanden waren. Er holte tief Atem.

»Ja ...«, sagte er langsam. »Mir ist es schrecklich, irgendeinen Mann dort hineinzusenden, aber ich glaube, Mikhael hat die größte Chance, lebendig wieder herauszukommen. Versuche morgen, in die Burg zu gelangen. Hast du Erfolg, werden wir eine Woche lang jede Nacht Wache am Tor halten. Länger werden wir nicht bleiben können, wenn wir vor dem Schneefall nach Hause kommen wollen. Ist es dir bis dahin nicht gelungen, uns Einlass zu verschaffen, Mikhael, musst du bleiben und bei der ersten Gelegenheit die Flucht ergreifen.«

»Ich verstehe, *Vai Dom*.«

Darriel erkannte die unerschütterliche Entschlossenheit in dem anderen Mann. Aber Dominics Bitterkeit pulsierte immer noch in der Dunkelheit hinter ihm.

Wenn sie mir nicht erlauben, mich zu bewähren, wozu bin ich dann gut? lautete sein tonloser Aufschrei. Darriel war sich klar darüber, dass der Junge ihn überhaupt nicht verstand.

Fünf Tage lang beobachteten die Valeron-Männer Rannarls Festung, geduldig, wie eine zweizehige Katze darauf wartet, dass ein Buschspringer aus seinem Loch kommt. Der nächtliche Regen durchnässte sie, doch daran waren sie gewöhnt. Zweimal wurden sie vom Schneetreiben geblendet, wenngleich der Schnee auch nicht liegen blieb. Am Ende des dritten Tages schmerzte Darriel der Kopf vor Überanstrengung und Mangel an Schlaf. Rannarl der Rote spazierte lachend durch seine Träume und zeigte ihm den gefolterten Körper Mikhaels. Tagsüber spürte er den Druck von Dominics Schmerz. Darriel wusste, dass Robard ihn ängstlich beobachtete, aber er wollte sich nicht beklagen. Er sah die Wahrnehmung von Dominics Qual als Buße dafür an, dass er andere Männer in Gefahr schickte.

Am sechsten Tag kurz vor Morgengrauen, als die Wolken sich geteilt hatten und gefrorene Pfützen im Licht der untergehenden Monde amethyst- und aquamarinfarben glitzerten, bewegte sich das große Tor. Dominic war der Erste, der es sah, und einen Augenblick lang glaubten die anderen, sein Eifer habe sein Sehvermögen beeinträchtigt. Dann erweiterte sich der Spalt, und die Männer vom Valeron schlüpften von Schatten zu Schatten auf die Öffnung zu.

Dort angekommen, blieb Darriel stehen und flüsterte Mikhaels Namen. Es kam keine Antwort. Darriel verstummte und schickte sein Wahrnehmungsvermögen voraus. Er fand Leere. Seine Haut prickelte vor bösen Ahnungen, aber die Männer drängten sich hinter ihm heran und wollten durch das Tor gehen. Er sagte sich, Mikhael habe sicher Wachdienst und sei auf seinen Posten zurückgekehrt, um keinen Argwohn zu erregen. Wenn er nicht auf sie wartete, dann tat das wenigstens auch kein anderer. Die Intuition kämpfte kurz mit der Vernunft, dann siegte die Vernunft, und er führte seine Männer durch die Tür in die Dunkelheit.

Es war still. Zu still? Darriel schüttelte den Kopf über sich selbst. Schließlich lagen auch Räuber in der kalten Stunde vor Sonnenaufgang in tiefem Schlaf. Er bemühte sich, die innere Stimme zu unterdrücken, denn jetzt konnte sie ihn nur ablenken. Sie schlichen über den Vorhof, und das Schlurfen ihrer weichen Stiefel auf dem Stein schien ein Echo hervorzurufen. Gebäude ragten vor ihnen auf, ein langer, niedriger Schuppen mit dem warmen Geruch nach Tieren, und dahinter die starken Holzwände der Halle. Sie bogen um das Ende des Stalles und gerieten auf einen größeren Hof mit Kopfsteinpflaster. In der Mitte stand ein Pfeiler – nein, es war ein Pfahl, und daran war etwas festgebunden. Sie wagten sich aus dem Schatten des Stalles. Die Lumpen an dem Pfahl flatterten. Leise, als wehe ihn die Dunkelheit heran, hörte Darriel seinen eigenen Namen.

Er erstarrte, so dass Robard von hinten gegen ihn stieß. Darriels innere Sinne öffneten sich abrupt einem Strom von Eindrücken. Ein Mann war an diesem Pfahl gefesselt, andere Männer hatten sie eingekreist, und er wusste auch den Namen des Gebundenen, als der schmerzverzerrte Ruf von neuem erklang.

»In die Falle gelockt ...«

Darriels Geist und Körper reagierten gleichzeitig, schätzten Entfernungen ab und lasen die Stellungen ihrer Feinde mit derselben Geschwindigkeit, mit der Befehle seine Männer zu einem engen Kreis um den Pfahl zusammenzogen. Er kämpfte eine Flut von Qual zurück, die nicht völlig seine eigene war.

»Ewan, schneide ihn ab – wir geben dir Deckung.«

Während seine Männer sich um ihn versammelten, zog Darriel sein Schwert, und dann ließ er es beinahe fallen, als ihn Dominics stummer Aufschrei mit voller Wucht traf.

»*Mikhael! Meine Schuld! Ich habe dir das angetan!*«

»Robard, bring Dominic von ihm weg – schlag ihn nieder, wenn es sein muss!«, keuchte Darriel. Dominics Entsetzen stand zu sehr im Gleichklang mit seinem eigenen. Mühsam verstärkte er seine Barrieren. Wie konnte er es dem Jungen zum Vorwurf machen? Auf eine Weise war es die Wahrheit, aber wenn auch der Plan von Dominic stammte, so hatte Darriel doch die Entscheidung getroffen, die Mikhael in Gefahr brachte, und ertragen konnte er das allein aus dem Grund, weil er bei früheren Gelegenheiten hatte lernen müssen, weiterzumachen, nachdem seine Befehle Männer in den Tod geschickt hatten. Und dann war keine Zeit mehr für Schuldgefühle oder Trauer, denn in dem dunklen Hof loderten plötzlich Fackeln auf, in deren flackerndem Licht sie eine undeutliche Bewegung sahen. Die Räuber drängen auf sie ein.

»Ein Valeron, ein Valeron!« Der Ruf stieg auf, Waffen wurden rings um ihn erhoben, aber bevor das Echo verklang, erscholl ein anderes Kriegsgeschrei, tiefkehlig wie das Knurren eines Tieres:

»Rannarl! Rannarl!«

Und dann prallten die Räuber auf sie. Darriel schlug wild zu, verfehlte den Angreifer, zwang seinen Körper, ihm zu gehorchen, schlug von neuem zu und hörte seinen Gegner schreien. Neben ihm fiel ein Mann, Robard trat schnell vor, um die Lücke zu füllen, und beide fanden zu einer defensiven Harmonie, die langer Übung entstammte. Robards Hiebe waren heftiger, aber Darriel war flinker. Ein von Robard MacCrae getroffener Räuber stand nicht wieder auf, und wenn er einen verfehlte, wurde dieser oft durch einen raschen Streich von der scharfen Klinge seines Lords gefällt.

Aber es war ein verzweifelter Kampf dort in der flackernden Dunkelheit. Wie schlecht es stand, merkte Darriel erst, als das blasse Licht der aufgehenden Sonne ihm das Schlachtfeld zeigte. Die Leichen mehrerer Räuber lagen auf den kalten Steinen. Der Rest der Angreifer hatte sich im Augenblick zurückgezogen, aber auch der Kreis der Valeron-Männer war kleiner geworden, und Mikhael war nicht der einzige Verwundete, den er jetzt schützend einschloss.

»Wer ist gefallen?«, fragte Darriel hart. Sein Arm brannte von einem langen Schnitt, aber sonst war er unverletzt.

»Ewan ist tot, Lord. Paidro hat einen Stich durch die Lunge bekommen und wird vielleicht sterben ...«

Darriel wandte den Blick nicht von dem Feind ab, während Robard mit der schrecklichen Liste der Toten und Verwundeten fortfuhr. Die Räuber waren zurückgewichen und bildeten jetzt einen größeren Ring um den Hof. Darriel fragte sich, worauf sie warteten.

»Und wie steht es mit Mikhael?«

»Sehr schlecht ...«

»Sie haben ihn gefoltert!«, fiel Dominic ein. Seine Stimme brach. Darriel drehte sich schnell um und sah den Jungen zwischen den Verwundeten knien. Aber er entdeckte kein Zeichen von einer Verletzung. »Lord«, fuhr Dominic fort, »Mikhael verlangt nach Euch.«

Darriel flüsterte Robard eine Warnung zu und bahnte sich einen Weg zum Mittelpunkt des Kreises, wo Mikhael lag. Seine Kleider waren zerfetzt, und auf seiner Haut waren schlimme Brandwunden zu sehen. Vor Darriels Augen drehte es sich, als er erkannte, dass die Räuber Mikhael die Augen ausgestochen hatten.

»Mikhael! Mikhael!« Darriel wurde die Kehle eng. Behutsam legte er die Hand auf eine heile Stelle am Arm des Mannes. Die Haut war kalt.

»Dom ... habe Euch im Stich gelassen.« Mikhael holte mühsam Atem. »Rannarl ... erkannte mich ... irgendwie ... Habe ausgehalten, solange ich konnte. Wir hätten den Jungen gehen lassen sollen.«

»Nein – ich hätte mich und euch alle verraten, sobald sie mich bedroht hätten!«, rief Dominic aus. Wie Darriel spürte, hatte der Junge erkannt, dass das Schuldgefühl Mikhael schlimmer folterte als die körperlichen Schmerzen. Die Haut des Verwundeten war noch blasser geworden. Der Schock brachte ihn um, und die Mäntel, die sie um ihn aufgehäuft hatten, waren kein Schutz dagegen.

»Verzeiht mir!«, stieß Mikhael mit plötzlicher Kraft hervor. Unförmige Finger tasteten blindlings umher. Darriel schob seine Hand unter die des anderen.

»Du musst mir verzeihen, Mikhael, dass ich dich hierher

gebracht habe«, antwortete Darriel schmerzlich. Seine aufgewühlte Stimmung hatte seine Barrieren geschwächt, und er empfing ein Bild aus Mikhaels Gedächtnis – das höhnende Gesicht eines Mannes mit ingwerfarbenem Bart und eisigen Augen.

»Mir auch! Mir auch!« Diesmal schmerzte Dominics Qual Darriel nicht, denn sie entsprach seiner eigenen.

»Immer – *Vai Dom!*« Mikhael tat einen rasselnden Atemzug, dann noch einen. Dann wurde er still, und der Kontakt brach abrupt ab.

Dominic begann zu schluchzen. Darriel stellte sich steif auf die Füße, drehte sich um und erblickte zum ersten Mal in natura das Gesicht, das Mikhael in seinen Erinnerungen und ihn selbst in seinen Träumen verfolgt hatte. Über den ganzen Hof hinweg trafen sich ihre Augen und dann – es klang erschreckend laut in der morgendlichen Stille – lachte Rannarl.

»Ein bisschen körperliche Bewegung am Morgen tut immer gut! Bringt das Blut in Schwung, he? Für Talratten kämpft ihr wacker!« Wieder lachte der Räuber.

Er war ein großer Mann mit einem dicken Bauch und festen Muskeln, aber was ihn, wie er da stand, so überlebensgroß erscheinen ließ, war die Macht seiner Persönlichkeit. Neben ihm wirkten seine Gefolgsleute unbedeutend, und auch Darriel fühlte sich klein und hilflos vor ihm. Er gab sich einen Ruck, richtete sich auf und zwang seine Barrieren, sich zu schließen.

»Erwartet Ihr, dass wir Euch für das Kompliment danken?«, antwortete er steif. »Dann tretet zu einer weiteren Runde an. Wir können Euch ebenso gut hier töten wie zu Hause.«

»Nein, das halte ich nicht für nötig. Meinen Jungen steht der Sinn jetzt nach ihrem Frühstück.«

Darriel starrte ihn an. Versuchte der Räuber damit etwa, Verhandlungen einzuleiten? Im Geist überlegte er schon, was das Valeron entbehren könne. Trotz seiner tapferen Worte wusste er, dass seine Männer in der Minderzahl waren. Er war bereit, sein Leben teuer zu verkaufen, aber es wäre klüger, es zu kaufen, wenn er konnte, und weiterzuleben, um später von neuem gegen Rannarl zu kämpfen.

Die nächsten Worte des Räubers nahmen Darriel alle Illusionen. »Ich finde, es ist an der Zeit, ein Ende zu machen«, sagte Rannarl. Darriel fasste nach seinem Schwert. Doch statt anzugreifen, versammelten sich die Feinde mit hängendem Unterkiefer und weit aufgerissenen Augen um ihren Anführer. Rannarl fischte etwas aus dem Kragen seiner Jacke, und Darriel nahm einen blauen Blitz wahr, bevor die große Faust des Renegaten sich darum schloss.

Ein Sternenstein! Darriel begann gerade, die Folgerungen daraus zu ziehen, als alle anderen Gedanken von einer Woge nackter Furcht hinweggefegt wurden. Er hörte ein Keuchen hinter sich und von jemand anderem ein leises Stöhnen. Auf diese Weise hatte Rannarl es also erfahren!

Ein Sternenstein konzentriert die Gaben seines Eigentümers ... und dieser Mann regiert seine Bande durch Furcht ... Der Gedanke stieg langsam in ihm auf, als versuchte er, einen Felsblock zu heben, der für ihn zu schwer war. Instinktiv verstärkte er seine Barrieren, wie er es zur Verteidigung gegen Dominics Emotionen getan hatte. Aber die Männer um ihn besaßen keinen solchen Schutz. Er hörte Worte des Entsetzens. Ein leichtes Schaudern umlief den Kreis. Im nächsten Augenblick würden sie in Panik geraten und fliehen und so zur leichten Beute für die hungrigen Schwerter der Räuber werden.

Rannarl hielt immer noch seinen Sternenstein in der Hand. Seine Augen flammten, und seine Lippen waren zu einem schrecklichen Grinsen verzogen. In verzweifelter Hast tastete Darriel nach der Tasche, die seinen eigenen Stein enthielt. Er hatte keine Ahnung, wie er in einem solchen Duell kämpfen sollte – war nie auf den Gedanken gekommen, die Kristalle könnten auf diese Weise benutzt werden. Aber ihm blieb jetzt keine Wahl mehr.

Er blickte in den blauen Stein. Die tanzenden Flammen darin erwachten, und für einen Augenblick wurde Darriel übel. Dann hatte er es überwunden, war eins mit dem Stein, kämpfte darum, aus diesem Feuer eine Barriere zu bauen, die sie alle schützen würde. Rannarls Wille war wie ein eisiger Wind, der seine zarten Flämmchen ausblies. Die Geräusche rings um ihn waren schwache Echos der wirklichen Schlacht. Undeutlich nahm er wahr, dass Robard verstand, was er tat, und versuchte, die Männer so weit zu beruhigen, dass sie ihn unterstützten. Darriels Männer bewiesen ihm willig ihre Loyalität – er hatte ihren Willen nie in Fesseln zu schlagen brauchen.

Sein ganzer Körper pochte, als stemme er sich gegen einen starken Wind. Im nächsten Augenblick musste der Druck zu groß werden, und er würde von einem Schrecken weggewirbelt werden, der umso entsetzlicher war, weil er versucht hatte, ihm zu widerstehen. Und immer noch hielt er stand, obwohl die Anstrengung immer weiter zunahm. Er hielt stand und ...

... und spürte eine plötzliche Erleichterung, als helfe ihm jemand anders. Die Atempause erlaubte ihm, seine Kräfte zu sammeln, und dabei erkannte er die Präsenz, die ihn aufrecht hielt, als Dominic.

Vielleicht war seine eigene Pein so groß gewesen, dass er den Schmerz, als die Gedanken des Jungen die seinen berührten, gar nicht bemerkt hatte, oder vielleicht – und der Gedanke kam zu ihm als ein großes Wunder – hatte das geteilte Schuldbewusstsein wegen Mikhaels Tod sie miteinander verbunden.

Was auch der Grund sein mochte, die Macht, die einen

Mann allein beinahe überwältigt hätte, reichte nicht aus, zwei zu besiegen, die miteinander vereinigt waren.

Mit einer Freude, die über sein Entsetzen hinausging, goss Darriel Kraft in die leuchtende Barriere und speiste die matten Flammen, die er aus dem Sternenstein gezogen hatte, bis er und seine Männer von einer Feuerkugel umgeben waren. Ob die anderen fähig waren, sie zu sehen oder nicht, sie spürten ihren Schutz, und indem ihre Furcht nachließ, wurde weitere Energie für Darriel frei. Jetzt befanden sich die beiden Gewalten im Gleichgewicht. Rannarl konnte Darriels Verteidigung nicht durchbrechen, und die Männer vom Valeron konnten sich nicht befreien.

Ob er es fertig brachte, dieses Feuer gegen den Feind zu schicken? Der Gedanke daran machte Darriel ganz krank, und irgendwie war ihm, als werde seine Kraft für immer befleckt, wenn er sie zur Zerstörung einsetzte. Er verbannte eine plötzliche, grässliche Vision von sich selbst, der zu einem zweiten Rannarl wurde und das Valeron durch Furcht regierte.

Aber wenn er nicht zerstören durfte, war es doch gewiss nicht verboten, die Schläge eines Feindes abzulenken. Wortlos öffnete er sich Dominic weiter, und der Junge reagierte mit Eifer.

Einen Schild! Einen Schild! Mach ihn so hart und glatt, dass Rannarls ganze Wut auf ihn zurückprallen wird! Jetzt verfestigte sich das Feuer zu einer blanken Wölbung, die unter der Mittagssonne wie eine Eisplatte glänzte.

Rannarls Hass fand keine Stelle zum Zuschlagen, wurde abgelenkt und auf ihre Quelle zurückgeschleudert.

Darriel und Dominic kam es vor, als umgebe sie eine große Stille, als schwebten sie im Auge eines Sturmes. Und als die Wende kam, war es keine neue Präsenz, sondern eine Abwesenheit von Druck, die ihnen sagte, was jetzt geschah. Sorgsam, vorsichtig verdünnten sie die Barriere. Wie aus weiter

Ferne hörten sie Rufe und das Klirren von Stahl. Undeutlich erblickten sie kämpfende Gestalten, und einer, der größer war als die Übrigen, schwankte und fiel in dem Augenblick, als sie ihn erkannten.

Es dauerte dann immer noch geraume Zeit, bis ihnen zu Bewusstsein kam, dass sie gesiegt hatten. Doch schließlich brachte Darriel die Willenskraft auf, das Gebilde aus Energie, das ihr Schutz gewesen war, aufzulösen. Es verflüchtigte sich, und die Nervenanspannung, die ihn aufrecht gehalten hatte, schwand ebenso dahin. Er taumelte plötzlich, und nur Robards starker Arm bewahrte ihn vorm Fallen.

»Dominic!« Er drehte sich um und sah, dass einer der anderen Männer den Jungen hielt. Dominics Haut war unter seinem feuerfarbenen Haar weiß, aber seine Augen leuchteten.

»Wir haben es geschafft!«, flüsterte er. »Wir haben gesiegt!«

Darriel richtete sich auf und hielt im Hof Umschau. Die letzten Räuber flohen, aber mehr als die Hälfte lag reglos auf den Steinen. Und unter ihnen war etwas, das zerstückelt worden war. Nur die Farbe des Haares identifizierte die Überreste als Rannarl – nur das, und der Sternenstein, der trüb und leblos in einer ausgestreckten Hand lag. Sie hatten in der Tat gesiegt, und um Darriel drehte sich immer noch alles vor Schrecken über die unerwartete Energie, die die Sternensteine hier freigesetzt hatten. Ob er je im Stande war, sie richtig zu verstehen oder zu meistern? Dominic war jünger ... vielleicht würde er derjenige sein.

Darriel holte tief Atem und sah zu dem Jungen zurück. Dominic hatte »*wir*« gesagt, nicht »*ich*«. Im Gedanken an das Mittel, durch das sie gesiegt hatten, erschauerte Darriel, denn er wusste ganz genau, ohne den jungen Allart wäre er jetzt tot. Der Junge hatte die ganze Kraft seiner Seele in einer bedingungslosen Hingabe mit ihm geteilt. Dem Älteren kam es vor, als habe dieser Sonnenaufgang mehr als nur eine Art von Sieg gesehen.

»Weißt du jetzt, wozu du gut bist, mein Sohn?«, fragte er leise, und alles, was er an Antwort brauchte, lag in Dominics Lächeln.

Über Nina Boal und »Flucht«

Obwohl ich mich im Allgemeinen bemüht habe, eine sehr methodische Schriftstellerin zu werden, liegt das im Grunde nicht in meiner Natur, und als ich mich hinsetzte, um die Einführungen für diese Anthologie zu schreiben, entdeckte ich, dass ich das von Nina Boal erbetene biographische Material falsch abgelegt oder verschlampt hatte. Vor allem erinnere ich mich, dass ich sie kennen lernte, als ich zuletzt in der Gegend von Chicago war, und es mir Freude machte, mich mit ihr zu unterhalten. Sie erschien zum ersten Mal in der Anthologie GESCHICHTEN VON DEN FREIEN AMAZONEN (die jetzt vergriffene Amateur-Thendara-Haus-Publikation von den Freunden Darkovers) und in der DAW-Anthologie FREIE AMAZONEN VON DARKOVER (DAW 1985). Zu der Zeit studierte sie im Hauptberuf Mathematik und trainierte asiatische Kampfsportarten, und sie schrieb für Zeitschriften wie FIGHTING WOMAN NEWS. Eins ihrer Hobbys ist es, Siamkatzen zu züchten und auszustellen.

Zu den abgegriffensten Themen bei Darkover-Storys gehört eine Wiederholung der Grundzüge von DIE ZERBROCHENE KETTE: »Flucht aus den Trockenstädten und Rettung durch Freie Amazonen«. Für gewöhnlich stelle ich fest, dass eine solche Geschichte nur eine Variation von Margaret Silvestris »Werft eure Ketten ab« (FREIE AMAZONEN VON DARKOVER) ist, und lehne sie ab. Bei Nina Boals »Flucht« beeindruckte mich ein neuer Gesichtspunkt an der alten Geschichte.

MZB

Flucht

von Nina Boal

Ein Falke kreist langsam ... kreist und steigt in den lavendelblauen Himmel auf, der Sonne entgegen ...

Das Bild schoss ihm durch den Kopf, während er auf einem Strohsack lag. Er war in der Sklavenunterkunft des Großen Hauses von Tarsa. Verzweifelt schloss er seine Barrieren vor der Vision. Über seinen dünnen Rücken tobte flüssiges Feuer. Er würgte und keuchte in der stagnierenden Trockenland-Luft.

Ich kann es nicht länger ertragen!, schrie sein gequälter Verstand auf. *Ich will es nicht länger ertragen!* Eine blinde, wirbelnde Wut erfasste ihn. *Ich wollte doch nur ... tun, was er mich geheißen hatte. Ich ...* Der Raum begann sich zu drehen, erst langsam, dann immer schneller. *Laran,* sagte ihm eine Stimme. Eine »Gabe«, ein Fluch aus vergangener Zeit – er war nie richtig ausgebildet worden. *Nein! Ich darf nicht an so etwas denken!,* befahl er sich. Er konzentrierte sich und brachte das Drehen zum Stillstand. Der Zorn brannte immer noch in seinem Magen.

Der Schmerz in seinem Rücken schoss jetzt durch seinen ganzen Körper, und er wandte den Zorn gegen sich selbst. Die Visionen hatten ihn heute Abend überfallen, als er die Vasen seines Herrn, kostbare Erbstücke, polierte – eine seiner regelmäßigen Aufgaben. In seiner Verwirrung hatte er eine der Vasen zerbrochen. Für seine Unachtsamkeit hatte Lord Marek von Tarsa ihn bestraft.

Er seufzte. Sein Rücken trug die Narben, die Zeugen all seiner früheren Fehlleistungen waren. Er war immer viel häufiger bestraft worden als jeder andere Diener im Großen Haus.

Die Fußböden, die er auf Hochglanz bohnerte, glänzten nicht genug. Die Laken aus Spinnenseide, die er sorgfältig über die Betten gebreitet hatte, zeigten Falten. Vor zehn Tagen hatte er beim Ausfegen des riesigen Küchenkamins eine kleine Ecke vergessen. Jetzt quälte sein Verstand ihn mit diesen Bildern ... Von neuem wütete er gegen sich selbst. *Du bist weniger als ein Mann. Wer bist du, dass du dir diese Visionen und müßigen Tagträume erlauben kannst?*

Scham erfüllte ihn. Er dachte darüber nach, was er wirklich war. Er war Lewis-Gabriel mit dem exotischen Namen, den zarten Gesichtszügen und dem seidenen, rotgoldenen Haar – seines Herrn regelmäßiger Bettgefährte ebenso wie sein Hausdiener.

Er würde sich nie zu einem Mann entwickeln. Bevor er vor mehr als fünf Jahren in Ardcarran verkauft worden war, hatten die Händler ihn operiert – als *emmasca* war er wertvoller. Übelkeit schüttelte ihn. Plötzlich brodelte sein Zorn von neuem hoch.

Schiere Resignation drückte ihn wieder unter die Oberfläche. *Ich habe es zugelassen!* Wer war er, dass er gegen sein Schicksal aufbegehrte? *Ein echter Mann hätte sich ein Messer ins Herz gestoßen oder sein Herz mit reiner Willenskraft angehalten, bevor er das erlaubt hatte!*

Während dieser Bestandsaufnahme seiner selbst war ihm, als schwebe sein Geist über seinem Körper. Sein größter Lohn war es, mit Lord Mareks Gunstbeweisen überschüttet zu werden. Ein Schauder überlief ihn. *Was ist von einem verächtlichen Halbmann auch anderes zu erwarten?*, fragte eine bittere Stimme.

Heute Abend war er von seinem privilegierten Platz an der Seite seines Lords verbannt worden. Lynette, nicht er, würde in der Schlafkammer sein – Lynette mit ihren Flechten aus goldenem Haar, ihrem üppigen, kurvenreichen Körper. *Eine vollständige, ganze Frau,* dachte er, *keine Kreatur wie ich.* Ein Damm in ihm brach. Eine Flut von Tränen strömte ihm aus den Augen. Er vergrub sein Gesicht, als sich ihm ein lautes, ersticktes Schluchzen entrang, das im ganzen Schlafsaal widerhallte.

»Sei still, Lewis-Gabriel!«, ließ sich eine ungeduldige Stimme hören. »Ich habe morgen Arbeit, viel Arbeit – und ich brauche meinen Schlaf.«

Eine andere Stimme lachte spöttisch. »Armer hübscher Junge. Er weint niedlicher, als jede Frau es fertig brächte.«

»Lasst ihn doch in Ruhe!«, fiel eine dritte Stimme ein. »Er hat genug eigene Sorgen. Er gibt sich Mühe, der arme Kerl.«

Lewis-Gabriel, dessen Wangen mit seinem Rücken brannten, unterdrückte sein Schluchzen so, dass es die anderen nicht störte. Wieder verkrampfte sich sein Magen, als er sich sein tränenfleckiges Gesicht vorstellte. »*Armer hübscher Junge ...*«

Ob ich gar fortgeschickt werde? Jetzt packte ihn die Furcht, und das Gefühl der Scham wurde schlimmer. Seit kurzem pflegte Lord Marek ihn nachts an Gäste auszuleihen. Er hatte sich ihnen hingegeben, hatte ihre gierigen Hände auf seinem Körper geduldet. Würde er weiterverkauft werden? Er sah sich schon fallen gelassen, abgestoßen an ein Bordell in Ardcarran, wo er endgültig verschlissen werden würde ...

Schrille Wut raste durch sein Bewusstsein.

... Der Falke erreicht hoch fliegend die Hellers. Sein Schrei reißt den Himmel entzwei ...

Er schlug seine Barrieren zu. Mit aller Kraft gebot er dem Zittern seines Körpers Einhalt. Irgendetwas baute sich in seinem Innern auf; sein Kopf schmerzte von der nahe bevorstehenden Explosion. *Ich darf es nicht zulassen!* Er versuchte, sich selbst Vernunft einzureden. Morgen wollte er fleißig arbeiten, um die Gunst seines Herrn wiederzugewinnen. Irgendwie würde er lernen, in seinem Geist einen Damm gegen den Strom zu errichten, der immer wieder durchzubrechen drohte.

Er baute eine Mauer. Sie schloss den tobenden Schmerz aus, der seinen Rücken und ebenso seinen Verstand folterte. Er zwang sich zu schlafen.

Der Traum packte ihn. Er wurde eingehüllt von dem Traum.

Ein Verrin-Falke kreiste langsam. Die zinnoberrote Sonne badete seine Federn in einem glänzenden Kupfer. Seine bernsteinfarbenen Augen suchten, er stieß einen klagenden Schrei aus und stieg in den klaren Himmel über den Serrais-Bergen auf.

Ein jugendlicher Reiter trabte auf einem mitternachtsschwarzen Pferd einen bewaldeten Hang hoch. Sein schönes rotgoldenes Haar wehte im frischen Sommerwind. Seine hellgrünen Augen folgten dem schwebenden Falken, und sein schmales, bartloses Gesicht lächelte glücklich. Der Falke schoss plötzlich ins Unterholz nieder. Der Jüngling zuckte unter dem Entsetzen des Rabbithorns zusammen. Dann sprang die triumphierende Freude des Falken auf ihn über. Der Falke kehrte mit der Beute zurück, er nahm sie ihm ab und belohnte ihn. Sein Blick ging zu den fernen nebelgrauen Hellers hinüber, hinter denen die grauen Wüsten des Trockenlandes lagen. Ein leises, perlendes Lachen stieg empor. Der Jüngling wendete sein Pferd und galoppierte den von Nadelbäumen bestandenen Pfad hinunter ...

Lewis-Gabriel erwachte. Er blickte auf; er lag auf seinem harten, schmalen Bett in der dumpfigen Sklaven-Unterkunft des Großen Hauses. Die untergehende Sonne schickte rote Strahlen durch das einzige hochliegende Fenster. *Nicht mehr als ein Traum,* dachte er voller Bedauern.

Wieder erschien ihm das jugendliche Gesicht des Reiters – war es vielleicht das eines *emmasca?* Ein Kälteschauer lief ihm über das Rückgrat. Er spürte, wie er hochschwebte, aus seinem Körper hinaus, der Sonne entgegen, deren Strahlen sich durch das Fenster ergossen ... *Laran,* kam der Gedanke von neuem. Wie damals, als ... *Nein! Es ist unmöglich!* Heftig schob er die Gedanken aus seinem Bewusstsein. Das Schwindelgefühl verging. Wieder einmal war es ihm gelungen, die Kontrolle über sich zu behalten. *Für wie lange diesmal?,* fragte er sich voller böser Ahnungen.

Genug, befahl er sich entschlossen. *Zeit, aufzustehen.* Er hatte entsetzlichen Hunger, aber er würde auf sein eigenes Frühstück warten müssen – bis Lord Marek und seine Familie gegessen hatten. Ein Stöhnen unterdrückend, versuchte er, seinen steifen, verletzten Körper zu bewegen. Stoisch zwang er sich zum Ankleiden. Dann ging er in die riesige, höhlenartige Küche des Großen Hauses, wo seine morgendlichen Pflichten auf ihn warteten.

Es war nach dem Frühstück, und Lewis-Gabriel scheuerte in der Küche die großen Kochtöpfe. Ein untersetztes, pelzbedecktes *cralmac* kam zu ihm und gab ihm zu verstehen, er solle sich sofort bei Lord Marek in dessen Arbeitszimmer melden. Wie betäubt ließ er die Kochtöpfe stehen und ging den langen Gang zum Arbeitszimmer seines Herrn hinunter. Eine neue Furcht bedrängte ihn. Er fühlte sein Hemd über seinen zerschlagenen Rücken streifen. Hatte er noch eine andere Missetat begangen, sollte ihm eine weitere seiner Unzulänglichkeiten vorgehalten werden? Er dachte an die Peitsche. *Nein!* schrien seine Gedanken in stummer Qual. *Ich kann es nicht länger ertragen. Bitte ...* Er murmelte ein Gebet an den Gott, wer er auch sei, der Mitleid mit ihm haben würde.

Er kam an anderen Dienern vorbei und spürte ihren Hohn. *Seht, Lord Mareks Favorit, seine männliche Lieblingshure, ist zweifellos unterwegs, ihm zu dienen!* Lewis-Gabriel konnte das Zittern seines Körpers kaum beherrschen.

Er betrat das streng möblierte Arbeitszimmer und schluckte heftig, als er Lord Marek in tiefer Konzentration über seinen Schreibtisch gebeugt sah. Stören wollte er nicht. »Mein Lord«, sagte er schließlich pflichtgemäß, bemüht, seine Stimme ruhig zu halten.

Der hoch gewachsene, flachshaarige Trockenland-Häuptling sah anerkennend zu Lewis-Gabriel auf – und dann verzog sich sein breites Gesicht zu einem leutseligen Lächeln. Sofort überflutete Lewis-Gabriel eine Welle der Erleichterung. Lord Marek sprach ihn an: »Lewis-Gabriel, ich habe einen wichtigen Auftrag für dich. Gieß mir einen Becher *jaco* ein. Schließ die Tür und ziehe den Vorhang zu.« Lewis-Gabriel beeilte sich, die schwere Holztür zu schließen. Dann zog er die perlenbesetzten Vorhänge zu. Seine Stimmung hob sich. Er goss das heiße Getränk in Lord Mareks irdenen Becher. Den Arm hielt er dabei in dem anmutigen Bogen, den sein Herr wünschte. Die unschickliche Neugier, die Lord Mareks Worte in ihm geweckt hatten, verbarg er.

Lord Marek holte ein sorgfältig zusammengefaltetes Blatt Papier hervor. »Das muss abgeliefert werden«, sagte er bedächtig. »Du musst es nach Shainsa bringen – allein. Ohne Begleitung. Niemand sonst darf davon wissen.« Lewis-Gabriels Augen weiteten sich vor Staunen.

Lord Marek fuhr fort: »Meine Feinde haben überall Spione, sogar hier in diesem Großen Haus. Ich kann nicht sicher sein.« Er sah Lewis-Gabriel nachdenklich an. »Aber du weißt nichts von der Ehre eines Mannes, von seinem *kihar*. Du kennst nichts als die völlige Hingabe an mich – auch wenn ich dich gelegentlich für deine Unachtsamkeit schelten muss. Und da du ursprünglich aus den Domänen stammst, hast du keine Verbindung mit irgendeinem Clan oder Haus des Trockenlandes.«

Ohne zu wissen, warum, wurde Lewis-Gabriel ein bisschen unruhig.

»Ich werde dich mit allem versorgen, was du für deine Reise brauchst«, zählte Lord Marek auf, »mit einer Landkarte, einem *oudrakhi,* Essen, Wasser, ein paar Münzen. Du wirst am späten Abend Shainsa betreten und die Botschaft abliefern. Bis morgen Abend wirst du wieder hier sein.«

Lord Marek legte Lewis-Gabriel leicht die Hand auf die Schulter, und der Junge sah seinen Herrn wie betäubt an. »Hast du vielleicht Angst, Lewis-Gabriel?«, fragte Lord Marek freundlich. »Ich habe dich früher schon Botschaften austragen lassen – deine Anmut repräsentiert mein Haus gut. Aber dann bist du immer gut bewacht gewesen, denn es sollte mir doch kein anderes Haus meinen Favoriten stehlen. Diesmal kann ich es mir nicht leisten, dir Begleiter mitzugeben. Aber du sollst das hier haben.« Lord Marek reichte Lewis-Gabriel einen kleinen, zart geschwungenen Dolch, dessen opalisierendes Heft das Wappen des Großen Hauses von Tarsa trug. »Es wird dich als mein Eigentum identifizieren. Ich glaube nicht, dass dich jemand belästigen wird – oder er wird es mit *mir* zu tun bekommen!«, erklärte er grimmig.

Lord Marek hielt inne. Er fuhr mit der Hand durch Lewis-Gabriels Haar, während er ihn mit seinen tiefen, himmelblauen Augen liebkoste. Lewis-Gabriel stand, als habe er im Fußboden Wurzeln geschlagen. Er wünschte sich, die Wärme, den Trost zu spüren, den die Zuneigung seines Herrn ihm sonst immer gespendet hatte. Stattdessen stieg von neuem dieser unvernünftige Zorn in ihm auf und durchlief seinen ganzen Körper. Er schloss schnell seine Barrieren, um ihn auszuschließen, und senkte flüchtig die Augen. Dann blickte er wieder auf, als sein Herr ihn von neuem ansprach. »Sei vorsichtig, Lewis-Gabriel«, mahnte Lord Marek. »Vergiss nicht, dass ich dir mein Vertrauen schenke – es gibt sonst niemanden, dem ich vertrauen kann –, indem ich dich diese wichtige Botschaft überbringen lasse.«

Kurze Zeit später saß Lewis-Gabriel, gegen die Wüstenhitze mit einem Kapuzenmantel bekleidet, auf einem *oudrakhi* und war unterwegs nach Shainsa. Die rote Sonne, beinahe pastellfarben flammend, stieg über dem Sand und den vereinzelten Felsen auf. Er ließ seinen Körper im Rhythmus der langen Schritte des Wüstentiers schaukeln und blickte dabei zu den fernen, schroffen Gipfeln der Hellers hinüber. Eine leichte Brise blies ihm gegen die Wange.

Die Gedanken wirbelten ihm im Kopf. Gestern Abend war er in Ungnade gewesen, bestraft für seine Unachtsamkeit. Sein Rücken brannte immer noch. Heute ... *Ich bin der vertraute Bote meines Herrn. Ich trage seinen Dolch, reise allein auf einer Mission von lebenswichtiger Bedeutung.*

Allein. Sein Herz klopfte. Das Bruchstück eines Gedankens kämpfte sich an die Oberfläche. Er schob es zurück. *Ich werde die Botschaft meines Herrn abliefern. Das ist alles,* sagte er entschlossen zu sich selbst.

Allein. Da war der Gedanke schon wieder. Er wandte den Kopf, verrenkte sich den Hals, spähte auf die flachen, öden Weiten hinaus, die ihn umgaben. Diesmal begleiteten ihn keine schützenden Wachen. Für einen Augenblick packte ihn nacktes Entsetzen. *Wenn nun plötzlich Räuber über ihn herfielen und ...*

Bevor er ihr Einhalt gebieten konnte, fasste ihn die Erinnerung und hielt ihn mit stählernem Griff ... *Er war in den bewaldeten Bergen von Serrais, weit weg vom Besitz seines Vaters, auf die Jagd geritten. Vor kurzem war er fünfzehn geworden und hatte damit das Alter der Mannheit erreicht. Seine abgesprochene Ehe war noch nicht vollzogen. Aber wenigstens konnte er seiner Braut ein Rabbithorn nach Hause mitbringen.*

Die Räuber, alles Trockenländer, stürmten hinter einer Baumgruppe hervor. Vergebens wehrte er sich gegen sie. »Ein

zarter junger Comyn-Knabe«, krähte der Anführer. »Er wird
auf dem Markt von Ardcarran einen guten Preis bringen ...«

Lewis-Gabriels Herz hämmerte. Trotz der Wüstenhitze bedeckte kalter Schweiß seinen Körper. *Verstümmelt ...* Weder Mann noch Frau, war er etwas Verändertes – für die Lust von Männern zugeschnitten wie ein *ri'chiyu* aus dem Zeitalter des Chaos. Heftiges Beben schüttelte seinen Körper in krampfhaften Wellen. Er hatte sich willig dem Mann hingegeben, der ihn gekauft hatte. Er hatte nicht sterben wollen.

Die blutrote Sonne stand hoch am wolkenlosen Himmel. Ihre Strahlen badeten ihn in mittäglicher Hitze. Sein Körper schaukelte immer weiter mit den Schritten des *oudrakhis*. Über den sonnengetränkten Sand huschte ein Schatten. Ein Vogel, ein kleiner, blass-lohfarbener Wüstenfalke glitt mühelos auf einer Windbö dahin.

Merkwürdig, Lewis-Gabriels Ängste waren verschwunden. Etwas anderes regte sich. Etwas kämpfte in seinem Innern. Der kühle Hauch des Windes, der den Falken in einer sanft ansteigenden Kurve dahintrug, wehte ihn an. Eine Stimme flüsterte in seinem Gehirn. Sie nannte ihn mit einem fast vergessenen Namen – einem Namen aus einem vergangenen Leben. *Lewis-Gabriel Ridenow.* Wie eine glühende Kohle brannte die Botschaft: *Du bist allein, unbewacht. Er hat dir alles gegeben, was du brauchst, Essen, Wasser, ein paar Münzen, ein Tier zum Reiten.* Der schrille Schrei des Wüstenfalken durchbohrte den Himmel – und Lewis-Gabriels Bewusstsein. Die verbotenen Gedanken schickten Schockwellen durch seinen Körper. *Du kannst heimkehren. Du kannst frei sein.*

Der Widerspruch ließ nicht auf sich warten. *Elender Halb-Mann!,* rief die Stimme, dass sich ihm der Magen umdrehte. *Willst du außerdem noch zum Verräter werden?* Gnadenlose Scham hämmerte auf ihn ein. *Die Comyn würden dich gar nicht zurücknehmen – dich zum* emmasca *gemachte Kreatur, die sich auf diese Weise benutzen lässt, die mit Eifer ihrem Herrn zu gefallen sucht!* Ihn überkam die alte Resignation. *Du bleibst besser im Großen Haus von Tarsa. Diene deinem Herrn. Du gehörst ihm.* Er fasste nach seinem kleinen Dolch, dessen Wappen ihn beschützte, indem es ihn als Lord Mareks Eigentum auswies. *Tu deine Pflicht dem gegenüber, der dir vertraut. Drücke dich dieses eine Mal nicht.*

Außerdem, ermahnte er sich selbst, *weißt du, was mit dir geschieht, wenn dir die Flucht nicht gelingt.* Seine Erinnerung zeigte ihm ein Bild – die Foltern, denen man einen Stallknecht unterzogen hatte, als er nach einem Fluchtversuch von Lord Mareks Wachen zurückgeschleppt worden war. Von dem ganzen Großen Haus war verlangt worden, Zeuge der Bestrafung zu sein. Schon sah Lewis-Gabriel sich an der Stelle des entlaufenen Sklaven und wand sich ...

Plötzlich flammte ein weißes Licht vor ihm auf und riss die Decke von einer anderen, ebenso schauderhaften Erinnerung. Seine Hände stahlen sich unter seinen Mantel, unter sein Hemd. Er tastete die unzähligen Schwielen und Narben ab, die kreuz und quer über seinen wunden Rücken liefen. Er spürte eine schwelende Kraft von innen gegen seinen Geist drücken, und er sah seine Zukunft klar vor sich.

Man schob ihn in die Schlafkammer seines Herrn, wo sein geschundener und verstümmelter Körper vergewaltigt werden würde – immer wieder und wieder ...

NEIN!

Weißglühender Zorn presste diesen stummen Schrei heraus. Er hatte geglaubt, der Zorn sei vor langer Zeit zusammen mit seiner Mannheit aus ihm herausgeschnitten worden; jahrelang hatte er ihn unbarmherzig gegen sich selbst gekehrt. Jetzt drang er mit Gewalt aus frisch geöffneten Barrieren – ein versengendes Flammenband, das sich aus einer dumpfen Grube, schwärzer als Zandrus tiefste Hölle, den Weg nach oben und außen bahnte. *Gnädige Avarra, nein!*, rief er der Göttin der Wiedergeburt zu. *Nein! Nein! Niemals wieder!*

Wie ein brausender Strom flüssigen Feuers überflutete der Zorn seinen Verstand. Alle Barrieren seiner Scham wurden niedergerissen. *Was bin ich? Was ist aus mir geworden? Lieber sterben, lieber unter der schlimmsten Folter sterben, als noch einmal eine einzige Minute lang das ertragen zu müssen! Ein Geschöpf ohne Ehre, das geschlagene, winselnde Eigentum eines Tyrannen aus den Trockenstädten zu sein! Nein! Ich will es nicht länger ertragen! Er besitzt mich NICHT, und ich brauche mich ihm nicht hinzugeben. Ich kann dieses Haus des Schreckens verlassen. Ich kann frei werden.*

Der Fluss beruhigte sich und ließ einen kühlen See der Stille in seiner Seele zurück. Er blickte zum Himmel empor. Jetzt konnte er klar sehen. Sein Geist wurde nicht langer von Visionen verwirrt, die ihn als Flüchtling zeigten. Er erkannte die Umrisse des Wüstenfalken, der sich zur Sonne emporschwang und mit einem Glast karmesinroten Lichtes verschmolz.

Seine Seele war nicht die des Falken. Sie war ein Schmetterling, der aus seiner Hülle schlüpfte. Zögernd breitete sie ihre leuchtenden Flügel zum Trocknen aus.

Er erinnerte sich an noch jemanden, der aus dem Großen Haus geflohen war, aber mit Erfolg. Es war kein Mann gewesen, sondern eine Frau, Rizelle, eine Konkubine, die feines Leinen trug. Eines Abends hatte man sie vermisst. Alle Truppen Lord Mareks hatten das Land abgesucht und doch keine Spur von ihr gefunden. Lewis-Gabriel hatte das unter den Sklaven kursierende Gerücht gehört, sie habe die Wüste irgendwie überlebt und es bis zu einem Gildenhaus der Freien Amazonen geschafft.

Sie konnte es auch nicht ertragen, dachte Lewis-Gabriel. Für einen Augenblick kleinmütig, überlegte er, dass es nichts in der Art eines Gildenhauses der Freien Amazonen gab, wo er

Schutz suchen konnte. Dann biss er fest entschlossen die Zähne zusammen. *Irgendwo wird es einen Platz für mich geben – es muss einen geben. Denn ich will nicht länger ein Trockenland-Sklave bleiben.*

Vor sich hin summend, trieb er das *oudrakhi* an. *Komm, mein Freund. Auch du wirst frei sein,* lächelte er. Er griff mit seinen Gedanken hinaus, und wirklich, er war immer noch fähig, den Geist des Tieres zu berühren und zu beschwichtigen. Einst war er ein Comyn, ein Ridenow gewesen. Er hatte immer noch eine Gabe. Jetzt stellte er fest, dass er sie steuern konnte; sie geriet nicht mehr außer Kontrolle.

Er begann, eifrig Pläne zu schmieden. Er würde Lord Mareks Botschaft abliefern, damit es so aussah, als sei alles in Ordnung. Dann ... Lord Marek hatte ihn angewiesen, die Nacht in Yusophs Herberge in Shainsa zu verbringen. *Nein,* entschied Lewis-Gabriel. *Ich verlasse Shainsa heute Abend und reite bei Mondschein in Richtung der Hellers.* Er legte die Hand auf das Heft seines kleinen Dolches. *Und wenn mich Mareks Männer zurückholen wollen, werde ich mich damit töten, ehe ich mich einfangen lasse.*

Shainsa kam in Sicht. Schon neigte die Sonne sich unter den Horizont und badete den Wüstenstand in ihrem purpurfarbenen Licht. Lewis-Gabriel ritt auf die ummauerte alte Stadt zu und studierte die Karte, die Lord Marek ihm gegeben hatte. Als er durch das Tor kam, sah er Kaufleute und Handwerker, die ihre Waren für die Nacht wegräumten. Einige allerdings feilschten noch mit einem letzten Kunden. Lewis-Gabriel näherte sich einem Verkäufer, einem großen, fleischigen Mann mit gewaltigem Bart, der Nussbrot-Laibe ausgestellt hatte. »Mein Herr braucht Brot für sein Haus«, sagte Lewis-Gabriel, die Augen schicklich gesenkt. In Gedanken lachte er. Er bezahlte, packte die kostbare Nahrung, die er für seine eigene

Reise brauchte, auf das *oudrakhi* und folgte den gewundenen staubigen Straßen ins Stadtzentrum.

Lewis-Gabriel war noch nie allein in Shainsa gewesen. Er sah immer wieder auf der Karte nach der Adresse, die Lord Marek ihm gegeben hatte. Schließlich kam er an eine kleine Holztür, die wackelig in den Angeln hing. Er klopfte an. Es erschien ein gebückter alter Mann. Er entsprach der Beschreibung, die Lord Marek gegeben hatte. »Von dem Schwarzen Falken«, murmelte Lewis-Gabriel, wie er geheißen worden war.

»Aus dem fernen Osten, wo das Banshee läuft«, antwortete der alte Mann. Lewis-Gabriel händigte ihm das zusammengefaltete Blatt Papier aus. Der alte Mann las die Botschaft, die darauf stand, und verzog den Mund zu einem breiten Grinsen. Ohne ein weiteres Wort zu sprechen, trat er in seine Behausung zurück und schloss die Tür. *Das war also die dringende Botschaft,* dachte Lewis-Gabriel und kicherte ironisch vor sich hin.

Er kehrte dem Haus den Rücken und stieg wieder auf sein *oudrakhi. Was hätte ich gemacht, wenn der Alte mir eine Antwort mitgegeben hätte?,* schoss es ihm plötzlich durch den Kopf. Der kalte Atem der Wüstennacht traf ihn, und er wickelte sich seinen Schal ums Gesicht. Mit Augen und Ohren wachsam nach allem spähend und lauschend, was es zu sehen und zu hören gab, ritt er an den von Fackeln beleuchteten Häusern aus Bleichstein vorbei. Ein Kind weinte. Seine Mutter rief ihm etwas zu, dann nahm sie es hoch. Lewis-Gabriel zuckte bei dem Klirren der dekorativen Ketten zusammen, die jede Trockenländerin, dem Brauch folgend, trug. *Wenigstens bin ich nie gezwungen worden, so etwas anzulegen,* dachte er. Ein Mann stolperte laut singend aus einer Kneipe. Ein schwer mit Kornsäcken beladener Esel legte sich plötzlich nieder, als sein Besitzer fluchend an ihm zerrte.

Lewis-Gabriel kam an eine Straßenecke. Zur Rechten ging

der Weg zu Yusophs Herberge ab, wo er die Nacht verbringen sollte. Am Morgen hätte er dann zu seinem Herrn, der ihn in Tarsa erwartete, zurückkehren können. Die linke Abzweigung führte zum östlichen Stadttor – hinter dem die weiten Steppen lagen, die sich bis an die Hellers erstreckten. Lewis-Gabriels Handflächen wurden feucht, sein Herz schlug schneller und hämmerte ihm gegen die Rippen. Die Tonfolgen einer traurigen Wüstenmelodie, auf einer Laute gespielt, klangen zwischen den nackten Wänden hervor. Lewis-Gabriel sah in die Richtung von Yusophs Herberge. Hatte er einmal den ersten Schritt getan, konnte er nicht mehr umkehren. Er würde ein Flüchtling sein, ein Gesetzloser, den jeder Beliebige zu seinem Herrn zurückschleppen konnte. Er erschauerte. Mit einer entlaufenen Frau oder einem *emmasca* konnte man zuerst noch etwas anderes anstellen.

Sein Mut kehrte zurück und spülte alle Ängste fort. Von neuem umfasste seine Hand den Griff des Dolches. Er sah sich wieder im Großen Haus von Tarsa – Lord Mareks Spielzeug, zitternd und gehorsam, sich dem Zorn seines Herrn stets unterwerfend. Sein Magen verkrampfte sich. *Ich will lieber die Gefahren der Flucht auf mich nehmen als das ...* Er hatte seinen Entschluss gefasst, und nun würde er ihm folgen. Er schluckte heftig, wendete sein *oudrakhi* und nahm den Weg, der aus der Stadt hinausführte.

Die indigoblaue Nacht war klar. Die lavendelfarbene Idriel und die hellgrüne Kyrrdis ruhten auf einem Bett von Sternen und übergossen die steinige Steppe mit einem silbrig schimmernden Licht. Lewis-Gabriel hielt auf einem sanften Hang an und betrachtete die tanzenden Lichter und dicht gedrängten schwarzen Mauern von Shainsa. Er blickte auch kurz in die Richtung, wo Tarsa lag. Dann kehrte er den Städten den Rücken.

Seine Absicht war, bei Nacht auf wenig benutzten Straßen

zu reisen und nur die Sterne zu Führern zu nehmen. Er hatte die Wüste schon durchquert, wenn er Lord Marek begleitet hatte oder von ihm als Kurier eingesetzt worden war. Deshalb kannte er die Gefahren, die ihn erwarteten – Sandstürme, Räuber, Banshee-Vögel, sengende Hitze bei Tag, durch Mark und Bein gehende Kälte bei Nacht. Schrecklicher Hunger und Durst ...

Und was wird meine Familie sagen, wenn ich zu ihr zurückkehre? Würde man ihn mit offenen Armen aufnehmen – oder ihn verächtlich abweisen als einen, der die Ehre der Comyn befleckt hatte, weil er lieber hatte leben als sterben wollen? Er dachte an Ruyven, seinen damaligen *bredu,* der im Turm von Neskaya arbeitete. *Wird auch er mich als entehrt betrachten – oder bringt er es immer noch über sich, mich willkommen zu heißen?* Eine bittersüße Sehnsucht trieb ihm Tränen in die Augen.

Dann zogen Bilder an ihm vorüber, die Bilder, die er versucht hatte auszuschließen, die er in all den Jahren, die er im Großen Haus von Tarsa versklavt gewesen war, verbannt hatte. Jetzt gewährte er ihnen freien Zutritt.

... Berge, bedeckt mit reinem, frisch gefallenem Schnee. Goldene Kireseth-Blüten, sanft schwankend im Frühlingswind. Banner und Bänder des Mittsommer-Festes, Geschenke an Früchten und Blumen. Nadelbäume, die den ersten Herbstwind begrüßen ...

... Der langsam kreisende Verrin-Falke, der klagende Schrei, mit dem er in den lavendelblauen Himmel aufsteigt ...

Lewis-Gabriel kehrte in die Wirklichkeit und die Wüste zurück. Die fernen Hellers, jetzt neblig-graue Schatten, lagen vor ihm. Er hörte das leise Flattern einer Wüsten-Nachteule und ihren flötenden Ruf.

Seine Seele breitete die Flügel aus und sang zur Antwort ihr eigenes Lied. So ritt er in die Nacht hinein.

Über Diann Partridge und »Salz«

Diann Partridge war unter einer etwas anderen Version ihres Namens eine wohl bekannte Autorin für die erste Serie der Darkover Newsletter, und wenn mich mein Gedächtnis nicht trügt, erschien sie mehr als einmal in der Sieger-Spalte unseres inzwischen dahingeschiedenen Fiction-Fanzines *Starstone*. Eine Zeit lang veranstalteten wir Kurzgeschichten-Wettbewerbe, und Ms. Partridge war eine der regelmäßigen Teilnehmerinnen. Sie mag sogar zu den Siegern gehört haben.

Keine ihrer Arbeiten hat mich jedoch so beeindruckt wie die Geschichte »Salz«, die wirklich ein neues Streiflicht auf die Frage wirft: »Die Aillard-Familie setzt ihren Stammbaum über die weibliche Linie fort. Warum?« Verschiedene Theorien sind für diese Anomalie in der darkovanischen Tradition angeboten worden, doch bis jetzt hat mir keine so recht gefallen. Ich will nicht sagen, dass es die Lösung ist, aber diese Gedanken sind es wert, in Betracht gezogen zu werden.

Diann war zweieinhalb Jahre bei der Army und in Wyoming stationiert. Dann heiratete sie einen Stabsfeldwebel und verbrachte fünf Jahre damit, im Land umherzuziehen. Sie schreibt »seit ich mich erinnern kann«, hofft, wie sie sagt, diese Geschichte werde all den Leuten etwas beweisen, die sie für verrückt hielten, »weil ich saß und schrieb und nicht über Jungen kicherte und stöhnte«. Da dies auch meine Lebensgeschichte ist – sitzen und schreiben, ohne sich damit aufzuhalten, über Jungen zu kichern oder zu stöhnen – gehört ihr meine volle Sympathie. Hoffen wir, dass der Tag kommen wird, an dem »Sitzen und Schreiben« für jede von uns als durchaus vernünftige Möglichkeit zur Wahl steht. Mir scheint es viel mehr Sinn zu haben als das Kichern und Stöhnen über Jungen – oder sonst etwas.

MZB

Salz

von Diann Partridge

Ariada Aillard wanderte am Meeresstrand von Dalereuth entlang und stieß den nassen Sand mit ihren bloßen Füßen von sich. Ihr Unterhemd klebte ihr feucht an den Beinen. An diesem Abend wehte kein Wind. Die blaue Liriel hing voll am Himmel und wetteiferte mit der untergehenden roten Sonne. Wellen schlugen an ihre Füße und zogen sich wieder zurück, und Ariada ging weiter.

Sie hob eine Muschel auf und schleuderte sie zornig ins Wasser. Dann noch eine und noch eine. Die Ratsmitglieder würden sie mit nichts dazu bringen, jetzt, da Dom Arvel tot war, den von ihnen ausgesuchten Gatten zu akzeptieren. Dass Dom Arvel für die meiste Zeit ihres Lebens den Hochsitz innegehabt hatte, war schlimm genug gewesen. Nie wieder würde sie sich unter die Herrschaft eines anderen Mannes beugen. Der halb ausgereifte Plan, der ihr im Kopf herumging, seit sie die Erklärung des Rates erhalten hatte, begann, feste Gestalt anzunehmen. Ihr standen andere Wege offen, und sie beabsichtigte, sie zu beschreiten.

Vor ihr lag eine felsige Landzunge. Von dort kam ein dünner, pfeifender Laut. Ariada hob ruckartig den Kopf und ließ die Muschel fallen. Es war ein unmissverständliches Geräusch. Der Sand spritzte unter ihren Füßen auf, so rannte sie. Sie hätte sich nicht träumen lassen, dass er heute Abend am Strand sein würde.

An der Landzunge angekommen, kletterte sie die Felsen hoch. Dicht unter dem Gipfel öffnete sich eine kleine Höhle. Dort brannte ein Feuerchen, verborgen hinter Steinen, die ringsherum aufgehäuft waren. Hinter dem Feuer saß ein menschenähnliches Wesen. Es war nackt bis auf eine Schnur schwarzer Perlen um den Hals.

»Alu!«, keuchte Ariada, kämpfte sich über die letzten Felsblöcke und warf sich ihm in die Arme.

Er umfasste sie, und sie sanken zusammen zu Boden. Sein dünnlippiger Mund fand den ihren. Sie ließ ihre Zunge über seine scharfen kleinen Zähne gleiten. Die Leidenschaft, die ihr in den letzten paar Zehntagen versagt geblieben war, loderte hoch auf, und sie benutzte ihr *laran*, um ihn damit zu berühren. Er hatte seine Not mit dem nassen Hemd, das er aus dem Weg haben wollte, um sie schnell nehmen zu können. Die große rote Sonne Darkovers war die einzige Zeugin ihrer Liebe. Dann sank sie unter den Horizont und ließ sie ungestört.

Später wurde es kühl in der Dunkelheit. Ariada regte sich und setzte sich hoch. Das Feuer war fast ausgegangen. Es war Treibholz da, das alu hergebracht hatte. Sie legte ein paar Stücke auf die Glut und erweckte sie zu neuem Leben. Das salzgetränkte Holz erzeugte beim Brennen Myriaden von Farben.

Er schien zu schlafen, aber sie hatte inzwischen gelernt, dass es ein Fehler war, davon auszugehen, er nehme etwas nicht wahr. Sie sah sich nach ihrem verdreckten Hemd um, das an manchen Stellen trocken, an den meisten aber nass war, und bedeckte es ganz mit Sand. Zitternd stellte sie sich auf die Füße und schüttelte das Hemd über alu aus.

Er rollte sich herum und stand zwischen zwei Herzschlägen auf den Füßen. Die Geschwindigkeit und Lautlosigkeit, mit der er sich bewegte, setzten sie immer wieder von neuem in Erstaunen. Er packte das Hemd, wirbelte es sich um den Kopf und ließ es über die Felsen hinausfliegen.

»Alu! Nein!«, rief sie lachend. »Ich friere.«

Er zog seine Lippen in einem Grinsen zurück, das seine sämtlichen Zähne zeigte. Ariada hatte auf diese Weise schon mehr Unterwäsche verloren.

Seine Augen waren riesig in diesem flachen runden Gesicht, und sie glühten im Dunkeln. Der Feuerschein spiegelte sich in seinen Zähnen.

»Es besteht keine Notwendigkeit für eine solche Bedeckung. Das Meer liefert alles, und alu hat dir dies mitgebracht.« Er hielt einen schimmernden, schuppigen Mantel hoch, schöner im Licht des Feuers als alles, was sie je gesehen hatte. Alu breitete ihn aus und legte ihn ihr um die Schultern. Er drückte sie an sich und legte sich mit ihr neben das Feuer.

Sie wusste jetzt, dass sie ihm nicht danken durfte. Für »Ich danke dir« gab es in seiner Sprache keine Wörter. Sie hielt sich einen Zipfel des Mantels vors Gesicht, um ihn genau zu betrachten. Die Schuppen waren winzig, blau mit silbernem Rand, und das Muster wechselte und wirbelte, wenn sie sich bewegte. Die Größe des Mantels rief in ihr die erstaunte Frage hervor, mit welchem Ungeheuer er gekämpft haben mochte, um ihn zu gewinnen. Sie zitterte von neuem, aber diesmal nicht vor Kälte.

»Er ist wunderschön, alu. Er wird mich ebenso warm halten, wie Gedanken an dich es tun.«

Wieder dieses Messerschneidenlächeln. Aus der Höhle zog er einen gewebten Beutel und nahm frische Fische heraus. Er aß seine roh, ihre wurden über dem Feuer gebraten. Es störte sie nicht mehr, ihn auf seine Weise essen zu sehen. Er reichte ihr ein Stück hartes Salz, und sie krümelte es über den dampfenden Fisch.

Nach dem Essen liebten sie sich von neuem. Als sie danach zusammenlagen, hielt er seine Hand im Feuerschein hoch. Sie legte ihre dagegen. Beide Hände waren sich ähnlich, lang und schlank und sechsfingrig. Kleine Unterschiede waren die stumpfen Enden seiner Nägel im Vergleich zu ihren kurz geschnittenen und die zart aussehenden Häute zwischen seinen Fingern. Sie nahm ihre Hand fort und liebkoste die Kiemenöffnung an seiner Kehle. Er bog vor Lust den Kopf zurück, und die Lust sprang auf sie über, und dann war er wieder für sie bereit.

Den Rest der Nacht verbrachten sie ebenso wie den ersten Teil. Sie liebten sich, aßen und plauderten zwischendurch. Er spürte den tief in ihr verborgenen Zorn, aber nach den Sitten seines Volkes erlaubte er ihr, selbst zu entscheiden, wann sie davon sprechen wollte. Kurz vor dem Morgengrauen nahm er seine Knochenpfeife und rief ein Dutzend gigantischer Meeresgeschöpfe herbei, die in der Bucht unter der Stelle, wo sie lagen, sprangen und spritzten. Danach erzählte sie es ihm.

Er hörte aufmerksam zu. Als sie fertig war, fragte er: »Du würdest das deinem eigenen Volk antun, Ari?«

Sie nickte. »Das musst du verstehen, alu. Wenn der Rat in Thendara sich durchsetzt, bedeutet es, dass ich einen Mann seiner Wahl heiraten muss. Als mein Gatte hätte dieser mich völlig in seiner Gewalt. Er könnte mich in ein Zimmer einsperren und verhungern lassen, und niemand hätte das Recht, ihn daran zu hindern. Es würde keine Nächte wie diese mehr mit meinen Schwestern und mir und dir und deinen Brüdern geben. Und was am wichtigsten ist, keine Kinder mehr für deine Wellen.«

Das hatte sie sich als Letztes aufgehoben. Seine Lippen zogen sich in einem lautlosen Knurren zurück.

»Alu würde jeden landgehenden Mann, der dich auf eine solche Weise besitzen wollte, ins Meer pfeifen und sein Herz herausreißen und an die Krabben verfüttern!«

»Ich weiß, dass du das tun würdest, Geliebter. Und dein Volk würde von neuem entdeckt und gejagt werden. Es war schwierig genug, das Geheimnis vor meinem Vater zu bewahren. Jetzt seid ihr für den Rest Darkovers fast nur noch eine Sage, und nicht einmal in den gefrorenen Wüsten nördlich von Thendara erinnert man sich an euch. Ich will nicht, dass

so etwas geschieht, gerade wenn dein Volk von neuem aufzu-
blühen beginnt. Und ich will nicht, dass uns das Heim, für das
meine Schwestern und ich gearbeitet und gesorgt haben, fort-
genommen wird, nur weil wir Frauen sind!«

»Alu ist froh, dass du eine Frau bis!«, murmelte er an ihrem
Ohr. Seine Hände glitten unter den Mantel und wanderten
umher. »Und die *chieren* gehören ebenfalls zu deinem Volk.«

»Ja, schon seit der Zeit meiner Großmutter. Deshalb soll der
Rat mich als Mitglied akzeptieren, statt einen Gatten für mich
zu wählen, der den leer gewordenen Sitz füllt.« Seine Hände
machten sie wahnsinnig, und sie gab sich dem Rhythmus seines Körpers hin.

Als sie diesmal erwachte, hatte die Sonne den Horizont in
einem blassen Lavendel eingefärbt. Alu war auch wach. Er
gürtete sich das Messer um die schlanke Hüfte. Dann löste er
die Perlen von seinem Hals und legte sie um ihren.

»Ein Geschenk von ela Erster-Tochter.«

Ariada drückte die Perlen an ihre Haut. »Und wie geht es
meiner ersten Tochter?«

»Sie blüht und gedeiht mit den Wellen. Wir nennen sie
Klugfinger, denn sie hat eine Gabe für das Finden. Ich wollte,
du könntest bei uns im Wasser sein.«

Das waren immer seine Abschiedsworte. Und sie wünschte
es sich auch, aber sie konnte unter seinen Wellen nicht leben,
und er konnte nicht für lange Zeit auf ihrem Land leben.
Schon jetzt fiel ihr auf, wie trocken seine Haut im Lauf der
Nacht geworden war.

»Wir werden tun, was du wünschst. Ich lasse dir das hier
da.« Damit reichte er ihr die Pfeife. »Wenn du Hilfe brauchst,
blase hinein, und wir werden es hören. Jemand wird zu deiner
Unterstützung kommen.«

Es war inzwischen hell genug geworden, dass man sehen
konnte, und er musste gehen. Sie küsste ihn ein letztes Mal,

und er kletterte unbeholfen die Felsen hinunter und sprang ins Meer. Ariada sah dem *chieren* nach, bis er weit genug draußen war, um zu tauchen. Sie winkten sich zu, und dann war er fort.

Ihr blieb nichts weiter übrig, als nach Hause zu gehen. Den Mantel am Strand zurücklassend, obwohl sie eigentlich nicht glaubte, es werde ihm schaden, wenn er nass wurde, watete sie ins Meer hinaus und wusch sich. Nackt kam sie aus den Wellen, warf sich den Mantel um und machte sich auf den Weg zu der Stelle, wo sie am Tag zuvor ihre Kleider hingelegt hatte. Die Angst, in deren eisernem Griff sie sich gestern noch gewunden hatte, war verschwunden. Ihren Platz hatte die Überzeugung eingenommen, dass sie jetzt ein Verhandlungsargument hatte, und sie hüpfte ein paar Schritte über den Sand. Der Wind trocknete ihren Körper und ließ eine schwache Salzspur auf ihrer Haut zurück. Sie leckte ihre Handfläche ab, schmeckte es.

Bitte, Avarra, betete sie stumm, lass dies meine Rettung sein.

Sonnenschein strömte durch die Buntglasfenster des Empfangsraums im Dalereuth-Turm und lag in farbigen Flecken auf dem Fußboden. Ariada Aillard wartete in nervöser Ungeduld. Ihr kastanienbraunes Haar lag in kunstvollen Zöpfen um ihren Kopf, und durch die Flechten wand sich eine Schnur von seltenen schwarzen Perlen. Sie trug immer noch den Schuppenmantel und streichelte ihn zärtlich. Das *kyrri,* von dem sie hereingeführt worden war, hatte ihn ihr abnehmen wollen, aber als es ihn berührte, hatte es einen elektrischen Schlag bekommen. Sein Fell hatte sich gesträubt, und es war fast einen Fuß hoch in die Luft gesprungen. Ariada hatte Mühe gehabt, nicht laut herauszulachen, aber das sensible Geschöpf hatte ihr Lachen trotzdem gespürt und sich davongeschlichen.

Ariada hatte für dieses Treffen die besten Sachen angelegt, die sie und ihre Schwestern besaßen. Das schwere Distelseidenkleid war seegrün gefärbt, und sie hatten alle abwechselnd an den mit Kupferdraht gestickten stilisierten Wellen gearbeitet, die den Saum umgaben. Die Ringe, die ihre Finger bedeckten, waren ebenfalls Gemeinschaftseigentum der sieben Schwestern. An ihrer Kehle flammte ihr Matrix-Kristall, von nichts anderem dort festgehalten als ihrem eigenen *laran*. Kleinere Sternensteine funkelten an ihren Ohren.

Schließlich kehrte das *kyrri* mit dem Bewahrer des Dalereuth-Turms zurück. Ariada verbeugte sich tief. Er war ein alter Mann mit trockener, durchscheinender Haut und tief liegenden grauen Augen. Soweit sie sich erinnerte, hatte es hier nie einen anderen Bewahrer gegeben. Dem Alter nach war er vermutlich der Onkel ihrer Großmutter. Wahrscheinlich wusste er allein das genau. Ariada wusste nichts anderes, als dass er uralt war.

Der Höflichkeit wurde Genüge getan. Er erkundigte sich nach ihrer Familie und sie sich nach seiner Gesundheit. Er wusste recht gut, dass Lord Aillard vor kurzem gestorben war und sein Leichnam sich jetzt auf dem Weg nach der Stadt Thendara und dann weiter zur Beerdigung nach Hali befand. Ariada drehte an ihren Ringen und trommelte im Geist mit den Fingerspitzen auf die Tischplatte.

»Ja, Kind«, meinte der alte Bewahrer, nachdem das *kyrri* ein Tablett gebracht hatte, auf dem Gläser mit kühlem Apfelwein standen, »du musst noch etwas anderes auf dem Herzen haben als das Verlangen, zu erfahren, wie es uns in Dalereuth geht, wenn du in all diesem Staat hergekommen bist. Ich nehme an, es hat mit der Wahl eines Gatten für dich und deine Schwestern zu tun und der Frage, wer den Hochsitz einnehmen soll. Arvel hat unrecht daran getan, dich so lange unverheiratet zu lassen.«

Bei diesen Worten loderte Ariadas Zorn von neuem auf und versuchte, sich ihrer Kontrolle zu entziehen. Sie schlug die flammenden grünen Augen nieder, fasste in ihren Ärmel und brachte ein hölzernes Rohr zum Vorschein. Ihm entnahm sie ein auf Pergament geschriebenes Dokument und reichte es dem Bewahrer. Er entrollte es und begann zu lesen.

»Das kannst du nicht machen«, sprudelte er ein paar Sekunden später hervor. Seine Stimme hatte den freundlichen Ton verloren, in dem man mit einem Kind spricht, und klang jetzt kalt vor Ärger. Seine Mutter war eine Aillard gewesen und sein Vater ein Alton mit dem damals neu in die Linie hineingezüchteten *laran,* das durch den bloßen Gedanken töten kann. Ariada machte ihr Rückgrat steif und nahm sich vor, sich von ihm nicht ängstigen zu lassen.

»Ich kann es, Onkel, und ich werde es.« Sie zwang ihre Lippen zum Lächeln. »Wenn dieser fette *grezilin,* der auf dem Thron in Thendara sitzt, glaubt, er könne mich oder eine meiner Schwestern verheiraten, an wen es ihm gefällt, wird er feststellen, dass er im Irrtum ist. Ich kann und werde die Salzlieferungen an die anderen Domänen abschneiden, und Öl von den Fischen wird es auch keines mehr geben. Wie wird es den Leuten in Thendara und weiter nördlich gefallen, wenn ihre Häute mitten im Winter austrocknen und es kein Salz für ihr Fleisch gibt?«

»Aber dieses Dokument verlangt volle Mitgliedschaft im Rat und das Recht, die Aillard-Domäne in deinem eigenen Namen zu regieren, und du sollst es an die Tochter, die du gebären magst, weitervererben können! Dem wird König Ronalt niemals zustimmen. Höchstwahrscheinlich bedeutet das Krieg zwischen Aillard und dem übrigen Darkover. Du törichtes Mädchen, woher hast du die Idee, selbst regieren zu wollen?«

Sie konnte ihn weder geistig noch körperlich berühren, aber sie sehnte sich danach, ihn auf seine knochigen Knie niederzustauchen. Sie war kein Mädchen, sondern eine erwachsene Frau, die sechs Kinder geboren hatte, auch wenn diese unter den Wellen des Dalereuth-Meeres schwammen, statt im Aillard-Hof zu spielen!

»Das Recht steht mir zu, Onkel. Meine Schwestern und ich haben es satt, von Männern beherrscht zu werden. Mein so genannter Vater – Avarra und Evanda sei Dank, dass er kein Blutsverwandter von mir war – hatte die Domäne nur durch sein leichtsinniges Spielen gewonnen. Den letzten seiner Lustknaben haben wir schon fortgejagt, bevor er den letzten Atemzug tat. Er weigerte sich, eine von uns heiraten zu lassen, weil das seinen Gewinn aus dem Salzhandel hätte schmälern können, und ließ uns vor den Augen jedes erreichbaren Domänen-Erben baumeln wie Würmer am Haken. Du bist als einziger männlicher Aillard direkter Abstammung noch übrig. Wenn du von deinem Posten als Bewahrer zurücktrittst, werde ich dieses Papier verbrennen. Andernfalls möchte ich, dass es noch heute durch die Relais nach Thendara geschickt wird.«

Sie wussten beide, dass er nicht zurücktreten würde. Seit der Zeit vor ihrer Geburt war er körperlich nicht mehr außerhalb des Turmes gewesen.

Er versuchte es mit einer neuen Taktik. »König Ronalt wird mit Truppen herunterkommen und dich zur Heirat zwingen. Er hat bereits Carlyn Altons ältesten Sohn als deinen Gatten ausgewählt.«

Im Geist spie sie aus, und diesmal ließ sie es ihn sehen. Körperlich lehnte sie sich auf ihrem Stuhl zurück und faltete die Hände.

»Soll er Krieg anfangen, wenn es ihm gelingt, seine fette Kehrseite auf ein Pferd zu hieven. Niemals wieder wird ein anderer Mann den Hochsitz von Aillard wärmen. Das schwöre ich, Onkel.«

Sie beugte sich vor und berührte den Ärmel seiner Robe mit

einer Fingerspitze. »Sollte Ronalt der Unkluge nach Aillard kommen, wird er jeden Mann, jede Frau und jedes Kind in dieser Domäne bereit finden, mit jeder Waffe, die zur Hand ist, zu kämpfen. Und es wird keinen Salzhandel zwischen unseren Frauen und den *chieren* mehr geben.«

»Schweig!«, donnerte der alte Mann. »Das ist ein Thema, über das nicht gesprochen werden darf, wie du selbst weißt.«

»Du alter Heuchler!«, schrie sie zurück. »Deine Generation hat nichts dabei gefunden, die Körper von Aillard-Frauen an die *chieren* zu verkaufen, solange nur niemand darüber gesprochen hat. Oder verlangst du Schweigen, weil die Aillard-Männer peinlicherweise feststellen mussten, dass ihre Frauen die *chieren* ihnen als Liebhaber vorzogen?

»Ich will davon sprechen, Onkel«, fuhr Ariada mit ruhigerer Stimme fort. »Die Zeit für Geheimnisse zwischen uns ist vorbei. Ich habe das Versprechen der *chieren,* dass es kein Salz mehr geben wird und dass sie die Fische von unseren Netzen wegtreiben werden, wenn man mich oder eine meiner Schwestern gegen unseren Willen zur Heirat zwingt. Das hier wurde mir gegeben, um es dir als Beweis zu zeigen.« Sie fasste in das Mieder ihres Kleides und zog die kleine Knochenpfeife hervor.

Er warf einen Blick darauf, erschauerte heftig und wandte die Augen ab. Steck diesen Gräuel weg! Ich erinnere mich nur zu gut an den einen, der es meiner Nichte gab, als das Abkommen über den Salzhandel geschlossen wurde. Sie und ihre Schwestern hatten zu Anfang keine Wahl, aber bald waren sie mehr als bereit, ihre Körper für das zu verkaufen, was der Salzreichtum in diese Domäne brachte.«

Und auch für anderes, mein Onkel, dachte Ariada, sich an alus Wärme erinnernd.

»Glaube mir, Onkel, meine Schwestern und ich haben uns an den Buchstaben dieses Vertrages gehalten. Und es ist nicht unser Wunsch, in den Krieg zu ziehen. Dom Arvel war der letzte männliche Aillard, der in dieser Domäne geboren wurde, und er war von seines Vaters Seite her ein Ardais. Wenn du die Herrschaft nicht übernehmen willst, werden wir diese Domäne selbst regieren. Du tätest gut daran, mir zu glauben, wenn ich sage, ich werde den Hochsitz mit meinen eigenen Händen zerstören und dieses Land mit Blut und Salz düngen, wenn der Rat nicht zustimmt. Hier wird niemals mehr ein Mann regieren.

Wir verlangen volle Ratsrechte für die weibliche Linie, und sie sollen sich von der Mutter auf die Tochter vererben, wir verlangen das Recht, uns unter den dritten und vierten Söhnen anderer Domänen Ehemänner zu wählen, und auf weniger lassen wir uns nicht ein. Meine Schwester Allna hat bereits einen von Dom Arilinns Enkeln zum Mann genommen. Er war als Pflegesohn hier, als meine Mutter noch lebte, und kam zu Dom Arvels Begräbnis wieder.«

Sie wartete auf seine Antwort.

Er schloss die Augen, atmete tief ein und aus und kämpfte darum, sich wenigstens den Anschein von Selbstbeherrschung zu geben. Dann begann er auf listige Weise zu sprechen.

»Der Rat wird dem niemals zustimmen, Ariada. Um einen Krieg zu vermeiden, würde ich ihm selbst von den *chieren* berichten. Du hast keine Vorstellung, was ein Krieg mit sich bringt, Kind. Ich habe das Töten und Rauben und Leiden gesehen, das geschieht, wenn Krieg das Land überzieht. Ich möchte, dass du nach Hause gehst und dies überdenkst.«

»Ich habe genug gedacht, Onkel. Wir haben in den letzten zwölf Jahren hier selbst genug an Raub und Leiden gehabt. Wer, meinst du, hat die Leitung in Händen gehabt, als Arvel immer verrückter und gemeiner wurde, er, der niemals irgendein Interesse an dem Land und seinen Bewohnern nahm, außer dass er sich zeigte, wenn der Profit hereinkam? Du hast uns gewiss niemals mit Hilfe oder gar Rat beigestanden! Dann verschwand er wieder, um das Geld zu verbrauchen, wo er wollte, und verschwendete keinen Gedanken daran, was *hier* benötigt wurde. Ich habe die Bücher geführt, und wir alle haben uns an den Netzen abgewechselt. Ich weiß recht gut, dass Ronalt den Krieg ebenso verabscheut, wie er Gewürzbrot und Ale liebt. Und dass auf eine Karawane, die es schafft, Salz und Gewürze von den Trockenstädten herzubringen, acht kommen, die an Räuber verloren gehen. Was wird das Volk denken, wenn es kein Salz mehr für den Tisch gibt? Kommt es zu Aufruhr, wird Ronalt weder seinen Thron noch seinen Kopf lange behalten. Schon heute können sich nicht einmal mehr die Reichsten Gewürze aus den Trockenstädten leisten.

Und denke auch daran, Onkel: Wenn du das vereinbarte Stillschweigen über die *chieren* brichst, werden sie dich töten, indem sie dich aus diesem Turm und ins Meer pfeifen.«

Er wusste, dass sie Recht hatte. Und er bezweifelte sowieso, ob der Comyn-Rat ihm die Sache mit den *chieren* glauben würde. Er wusste im Gegensatz zu ihr außerdem, dass es für ihn den sofortigen Tod bedeutete, wenn er einen Schritt aus den geschützten Mauern des Turmes trat. Sie hatte ihn und den Rest der Domänen am Haken, und das war ihr klar. Er hatte als junger Mann genug vom Krieg gesehen und damals geschworen, eher zu sterben, als noch einmal zum Schwert zu greifen.

Am Ende erklärte er sich einverstanden, zu tun, was sie verlangte. Eine andere Wahl als den Krieg gab es nicht. Denn ihm war klar, dass sie ihre Drohungen wahr machen konnte. Die *chieren* würden kein Salz mehr liefern und die Fische wegpfeifen. Er hatte die erste Zusammenkunft der Männer aus dem Meer mit den Männern vom Land noch in lebhafter Erinnerung. Adan Aillard wollte den Reichtum, den ein solcher

Handel ihm bringen würde, und elo wollte die Kinder, die seine Brüder mit Adans Töchtern zeugen würden. In jeder Generation hatte es weniger *chieren*-Frauen gegeben, bis die Rasse beinahe ausgestorben war. Adans Töchter hatten eine unbekannte Zahl der Wesen geboren und das Geheimnis an ihre menschlichen Töchter weitergegeben. Kein anderer Mann als er selbst und Adan hatte jemals von den *chieren* erfahren.

Es hatte keinen Sinn, Gedanken an die Vergangenheit zu verschwenden. Was geschehen war, war geschehen. Man kann ein Küken nicht ins Ei zurückstecken, wie das alte Sprichwort lautet. Der Bewahrer nahm das Pergament, und ohne ein Wort des Abschieds zu Ariada verließ er den Raum.

Arvel Aillards Leichnam traf zweimal zehn Tage nach Ariadas Erklärung in Thendara ein. Sie hatte sich von ihm mit dem frommen Wunsch verabschiedet, seine Seele möge eine schnelle Reise in Zandrus neunte Hölle haben. Seine sterblichen Überreste wurden wegen der Aufregung, die der Brief hervorgerufen hatte, kaum beachtet. Ronalt rief hastig alle Ratsmitglieder zusammen, die gerade in Thendara weilten. Carlyn Alton war bereit, in den Krieg zu ziehen. Serrais und di Asturien stimmten ebenfalls für den Krieg. Lord El Halyn und Jan Ardais sagten nein dazu, Halyn aus dem Grund, weil er eine Steuer auf das Salz erhob, das durch sein Land transportiert wurde, und Ardais, weil er zwölf Söhne hatte und jetzt für einige von ihnen Zukunftsmöglichkeiten sah.

Das Zeugnis des Bewahrers von Dalereuth, Ariada Aillard sei tatsächlich in der Lage, ihre Drohungen wahr zu machen, brachte schließlich ein Abstimmungsergebnis zu ihren Gunsten hervor. König Ronalt war in der Tat faul und fett und neigte mehr zum Löffel als zum Schwert. El Halyn bot eine seiner Töchter für Carlyn Altons Sohn an. Einer nach dem anderen wurde jeder Lord zur Zustimmung überredet oder bestochen.

Als sich alle einig waren, konnte Ronalt nichts anderes mehr tun, als die Feder in seine dicken Finger zu nehmen und zu unterschreiben.

Wenn der Rat im Frühling zusammentrat, würde Ariada Aillard dort einen Sitz haben.

Eins der Turm-*Kyrri* brachte Ariada die Botschaft von den Relais-Schirmen. Sie las sie ihren Schwestern laut vor. Das war ein Grund zum Feiern! Außerdem war Allna bereits schwanger, und Ariada hatte den Verdacht, sie sei es auch. Diesmal, hatte alu versprochen, würde das Kind menschlich sein, eins, das Ariada behalten konnte. Diesmal würde es keine geheime Schwangerschaft geben, obwohl es nur die Hälfte der Zeit dauerte, ein Meerkind auszutragen wie ein menschliches. Keine mitternächtlichen Ausflüge mehr die geheime Treppe hinunter in den Tunnel, der ins Meer führte, wo eine Gestalt in der Dunkelheit wartete, um ihr das zappelnde Bündel abzunehmen. Und keine Sorgen mehr, die geheimen Zusammenkünfte von Aillard-Frauen und *chieren* könnten entdeckt werden.

Ariada steckte die kleine Pfeife in ihr Kleid. Es war nicht gut, sie im Haus zu spielen. Die Musik hatte die Wirkung, Teller klappern und Hunde heulen zu lassen. Sie lächelte vor sich hin. Liriel war in zehn Tagen wieder voll. Und alu würde für eine weitere Liebesnacht auf sie warten. Wenige menschliche Männer konnten sich mit ihm als Liebhaber vergleichen. Höchstwahrscheinlich würde alle Welt glauben, dieses Kind stamme von Allnas neuem Gatten. Aber die sieben Schwestern von Aillard würden sich nur anlächeln. Sie wussten, woher in der Aillard-Domäne die Kinder kamen.

Über Deborah Wheeler und »Das verwüstete Land«

Diese Geschichte hier besitzt eine der Eigenschaften, nach denen ich, wie ich in der Einführung sagte, Ausschau halte: einen unüblichen Gebrauch von *laran* und eine Hauptperson, an die ich glauben kann.

Deborah Wheeler ist in allen vorangegangenen Darkover-Anthologien erschienen. Dies ist ihre erste Geschichte, die sich mehr mit Menschen als mit Tieren befasst. Deborah ist Chiropraktikerin und Expertin in asiatischen Kampfsportarten. Sie war einmal Dean eines Colleges und ist Mutter von zwei entzückenden Töchtern, Sarah (jetzt sechs oder so) und Rose – ein ernsthaftes kleines Kind, das die Gewohnheit hat, keine ziellosen Babygeräusche von sich zu geben, sondern überlegte Laute.   MZB

Das verwüstete Land

von Deborah Wheeler

Jäh ragte ein großer Mann über Rorie Leynier auf und zückte eine Klinge, die in Kyrrdis' blaugrünem Licht schimmerte. Rorie trat mit einem Stiefel zu, griff nach seinem Schwert und rollte sich von dem mit Asche abgedeckten Feuer weg. Der Angreifer fiel mit einem Schmerzensschrei vornüber. Sein Bart ging in Flammen auf. Funken stoben unter ihm weg.

Während er sich in die tintenschwarze Nacht wälzte, stieg Rory der Gestank nach verbranntem Fleisch in die Nase. Der große Mann raffte sich auf und schlug das Feuer in seinen Haaren aus. Seine Flüche waren so gemein, dass sie schon nicht mehr verständlich waren. Andere Stimmen antworteten ihm aus der Dunkelheit. Rorie konnte ihrem Dialekt so viel entnehmen, dass es sich bei den Angreifern um Gesetzlose handelte, die auf der Suche nach leichter Beute von den Bergen herabgestiegen waren.

Rories Stute, die außerhalb des Lagers festgebunden war, wieherte und stampfte. Er schätzte die Entfernung zu ihr ab. Seine Muskeln spannten sich. *Zu weit,* dachte er, und auf dem ganzen Weg bot er den Schakalen den Rücken dar. Er spürte, dass sie näher schlichen – *wenn er nur sehen könnte, wo sie steckten!*

Hände griffen nach ihm aus der Dunkelheit, Hände, die wie Zandrus Dämonen an seiner Kehle und seinen Seiten zerrten. Rorie riss sich von ihnen los, schlug mit seinem Schwert zu. Die Spitze verfing sich irgendwo, dann riss Stoff. Ein schneller, gleitender Schritt brachte ihn dichter heran, und diesmal wurde sein Hieb mit einem Schrei beantwortet.

Ohne es bewusst zu wollen, zuckte Rorie zur Seite, und einen Augenblick später sauste ein Messer aus der Nacht heran, tief gezielt, um ihm die Kniesehnen durchzuschneiden. Sein Schwert fuhr an der kürzeren Klinge entlang, hielt am Stichblatt kaum inne und schnitt durch Finger und dann durch weicheres Fleisch.

Ihr Götter! Wie konnten sie ihn sehen, wenn alles, was seine Augen ihm zeigten, nichts als Schatten in Blau und im trübsten Rot waren? Dann fiel ihm ein, was Mirelle, seine Bewahrerin im Corandolis-Turm, gesagt hatte, als sie ihn als ungeeignet wegschickte: Das, was seine *Laran*-Talente beeinträchtigte, schädigte ebenso seine Nachtsicht. Jetzt kämpfte er um seine Haut und hielt sich, wenn er den kurzen, tödlichen Klingen auswich, mehr an seine Intuition als an das, was er sah.

Wertlos für Turm und Familie mochte er sein, dachte Rorie wütend, *aber er war immer noch Comyn und verdiente ein besseres Schicksal, als vor diesem Abschaum der Landstraße zu fallen!* Er drehte sich um, ließ sein Schwert im Bogen niedersausen und hörte einen gurgelnden Schrei, der das Ende eines weiteren Angreifers anzeigte.

Der erschlagene Gesetzlose fiel langsam und landete in den Überresten des Feuers. Funken sprangen von Büscheln versengten Haars, und dann ging das Feuer ganz aus.

Rorie fasste sein Schwert fester. Ohne das Glühen des Feuers reichte das matte blaugrüne Licht eines einzigen kleinen Mondes nicht aus, seinen Angreifern einen merklichen visuellen Vorteil zu geben. Jetzt waren sie ebenso blind wie er – und dumm genug, ihre Positionen zu verraten, indem sie einander zuriefen.

Das Adrenalin hämmerte in seinen Adern, aber Rorie zwang sich, leise von dem ihm nächsten Räuber in Richtung seiner Stute wegzuschleichen. Jetzt, da er sich nicht mehr anstrengte, etwas zu sehen, konnte er alle vier noch übrigen Angreifer hören. Der große Anführer hieb wild mit seiner Klinge um sich. Ein Mann, links von Rorie, stand still und begann, mit irgendetwas zu hantieren – einem Feuerstein, um das Feuer wieder anzuzünden?

Rorie blieb jetzt keine andere Wahl mehr. Den Luxus, sich Zoll für Zoll an sein Pferd heranzuarbeiten, konnte er sich nicht leisten. Er legte die letzte Strecke im Laufschritt zurück und betete, es möge ihm gelingen, auf den Rücken der Stute zu klettern, bevor die Gesetzlosen ihn herunterrissen.

Er schnitt den Haltestrick durch und packte mit seiner freien Hand ein Büschel Mähne. Aldones sei gedankt, die Stute war von so sanftem Wesen, dass sie stillstand, während er sein rechtes Bein über ihren Rücken warf und ihr die Knie in die Flanken bohrte.

Die Stute sprang vorwärts, gerade als der erste der Gesetzlosen sie erreichte, die Hände nach dem baumelnden Ende des Halfterstricks ausgestreckt. Die Verzweiflung des Reiters übertrug sich auf sie, sie schüttelte sich, schrie wie ein verängstigtes Kind und schlug mit den Vorderhufen aus.

Jetzt waren sie auf freiem Feld und liefen unter einem ihnen gemeinsamen Drang zur Flucht davon. Rories Kehle war ganz trocken. Er umklammerte mit der einen Hand sein Schwert, und die andere krallte sich in die vom Wind gepeitschte Mähne der Stute. Die Muskeln ihres Rückens und ihrer Schultern verkrampften sich und sprangen in harten Knoten unter seinen Schenkeln. Einmal stolperte sie, ging beinahe in die Knie. Rorie wurde nach vorn geschleudert, und die scharfen Knochen ihres Widerrists bohrten sich ihm in den Schritt.

Von hinten kamen Rufe. Die Räuber, sie mussten eigene Reittiere in der Nähe versteckt gehabt haben. Dann war die Stute wieder auf den Beinen, von neuem ein Geschöpf, das von Panik regiert wurde. Bei ihrem ungleichmäßigen Galopp und dem Hämmern seines eigenen Herzens konnte Rorie nichts mehr hören.

Er verlor völlig den Sinn für Zeit und Richtung, war sich kaum noch der Veränderungen im Terrain und der wandernden blauen Schatten bewusst. Idriel und die perlenfarbene Mormallor gingen auf, um sich Kyrrdis beizugesellen, und Rorie merkte, dass er seine Verfolger weit hinter sich gelassen hatte. Vielleicht waren sie, zufrieden mit der dort zu findenden Beute, ins Lager zurückgekehrt.

Rorie machte keinen Versuch, die Stute mit den Knien zu lenken oder nach vorn zu fassen, um das nachschleifende Ende des Strickes, der von ihrem Halfter hing, in die Hand zu bekommen. Die Landschaft, die sie durcheilten, war nicht mehr als ein Wirbel von Schatten, und die Nachtsicht der Stute musste für sie beide langen. Schließlich wurde die Stute langsamer. Ihre Flanken wogten wie große Blasebälge. Das dünne Leder von Rories Reithose war von ihrem scharfen Angstschweiß durchtränkt. In der kalten Nacht stieg die Hitze von ihren Körpern wie eine Dampfwolke auf.

Rorie verlagerte sein Gewicht, und die Stute blieb mit gesenktem Kopf müde stehen. Er glitt zu Boden, knüpfte seinen Gürtel zu einer Schlinge für das Schwert und führte sein Pferd auf und ab, um es abzukühlen. Grimmig hielt er sich vor, seine gegenwärtige Situation möge ja unerfreulich sein, aber sie würde noch unerfreulicher werden, wenn er das Pferd durch eigene Nachlässigkeit verlor.

Ihm fiel ein, dass er erst vor wenigen Stunden beim Aufschlagen des Lagers gedacht hatte, ein trostloseres Leben könne es kaum noch geben. Er war der überflüssige vierte Sohn einer Familie, die reicher an Erben als an Land war, und jetzt wurde er aus dem Turm, der einmal wie seine einzige Chance ausgesehen hatte, einen Platz für sich zu finden, als unbrauchbar nach Hause geschickt ... Rorie unterdrückte das klägliche Selbstmitleid und kratzte der Stute die verschwitzten Ohren.

Und wie saß er jetzt durch eigene Schuld in der Patsche! Dem Wild gleich, das von der Falle in den Kochtopf wandert, hatte er seine Lebensmittelvorräte, seinen Sattel, seine Reservekleidung verloren, kurz, alles bis auf das, worin er geschlafen hatte, ein Schwert ohne richtige Scheide und ein treues, aber müdes Reittier. Er besaß immer noch sein Leben, und er fragte sich, ob ein anderer Mann, auch wenn er über normales Sehvermögen verfügte, sich ebenso gut gegen die Räuber gehalten hatte. Wie frech war dieser Abschaum der Landstraße durch die Unordnung geworden, die auch nach der Unterzeichnung des Vertrages noch herrschte!

Die Stille der Nacht, unterbrochen nur von einem gelegentlichen Klirren des Halfterrings oder dem Knirschen der improvisierten Schwertscheide, lastete auf ihm. Sogar ihre Schritte klangen gedämpft, unnatürlich. Schließlich hatte die Stute sich abgekühlt. Rorie wickelte sich den Halfterstrick um die Hand, setzte sich und machte es sich so bequem, wie er konnte. Sein Kopf fiel auf die um die Knie geschlungenen Arme, und dann schlief er ein.

Er erwachte von einem kalten pochenden Schmerz über dem Brustbein. Blinzelnd in dem grauen Morgenlicht, richtete er sich auf. Er legte eine Hand auf die Brust und erwartete halb und halb, sein Hemd verklebt von geronnenem Blut zu finden. Aber da war nichts außer seinem Sternenstein. Obwohl dieser, wie man es ihn im Turm gelehrt hatte, in isolierende Seide gewickelt war, pulsierte er unaufhörlich. Rorie zwang seine Augen, sich scharf einzustellen.

Die Stute stand vor seinen Füßen und knabberte an seinen Stiefeln. Der durchschnittene Strick war ihm aus den Fingern geglitten und schleppte im Staub nach.

Jetzt nahm Rorie seine Umgebung wahr und erstarrte.

Staub, grau und leblos, bedeckte den Boden, die paar verdorrten Skelette von Büschen und Bäumen, die niedrigen Hügel, die sich vor ihm erhoben. Er konnte keinen einzigen Grashalm entdecken, kein einziges Insekt. Abgesehen von dem Hämmern seines eigenen Herzens und dem leisen Schnauben der Stute war in dieser einfarbigen Öde nichts zu hören.

Knochenwasserstaub.

Er hatte sich in den Hügeln sicher geglaubt, waren sie doch weit entfernt von den Gebieten, die die unvorstellbar schrecklichen *Laran*-Waffen aus dem Zeitalter des Chaos steril gemacht hatten. Das wüste Land war auf seinen Karten eingezeichnet gewesen, aber skizzenhaft, als habe der Kartograph die exakten Angaben weder gekannt noch gewünscht, sich damit zu befassen. Durch den Schrecken des nächtlichen Angriffs, in seiner Nachtblindheit und der Panik der Stute, waren sie irgendwie so weit in das wüste Land hineingeraten, dass es sie jetzt auf allen Seiten umgab ...

... so dass sich die heimtückischen Partikel bereits einen Weg in seinen Körper bahnten. Rorie keuchte, dann brachte er seine Atmung wieder unter Kontrolle. Sog er in diesem Augenblick das tödliche Zeug in seine Lungen, von wo es in seinen ganzen Körper eindringen und seine Knochen in zerfallende Asche verwandeln konnte? Würde sein Fleisch zu Gallerte schmelzen, sich sein Blut zu Wasser verdünnen, während sein Gehirn, bis zuletzt intakt, in hilflosem Entsetzen zusah?

Erschauernd raffte er seine bruchstückhaften Kenntnisse zusammen, um sich nach den ersten Anzeichen der inneren Fäule abzusuchen. Obwohl er seinen Sternenstein auswickelte und fest umfasste, konnte er keine Abweichung von dem normalen Funktionieren seiner Organe feststellen. Da war nichts, weder bei ihm noch bei der Stute. *Natürlich*, dachte er bitter, *was erwartete er denn?* Das armselige bisschen Wissen, das man ihm in Corandolis mühsam eingetrichtert hatte, bedeutete nichts anderes als eine Sehnsucht, die sich nie erfüllen konnte.

Er stellte sich auf die Füße und wischte sich den Staub von den Schenkeln. Die Stute spitzte unbesorgt in milder Neugier die Ohren nach ihm. Rorie zog seine behelfsmäßige Schwertscheide durch seinen Ledergürtel, schwang sich auf den Rücken des Pferdes und hoffte entgegen aller Vernunft, dass er von diesem erhöhten Aussichtspunkt im Stande sein werde, die Richtung zu erkennen, aus der sie gekommen waren.

Es hatte keinen Zweck. Grauer Staub, graue Hügel, graue Überreste des Pflanzenlebens erstreckten sich so weit in allen Richtungen, wie seine Augen sehen konnten. Auch hatte der pulverfeine Staub keine Hufabdrücke aus der vergangenen Nacht bewahrt. Die rote Sonne war irgendwo hinter Wolkenschleiern verborgen, die Luft kühl und dumpf. Die Stille kam Rorie unnatürlich vor.

Er fasste das Ende des Halfterstricks und ermunterte die Stute zum Gehen, machte jedoch keinen Versuch, sie zu führen. Ihr Instinkt mochte sie vor den heimtückischen Gefahren dieses Ortes nicht warnen, aber wenn er sie laufen ließ, wohin sie wollte, würde sie bestimmt Wasser und Weideland finden, einen Weg hinaus aus diesem Alptraum. Vielleicht gab es immer noch ein bisschen Hoffnung ... Er glaubte allerdings nicht daran.

Die Zeit schien stillzustehen, während Mann und Pferd durch diese unbeschreiblich trostlose und stille Landschaft wanderten. Rories Gehirn reagierte träge, als habe sich ein Teil von ihm bereits dem vergifteten Land ergeben. Sogar das Fehlen jeder Nervosität bei der Stute schien ihm ein Zeichen der Hoffnungslosigkeit zu sein und eher die Stumpfheit als die Intuition des Tieres zu beweisen. Ihre Bewegungen lockerten seine von Furcht verkrampften Muskeln und beruhigten ihn allmählich mit ihrem hypnotischen Rhythmus. Rorie gab sich ihm ebenso wie seiner eigenen überwältigenden Verzweiflung hin.

Er war so gelähmt von der Gewissheit seines Verderbens, dass er beinahe über den Hals des Pferdes nach vorn flog, als es abrupt stehen blieb. Er fasste die Mähne und setzte sich auf dem glatten Rücken zurecht. Sie waren oben auf einem langen, sanften Hang angekommen und blickten auf ein Tal hinunter, das ein Fluss durchschnitt.

Genau in der Mitte, geschützt von den Hügeln ringsum, erhob sich ein Turm.

Es war ein Turm, wie Rorie in seinem kurzen Leben noch keinen gesehen hatte, nicht einmal im Traum. Corandolis und sogar der große Turm zu Hali schienen neben seiner Herrlichkeit nur schäbige Kopien zu sein. Einen solchen Turm, dachte er und spürte ein Zittern durch den Körper der Stute laufen, hatte es in den Domänen seit vielen Jahren nicht mehr gegeben, nicht mehr seit dem Höhepunkt des Comyn-Wahnsinns.

Noch in dem verschleierten roten Licht schimmerte und leuchtete er, als seien Splitter von Sternensteinen in sein Fundament gemischt. Seine schwebenden Linien sprachen von Anmut und Vertrauen, von Bautechniken, die über bloßes menschliches Maurerhandwerk weit hinausgingen. Und er stand unversehrt in seiner Pracht, unberührt von der Verwüstung, die ihn umgab.

Rorie stieß den angehaltenen Atem aus. Die Stute fiel in einen munteren Trab und richtete die gespitzten Ohren nach vorn. Ohne Befehl ging sie in einen ruckenden Galopp über und fegte den Hang hinunter auf den schimmernden Turm zu.

Das majestätische Tor stand offen. Als Rorie es erreichte, lief eine schlanke Gestalt in leuchtendem Blau herbei, die Hände zum Willkommen ausgestreckt, das lange rote Haar wie ein Banner flatternd.

Ein Mädchen. Ein Comyn-Mädchen.

Rorie fasste den Halfterstrick und brachte die Stute gleich innerhalb des Turmtors zum Stehen. Sein Blick hing an dem Mädchen, und er erkannte, dass sie kein Kind mehr war, sondern eine junge und schöne Frau. Im Hof hinter ihr sprudelte eine Quelle, und er erhaschte einen Blick auf das Grün lebender Pflanzen.

»Gesegnete Cassilda, du bist gekommen!«, rief das Mädchen und hob die Arme, um den Kopf der Stute festzuhalten. Sie sah mit großen grünen Augen in einem perfekt herzförmigen Gesicht zu ihm auf. Ihre Wangen waren zart rosig übergossen. Sie begegnete seinem Blick mit einer Ungezwungenheit, die nur von einer Turmausbildung herstammen konnte, und er nahm den unmissverständlichen Hauch von starkem *laran* wahr.

»Ich – ich verstehe nicht«, brachte Rorie stotternd hervor. Sein Herz raste ebenso ob ihrer beunruhigenden weiblichen Gegenwart wie wegen der Entdeckung des Turmes. »Was tust du hier?«

Sie schüttelte den Kopf, und das Licht tanzte auf ihrer wundervollen Kupfermähne. »Ich habe mir solche Sorgen gemacht, solange ich allein war, aber jetzt, da du hier bist und helfen kannst, wird alles in Ordnung kommen. Bitte, steig ab. Darf ich dir irgendetwas bringen? Wasser? Essen – Futter für dein Pferd?«

Rorie gehorchte der leisen Andeutung eines Befehls im Ton ihrer Stimme und glitt vom Rücken der Stute. »Wasser, denke ich. Um den Staub abzuwaschen.« Sein unausgesprochener Gedanke dabei war: *Wird das jetzt noch etwas nützen?*

Sie lachte und ging zu der Quelle voraus. »Die Angst hatte ich anfangs auch, aber so benachteiligt dieser Kreis auch ist, er hat große Heilkräfte. Hier bin ich als Beweis, gesund und munter.«

Die Stute steckte die Nase ohne Zögern in das klare Wasser,

und Rorie wusch sich Gesicht und Hände. Dann drehte er sich wieder zu der Comyn-Dame um. »Wer bist du? Was tust du hier inmitten dieser ...«

»Ich bin Shani, ursprünglich ausgebildet in – aber das ist lange her. Ich werde dich nicht fragen, von welchem Turm du kommst. Wichtig ist allein, was uns gemeinsam gelingen wird, Rorie. Wir werden beide so verzweifelt gebraucht.«

Rorie wandte das Gesicht vor ihrem intensiven Blick ab. Jetzt wusste er, ihre Fähigkeiten waren so groß, dass sie seinen Namen und sein Widerstreben, über seine Verbannung aus Corandolis zu berichten, in seinen Gedanken erkennen konnte. »Wozu brauchst du mich?«, fragte er.

»Du weißt, was das hier für ein Ort ist?«

»Ein Turm – heil, aber offensichtlich verlassen, umgeben von Knochenwasserstaub.«

Shani nickte. »Nur eine der vielen schrecklichen *Laran*-Waffen, die die Domänen gegeneinander einsetzten. Aber obwohl es auf diesen Turm, von dem sogar der Name verloren gegangen ist, einen Angriff gegeben hat, wurde er nicht zerstört.«

»Ja, ich sehe ...«

»Den Turmkreis gibt es noch, und er hat noch seine Matrix-Schirme.«

»Das ist doch nicht möglich, nicht nach Hunderten von Jahren!«

»Ich werde es dir gleich zeigen. Aber überlege – wie könnten diese Mauern sonst noch stehen? Wie könnte es sonst eine Quelle mit reinem Wasser und ungefährliche Nahrung für Mensch und Tier geben?«

Rorie fand keine Antwort. Er folgte Shani durch einen zierlichen Bogengang in den zentralen Turm. Sie durchquerten den Gemeinschaftsraum mit seinen bequemen Möbeln und dem großzügigen Kamin. Alles sah so frei von Zerfall und

Zerstörung aus, als sei der Turm bewohnt. Rorie hätte geglaubt, er werde immer noch Tag für Tag benutzt, wäre da nicht eine unnatürliche Dichte in den Schatten gewesen, die ihm sagte, es sei lange Jahre her, dass jemand auf diesen Kissen gesessen oder das Feuer in dem kalten Kamin entzündet hatte.

Die Treppe war breit, so weiträumig und luftig wie alles im Turm. Mit Hilfe von *laran* gebaut, war er ein Beispiel für die darkovanische Liebe zu offenen Räumen und natürlichem Licht.

Rorie spürte die Energien des zentralen Turmraumes, noch bevor sie ihn betraten. Es war, als nähere er sich einer riesigen Batterie, in der gerade noch unter Kontrolle gehaltene Kräfte flossen. Sogar bei seinem geringen, kaum entwickelten Talent und obwohl sein Sternenstein in isolierende Seide gehüllt war, griff die hier gespeicherte Energie hungrig nach ihm. Die Haare in seinem Nacken richteten sich auf.

Shani drehte sich zu ihm um, die grünen Augen voller Mitgefühl. »Da ist keine Gefahr, wirklich nicht. Nur die Größe der Matrix ist anfangs ein bisschen beunruhigend, aber der Kreis hat sie fest im Griff.« Sie öffnete die Tür und trat zur Seite, um ihn vorgehen zu lassen.

Rorie kam in einen großen, kreisrunden Raum, der bequem, um nicht zu sagen luxuriös, möbliert war. Auf einem runden Tisch lag der riesige Kristall, funkelnd in Blau und Silber ... und um ihn saßen neun Männer und Frauen, reich gekleidet und übergossen von flackerndem Licht. Ihre Züge trugen den Stempel von starkem *laran,* durch generationenlange Zucht und hartes Training geprägt. Alle waren sie jung und schön und hatten Haar in den Schattierungen eines feurigen, beinahe aggressiven Rots, das in sanften Wellen fiel, während sie sich auf den pulsierenden Stein in der Mitte konzentrierten.

»Der Kreis«, flüsterte Shani. »Noch genauso, wie sie sich in jener letzten, tödlichen Schlacht aus der Zeit ausschlossen. Niemand weiß, gegen wen sie kämpften und warum. Alles, was wir sehen können, ist das wüste Land, das die Folge davon ist ... und diese kleine Insel der Sicherheit, die sie für sich selbst aussparen konnten.«

»Ich finde nicht, das es ihnen viel genützt hat«, meinte Rorie. »Selbst wenn sie sich befreien könnten, wie sollten sie der Knochenwasserkrankheit entgehen? Wenn sie dazu im Stande wären, hätten sie es bestimmt längst getan, ohne auf die klägliche Hilfe zu warten, die ich ihnen vielleicht leisten kann.« *Wie soll ich denn wissen,* dachte er, *ob sie diejenigen sind, die sich verteidigten, und nicht Eindringlinge aus dem wüsten Land draußen? Und selbst wenn es möglich wäre, dürfte ich es wagen, sie loszulassen – Telepathen dieser Größenordnung, die dem Vertrag keine Loyalität schulden?*

Er dachte an Mirelle, Bewahrerin von Corandolis, und ihre ständigen Warnungen, ihr unaufhörliches Wachen darüber, dass *laran* nur für ungefährliche, vom Vertrag genehmigte Zwecke eingesetzt wurde. Aus diesem Grund fürchtete sie sich, ein Talent anzuerkennen, das sie nicht kontrollieren konnte ...

»Hast du nicht zugehört?«, tadelte Shani ihn. Der melodische Klang ihrer Stimme, auch wenn sie schalt, riss ihn aus seinen Zweifeln. »Sie benutzten den Matrix-Schirm, um sich selbst und in geringerem Ausmaß den ganzen Turm zu schützen. Für irgendwelche spontanen Aktionen ist keine Energie mehr übrig. Hier haben sie gesessen, in ihre eigene Rettung eingeschlossen. Aber mit meinem *laran* – und deinem – können wir ihnen das Quantum an zusätzlicher Energie geben, das sie brauchen, um sich loszumachen. Dann werden sie das Land mit Hilfe des Sternensteins säubern, damit es von neuem leben kann. Ist das nicht ein kleines Risiko wert?«

»Ich weiß nicht. Selbst wenn sie es könnten ... selbst wenn *ich* es könnte ...«

»Zweifelst du an meinem Urteilsvermögen?« Die scharfe Frage wurde mit der Autorität einer Bewahrerin gestellt. Der Sternenstein zwischen Shanis Brüsten flammte vor Energie. »Oder bist du der sprichwörtliche Blinde, der die Existenz von Farbe leugnet, nur weil er sie mit seinen eigenen Sinnen nicht wahrnehmen kann?«

Rorie zuckte die Schultern. Er hatte Mirelle nicht widersprochen, als sie ihn aus Corandolis weggeschickt hatte, und ebenso wenig fühlte er sich hier berechtigt, Shanis Forderung zurückzuweisen. Ihr ausgebildetes Talent zeigte sich in jeder ihrer Gesten, und er war sich seiner eigenen Grenzen mit peinlicher Deutlichkeit bewusst.

Sie nickte, lächelte leicht. Lag eine Andeutung von Befriedigung in diesem Lächeln? *Willst du alles in Zweifel ziehen?* fragte sich Rorie selbst. *Was für ein erbärmliches Mittel, um die Überreste deiner Selbstachtung zu retten!*

Shani streckte die Hand aus und führte die Fingerspitzen so dicht über sein Handgelenk, dass Rorie einen leichten elektrischen Schlag erhielt, obwohl kein wirklicher Kontakt stattgefunden hatte. Er erkannte es als die klassische Berührung einer Bewahrerin – flüchtig, andeutend, unverbindlich.

»Da ist dein Platz«, sagte sie mit leiser, kehliger Stimme, »da ...« Sie nickte zu einer Lücke im Kreis der Matrix-Arbeiter in ihrer Trance hin. »Und da ist meiner.«

Rorie dachte einen Augenblick lang, der Platz, den sie für sich in Anspruch nahm, müsse der Platz der Bewahrerin sein, aber sofort verwarf er den Gedanken wieder als lächerlich. Shani war trotz der Ausbildung, die sie offensichtlich genossen hatte, nicht Teil des ursprünglichen Kreises, sondern eine Wanderin wie er, angezogen von der Konzentration der *La-*

ran-Kraft und dann von der zwingenden Not des Turmes und ihrem eigenen Mitleid festgehalten.

»Wir schließen uns also dem Kreis an?«, fragte er.

Shani stand hinter ihm, als wolle sie ihm helfen, Platz zu nehmen. Rorie wandte den Kopf und sah ihre Augen auf ihm ruhen wie leuchtende grüne Edelsteine, wie die Augen eines Falken, der den Bau eines Rabbithorns überwacht. Seine Handflächen wurden klamm. Unbeholfen begann er, sich auf die gepolsterte Bank niederzulassen, verlor das Gleichgewicht und streckte die Hand aus, um sich festzuhalten.

Als seine Finger durch den äußeren Rand der Energon-Ringe fuhren, rasten gewaltige Energien seine Nervenbahnen entlang. Rorie keuchte. Er hatte gewusst, dass die Matrix stark war, doch von ihrer wahren Größe hatte er keine Ahnung gehabt. Kein Wunder, dass sie fähig war, genug *laran* zu bündeln, um die Turmarbeiter durch all die Jahre gegen Knochenwasserstaub und andere, ebenso furchtbare Waffen zu schützen! Schon eine zufällige Berührung des äußeren Randes genügte, das Herz eines Menschen zum Stillstand zu bringen.

Rories Sicht trübte sich, er blinzelte ... und fuhr zusammen. Denn über den Männern und Frauen des Kreises, die in zeitloser Konzentration und Schönheit erstarrt waren, lagen Bilder des Grauens. Diese gelassenen Gesichter waren nichts als Hüllen für Ekel erregenden Zerfall, Fetzen verkohlten Fleisches, das in Streifen von weißen Knochen hing. Ein trübes blaues Licht spielte über die Augenhöhlen hin und wurde in ihren Tiefen schwach reflektiert. Statt anmutig gewölbter Hände sah er die Klauen von Skeletten, geprägt von Qual und Gier und nacktem psychischem Hunger.

Durch die Grenzbereiche seines Bewusstseins heulte das Echo ihres Todeskampfes. Aber Rorie sah nicht, wie er zuerst geglaubt hatte, Traurigkeit und Niederlage, ein Anklammern an eine letzte, verzweifelte Hoffnung auf Überleben, sondern nackten Verrat, den brennenden Schmerz von Seelen, auf ewig verdammt zu einer Hölle, die sie sich selbst geschaffen hatten.

Der Kreis hatte sich, anders, als Shani behauptet hatte, nicht durch die riesige Matrix geschützt. Sie war so lange Zeit ein Instrument der Verwüstung und auf unvorstellbar Böses ausgerichtet gewesen, dass sie am Ende ein eigenes Bewusstsein gewann. Es kannte nur ein Ziel – zu überleben. Die Turmarbeiter hatten in ihren letzten panikerfüllten Augenblicken nach der Matrix-Energie gegriffen, doch die Matrix hatte sie verschlungen, hatte ihnen die kostbaren *Laran*-Kräfte ausgesaugt, bis nur noch leere Hüllen übrig blieben. Früher einmal waren sie mächtige Telepathen gewesen, diese Männer und Frauen des unbekannten Turmes, die Besten einer ganzen Tradition selektiver Inzucht und erschöpfender Ausbildung. Ihre Energien hatten den Stein viele Jahre lang gespeist.

Jetzt waren seine Reserven geschwunden, seine Kraft ließ nach, und auch das wüste Land, in dem er wie ein Schmuckstück des Bösen lag, konnte ihn nicht versorgen. Er hatte hinausgegriffen und Rorie in sein Netz gezogen, ebenso wie vor ihm Shani.

Er musste sie warnen – musste sie hier wegbringen, musste mit ihr verschwinden, bevor es zu spät war! Der Kreis, wie er dort saß, war nichts als eine Illusion, die Not der Menschen nichts als ein dünner Schleier für den Heißhunger des Steines.

»Sh-Shani! Ich glaube ...« Er suchte nach Worten, mit denen er sie warnen würde, ohne das, was in dem Stein lauern mochte, zu alarmieren. »Ich muss mich ein bisschen ausruhen, bevor wir es versuchen. Ich bin ... Weißt du, mein *laran* ist nicht sehr stark, und ich habe eine anstrengende Nacht hinter mir.«

Rorie stand auf, wobei er sorgfältig einen weiteren Kontakt

mit den Energon-Feldern der Riesenmatrix vermied, und wandte sich ihr zu ...

Er sah ihre Schönheit und die subtile Verschmelzung von verführerischer Weiblichkeit und der Distanz einer Bewahrerin, die sie um ihre Person spann. Aber darunter lag, das ganze Bild durchdringend, eine ebenso üble Verderbtheit, wie er sie an dem Kreis wahrgenommen hatte. Rorie erkannte, dass Shani tatsächlich die Bewahrerin des Kreises war, und durch sie war es geschehen, dass die anderen ausgesaugt wurden. Unruhige blaue Lichter flackerten hinter ihren Augen, und eine flüchtige Sekunde lang fing er den Geruch von Verwesung in ihrem süßen Atem auf. Das Zeichen des riesigen Sternensteins lag auf ihr wie ein Todesschleier. Sie öffnete ihren Rosenknospenmund, und er sah den verfaulten Schädel, dessen Kiefer sich voller Vorfreude öffneten.

Ohne nachzudenken, packte Rorie sie bei den Schultern. Ihm war vage bewusst, dass er das unvorstellbare Verbrechen beging, eine im Turm ausgebildete Frau körperlich anzugreifen, eine Bewahrerin, die schon gegen den Gedanken an eine unerwünschte Berührung hätte gefeit sein sollen. Verzweifelt zerrte er sie über die Bank, benutzte Hüft- und Schenkelmuskeln, um sie herumzuhebeln und in das Zentrum der Matrix zu stoßen.

Sie stieß einen durchdringenden Schrei aus. Tentakel aus funkelndem blauem Feuer sprangen aus dem Kristall und peitschten gegen Rories Herz. Er warf sich zurück, aber die gepolsterte Bank geriet ihm in die Kniekehlen und verlangsamte seinen Fall. Dann packten die Energon-Felder ihn, und seine Nerven vibrierten in plötzlicher Qual.

Die Matrix zog ihn in ihren wirbelnden Kern, und Rorie spürte seinen sterblichen Körper nicht mehr. In der Sphäre herumgeschleudert, erlebte er Energie als visuelle Sensation, so deutlich, wie ihm sein normales Sehvermögen nie etwas vermittelt hatte. Er spürte die Schatten der Geister, die vor ihm eingefangen worden waren, dünne Echos von einstmals lebensprühenden Persönlichkeiten, die jetzt, gnadenlos ausgesaugt von der Matrix, mit der Zeit zu leeren Hüllen geworden waren.

Das Zentrum des Dings ragte vor ihm auf, ein Maul aus Schwärze, pulsierend und puckernd, als heiße es ihn schon in seinen Tiefen willkommen. Jede Fiber von Rories Bewusstsein wich vor ihm zurück, denn ihn erwartete nicht einfach die Auslöschung, sondern eine mentale Sklaverei, die Jahrhunderte andauern würde, bis der letzte Hauch von Wahrnehmungsvermögen seinen Geist verließ.

Während er gegen die Anziehungskraft der Matrix kämpfte, fragte Rorie sich, welche Verwendung sie für ihn haben könne. Er verstand durchaus die Gier des Kristalls nach hochtalentierten, ausgebildeten Menschen wie den Mitgliedern des ursprünglichen Kreises ... oder eines jeden der Turmarbeiter, mit denen er so kurze Zeit studiert hatte. Aber er war als unzulänglich aus dem Turm weggeschickt worden. Mirelle, seine Bewahrerin, hatte es ihm in unmissverständlichen Worten gesagt. Wie konnte er genug *laran* haben, um für die Matrix von irgendwelchem Wert zu sein?

Dann wurde es ihm klar ... Die Matrix war kein lebendes, denkendes Wesen, und als solche war sie den Täuschungen und Vorurteilen des menschlichen Verstandes nicht unterworfen. Sie *wusste* nicht, dass er zu nichts nütze war; keine Bewahrerin hatte es ihr aus persönlichen oder politischen Gründen je gesagt. Deshalb hatte sie sich allein auf ihre eigenen beschränkten Wahrnehmungen von ihm verlassen – und diese Wahrnehmungen hatten ihr verraten, dass in Rorie die Kraft lag, die sie zur Fortsetzung ihrer parasitären Existenz brauchte. Es musste etwas in ihm liegen, etwas, wofür seine eigene Bewahrerin blind gewesen war, ebenso wie er in der Dunkelheit blind war. Vielleicht, so sickerte ein Gedanke durch sein schwindendes Bewusstsein, hatte Mirelle es in ihm gespürt, war aber in einem durch Furcht und Schuldbewusstsein konditionierten Reflex davor zurückgescheut.

Die gleiche Fähigkeit – Rorie konnte sie nicht länger als Makel betrachten –, die seine Nachtsicht minderte, lieferte ihm die wahren Bilder der Leichen, die einmal der Turmkreis gewesen waren, und sie ließ ihn ebenso die Matrix als das böse Ding erkennen, das sie war, und würde ihm auch die Werkzeuge geben, sie zu besiegen ...

Zorn loderte in ihm auf, heiß und rot im Kontrast zu dem kränklichen Blau der Matrix. Er nährte ihn mit seinem Willen zu leben. Mit der gleichen Hartnäckigkeit hatte er sich geweigert aufzugeben, als die Räuber in der vergangenen Nacht über ihn hergefallen waren. Wie konnte dieses Ding, diese bloße unbelebte Masse aus Kristall und Energonen-Ring es wagen, einen menschlichen Verstand zu zerstören, sich ohne Gewissen oder Grund an kostbaren Comyn-Talenten zu mästen! Gab es eine größere Sünde, eine obszönere Beleidigung der Götter?

Maschine!, brüllte es durch Rories Gedanken. *Sie ist nichts als eine im Vertrag verbotene Maschine!* Wäre er in seinem physischen Körper gewesen, hätte er vor Empörung ausgespien. Aber gerechte Entrüstung allein konnte den ungeheuer mächtigen Sternenstein, der ihn in seinem Kern festhielt, nicht besiegen.

Sein physischer Körper ... er konnte ihn spüren, wie er an der gepolsterten Bank halb zu Boden gesunken war. *Hand – er musste seine Hand bewegen!* Er legte seinen ganzen Willen in den Befehl und fühlte die Schattenhand sich auf den Griff des Schwertes zubewegen, das immer noch an seinen Rücken geschnallt war. Die weißen und blauen Energien des Kristalls knisterten um ihn und wollten ihm nicht einmal diese kleine Freiheit lassen.

Rories Entschlossenheit wuchs. Wenn sich das Ding gegen irgendetwas wehrte, wollte er das mit aller Macht tun. *Lungen – einatmen! Herz – schlagen! Schultermuskeln – zusammenziehen! Hand an den Schwertgriff!* Spürte er dessen Material tatsächlich unter seinen Schattenfingern, oder war das nur eine aus seinem fieberhaften Verlangen geborene Illusion?

Ja, er sah das Schwert aus der improvisierten Scheide gleiten, sah das Schimmern von Stahl vor seinen Schattenaugen. Blendendes blaues Licht ließ Reflexe über die glänzende Oberfläche der Klinge tanzen. *Andere Hand – zufassen ... Handgelenke biegen ...*

In ihrer Angst verstärkte die Matrix den Griff, mit dem sie ihn hielt, erstickte ihn mit roher Gewalt, zog ihn immer stärker in ihr Inneres. Rorie merkte, dass er jedes Mal, wenn er sich anstrengte, seinen physischen Körper zu kontrollieren, seine mentalen Verteidigungen gegen die Matrix schwächte. Natürlich konnte er die Matrix nicht auf ihrem eigenen Gebiet schlagen. Seine einzige Chance, am Leben zu bleiben, lag in seiner einzigartigen Fähigkeit, außerhalb der Kampfsphäre zu bleiben, die sie gewählt hatte, die Illusionen, die sie schuf, als das zu sehen, was wirklich dahinter steckte – und dann die physische Dimension zu seinem Vorteil zu benutzen.

Rorie gab seinen psychischen Widerstand gegen den Kristall auf und konzentrierte seine Kraft und seinen Willen auf seinen realen Körper. Die Muskeln seiner Hände schlossen sich um den lederumwickelten Stahl des Schwertgriffs. Sein Unterleib spannte sich, als er sein Gewicht in den Schlag legte, den er mit der getemperten Klinge gegen das Zentrum des Sternensteins führte.

Splitter flogen in alle Richtungen, zerschmetterten das

Licht im Herzen des wahnsinnigen Kristalls. Für den ewigen Bruchteil eines Augenblicks wurden Rorie-im-Sternenstein und Rorie-außerhalb-des-Sternensteins von dem explosiven Angriff geblendet, umhergeworfen, zu zitternden Fragmenten zermahlen. Seine Ohren fingen den verzweifelten, jammernden Todesschrei des Dings auf, und seine Pupillen zogen sich in Abwehr der giftig-weißen Nova vor ihm zusammen.

Nach und nach kehrten die Gefühle zurück – Tränen, die von seinem Gesicht tropften, die Hitze an seinen Händen, die sein geschwärztes Schwert berührten, das Zittern seiner Beinmuskeln. Er ließ die geschmolzene Klinge fallen und setzte sich auf die Bank, wohl wissend, wie wackelig sie war, aber unfähig, sein eigenes Gewicht noch länger zu tragen.

Mit quälender Langsamkeit klärte sich Rories Sicht, und er konnte vor sich Einzelheiten erkennen. Der Tisch, der den Matrix-Kristall getragen hatte, stand unter seiner Last lichtloser Scherben schief. Knochen lösten sich voneinander und zerfielen zu Haufen grauer Asche. Von irgendwo außerhalb des Turmzimmers kam das ängstliche Wiehern eines Pferdes.

Rorie sprang auf, als die Bank unter ihm zerbrach. Er ging zur Treppe. In dem glanzlosen Stein des Turmes entstanden Risse. Jetzt, da die erhaltende Kraft der Matrix versiegt war, würden Zeit und Verfall endlich ihr Werk tun können.

Aber der Hof war keine trostlose Wüste. Immer noch sprudelte Wasser aus den umgekippten Steinen der Quelle, und überall spross gesundes Grün. Rorie fasste den Halfterstrick der Stute und klopfte ihr den schwitzenden Hals. Sie rollte mit den Augen und tänzelte, denn die fallenden Steinbrocken machten sie nervös. Sie folgte ihm jedoch durch die sackenden Torflügel.

Rorie hatte erwartet, bis zum Horizont grauen Knochenwasserstaub zu erblicken, aber sogar das wüste Land war durch die Zerstörung des Sternensteins verwandelt worden. Sicher, es war sterilisiert worden, aber das war in ferner Vergangenheit geschehen, und jetzt berührte Evandas Großmut es von neuem und rief überall kleine Klumpen von Grün hervor.

Rorie hielt die Stute an und sah zu dem Turm zurück, der immer weiter in sich zusammenfiel. Er wusste nicht, warum der Kristall die Illusion von Tod und Verwüstung aufrechterhalten hatte. War es vielleicht eine zusätzliche Verteidigung gegen die Wiederaufrichtung der Comyn-Herrschaft gewesen? Wie konnte ein menschlicher Verstand seine Beweggründe begreifen! Die Stute zerrte am Halfter und senkte den Kopf nach einem Maul voll zarten Grases. Rorie ließ sie weiden und wickelte seinen eigenen Sternenstein aus.

Der Juwel zeigte nicht mehr sein übliches mattblaues Licht, sondern flammte in einem komplizierten Tanz reflektierter Pracht. Rorie erkannte, dass seine Konfrontation mit der Matrix seine ungewöhnlichen latenten Fähigkeiten aktiviert hatte, Fähigkeiten, die seine eigene Bewahrerin nicht hatte sehen wollen.

Aus freien Stücken hatten die Türme im Zeitalter des Chaos an den Kriegen teilgenommen. Ja, später hatten sie ihre Kräfte dafür eingesetzt, der Zerstörung entgegenzuwirken, aber die Zeit war noch nicht gekommen, wo sie hätten vorgeben können, es sei nie geschehen. Sie trugen immer noch die Verantwortung dafür, dass die Spuren dieses Übels vom Angesicht Darkovers getilgt wurden.

Und woher willst du das wissen?, forderte Rorie sich selbst heraus. Sein *laran* mochte tatsächlich fehlerhaft oder unbrauchbar sein, aber er selbst war Comyn, ganz gleich, wie unbedeutend sein Haus war. Seine Kaste hatte den Vertrag mit dem eigenen Blut unterschrieben und sich durch Eid zur Verwaltung der Domänen verpflichtet. Und wenn eine vor Furcht blinde Bewahrerin ihre Verantwortung nicht sehen wollte, bei Aldones, dann würde er sie zwingen!

Aber die Türme waren nicht alle schwach und auf sich selbst bezogen, und die Telepathen, die in ihnen arbeiteten, hatten ein Recht darauf, von dem Ding zu erfahren, das im wüsten Land seine tödliche Falle aufgestellt hatte.

Rorie konzentrierte sich auf die glitzernden Tiefen seines Sternensteins, langte mit einer Mühelosigkeit hinaus, die er nie zuvor kennen gelernt hatte.

Corandolis ...!, rief er.

Die Antwort kam von der freundlichen Technikerin mittleren Alters, die an den Relais-Schirmen arbeitete: *Rorie? Ist das der junge Rorie?*

Die Kraft seines *laran* brauste die Pfade entlang, klingend vor Dringlichkeit und Autorität: *Ich habe etwas gefunden, das die Ehre von uns allen angeht. Mirelle muss kommen.*

Warte ...!

Und dann die Gedanken der Bewahrerin in seinem Kopf: *Wir werden kommen, wenn uns ein Comyn-Gleicher ruft, wie es sein Recht ist. Ich werde wissen, wo du zu finden bist ...* Mirelles telepathische Antwort enthielt keine Spur von Überraschung oder Bestürzung. Wie immer lagen ihre Emotionen unter einer unerschütterlichen Beherrschung verborgen. Rorie wusste genau, er würde niemals die Andeutung einer Entschuldigung für das ihm angetane Unrecht erhalten.

Mirelles mentale Berührung verblasste in seinem Gehirn, und er wickelte seinen Sternenstein in die isolierende Seide. Er wusste nicht, ob sie ihre Meinung über seinen Platz im Turm ändern würde, weil er geprüft worden und dabei gewachsen war. Er wusste nicht einmal, ob er es wollte, aber er hatte aufgehört, von sich selbst als fehlerhaft und unzureichend zu denken, und für den Augenblick war das genug.

Über Joe Wilcox und »Eine Zelle öffnet sich«

Joe Wilcox beschreibt sich selbst als einen »Eingeborenen von Berkeley, mehrmals mit den Wurzeln ausgerissen und an Orten wie Puerto Rico und Kanada wieder eingepflanzt«. Im Augenblick ist er als Lehrer für emotional gestörte Teenager tätig. Sein Background schließt Psychologie, Erziehung und »ein Hineinriechen in die Neurowissenschaft« – was immer das sein mag – ein. Science-Fiction begann er Mitte der 60er Jahre des 20. Jahrhunderts (und ich vermute, dass es sehr bemerkenswerte Jahre waren) mit Heinleins R IS FOR ROCKET zu lesen. »Eine Zelle öffnet sich« ist jedoch das erste Werk von ihm, das veröffentlicht wird. Ich bezweifle jedoch, dass es sein letztes sein wird.

Er erklärt außerdem: »Meine Absicht beim Schreiben dieser Geschichte war, einen deutlichen Konflikt zwischen spirituellen und weltlichen Kräften darzustellen ... die schmerzhafte Reise zur wesentlichen Veränderung zu porträtieren. Die ›Vision‹ in der Geschichte ist mythischer Natur und ebenso wenig ein Versuch, die darkovanische Geschichte umzuschreiben, wie der Mythos vom Garten Eden dies bei der Geschichte der Erde tun will.«

Ich denke oft, die darkovanischen Mythen seien eigentlich interessanter als die Geschichte, zum Beispiel »Die Legende von Lady Bruna« in FREIE AMAZONEN VON DARKOVER, »Die Ballade von Hastur und Cassilda« oder »Die Geschichte von Durramans Esel« von Eileen Ledbetter in DER PREIS DES BEWAHRERS, und es gibt bestimmt noch andere. Mythen sind, wie Joe Wilcox von seiner Geschichte sagt, ein Versuch, »Geschichte in einem anderen Licht zu zeigen«.   MZB

Eine Zelle öffnet sich

Die Väter hatten ihn nie übermäßig gemocht; jetzt hatten sie das einfach in Worte gefasst. Er war »uneinsichtig als Junge, arrogant und dickköpfig als Halbwüchsiger und eklatant unfromm als junger Mann« gewesen. Der Entlassungsbrief auf seinem Tisch drückte es kurz und bündig aus: »Für dich ist kein Platz mehr bei uns.«

Stärker als alles andere empfand er Erleichterung. Es würde keine Standpauken von seinen »spirituellen« Instruktoren mehr geben, kein Fasten mehr, »bis die Blasphemien ausgehungert sind«, keine falschen Beichten, die ihm das Herz zerrissen. Er kannte seinen eigenen Weg, wie er ihn immer gekannt hatte. Sie entfernten von diesem Weg nur ihren plumpen, in braune Kutten gehüllten Stumpfsinn. Unbelastet würde er Gipfel erreichen, von denen sie sich nie träumen ließen, und ihre abgenutzten Ideen in dem kirchlichen Nebel unter sich lassen.

Immerhin, das musste er zugeben, war das Leben bei den *cristoforos* nicht durchweg schlecht gewesen. Vater Luxor hatte ihn das Geheimnis der inneren Flamme gelehrt, hatte ihm gezeigt, wie er die Wärme seines Fleisches unter Kontrolle bekommen und konservieren konnte. Er war fähig, in einer Winternacht nackt im Freien zu schlafen und am nächsten Tag unbeschadet zu erwachen. Zwar lernten die meisten Neulinge in Nevarsin, die Kälte in ihren Zellen zu ertragen, aber nur eine Hand voll schritt weiter voran und erwarb die wahre Meisterschaft über das Feuer. Von diesen war er der Beste; er hatte selbst das Gefühl und hatte es in dem anerkennenden Blick des Vaters gelesen.

Vielleicht gab es im Kosmos eine Art Gleichgewicht, obwohl ihm der Blödsinn über »das Gute, um das Böse aufzuwiegen«, den man ihm seit seinem siebten Lebensjahr gewaltsam eingeflößt hatte, gewaltig auf die Nerven ging. Aber sein Geschick mit dem inneren Feuer schien in gewisser Weise ein Ausgleich für seinen völligen Mangel an *laran* zu sein. Wenn Jungen, die weniger fähig waren als er, während der Schwellenkrankheit gepflegt wurden, hatte er sich auf dem Flur bereitgehalten, Wasser und Kompressen geholt und gespannt darauf gewartet, dass seine eigenen Qualen beginnen würden. Einige der Jungen, die es überlebten, waren als Lehrlinge von den Türmen aufgenommen worden. Für ihn hätte das Freiheit von der unaufhörlichen Langeweile und Sterilität seiner religiösen Ausbildung bedeutet.

Aber er hatte vergebens gewartet, und es war lange her. Jetzt, im Alter von zwanzig, wusste er, dass es nie mehr geschehen würde. Er konnte nicht in einem Turm ausgebildet werden, weil er nichts hatte, mit dem er hätte arbeiten können. Außerdem war er zu alt und zu sehr von dem unverwechselbaren Stil der *cristoforos* geprägt. Er hatte die Witze der Reisenden aus Hali und Thendara gehört, wenn sie sich allein glaubten, dass sie einen *cristoforo* aus einer Meile Entfernung riechen könnten. »Sie gehen sogar anders«, hatte ein feuerhaariger Jüngling geschnaubt, »als ob sie fürchteten, ihr Schwanz könne abfallen!« Er hätte das unverschämte Gesicht auf die massive Tischplatte, an der der saß, schmettern können, weil er wusste, dass es stimmte, was der Comyn-Welpe sagte.

Eine quietschende Tür vertrieb den Nebel seiner Träumerei. Er hatte gerade noch Zeit, den Brief mit der Hand zu bedecken, bevor Bruder Thomas, sein früherer Tutor, eintrat. Bruder Thomas entschuldigte sich nicht, denn der Raum gehörte allen.

»Ah, hier bist du, Bruder Andra. Ich hatte erst gedacht, dich mit den anderen in der Kapelle zu finden. Aber da ich weiß, dass du gern allein betest, war mein nächster Gedanke, dich hier zu suchen. Und dank der Gnade der Deduktion habe ich dich hier auch gefunden!«

Der junge Mann lächelte schwach über das vertraute Stückchen geteilter Blasphemie. »Was gibt es, Thomas? Warum störst du meine Gebete?«

»Was!«, schalt der ältere Mann. »Kein ›Bruder Thomas‹ heute Morgen? Was fehlt dem Bruder, dass seine Manieren gegenüber seinen Freunden so zu wünschen übrig lassen? Bin ich also nur der alte Thomas, ein Gegenstand wie die Matte vor deiner Tür? Ich bin schon viel zu abgewetzt, um dazu dienen zu können, wenn ich es überhaupt je gekonnt habe!« Lachend ließ er sich auf die einfache Holzbank fallen, die als Bett, Regal und, im Augenblick, als Abfallhaufen benutzt wurde. »Deine Zelle sieht asketisch aus wie immer, mein unordentlicher Freund.«

»Darauf kommt es kaum an, Thomas. Weißt du nichts davon?« Er hielt ihm den Brief hin, der in wenigen Augenblicken gelesen war. Das Gesicht des alten Mönchs verlor alle gute Laune. Ihm traten die Tränen in die Augen.

»Nein«, sagte er leise und ein bisschen heiser. »Nein, Bruder, man hat mir nichts gesagt. Möge der heilige Lastenträger solche Weisheit belohnen, wie sie es verdient!«

Andra war bestürzt, seinen alten Lehrer weinen zu sehen, und bedeckte das Gesicht mit der Hand. »Komm, Thomas«, sagte er so leichthin, wie er konnte, und legte eine Hand auf die in der Kutte steckende Schulter. »Ist das wirklich so schlimm? Erkennst du nicht, dass sie mir Ehre erweisen, wenn sie sagen, ich sei nicht würdig, bei ihnen zu bleiben?«

»Du vergisst dich«, warnte Bruder Thomas plötzlich ernst und vorwurfsvoll. »Dieser Ort ist mein Leben gewesen, diese

92

Männer sind meine Führer zum Heil! Du beleidigst mich, wenn du diesen Ort beleidigst!« Andra hatte es bei seinem Freund schon mehrmals erlebt: Ein Weh, das er nicht ertragen konnte, verwandelte sich sofort in Zorn und zog sich hinter die konventionellen Phrasen seines vom Dogma erfüllten Lebens zurück.

»Verzeih mir, *Bruder* Thomas«, sagte er nicht unfreundlich. »Du weißt, das habe ich nie so richtig verstanden. Wir haben beide gelernt, dass die Kirche der Balsam für den Zorn ist, niemals seine Ursache. ›Blick nach innen, wenn dir jemand Unrecht tut‹, wie die Väter sagen.

Und nun, willst du mir nicht ein letztes Mal helfen, diese Zelle aufzuräumen? Ich habe nicht viel zu packen.«

Unterwegs auf dem rauen Pfad schrie der kleine Esel seine Missbilligung hinaus. Andra hätte eine bequemere Route wählen können, aber auf der Hauptstraße zwischen Thendara und Nevarsin würde Verkehr herrschen, und jeder Bruder oder Aspirant, dem er begegnete, hätte ihn von neuem mit seiner Neugier geplagt. Er war vielen bekannt und hätte keine Lüge erfinden können, die eine überzeugende Erklärung dafür lieferte, dass er vor Beginn der Handelssaison eine solche Reise antrat. Außerdem wünschte er sich nichts, als in Frieden gelassen zu werden.

Ein so schöner Tag vor Mittsommer war selten, besonders so hoch im Gebirge, wie die Stadt der *cristoforos* lag. Obwohl der Schnee den ganzen dünnen Steig entlang in hohen Haufen lag, entdeckte Andra gelegentliche Tupfer von hellem Grün an Bäumen und Büschen, ein Zeugnis für das unheimliche Geschick der darkovanischen Flora, die kleinste Unterbrechung der Kälte für sich auszunützen. Irgendwie machte ihm das Mut, während er sich einen Weg nach Werweißwohin bahnte und das beladene Tier über trügerische Eisplatten führte. Die helle Sonne hatte offene Stellen unter der Kruste aufgetaut; Andra prüfte sie vorsichtig mit dem Fuß, denn er fürchtete, er und der Esel könnten durchbrechen und ihr Leben in einem Abgrund aus weißem Nichts beenden.

Trotz der Gefahr und der Schwierigkeiten wanderten seine Gedanken zu dem zurück, was er hinter sich gelassen hatte. Es war leicht im Gedächtnis zu behalten, weil das Leben so gleichförmig gewesen war, Unterricht und Gottesdienst, und das war ein solcher nicht mehr zu überbietender Unsinn gewesen, dass es ihn jetzt noch vor geringschätzigem Lachen schüttelte. Vater Altamir tönte etwas über »das Gottesgeschenk des *laran*« und ermahnte die anderen, ihre Talente nur zum Wohl der Allgemeinheit zu benutzen, niemals aber, um sich selbst Vorteile zu verschaffen oder sich über die Gefährten zu erheben. »Wenn auch nur die Hälfte der Comyn das praktizierte«, hatte Andra in sein Tagebuch geschrieben, »hätten wir in der Garde Massenarbeitslosigkeit. Und der Comyn-Rat würde sich zu Tode langweilen, denn nichts lieben die eingebildeten Lords und Ladys mehr als einen mit Hilfe von *laran* geführten zünftigen Kampf zwischen Domänen-Rivalen. Alles natürlich vom Vertrag verboten.« Er hörte noch den selbstgerechten Vater Almyr, wie er ihnen mit seiner sanften Stimme einprägte: »Alles, was ihr wisst, ist Illusion. Auch die Gewalten auf Darkover, die Berge mit Gedankenkraft versetzen, sind für den Ewigen nichts als Träume und haben keine Bedeutung an sich. Nur indem ihr der Illusion widersteht, könnt ihr Gott erkennen, das Gesicht hinter dem Traum, wohin kein menschlicher Gedanke gelangen kann.«

Ja, er *hatte* gelacht, als er das zum ersten Mal hörte, denn er wusste, dass sich die hoch gestellten *cristoforos* auf *laran* verließen, um in der Gnade des Rates zu bleiben, und dass die Existenz der Kirche auf einem Comyn-Dekret beruhte. Jetzt war ihm, als höre er die Worte von neuem, doch mit einem anderen Teil seiner selbst, und die Steine, die ihm gegen die Schienbeine schlugen, erinnerten ihn nachdrücklich daran, er habe vielleicht nicht ganz verstanden, was der grauhaarige Vater meinte. War es möglich, dass er zu viel Energie darauf verwendet hatte, Fehler zu finden? War ihm, indem er gegen den Strom schwamm, etwas entgangen, auf das er sich hätte zubewegen können?

Nein, dachte er streng. *Der alte Mann war nicht ganz bei Trost. Falls es eine Macht im Universum geben sollte, die größer ist als* laran *oder weiter reicht als die zwischen Welten umherreisenden terranischen Sternenschiffe, muss sie in tiefem Schlaf liegen, denn ich habe sie nicht bemerkt. Und wenn der alte Almyr in so engem Kontakt mit ihr stand, warum starb er dann so, wie er gestorben ist, tobend und sich windend vor Schmerz? Eine Macht, die einem ihrer Gläubigen das antut, gehört in die Trockenstädte verbannt. Sie verdienen einander!*

Sie hatten erst etwa weitere hundert Yards zurückgelegt, als der Esel ausrutschte und zu Boden ging. Er rutschte nach links, der Führungsstrick spannte sich, als das Tierchen strampelte und zappelte, um wieder auf die Füße zu kommen. Dann gab der Schneehügel nach, gegen den es drückte, und der Esel rollte die von Steinen übersäte Klippe hinunter. Andra flog unter einem heftigen Ruck nach vorn, fiel aufs Gesicht und schaffte es eben noch rechtzeitig, den Strick loszulassen, bevor er hinter dem unglücklichen Tier in den Abgrund gerissen wurde. Seine Schreie hallten rings um ihn wider, obwohl es bereits tot sein musste.

Andra hob sein Gesicht aus dem harten Schneewall. Es brannte. Er führte die Hand an die rechte Wange. Sie war blutüberströmt. Nun setzte er sich auf. Seine Seite schmerzte, und sein Hals tat ihm schrecklich weh. Nach einer Bestandsaufnahme fühlte er sich glücklich, dass keine Knochen gebrochen waren. Doch als er aufzustehen versuchte, ließ sein linker Knöchel ihn im Stich und knickte um, so dass er niederfiel. Muss ihn mir verrenkt haben, als ich versuchte, den Esel zu halten, dachte er. Jetzt bin ich allein auf diesem gottverlassenen Pfad. Ich muss etwas haben, worauf ich mich stützen kann, oder ich werde verhungern, bevor man mich findet. Er sah sich nach Bäumen oder großen Büschen um, aber da waren nur der Schnee, die Felsen und der schlimmer werdende Schmerz.

Die Nacht begrüßte ihn mit freudlosem Grinsen. Andra hatte sich nur eine halbe Meile weiterschleppen können und hatte an zwei Dutzend Stellen blaue Flecken und blutende Abschürfungen. Immer noch gab es keine Bäume, überhaupt kein Holz irgendeiner Art. »Mein Pech«, sagte er laut, »dass dies ausgerechnet auf einem alten Steinschlag passieren musste. Warum nur habe ich dahinten unter den Bäumen keinen Spazierstock mitgenommen? Es lagen massenhaft abgefallene Äste herum, und ich wusste, dass dieses schwierigere Stück kommen würde!« Die Antwort lag auf der Hand, obwohl er versuchte, sich vor ihr zu drücken: Er hatte, zumindest sich selbst, beweisen wollen, dass er aus festerem Stoff gemacht war, als die alten Mönche gedacht hatten.

»Der Mann, der es nötig hat, sich selbst zu beweisen, glaubt nicht an Mannheit.‹ Ich weiß, Vater Almyr. Ich habe es tausendmal gehört!« Es wurde dunkel, und die Temperatur fiel. Andras Fieber dagegen stieg, und er befürchtete, er könne zu delirieren beginnen. Trotzdem würde er die innere Flamme anzapfen müssen, wenn er die Nacht überleben wollte. Unter Schmerzen wand er sich aus Mantel und Hose und zog die Stiefel von den Füßen (bei dem linken war es eine Qual). Dann legte er sich mit dem Rücken gegen einen Schneewall und beruhigte seine zuckenden Muskeln und geschundenen Nervenenden. In Gedanken bei Vater Luxor, hörte er wieder die tonlose Stimme. Sein Herz und seine Lungen waren kräftig; er überließ es ihnen, die Fingerspitzen, die Zehen und die rosige Haut zu überwachen und zu ernähren, während er und der gute Vater anderswohin gingen, um zu lauschen.

Wie immer hörte er in der Stille das freudige Willkommen. Seine Atmung fiel neben dem Puls der Flammen nieder, die aus dem innersten Kern seines Seins aufstiegen. Sie versprachen ihm Freiheit von Schmerz, und er glaubte ihnen über jede Möglichkeit eines Zweifels hinaus. Wie so oft in der Vergangenheit, gab er sich den Flammen hin und war sich undeutlich bewusst, wie Wärme durch seinen still liegenden Körper schoss, während das Bewusstsein seiner selbst als Einzelwesen zu schmelzen begann. Es gab kein »Ich« mehr, das mit den Flammen »gegen« die betäubende Kälte ankämpfte. Sein Licht, die Glut der Flamme und der Glanz der Kälte waren zu einem einzigen Leuchten geworden, das ihn mit Seligkeit erfüllte. Dies alles nicht wahrnehmend, schritt die Nacht um ihn weiter fort.

Viele Stunden später kehrte er ins normale Bewusstsein zurück. Sich in dem trüben Licht vor Sonnenaufgang automatisch überprüfend, stellte er fest, dass er einen vollkommenen Erfolg erzielt hatte. Da war keine Spur von Erfrierungen, nicht einmal von Taubheit in seinen Fingern und Zehen, und er fühlte sich wundervoll ausgeruht und belebt. Doch stehen konnte er immer noch nicht. Der Knöchel war schrecklich geschwollen, und es schmerzte, ihn zu berühren. »Gesegneter Lastenträger«, rief er aus, »ich habe ihm erlaubt anzuschwellen! Indem ich meinen Körper vor der Kälte schützte, habe ich jede Hoffnung vernichtet, dass es mir gelingen könne, hier hinauszuhinken. Ich kann unmöglich den ganzen Weg nach Thendara kriechen.« Die Ironie der Situation war ihm klar: Bei dieser Kälte und mit zwei Tagen Ruhe hätte der Knöchel recht gut heilen können, wäre er nicht so versessen darauf gewesen, sein größtes Talent anzuwenden, um sich zu »retten«. Mit dem gemurmelten Selbstvorwurf »Alles hat seinen Preis« verzog er das Gesicht.

Trotzdem, dachte er, es könnte schlimmer sein. Etwa zwei Meilen voraus ist eine Wegkreuzung; sicher werden einige der Hauptstraßen folgende Reisende diese Route nehmen. Wenn ich nahe genug herankommen kann, um sie anzurufen, werden sie mir aus der Klemme helfen. Es verdross ihn, dass er nach Nevarsin zurückgebracht werden würde, aber er musste einräumen, dass diese Demütigung dem Tod durch Kräfteverfall vorzuziehen war. Er zog sich an, so schnell er konnte, biss die Zähne zusammen und begann von neuem, sich unter Schmerzen über die zackigen Steine zu ziehen.

Es war schlimmer, als er gedacht hatte. Ohne Essen schwanden seine Kräfte schnell. Bei vollem Tageslicht erkannte er, dass er einen hohen Sattel zwischen zwei baumlosen Graten überquerte. Hinter dem zweiten lag, wie er wusste, ein mit Geröll bedeckter Steilhang. Als er das letzte Mal dort gewesen war, hatte er in der vollen Kraft seines jungen Körpers wie ein Bergschaf mühelos Sprünge von Felsblock zu Felsblock gemacht. Dem Hang folgte ein kurzer Serpentinenabstieg. Hatte er den überwunden, fand er vielleicht zwischen den Büschen einen Ast von genügender Größe. Falls er es bis dahin schaffte.

»Kraft ist, was übrig bleibt, wenn die Muskeln versagen.‹ Jawohl, Brüder. Lasst mir nur Zeit, sie zu finden!«

Der Abend fand ihn oben an der Geröllstrecke, die dick mit Schnee bedeckt war. Er wagte es nicht, in der Dunkelheit hinunterzuklettern. Außerdem war seine »Kraft« mehr als erschöpft. Er konnte nicht mehr denken, er konnte nur noch benommen auf die dunklen, nässenden Schatten an seinem Bein starren. Sein Magen verkrampfte sich heftig und versuchte, seine Leere zu entleeren. Andra sank schwer zurück und wusste von nichts mehr. Er gab eher das Bewusstsein auf, wie man ein sinkendes Schiff aufgibt, als dass er willentlich »einschlief«.

In dieser Nacht kam er dem Tod sehr nahe. Als er erwachte, erkannte er, dass der Tod ihm einen Besuch gemacht, das Objekt kurz inspiziert und sich mit dem Versprechen, die Bekanntschaft zu erneuern, widerstrebend entfernt hatte. Andra war nicht fähig gewesen, sich gegen die gnadenlose Kälte zu schützen. Seine Glieder waren Eisblöcke, seine Ohren waren gefühllos. Er spürte, wie sein Herz sich abplagte, um das dicke Blut in das sterbende Gewebe zu schicken, das nichts als in Frieden gelassen werden wollte. Er kämpfte gegen die Panik an und schrie auf. Dann überließ er sich einem Tränenausbruch.

Viel später, als ein kleines bisschen Wärme zurückgekehrt war, versuchte er, seinen Abstieg über den steinigen Hang zu planen. Jede Aufgabe kam ihm unmöglicher vor als die letzte. Wie konnte er hoffen, auf den Knien rutschend auch nur bis an den ersten der Geröllwälle zu kommen? Zwar gab es hier und da glatte Strecken, die Oberflächen riesiger Steinbuckel. Aber er brauchte eine Stütze auf seinem Weg, sonst würde er von neuem fallen und diesmal wahrscheinlich nicht wieder aufstehen.

Er blickte ringsum. Unglaublicherweise war in weniger als zehn Yards Entfernung ein großer Baumast zwischen zwei Felsen eingekeilt. Andra konnte es nicht fassen; immer noch waren weder Bäume noch Büsche in Sicht. Der Ast konnte nur von irgendeinem anderen Reisenden zurückgelassen worden sein, oder aber er war ein Geschenk von einem ungeahnten Ort.

Seine schmerzenden Beine nachschleppend, erreichte er

den Ast und bemerkte, dass er doppelt so lang war wie benötigt, was das Geheimnis, wie er hergekommen war, nur noch vergrößerte. Das dicke Ende saß zwischen den beiden Steinmassen fest. Den Ast mit beiden Händen fassend, gelang es Andra, sich auf einem Fuß aufzurichten, obwohl er durch den Blutandrang zum Knöchel und den Abfluss aus dem Kopf beinahe wieder das Bewusstsein verloren hätte. Als sich die Sicht klärte, auch wenn immer noch Lichtflecken tanzten, riss er mit aller Kraft an dem dünnen Ende des Astes. Er hörte ihn splittern und zog noch einmal. Plötzlich lag er auf einer Felsplatte weiter unten, und seine passend abgebrochene Beute lag neben ihm.

Das Herrichten des Handgriffs beschäftigte ihn den Rest des Vormittags. Mühsam zog er gebrochene Splitter und Streifen ab, die ihn in die Gefahr bringen konnten, den Stock in einem kritischen Augenblick fallen zu lassen. Die Länge war richtig, obwohl der Stock jetzt ein bisschen zu schwer für ihn war. Er würde ihn mit beiden Händen fassen müssen, um ihn regieren zu können, wenigstens manchmal.

Er schmolz etwas Schnee in einer Kuhle auf einem Felsblock, wie er es am Tag zuvor getan hatte, und ließ die Sonne ihn so lange erwärmen, wie er das Warten aushielt. Es war der Stoff des Lebens und ermutigte ihn, es an diesem Nachmittag mit dem Abstieg zu versuchen. Er wurde ohne Nahrung ständig schwächer und hielt vielleicht eine weitere Nacht nicht aus, wenn er die inneren Flammen nicht anzapfen konnte. Seine Hände und Füße bereiteten ihm große Schmerzen, denn jetzt waren sie so weit aufgetaut, dass sie wieder zu blutlosem Fleisch geworden waren. Aber die Finger ließen sich noch bewegen; es *musste* heute sein.

Nachdem er sich ausgeruht hatte, zog er sich mit dem Stock in die Höhe. Von neuem fiel ihm das zarte Filigranmuster der unter der Rinde verlaufenden Wurmgänge auf. Das war sein

Zauberstab, sagte er sich, sein mächtiges Hexenmeister-Werkzeug, mit Runen versehen, die ihm helfen würden, jeden Feind zu besiegen. »Sogar den Tod«, murmelte er. »Sogar den Schwarzkünstler. Nun steht mir bei, Mächte des Lichts!« Er lächelte schwach über das Bild, das er abgab, ein Mönch in der braunen *Cristoforo*-Kutte, der auf den steinigen Hang hinaushinkte und dabei heidnische Mächte anrief.

Er verbrachte mehr Zeit auf Bauch und Rücken liegend als stehend, doch stochernd und rutschend gelangte er mit ungeheuerlicher Vorsicht nach unten. Das war nicht einmal die Geschwindigkeit einer Schnecke, denn er hielt häufig an, um das bisschen an Kraft zu sammeln, das für den nächsten Angriff noch da war. Der Knöchel pochte schrecklich, und seine blauen Flecken waren so zahlreich, dass er auch nicht einen Augenblick Ruhe vor Schmerzen bekam. Trotzdem schob er sich weiter, umging größere Hindernisse und kroch manchmal durch den Schnee unter und zwischen den Blöcken.

Der Zauberstab war leicht gekrümmt, stellte er fest. Er passte gut auf, ihn nicht entgegen der Krümmung mit seinem Gewicht zu belasten. Das machte das Gehen noch schwieriger, aber ohne den Stock als Stütze hätte er überhaupt nicht weitergehen können. Sogar die Magie will mich aufs Kreuz legen, dachte er grimmig. Aus dem Nichts stieg die Erinnerung an ein kleines Kreuz in ihm auf, das er in einer dunklen Nische in der Kapelle gesehen hatte. Keiner der Mönche hatte eine Ahnung, was es bedeutete, doch einige glaubten, es sei so alt wie Darkover selbst. Andra meinte, jemanden sagen gehört zu haben, ein Kreuz sei einmal eine Art Markierung für Gräber gewesen. »Nun denn«, sagte er laut, »wir werden das Grab ankreuzen, mein krummer Stock und ich!« Er fühlte sich schwach und dem Delirium nahe, und er wusste, dass seine Gedanken Unsinn waren.

Die Sonne versank hinter dem hintersten Bergkamm. Andra war auf dem Weg nach unten erst ein bisschen über die Hälfte gekommen, aber er musste weitergehen. Taumelnd stützte er sich schwer auf den C-förmigen Stab und nahm das nächste Stück in Angriff. Der Fuß des Hanges war gerade noch sichtbar. Andra glaubte, ganz schwach den Weg zu erkennen, der sich auf eine grüne Linie zuwand.

Und dann gab der Stock plötzlich nach. Er splitterte aus der Tiefe seiner Krümmung heraus über die ganze Länge und ließ Andra nach rechts torkeln, nacktem Fels entgegen. Im Fallen versuchte er sich so zu drehen, dass er seinen Knöchel schonte, und prallte mit dem Kopf gegen etwas Hartes. Der Aufschlag tat ihm nicht mehr weh.

Er war bei Bewusstsein, aber nicht wach. Zuerst konnte er nichts sehen. Erstaunlich, dachte er, die Schmerzen, die sein Körper ihm bereitet hatte, waren verschwunden. Aber dann erhob sich die Frage: Wo war sein Körper?

Winzige Lichtpunkte schwebten vor ihm, doch sie waren fern, schwach und formlos. Er versuchte, sich einem Licht zu nähern, aber es bewegte sich weg von ihm und hin zu einem anderen. Zusammen bildeten die beiden ein kleines Gesicht, das nur undeutlich zu erkennen war. Das Gesicht von jemandem, den er gekannt hatte, nur konnte er es nicht unterbringen. Es zeigte ein wunderbares Lächeln, und dann ging es aus. Dann kamen weitere Lichter, näherten sich, und ein anderes Gesicht tauchte aus ihnen auf. Nein – jetzt waren viele Gesichter da, alles Brüder, und sie schwebten auf den Facetten eines leuchtenden Juwels. Andra wusste, es war eine Matrix, größer und mächtiger als alles, was in den Legenden berichtet wurde. Die Gesichter der Brüder waren wie blasse weiße Lichter auf ihren Facetten. Ihre Münder bewegten sich unisono, und sie sprachen drängend, flehend, beschwörend ein einziges Wort aus. Andra konnte es nicht fassen, obwohl er das Gefühl hatte, er hätte es sofort erkennen müssen. Es war ein vertrautes Wort, diese Sache, die sie wollten, aber er fand seinen Sinn nicht. Von innerhalb des riesigen Steins berührte ihn etwas, und langsam wurde er an den sich bewegenden Mündern in geisterhaften Gesichtern in das Innere des Steins gezogen.

Sofort spürte er eine Energie, eine überlegene Intelligenz, die Wärme ausstrahlte. Hier waren viele blaue Lichter – nein, ein Schwarm aus Blau, funkelnd, pulsierend, nahm Gestalt vor ihm an. Er hatte Geschichten über die blauen Lichter in den Sternensteinen gehört und wie sie Leute, die nicht darin ausgebildet waren, sie zu benutzen, in den Wahnsinn getrieben hatten. Allmählich bekam er es mit der Angst, obwohl er den Verdacht hatte, er sei tot. In Wahrheit wusste er nicht, was geschah.

Er stimmte sich auf die blauen Lichter ein, und zu seinem Erstaunen nahmen sie eine bestimmte Gestalt an. Vater Luxor, dessen Haare und Augen ein flammendes Blau waren, lächelte ihm aufmunternd zu. Ob das *laran* war? Nahm der Vater irgendwie mit ihm Kontakt auf, während sein Körper anderswo lag?

Luxors Bild schüttelte nachdrücklich den Kopf. Die blauen Augen sahen tief in die seinen, und Andra spürte eine seltsame Veränderung. Er fürchtete schon, die Kontrolle über seine Gedanken zu verlieren. Aber Vater Luxor war immer noch da und strahlte Vertrauen und Sicherheit aus. Unter des Vaters Führung ließ er die Bilder kommen.

Dichter Wald, unglaublich schön. Blühend, umfangend, kühlend, erhaltend – ein Wald, der das Paradies beschirmte. Ein Dorf. Geisterhafte, hohe, schlanke Wesen, die sich eines Lebens in voller Harmonie erfreuten. Einfache Behausungen, wenige Werkzeuge, aber eine Nähe und eine Gemeinsamkeit, dass Andra das Herz wehtat. Und eine Art von Altar in der

Mitte des Dorfes, auf dem eine große irdene Schüssel ruhte, gefärbt in einem leuchtenden Blau. Die großen schönen Wesen *(chieri,* wie er erkannte) versammelten sich um den Altar und warteten schweigend. Dann begann die Schüssel zu flammen, und das bläuliche Licht ähnelte dem seiner ursprünglichen Vision. Ja – er verstand. Die *chieri* verneigten sich vor dem Schwarm blauer Lichter, aber ihre Haltung sprach eher von Liebe als von Furcht. Die Lichter waren die Erschaffer Darkovers, dachte Andra zusammen mit den *chieri.* Sie waren Darkovers Herz, erkannte er, und sie hatten den Planeten für das Waldvolk gestaltet.

Dann sah er, wie die *chieri* eine Matrix bauten, so gigantisch, dass alle ihre einfachen Häuser klein daneben wirkten. Sie füllte das Dorf, wurde ständig größer. Nein – jetzt sah er, dass sie sich unter der Erde befand, ein großer Edelstein, tief innerhalb des Planeten gehauen und geschmiedet. Die blauen Lichter kamen von dem Altar herunter, betraten die weite Minenkammer und schlugen ihr Heim in der Riesenmatrix auf. Die *chieri* freuten sich, dass sie etwas zum Wohlgefallen ihres Gottes getan hatten. Von diesem Thron teilten die blauen Lichter immer größere Gaben an ihr Volk aus. Dazu gehörten ein fast endloses Leben und die wundersame Bündelung der Gedanken durch den Riesenstein, so dass die Gedanken einer Einzelperson allen bekannt gemacht werden konnten. Obwohl sie in getrennten Körpern lebten, begannen sie, eine einzige Seele zu teilen, und sie kamen ihrem göttlichen Ideal immer näher.

Als Nächstes sah Andra ein hässliches Ding, ein Raumfahrzeug, bei einem Absturz aufgerissen, das ein hartes gelbes Licht ausspie. In diesem Licht bewegten sich Furcht erregende Gestalten, die störende Gedanken aussandten, gewalttätig und wirr. Die blauen Lichter unter dem stillen Dorf trübten sich. Die Wesen verließen das Schiff und bauten sich Unterkünfte. Es war zu beobachten, dass sie sich gegenseitig Schaden zufügten, doch gelegentlich liebten sie sich, wenn auch mit Herzen, die vor Schmerz zuckten. Andra empfand ebenso wie die *chieri* großes Mitleid. Diese armen Wesen brauchten Hilfe, und die *chieri* nahmen Verbindung mit ihnen auf. Aber eines der Wesen (ein Mann, sah er) gelüstete es nach einem *chieri,* und er tötete seinen Partner mit einem Laser. Da erbebte die Riesenmatrix und brach entzwei, und Millionen von Bruchstücken bohrten sich in die Höhlen und in den Boden. Die *chieri* stoben entsetzt auseinander. Die Erdleute begannen zu bauen und sich auszubreiten wie die Ameisen.

Andra versank in einem Kummer, der niemals aufhören würde. Das war das Ende aller Dinge, das Ende von Liebe und Bedeutung. Jede weitere Existenz würde die von Schatten sein, von Gespenstern, die nicht berühren, sondern nur tasten und tappen konnten. Er erkannte in plötzlicher Einsicht, dass er einer von ihnen war, wie es alle Menschen auf Darkover waren, die von den wütenden Kreaturen in dem Verderben bringenden Schiff abstammten!

Dann war Luxor wieder da, und der gute Vater linderte seinen Schmerz. Mit einem leichten Schütteln seines blau gekrönten Hauptes sandte er der trauernden Seele eine Art Zwischenspiel zu. Innerhalb dieser Grauzone liebten ein *chieri* und eine Erdenfrau sich, und ein neues Wesen wurde geboren, ein sechsfingriges, groß und schlank wie sein »Vater«, aber im Ganzen mehr zur menschlichen Seite hinneigend. Es wuchs heran, entschied sich, eine Frau zu sein, und trug an seinem Hals ein Stück der großen Matrix, die sich in ihrer Qual selbst zerstört hatte. Und Andra sah in dem kleinen Stein die sich bewegenden blauen Lichter. Sie waren viel blasser als vorher, aber nicht vollständig erloschen.

Die bekannten Sternensteine erschienen jetzt in Fülle, und Andra sah, wie große und schreckliche Taten mit ihrer Hilfe verrichtet wurden. Berge wurden abgetragen, Burgen geschliffen, leidende Körper geheilt und weit mehr Körper von Matrix erzeugten Flammen verzehrt. Dann wurde ihm gezeigt, dass viele der Steinlichter jede Verbindung zu ihren Mitgöttern verloren hatten. Sich vollständig der Not der Menschen hingebend, wollten sie nur benutzt werden und wurden zu Schachfiguren der Machthungrigen. Diese Lichter waren so matt, dass man ihr blaues Leben kaum noch erkennen konnte. Ihre leere Durchsichtigkeit schuf sogar den Augen ihrer langfristigen Herren Schmerz.

Dann zeigte Luxor ihm ein Bild, in dem er, Andra, vorkam! Er empfand großen Stolz auf den jungen Mann – aber es waren nicht *seine* Gefühle. Vater Luxor zeigte ihm den Andra, den sie sich wünschten. Dieser Andra sah aus wie er, doch neu geschaffen. Er stand so selbstsicher da, er lächelte mit solcher Anmut, er schien beinahe jemand anders zu sein, der seine alte Haut trug. Er näherte sich einem Comyn-Lord, vielleicht war es der Elhalyn-König persönlich, verbeugte sich tief und machte demütig ein Segenszeichen. Dann richtete er sich stolz auf und streckte dem mächtigen Lord, dessen Stirnrunzeln andeutete, die Audienz werde kurz sein, beide Hände entgegen. Und der große Sternenstein, der, in Leder gehüllt, an dem königlichen Hals hing, begann zu leuchten und füllte den Raum mit einem kühlen, beruhigenden Blau. Der Ausdruck des großen Lords änderte sich. Er hielt den Stein hoch, damit alle ihn sehen konnten. Auf seinem Gesicht spiegelten sich guter Wille, Dankbarkeit und tiefes Verständnis für die Menschen um ihn. Irgendwie hatte der Andra im Bild diese erstaunliche Veränderung bewirkt! Sie teilte sich dem Hof mit, dann den Menschen in den Straßen unten. Die normalerweise verschlossenen und argwöhnischen Stadtbewohner öffneten einander ihre Gedanken, und ihre Sternensteine strahlten von ihrem reinen Entzücken. Diese Welle der Zugehörigkeit sollte sich über den ganzen Planeten ausbreiten; Andra war es, als ob sie lebe und wachse.

Aber sie forderten *ihn* auf, den Anfang für die Veränderung zu machen – Andra, den Bilderstürmer. *Warum ich?,* dachte er ungläubig. *Warum wollt ihr von allen Menschen Darkovers ausgerechnet mich haben?*

Luxor lächelte von neuem, diesmal noch seliger, und dann erschien wieder ein anderes Bild. Andra sah einen Turm, einen verdunkelten Raum und ein junges Mädchen mit seiner Bewahrerin. Eine große Matrix lag auf einem Tisch zwischen ihnen, und sie pulsierte vor innerem Leben. Als die Bewahrerin ihre Aufmerksamkeit von der Novizin dem Stein zuwandte, der im letzten Stadium des Einstimmungsprozesses war, sah Andra etwas, das diese beiden nicht sehen konnten. Während das Herz des jungen Mädchens schneller schlug vor Aufregung, dass sie endlich ihre eigene Matrix bekommen sollte, sah Andra die Farbe der Lichter innerhalb des Steins wie vorhin matter werden. Es war, als entferne der Akt des Einstimmens, der für die Ausbildung der Menschen mit *laran* wesentlich ist, die Steine noch weiter von ihrer ursprünglichen Quelle und Natur. Und er sah den Stolz und den Schrecken im Herzen des jungen Mädchens, Gefühle, die sie bereits gelernt hatte, vor anderen ebenso wie vor sich selbst zu verbergen.

Dann gab es eine letzte Veränderung, und wieder erschien er selbst im Bild. Aber das war jüngste Geschichte, und es rief einen zu vertrauten Schmerz hervor. Er sah die Unterredung, in der die versammelten Väter ihm vor etwa fünf Jahren mitgeteilt hatten, er werde nie *laran* haben. Ihre Gesichter waren ernst und drückten tief empfundene Sympathie mit ihm aus. Aber er sah jetzt, was er damals nicht hatte sehen können, dass sie insgeheim über seinen Mangel an Begabung froh waren. Seltsam, es war, als ob sie ihn gefürchtet hätten! Nur Vater Luxors Kummer wirkte echt. Und dann sah er, dass in diesem dunkelsten Augenblick seines Lebens Vater Luxors Stein, verborgen in seiner Hülle, in seiner Tiefe aufleuchtete. Der Stein freute sich über sein Versagen! Konnte es sein, dass er irgendwie vor den Türmen *verschont* worden war, weil sein Geschick außerhalb ihrer hohen Mauern lag?

Luxors Bild sandte ihm einen fragenden Blick zu, stellte ihn vor eine Wahl. Es war klar: Er konnte sich weigern und mit all diesen anderen gehen, denen es nicht gelungen war, zu leben, und die sich dem Stück Tod in ihrem Innern ergeben hatten. Oder er konnte mit seiner einen einzigen Gabe versuchen, diese Kälte in seinem Herzen zu überwinden, die Kälte, durch die er sich von den anderen abgetrennt hatte und die, wie er jetzt erkannte, der Tod der Menschheit war. Es war nicht *sein* Versagen, sondern das der gesamten Rasse!

Andra wollte nicht wählen; es kam ihm zu plump vor. Ein Sterbender bekehrt sich, wenn ihm das ewige Leben angeboten wird. Aber das sollte sein letzter richtig zynischer Gedanke sein, denn kaum war er in seinem Kopf aufgetaucht, da wich der Gedanke auch schon vor dem Licht zurück, das vor seinen Augen stetig zu einer flammenden bläulichen Sonne anwuchs. Andra hörte wieder den Gesang der Bruderlichter, und diesmal drang ihr Wort klar an seine Ohren. Sie sagten: »Feuer!« Bittend und befehlend sehnten sie sich danach, dass er ... was tat? Die alte innere Flamme war Teil seines Körpers, den er verloren hatte. Was war damit gemeint? Aber der Chor bestand darauf, und die leuchtende blaue Sonne gab ihm eine neue Art von Flamme. Ihm wurde mit Liebe etwas befohlen, und er stimmte zu, dass er es versuchen wolle.

Er konzentrierte sich, er setzte vollkommenes Vertrauen in die Lichter, in ihren Willkommensgruß und ihre Wärme und ihre Gelassenheit gegenüber dem Tod. Seine Zweifel lösten sich auf, und er umarmte die Flamme. Seine Abgesondertheit verschwand, und als sie eins geworden waren, regneten sie alle in bläulich-silbernem Licht auf einen leeren Körper hinunter, der verrenkt im Schnee lag. Das Herz dieses Körpers nahm ihren pulsierenden Gesang auf und pumpte neues Leben in die zerschlagene Hülle. Die atmenden Lungen schlossen sich dem feurigen Tanz an.

Andra blinzelte und zuckte zusammen. Die Sonne schien sehr hell. Aber er war doch gestorben! Oder war es ein Traum gewesen? Er bewegte die Beine. Anscheinend funktionierten sie. Nur sein Knöchel protestierte noch schmerzhaft.

Dann traf ihn mit voller Wucht die Erinnerung an das, was geschehen war. Die Vision, oder was es gewesen sein mochte, war seinem Gedächtnis in jeder Einzelheit eingeprägt. Vater Luxors Gesicht – selbst wie eine Sonne! Und die blaue Wärme, von mehr Liebe erfüllt, als er es in dieser kalten Welt für möglich gehalten hatte.

Er versuchte sich aufzusetzen, und unerwartete Kraft durchströmte ihn. Sein Kopf hämmerte, und seine Stirn war von Blut verklebt. Neben ihm lag der gebrochene Stab, dessen Zauber verbraucht war, und er benutzte ihn, um sich in sitzende Stellung hochzustützen.

Und dann, was er schon nicht mehr zu hoffen gewagt hatte, hörte er eine menschliche Stimme! Er rief heiser, und die Schritte kamen sofort zu ihm. Er sah die stumpfbraune Kutte und das besorgte Gesicht und streckte diesem wundervollen menschlichen Wesen voll Freude die Arme entgegen.

Den Mönchen, die ihn kannten, fiel auf, wie sehr er sich verändert hatte. Schon in den Tagen auf dem Krankenlager hieß er allein durch seine Art jeden Eintretenden mit einem Segen willkommen. Anfangs kamen nur solche, die seine Wunden pflegten; die anderen wurden gebeten, seine Ruhe nicht zu stören. Aber die Neuigkeit von seinem Betragen erreichte seine Freunde schnell: Bruder Thomas war der Erste, dem ein Besuch erlaubt wurde.

»Na, mein Junge!« Er steckte den Kopf um die Tür. »Man hat mir erzählt, du werdest nun vielleicht doch am Leben bleiben!« Seine Fröhlichkeit war ein bisschen erzwungen; er hatte immer eine niedrige Toleranzschwelle für die Schmerzen anderer gehabt.

Doch zu seiner Überraschung saß der junge Mann aufrecht im Bett und lächelte. Einige Überreste von seinem Frühstück lagen auf dem Tablett, das er auf dem Schoß hielt. Er sah so glücklich aus und begrüßte ihn mit so aufrichtiger Freude! Thomas erwartete halb und halb, er werde dazu aus dem Bett springen. Als er es ihm sagte, schüttelte Andra mit gespielter Traurigkeit den Kopf.

»Nein«, jammerte er, »sie sagen, meine Beine seien beide erschöpft. Wenn ich jemals wieder laufen wolle, müsse ich darauf achten, sie ja nicht zu bewegen. Ah, sie meinen es gut mit mir, ich weiß, aber wie kann ein Mann, der fliegt, sich Gedanken um das Gehen machen?«

»Was meinst du denn damit, Bruder? Sie haben dir vielleicht den Verband um deinen Kopf zu eng gemacht, he? Der einzige Flug, den du fertig gebracht hast, war den Berghang hinunter!«

Die Augen des jungen Mannes wurden groß, und er lächelte strahlend. »Guter Thomas«, sagte er herzlich, »immer so leichten Herzens. Es ist wahr, mein Körper muss hier eine Weile liegen. Aber trotzdem schwebe ich, denn mein Geist ist befreit worden. Mir ist etwas geschehen, verstehst du, das uns allen geschehen muss, nur dass ich Glück hatte. Ich erhielt eine Chance, zurückzukommen und an dem Licht teilzuhaben. Es ist so *wundervoll*, Thomas! Die ganze Welt ist lebendig, und ich spüre, dass nichts Dunkles oder Falsches dieser Freude widerstehen kann.«

Die Anwesenheit seines jungen Freundes gab Bruder Thomas ungeheuren Auftrieb. Dies war nicht der gequälte Zyniker, der das Kloster vor drei Tagen verlassen hatte, der frustrierte Bruder, der all denen grollte, die im Gegensatz zu ihm Frieden gefunden oder Talente entwickelt hatten. Hatte doch sogar er den Stachel von Andras Bitterkeit zu spüren bekommen! Der junge Mann hatte dem älteren Freund das Recht bestritten, seinen winzigen Splitter von einem Sternenstein zu tragen. Unwillkürlich wanderte Thomas' Hand an den Lederbeutel, der ihm am Gürtel hing, und tastete zu seiner Beruhigung nach dem kleinen Juwel darin.

»Ja, Thomas«, sagte Andra traurig, »ich erinnere mich, was ich damals über dich und deine Matrix gesagt habe. Dafür entschuldige ich mich, mein Freund.«

Thomas sah ihn scharf an und begegnete einem klaren Blick. »Was ist das?«, fragte der alte Mönch. »Hast du *laran* entwickelt, Bruder Andra?«

»Nein, Thomas. Kein *laran*. Es ist etwas anderes; nenne es einfach Verständnis. Weißt du, jetzt fällt mir wieder genau ein, was ich damals gesagt habe. Ich schalt dich dafür, dass du einen Stein trägst, den du so gut wie nie benutzt, und nannte ihn ein Stück Comyn-Müll. Aber, Thomas, warum hast du ihn so wenig benutzt? Weißt du es?«

»Eigentlich nicht. Es ist einfach so, dass ich bei dem einfachen Leben hier in der Kirche, das ich führe, selten das Bedürfnis habe.« Viele der Mönche besaßen Matrizes, von denen manche wesentlich größer waren als seine, und einige der ranghöheren benutzten sie oft und nahmen Verbindung mit den Turm-Relais auf. Thomas dachte einen Augenblick nach, dann schluckte er heftig. »Doch da ist etwas, das ich nie einer Menschenseele erzählt habe. Manchmal, wenn ich tief in meinen kleinen Stein hineinblicke, sehe ich sich bewegende Lichter, und sie machen mir Angst. Es ist, als *wollen* sie, dass ich sie benutze, ob zum Bösen oder zum Guten. Es ist, als brauchten sie meine Angst, um durch mich zu handeln. Nein – ich bringe das alles durcheinander. Die Matrix dient mir doch nur.« Er errötete leicht und drehte das Gesicht zur Seite.

»Nein, Bruder. Du bringst nichts durcheinander. Weil du nicht nach Macht strebst, hast du deine Matrix enttäuscht. Es muss eine sein, die sich von ihrer alten Quelle weit entfernt hat. Sie braucht deine Angst, Thomas, weil sie alles andere vergessen hat. Wenn du deine Matrix mit der Güte in deinem Herzen eines Besseren belehrst, könnt ihr gemeinsam Wunder wirken. Du kannst die Welt verändern!«

Bruder Thomas begriff nicht sehr viel davon. Er kam zu dem Schluss, der Kopf des jungen Mannes sei immer noch ein bisschen wirr, und wandte sich unter Entschuldigungen zur Tür. »Du schläfst jetzt besser, Bruder Andra. Es ist wundervoll, dich so erneuert und so glücklich zu sehen!«

»Ja, nicht wahr, Thomas? Und ich bin überzeugt, das ist erst der Anfang. Die Mauern sind gefallen, und es gibt keine Grenzen für das, was geschehen mag! Gesegnet seist du, Bruder Thomas, dass du Liebe hattest, wo ich keine hatte, nicht einmal für mich selbst.«

Der alte Mann ging hinaus und schloss leise die schwere Krankenzimmertür. Auf dem Weg den Flur hinunter spürte er eine solche Leichtigkeit in seinem Schritt, dass er in Versuchung geriet, sich in Trab zu setzen. Ihm war so wohl zu Mute! Wieder fanden seine Finger den Lederbeutel, und er entdeckte, dass er sich auf die abendliche Ruheperiode freute. Denn er hatte den heftigen Wunsch, den kleinen Stein anzufassen, jetzt, da sein Herz von neuem mit Hoffnung und Freude angefüllt war.

Am nächsten Tag kam Vater Altamir persönlich, um sich nach Bruder Andras Gesundheitszustand zu erkundigen. Der Abt trat äußerst würdevoll ein und nahm den Stuhl unter dem Fenster, mehrere Schritte von dem in Verbände gehüllten Invaliden entfernt.

»Nun, Bruder Andra«, begann er steif, »man hat mir erzählt, du habest so einiges erlebt! Wir müssen unsere Herzen dankbar dafür, dass deine Verletzungen nicht noch schlimmer sind, zu dem heiligen Lastenträger erheben. Wie bist du auf die verrückte Idee gekommen, die heimtückischste aller Routen zu nehmen?«

»Um die Wahrheit zu sagen, Vater, ich wollte meine Schande vor aller Welt verbergen. Ich nahm die Route, die sonst jeder gemieden hätte, damit ich nicht gesehen würde, wie ich die Stadt in Ungnade verließ. Das liegt jetzt alles hinter mir. Ich ...«

»Aber Bruder Andra, du weißt doch sicher, dass von Ungnade keine Rede sein konnte? Wir hatten nur den Eindruck, du würdest anderswo sehr viel glücklicher sein, außerhalb der strengen Begrenzungen unserer Art zu leben. Du hast uns doch gezeigt, nicht wahr, dass es nicht deine Art ist!«

Andra überlegte erst einmal. Er erkannte, dass sich, was den Abt anging, nichts verändert hatte. Bald würde er ihm befehlen, auf der Hauptstraße nach Thendara zu bleiben! »Vater«, sagte er fest, »können wir über etwas anderes sprechen? Ich bin nicht mehr der gleiche Mensch, der hier voller Bitterkeit weggegangen ist. Ich bin verändert worden, und ich muss Euch erzählen, wie das geschehen ist.«

»Was, Bruder, du willst mir doch nicht weismachen, du habest eine Vision gehabt? Hat die gesegnete Cassilda dich zu uns zurückgeschickt, voll von Bußfertigkeit und Demut?«

Die Schärfe in den Worten des Vaters verletzte und erstaunte Andra. Offensichtlich war Vater Altamir nicht bereit, dem jungen Unruhestifter zu verzeihen. Trotzdem berichtete Andra dem Abt in allen Einzelheiten, was er erlebt hatte.

Vater Altamirs Gesicht blieb ausdruckslos. Er verzichtete auf jede Unterbrechung oder Bemerkung. Als Andra fertig war, faltete der Ältere betont die Hände, presste die Daumen zusammen und schwieg noch eine Weile. Dann beugte er sich auf seinem Stuhl abrupt vor.

»Du legst diesen Traum, der auf deine Kopfverletzung folgte, also so aus, dass er eine religiöse Bedeutung hatte?«

Er wurde ausgefragt, als habe er den Vater aufgesucht, um seinen Rat einzuholen. Aber es spielte keine Rolle. »Das ist keine Frage der Auslegung, Vater. Die Bedeutung war – und ist – vollkommen klar.«

»Mag sein, mein Junge. Zumindest für dich. Du sagst, diese Lichter hätten dir befohlen, die Sternensteine anderer Menschen zu ergreifen, damit sie mit ihrem *laran* nichts Böses mehr tun können?«

Der Vater sprach mit ihm immer noch, als müsse er auf gewisse Phantastereien eingehen, wenn er das auch zu verbergen suchte. Andra empfand großes Mitleid für die Blindheit, der der Abt nicht entrinnen konnte. Seine Stellung als Vorgesetzter machte ihn so schwach! »Lieber Vater«, sagte er ruhig, »Ihr wisst, wie das ist. Wenn ich den Sternenstein eines anderen berühre, bringt ihm das Qualen oder sogar den Tod. Nein – ihre Herzen sind es, die ›ergriffen‹ werden müssen. Aber nicht von mir, sondern von der Wahrheit und der Liebe, die bereits in ihnen wohnen!«

Der Vater zögerte. In seinem Innern regte sich Unbehagen. Konnte tatsächlich etwas an dieser wilden Geschichte sein? Der Junge war so verändert, so ganz im Frieden mit sich selbst. Aber als Abt hatte er die Pflicht, die Kirche gegen Häretiker und Betrüger zu schützen. So schob er das vage Gefühl der Unsicherheit entschlossen von sich. »Anscheinend vergisst du, Bruder Andra, dass wir einen Vertrag haben, seit

114

Jahrhunderten getreulich eingehalten, der uns den Gebrauch von *Laran*-Waffen verbietet. Und der Mensch, der seinen Stein benutzen würde, um den Geist anderer zu kontrollieren, stände auf der niedrigsten Stufe eines Verbrechers, als Ausgestoßener unter den Ausgestoßenen. Deine Vision kommt ein bisschen zu spät, möchte ich sagen!«

»Ihr wollt doch sicher nicht sagen, Vater Altamir, dass Ihr im Gebrauch von Matrizes auf Darkover keine Probleme seht? Dass *laran* niemals zum Nutzen des Rates oder einer Privatperson missbraucht wird?«

»Natürlich gibt es kleinere Probleme, Bruder. Vollkommenheit existiert nicht in dieser Welt, ausgenommen vielleicht inmitten der *schrecklich* Jungen. Der Weg, solche Irrtümer auszumerzen, ist, sie selbst zu vermeiden – aber du hast ja keinen Stein, also stellt sich dir die Frage eigentlich gar nicht, stimmt's?«

Der Blick, mit dem Vater Altamir ihn maß, zeigte seine Verachtung offen. Andra spürte sie fast wie einen körperlichen Schlag. »Vater«, erwiderte er sehr ruhig, »Ihr selbst gehört zu den stolzesten Menschen. Viel Unrecht ist mit den Steinen getan worden, um solchen Stolz zu verteidigen. Ich bin nicht traurig darüber, dass mir die Versuchung erspart geblieben ist.«

Vater Altamir stand so abrupt auf, dass sein Stuhl umkippte. »Du dummer Junge!«, rief er. »Wie kannst du es wagen, anzudeuten, ich hätte jemals mein *laran* missbraucht oder mit meinem Stein Unrecht getan? Du bist so arrogant wie früher, du versuchst immer noch, Höherstehende herabzusetzen. Diese deine ›Vision‹ ist nur ein neuer Trick, mit dem du die rechtmäßige Autorität unterminieren willst! Du wirst diesen Ort verlassen, sobald es dir gut genug geht, um zu reisen, und wir wollen dich hier *nicht* wieder sehen, niemals!« Er stürmte hinaus und schlug die Tür mit ohrenbetäubendem Knall zu.

Andra war ganz verblüfft über den Sturm, den er entfesselt hatte, und sah die eichene Barriere nachdenklich an. »Nun«, sagte er laut, »es wird wohl doch nicht ganz so leicht sein, wie ich gedacht habe!«

Über Dorothy Heydt und »Die Summe der Teile«

Ich lernte Dorothy Heydt anfangs als Musikerin kennen; sie besitzt eine der entzückendsten Sopranstimmen, die ich je gehört habe. Ebenso wie ich hat sie dann wohl entdeckt, dass man nicht Karriere als Sängerin machen und zwei kleine Kinder großziehen kann – jedenfalls nicht gleichzeitig.

Dorothy Heydts erste veröffentlichte Geschichte war »Durch Feuer und Frost« in SCHWERT DES CHAOS (DAW 1982), und sie ist außerdem in dreien der vier SWORD-AND-SORCERESS-Bände erschienen (DAW 1984, 1985, 1986, 1987).

Sie wohnt in Berkeley, und beim letzten Con dort nahm sie an einer Podiumsdiskussion über Computer und Schreiben teil. Sie vertrat die »Pro«-Position, während Ray Nelson und ich die »Contra«-Position hatten.

MZB

Die Summe der Teile

von Dorothy Heydt

Es *war das Jahr der Weltenzerstörer.*
Marguerida fand sich nach dem Absturz zusammengerollt
wie ein durchnässtes Schlammkaninchen im Heck des Flugzeugs wieder. Die Polster, die das Passagier-Abteil umgaben,
waren vor ihr nach hinten geflogen und hatten ihren Fall aufgefangen. Sie stellte fest: Keine Knochen gebrochen, keine
ernsthaften Verletzungen, Nervensystem auf allen Ebenen intakt – aber müde war sie, und ihre Energie war in fast gefähr-
lichem Ausmaß erschöpft. Sie ließ die Ereignisse der letzten
zwei Stunden an sich vorüberziehen, den Mob an der Tür,
Hände, die sie in das Flugzeug schoben, der Flug über die toten Hänge ihrer eigenen Berge in Gebiete, die ihr unbekannt
waren.

Ach, wenn man ihr doch nur mehr Zeit zum Üben hätte geben können! Der Alba-Turm hatte das Flugzeug schon vor einem Jahr erworben – sie hatte nicht gefragt, durch welche
zweifelhaften Mittel. Doch erst vor kurzem war der Matrix-
Antrieb perfektioniert und eingebaut worden. Wenn es ihnen
möglich gewesen wäre, terranischen Treibstoff für den terranischen Antrieb zu beschaffen, hätte sie sich inzwischen vielleicht zur Pilotin ausgebildet und wäre nicht so müde vom
Kampf gegen die Luftströme.

Doch darüber konnte sie später noch nachdenken. *Alle
Schmiede in Zandrus Höllen können ein zerbrochenes Ei nicht
flicken* – und dieses Flugzeug hatte große Ähnlichkeit mit einem zerbrochenen Ei. Die Tür hing hoch über ihrem Kopf
schief von einer Angel. Wenn sie sich mit aller Kraft reckte,
konnte sie gerade eine Hand über den Türrahmen schieben.

Sobald sie wieder zu Atem gekommen war, wollte sie hinausklettern – *aber nicht in diesen Kleidern.*

Sie trug immer noch die offizielle Kleidung einer Bewahrerin, die weite, steife Robe mit den langen Röcken und Ärmeln, die bis über die Fingerspitzen fielen. Darin konnte sie nicht herumturnen, und sie konnte auch nicht hier bleiben. Es war später Nachmittag und würde bald dunkel werden.

Ihr Schleier hatte sich schon vor einiger Zeit gelöst und lag jetzt halb begraben zwischen den Polstern. Sie zog ihn hervor und entdeckte die Ecke eines Kastens, dessen Deckel gesprungen war. Darunter war Stoff in einem stumpfen Grau zu sehen. Er erwies sich als ein Kleidungsstück, früher einmal Eigentum des unbekannten Terraners, dem das Flugzeug gehört hatte. Das Ding bestand aus Hemd und Hose in einem Stück, einfarbig und langweilig grau ohne eine einzige gestickte Kante, durch und durch hässlich wie die meisten terranischen Gegenstände. Aber zum Klettern musste es sich hervorragend eignen. Marguerida warf ihre Robe ab und stieg hinein. Durch Zufall entdeckte sie, dass die metallene Lasche im Schritt eine Art von Verschluss betätigte, der das Ding bis zum Hals zumachte. Sie gewann ein paar zusätzliche Zoll an Höhe, indem sie die Polster an der Wand aufstapelte, fasste den Türrahmen und zog sich hinauf und hinaus.

Das Flugzeug war in einem Baum gelandet, die Nase hatte sich zwischen zwei Ästen eingekeilt. Der Rumpf war verbeult, eine Tragfläche war unter dem Gewicht zerdrückt worden. Von da, wo Marguerida hockte, halb innen und halb außen, war nichts zwischen ihr und dem Tod als siebentausend Fuß Luft. Aber unmittelbar über ihrem Kopf hing ein Ast, der für einen Ast recht haltbar aussah ... Sie schluckte heftig. *Ich bin keine würdige Bewahrerin, wenn ich mich nicht selbst beherrschen kann.* Sie zog sich auf den Ast, und irgendwie (sie konnte später nicht sagen, wie) kletterte sie wie ein

Chervine aus dem Baum, die Wand hoch und auf ebenen Boden.

Dort stand sie auf, stäubte ihre Hände ab und hielt Umschau. Sie war weiter geflogen, als sie gedacht hatte; diese Bäume waren noch gesund. Die verflixte Tanne, die sie beim Abheben beinahe aufgespießt hätte, war nur die höchste in einem ganzen Wald aus nackten Stämmen gewesen, denen die seit letztem Sommer um sich greifende namenlose Krankheit die Nadeln geraubt hatte. Aber diese Berge waren noch grün und zeigten an Vorboten des Frühlings, was sich in dieser Höhe erwarten ließ: Junge Schößlinge, die sich durch das tote Farnkraut des vorigen Jahres bohrten, klebrige Knospen und frische helle Nadelklumpen an den Bäumen.

Der Sims, auf dem Marguerida stand, war ein Dutzend Fuß breit. Auf der einen Seite fiel die Wand über eine unermessliche Strecke steil ins Tiefland ab, aber auf der anderen Seite war es ganz gut möglich, auf allen vieren zu dem Bergsattel hinaufzuklimmen, den sie während des Absturzes gesehen hatte.

Sie konzentrierte sich einen Augenblick lang auf die Erinnerung. Ein gähnender Abgrund unter ihr, das Tiefland in den blauen Dunst weiter Entfernung gehüllt. Eine nackte Granitwand über der Baumgrenze, blutfarben im späten Sonnenlicht, und ein Hang, der zu einem dunkel bewaldeten Sattel zwischen zwei Gipfeln führte. Und für einen Augenblick hatte ein weißer Umriss vor dem Grün geschimmert.

Ja, ein zweites Flugzeug, ihrem eigenen sehr ähnlich, aber vielleicht unbeschädigt? Auch ein Flüchtling vor der Verwirrung und dem Blutvergießen, das sich in dem letzten chaotischen Jahr über Darkover ausgebreitet hatte? Dort gab es vielleicht Feuer, Essen, eine Möglichkeit der Weiterreise. Zumindest mochten diese Leute wissen, wo sie *waren*! Marguerida kletterte den Hang hinauf bis zu der ebenen Stelle.

Es war dunkel unter den Bäumen, obwohl die Strahlen der roten Sonne beinahe waagerecht zwischen den Baumstämmen einfielen. Mehr durch ihr *laran* als durch ihre Augen und sich mehr auf den Geruch verlassend als auf das eine oder das andere, fand sie das Flugzeug schließlich. Es war dem, das sie geflogen hatte, ähnlich, aber größer und hatte Platz für fünf oder sechs Personen statt für eine oder zwei. Sein Pilot hatte eine bessere Landung fertig gebracht als sie und an einer Baumgruppe nur einen Flügel zersplittert, nicht die ganze Maschine.

Sie spähte ins Innere und sah niemanden. Die Ausrüstungsgegenstände des Flugzeugs waren umhergeworfen worden, die Fensterscheibe vorn war gesprungen, aber nicht zerschmettert. Gleich hinter der Tür lag eine terranische Maschine, aus deren Eingeweiden ein Durcheinander von Drähten quoll. Um ins Flugzeug zu gelangen, hätte Marguerida darüber hinwegsteigen müssen. Also ließ sie es bleiben.

Hier war kein Feuer, keine Spur von Leben. Zuerst glaubte sie, das Flugzeug sei verlassen, doch dann sah sie den Mann, der ein Dutzend Fuß von der Tür entfernt lag. Ein Toter? Nein, für ihr ausgebildetes *laran* waren die Lebenszeichen noch wahrnehmbar, matt und schwach wie das letzte Glühen eines sterbenden Feuers. Er war – sie ließ ihre Hand dicht über seinen Körper gleiten, ohne ihn zu berühren – bewusstlos, halb verhungert und im Fieber. Seine Lungen waren mit Blut angefüllt, und über seinen linken Arm zog sich eine lange Wunde, deren Infektion versuchte, sich nach innen zu arbeiten. Das war nichts, womit Marguerida nicht fertig wurde – wenn Avarra es gewährte, dass der Mann nicht starb, bevor sie sich an die Arbeit machen konnte.

Vielleicht hatte er sich beim Absturz den Kopf angeschlagen und das Bewusstsein seitdem nicht wiedererlangt? Nein, man konnte sehen, dass er versucht hatte, ein Lager aufzu-

schlagen. Er lag auf einem Teppichstreifen, den er vom Fußboden des Flugzeugs weggenommen hatte – ein bisschen
Schutz vor Kälte und Feuchtigkeit, aber nicht viel.

Marguerida konnte gerade jetzt keine Zeit für Spekulatio-
nen erübrigen. Schnell sammelte sie trockenes Moos von den
Südseiten der nächsten Bäume und ein paar trockene Zweige,
säuberte ein Stück des Bodens und legte alles darauf nieder.
Sie kniete sich hin und zog ihren Matrix-Stein aus seinem Lederbeutel. So müde sie war, es würde ihr immer noch eher gelingen, Feuer mit Hilfe von *laran* zu machen, als einen Feuer-
bohrer aus trockenem Holz und einer Strähne ihres Haares zu
konstruieren. Beim dritten Versuch erzeugte sie einen Funken,
das trockene Moos fing Feuer und flammte auf wie eine Blüte.
Marguerida beeilte sich, trockene Zweige nachzulegen, und
päppelte das Feuer hoch, bis es zu vollem Leben erwachte und
fähig war, tote Rinde und abgefallene Äste zu verzehren. Jetzt
konnte sie ihre Aufmerksamkeit wieder dem Mann zuwenden.

Sie schätzte, dass er in der Mitte des Lebens stand. Er war
über die erste Jugend hinaus, aber kein Graubart. Haar und
Bart waren kurz geschnitten und so schwarz wie bei ihrem
Vetter Rafael. Er trug einen einfachen, aus einem Stück beste-
henden Anzug, beinahe identisch mit dem ihren. An seinem
Handgelenk saß ein Armband mit Buchstaben, die sie nicht lesen konnte und auch noch nie gesehen hatte. Wie sein Flugzeug war der Mann von einer anderen Welt, wahrscheinlich
ein Terraner. Sie würde ihn eines Tages danach fragen, falls es
ihr gelang, ihn am Leben zu erhalten.

Das Teppichstück zerriss unter seinem Gewicht, als sie versuchte, ihn näher ans Feuer zu ziehen. Sie sah ihre Hände an,
weiß und glatt bis auf die Stellen, wo die Narben alter Brandwunden sie verunstalteten. Aber dieser Teil ihrer Ausbildung
lag lange zurück; sie war fähig, den Mann zu berühren, wenn
sie es wollte. Also bezwang sie ihre Abneigung, fasste ihn bei

den Schultern und zerrte ihn ans Feuer. Er war nicht so sehr schwer. Sie konnte unter dem terranischen Kleidungsstück die Knochen und das dünne Fleisch fühlen. War denn gar nichts zu essen in seinem Flugzeug? Sie nahm sich einen im Feuer liegenden Ast als Fackel und ging auf Kundschaft aus.

Sie fand das Essen, ohne es gleich als solches zu erkennen, denn alles war mit seltsamen Hüllen bedeckt, auf denen wieder die fremde Schrift stand. Beim Auswickeln knisterten sie. Die Blöcke darin waren hart wie Holz, doch es stiegen schwache Gerüche von ihnen auf: Das hier war Trockenfleisch, gar nicht so weit entfernt von dem, was ein Darkovaner für eine Reise einpacken würde, und das hier war Brot (vermutete sie, es war noch trockener und fader als jedes Reisebrot, das sie je gekostet hatte), und das hier war etwas Süßes und Köstliches, dessen Geschmack an *jaco* erinnerte. Marguerida leckte sich die Finger ab und sah sich nach etwas um, das sie als Topf benutzen konnte. Sie wollte eine Suppe oder einen Eintopf kochen und hoffte, dem Mann etwas davon einflößen zu können.

In der Nähe floss ein Bach, und an seinem Rand wuchsen Netzstelzer, deren Blätter groß genug waren, um darin Wasser zu kochen. Sie legte Blöcke von dem süßen Zeug ins Wasser, damit es sich beim Erwärmen auflöste, und weichte in einem anderen Blatt Trockenfleisch ein. Morgen wollte sie einen Eintopf kochen. Die Blätter brannten von der Spitze bis zur Wasseroberfläche ab, weiter jedoch nicht. Unter dem vielfältigen Schrott im Flugzeug – das Innere war in einer Unordnung, die sich aus der verhältnismäßig geringen Beschädigung an der Außenseite nicht erklären ließ – fand sie einen Löffel, und sobald die Flüssigkeit warm war, löffelte sie sie dem Mann in den Mund. Die ersten paar Löffel voll liefen wieder heraus und ihm in den Bart, doch dann begann er zu schlucken. Marguerida flößte ihm beinahe eine Tasse von dem

Zeug ein, bevor das letzte Sonnenlicht am Himmel verblasste. Das Feuer brannte jetzt gut, und ihnen beiden wurde wärmer. Sie legte eine Hand auf seine Stirn, und in die andere nahm sie ihre Matrix.

In seinem Blut waren Gifte von dem infizierten Arm. Damit musste sie sich gleich befassen. Aber die Hauptgefahr für sein Leben bestand in dem verklumpten Blut in seinen Lungen. Sie legte ihn auf die Seite, berührte mit ihren mentalen Kräften außerordentlich vorsichtig seinen phrenischen Nerv und ließ ihn husten.

Nach einer Stunde ließ sie ihn ausruhen, denn sie wurden beide müde. Die oberen Lungenlappen waren sauber, und sie hatte genug von den Lungenbläschen geöffnet, dass er einigermaßen atmen konnte. Er hatte ein paarmal in einer Sprache gesprochen, die sie nicht verstand, war aber nie ganz zu Bewusstsein gekommen. Sie stopfte ihm ein Polster vom Pilotensitz in den Rücken. Er seufzte, änderte ein bisschen die Haltung und verfiel in etwas wie einen normalen Schlaf. Ein Jammer, dass sie nichts hatte, um ihn zuzudecken, aber der Rumpf des Flugzeugs hinter ihm reflektierte einen Großteil der Wärme des Feuers auf ihn. Marguerida belegte das Feuer mit Asche, trank den Rest von dem süßen Zeug selbst und legte sich dann hinter dem schlafenden Mann nieder. Als letzter bewusster Gedanke schoss ihr durch den Kopf, dass nicht mehr viele von diesen Essensblöcken da waren.

Sie erwachte im Morgengrauen, ganz ausgehöhlt vor Hunger. Eine Bewahrerin ist darauf trainiert, Schmerz und Lust wenig Aufmerksamkeit zu schenken, und sie hatte die Kälte ignoriert. Aber sie durfte nicht zulassen, dass ihr Körper schwach wurde. Sie legte Holz aufs Feuer und machte einen suppigen Eintopf aus den aufgeweichten Fleischblöcken, ein paar Brotkrumen und, des Geschmacks wegen, einem von den süßen

Riegeln. Seit sie im Alter von neun Jahren in das alte Haus gekommen war, das den Alba-Turm beherbergte, hatte sie nie mehr gekocht. Im Großen und Ganzen fiel ihr Gebräu recht gut aus. Es schmeckte nach dem Zeug, das nicht ganz wie *jaco* war, und war nahrhaft von den Säften des gründlich gekochten Fleisches.

Der Mann schlief noch. Seine Lebenszeichen waren jetzt, nachdem er Nahrung und Wärme bekommen hatte, stärker. Marguerida fütterte ihn mit Brühe von dem Eintopf und nahm sich dann der Wunde an seinem Arm an. Sie war mit krustigem Schorf bedeckt, und das Fleisch ringsherum war geschwollen und rot. Gifte von der Infektion sickerten in den ganzen Körper. Das und die Kälte mussten ihn so krank gemacht haben, dass er nicht essen konnte. Nun, Essen war die beste Medizin, aber sie brauchte mehr, als vorhanden war. Sie bürstete Erde und Moos von ihrer Kleidung, setzte in einem neuen Blatt Wasser aufs Feuer und ging in den Wald zurück.

Lieber wäre es ihr gewesen, sie hätte weiche Tücher und die konzentrierten Destillate aus den Vorratsräumen des Alba-Turms gehabt. Hier stand ihr nichts zur Verfügung als das weiche Moos, das sie als Zunder benützt hatte, und die ersten kräftigen Triebe des Dornblatts, die durch die Decke des Waldbodens aus trockenen Nadeln und dem Farnkraut des vorigen Jahres dem spärlichen Sonnenschein des ersten Frühlings entgegensprossen. Marguerida trug sie zum Flugzeug und legte sie in das heiße Wasser, sie tränkte Moospolster und legte sie auf die Wunde. Es würde eine Weile dauern, bis die wirksamen Bestandteile des Dornblatts sich im Wasser lösten, aber sie fing schon einmal damit an, den krustigen Schorf aufzuweichen. Dann nahm sie ein neues Moospolster und wusch dem Mann das Gesicht. Durch die Schmutzschicht waren ein paar Tränen gelaufen, und unter dem Dreck war seine Haut hell und glatt, nicht wettergegerbt wie die eines Bergbewohners. Gab es da, wo die Terraner lebten, kein Wetter? Ihre Lehrer hatten ihr von diesem Ort so gut wie nichts erzählt; er repräsentierte vieles, von dem sie wünschten, dass Marguerida es mied.

Die dunklen Wimpern des Mannes hoben sich und enthüllten Augen von einem verblüffend leuchtenden Blau. Bevor Marguerida etwas sagen konnte, hatte er seinen guten Arm gehoben, ihre Hand ergriffen und an die Lippen geführt. Sie sprang auf die Füße und brachte das Feuer so schnell zwischen ihn und sie, dass ein flüchtiger Beobachter hätte glauben können, sie sei teleportiert.

»Es tut mir Leid«, sagte der Mann im Raumhafen-Dialekt. Seine Stimme war tief und klingend, der Akzent merkwürdig, aber nicht so stark, dass sie ihn nicht hätte verstehen können. »Bitte, kommt zurück; ich werde Euch nichts zu Leide tun.« Sein Arm fiel nieder. »Mein Gott, bin ich schwach. Ich könnte Euch gar nichts tun, selbst wenn ich wollte.«

Langsam umkreiste sie das Feuer und kniete wieder neben ihm nieder. »Ich weiß. Mir tut es auch Leid. Aber ich bin die Bewahrerin des Alba-Turms, und Ihr dürft mich nicht berühren.«

»Ich bitte um Verzeihung, *Vai Domna*«, sagte er auf *casta*. »Ich meine, *Vai Leronis*. Das wusste ich nicht.« Seine Grammatik war fehlerhaft, aber seine Stimme machte subtile Musik aus den Achtungsformen.

»Dazu ist keine Ursache«, erwiderte sie. »Ich habe meine Robe und meinen Schleier in meinem abgestürzten Flugzeug zurückgelassen. Dieses graue Ding ist besser geeignet, um darin an Berghängen herumzuklettern und durch Wälder zu laufen.«

»Euer Flugzeug? Ihr lebt nicht hier in der Gegend?«

»O nein. Ich komme von – halt, liegen bleiben!« Denn der Mann hatte sich auf seinen rechten Ellenbogen hoch gestemmt, und die Moospolster waren von seinem verletzten Arm abgerutscht. »Das heißt, setzt Euch ruhig auf, das wird helfen, Eure Lungen zu säubern, aber haltet den Arm still.« Sie drückte ihn wieder auf sein Kissen zurück. »Jetzt werde ich das Moos noch mal einweichen und Euch auf den Arm legen – ja, es ist heiß«, sagte sie, als der Mann den Atem scharf einzog, »es muss auch heiß sein, um das Gift aus Eurer Wunde zu ziehen. Nun sitzt still und verliert das Moos nicht wieder. Ich werde Euch inzwischen etwas zu essen machen.«

Sie nahm ein bisschen von dem heißen Wasser, um den einzigen Löffel abzuwaschen, und füllte ein weiteres Blatt mit Eintopf. »Mein Gott«, sagte er wiederum, ohne zu spezifizieren, welchen er meinte. Zweifellos war es nicht das, was er zu essen gewöhnt war. Wurde terranische Nahrung immer zu harten Ziegeln gepresst? Nahmen Terraner auf ihre Reisen zwischen den Welten keine Köche mit? Aber er erhob keinen Einwand gegen den Eintopf und schluckte, bis er alle war. Dann schloss er die Augen. »Ich danke Euch, *Vai Leronis*. Ihr erweist mir Gnade. Tatsächlich habt Ihr mir das Leben gerettet.«

»Ich habe mein Bestes getan«, sagte sie. »Ihr seid doch Terraner?«

»O ja.« Seine Augen, blau wie der Himmel am heißesten Tag des Sommers, öffneten sich wieder. »Donald Stewart, früher Navigator auf der TMS *Domina Anglorum* und ganz und gar zu Euren Diensten. Vielmehr, das wäre ich, wenn ich aufstehen könnte.«

»Mein Name ist Marguerida Elhalyn, und ich bin die Bewahrerin des Alba-Turms«, stellte sie sich vor. »Das ist am Kadarin, nicht weit von Carthon. Ich bin mir nicht sicher, wo wir hier sind; ich bin nach Osten geflogen, aber ich weiß nicht, wie weit ich gekommen bin.«

»Ich könnte Euch ein Satelliten-Foto zeigen; detaillierte

Karten von dieser Region gibt es nicht«, sagte Donald Stewart. Vorsichtig beugte er die Schultern, zuckte zusammen, als die verkrampften Muskeln sich streckten, und schon fielen die heißen Moospolster wieder von seinem Arm ab. »Verzeihung. Wir haben mehr als die halbe Strecke zu den Trockenstädten zurückgelegt. Wie kommt es, dass Ihr so weit von Eurem Turm entfernt seid?«

»Das ganze Land um Alba ist von der Plage sehr hart getroffen worden«, berichtete sie. »Die Wälder sterben, auf den Feldern wächst nicht einmal mehr Unkraut. Es hat Waldbrände, Hungersnot, Morde gegeben. Die Menschen wandten sich an uns um Hilfe, und wir konnten ihnen keine geben. Und dann ...« Sie verstummte und richtete ihre Aufmerksamkeit darauf, die heißen Moospolster auf seinem Arm zu wechseln.

Der Mann sagte nichts. Sein Schweigen war beinahe tröstlich. Er wollte sie nicht drängen, doch gerade dadurch ermunterte er sie zum Sprechen. »Dann verkündete ihnen irgendein Hitzkopf, die Comyn hätten die Plage über das Land gebracht, um das Volk zu bestrafen, das ihnen nicht länger gehorchen wolle. Vielleicht glaubte er selbst daran, das weiß ich nicht. Jedenfalls griffen sie das Haus an. Meinen Lehrern blieb gerade noch die Zeit, mich in das Flugzeug zu stecken und wegzuschicken.«

»Ihr habt ein Flugzeug?«, rief der Mann aus, fuhr in die Höhe und verlor schon wieder seinen Verband. »Wo ist es? Könnt Ihr es fliegen?«

»Es ist weiter unten am Hang, und ich kann es nicht fliegen, weil es zerbrochen ist; wollt Ihr wohl stillsitzen!«, schalt Marguerida. Sie tränkte die Polster von neuem und legte sie wieder auf. Dann ging sie, um weiteres Moos zu sammeln, denn nach ihrer Schätzung würde der Abszess in ein paar Minuten aufplatzen, so dass sie ihn säubern musste.

Am zweiten Tag, noch bevor er mehr als ein paar Schritte gehen konnte, bestand Donald Stewart darauf, dass sie ihm das Funkgerät seines Flugzeugs bringe. Wie sich herausstellte, war es der Haufen aus Draht und Schrott, den Marguerida wie einen ausgeweideten Wurm gleich hinter der Tür des Flugzeugs hatte liegen sehen. Mit nur zwei Flugzeugen auf dem Berg, von denen keins zu gebrauchen war, blieb Donald nichts weiter übrig, als die Terraner im Raumhafen von Thendara über Funk zu Hilfe zu rufen. Das Funkgerät war jedoch bei dem Absturz beschädigt worden und reagierte auf Behandlung längst nicht so schnell wie sein Herr. Marguerida beschäftigte sich unterdessen damit, eine Latrine zu graben und die Kabine des Flugzeugs aufzuräumen, in der sie fortan nachts Zuflucht fanden. Dann drehte sie einen Strick aus dem Bast von Baumrinde, knotete drei runde Steine an die Enden und ging auf die Jagd.

»Was ist mit dem Funkgerät in Eurem Flugzeug?«, fragte der Terraner, als sie zurückkehrte. »Funktioniert es noch?«

»Ich glaube nicht, dass es eins hatte«, antwortete sie. »Wir schicken Botschaften durch die Relais – das heißt, früher. Jetzt sind die Relais tot, die Matrix-Techniker sind alle nach Thendara gezogen. Ich habe einen Buschspringer erlegt – seht Ihr? Das ist ein Verwandter des Schlammkaninchens, aber nicht so schlammig. Ich habe auch Gewürzblätter, um ihn darin einzuwickeln, und Lehm, um ihn darin zu backen.«

»Gut«, sagte er. »Ja, alle Techniker und auch alle anderen Turmarbeiter sind dem Ruf von Lord Regis Hastur gefolgt und nach Thendara gekommen. Warum seid Ihr nicht bei ihnen?«

»Meine Lehrer waren mit Lord Regis und dem, was er tut, nicht ganz einverstanden«, antwortete Marguerida.

»Zum Beispiel, dass er versucht, das Volk zu überzeugen, dass Darkover mit der Tradition brechen, neue Sitten annehmen und ein Bündnis mit den Terranern schließen muss?«

»Ihr sagt es. Besonders das mit den Terranern stimmt – nichts für ungut.«

»Schon recht.«

»Allerdings«, gestand sie, »ist es nicht Lord Regis' Schuld, dass wir uns so weit von den alten Sitten entfernt haben.« Sie hatte den Buschspringer mit ihrem kleinen Gürtelmesser abgehäutet, dem einzigen scharfen Werkzeug, das sie beide besaßen, wickelte ihn in Blätter und umhüllte ihn mit Lehm. »Es war zur Zeit meiner Großmutter, als Callista von Armida ihren Verbotenen Turm errichtete und bewies, dass eine Bewahrerin ihr Amt ausüben kann, ohne Jungfrau zu sein. Wenn sie auf solche Experimente verzichtet hätte, wäre uns in diesen letzten Jahren mancher Kummer erspart geblieben – jedenfalls sagten das meine Lehrer immer. Darum brachten sie mich und meine Gefährtinnen zum Standort des Alba-Turms, wo wir auf die alte Weise ausgebildet wurden. Der Turm selbst ist vor tausend Jahren eingestürzt; das Haus ist aus seinen Steinen erbaut. Meine Lehrer taten ihr Bestes, damit Lord Regis und der Comyn-Rat nichts über uns erfuhren, und ich glaube, sie haben damit Erfolg gehabt.«

»Das glaube ich auch«, stimmte der Terraner zu. »Ich war letzte Woche im Raumhafen-Krankenhaus und ließ mir einen Zahn behandeln. Dort sprach ich mit einem der Ärzte, die mit Lord Regis und seiner Gruppe zusammenarbeiten. Offenbar sind sie überzeugt, sie hätten jeden einzelnen Telepathen auf Darkover da oben in der Comyn-Burg versammelt, und sie suchen sogar auf anderen Welten nach weiteren. Was werdet Ihr tun, wenn wir gerettet werden? (Vorausgesetzt, ich kann dieses verflixte Funkgerät reparieren.) Werdet Ihr mit den übrigen nach Thendara gehen – oder zurück nach Alba?«

»Ich weiß es nicht.« Sie legte den Lehmklumpen in die Asche. »Ich habe versucht, meine Lehrer und meinen Turmkreis zu rufen, und ich habe keine Antwort bekommen. Deshalb halte ich es für sehr wahrscheinlich, dass sie tot sind.«

Beide schwiegen. »Ich wünschte, ich könnte irgendetwas tun«, meinte er schließlich. »Wenn Ihr keine Bewahrerin wäret, könnte ich Euch in den Arm nehmen und Euch an meiner Schulter weinen lassen. Oder wenn ich ein großer Held wäre statt eines zweitklassigen Raumfahrers mittleren Alters, könnte ich mir Euch über die Schulter werfen und im Eiltempo diesen Berg hinuntersteigen. Wie die Dinge nun einmal liegen« – er betrachtete das Funkgerät – »bin ich zu nicht viel nütze.«

»Habt Ihr herausgefunden, was damit nicht stimmt?«

»Ich habe die meisten Fehler, die vorliegen könnten, eliminiert«, sagte er, »und ich fürchte, es ist der Abstimmkristall. Und wenn das stimmt, weiß ich nicht, was ich da machen soll. Wer auch immer dieses Flugzeug ausgerüstet hat, er hätte einen Ersatzkristall zu der Notausrüstung tun sollen, aber er hat es nicht getan, und ich wünschte, er wäre hier, und er müsste das Ding an meiner Stelle reparieren.«

»Zeigt mir den Kristall.«

Er holte ihn aus seiner Nische im Innern des Funkgeräts und hielt ihn ihr auf der Handfläche hin, ein kleines, glitzerndes Ding von der Größe eines Gerstenkorns. »Ich fürchte, er ist gesprungen. Normalerweise schwingt er wie eine Glocke auf seiner eigenen natürlichen Frequenz, und sie ist bei allen Kristallen, die so sind wie dieser, die gleiche. Deshalb sind alle Funkgeräte aufeinander abgestimmt.«

»So machen es die Techniker in den Relais auch.« Marguerida fasste im Ausschnitt des hässlichen terranischen Kleidungsstücks nach ihrer Matrix. »Ja, er ist gesprungen«, bestätigte sie einen Augenblick später. »Ich höre den Ton, in dem er schwingen sollte, aber er ist für meine Stimme zu hoch, als dass ich ihn singen könnte. Doch mir fällt dabei ein ...«

»O nein.« Er zog rasch seine Hand zurück. »Ich kenne meine Grenzen, hoffe ich. Ich möchte Eurem Stein nicht in die Nähe kommen.«

»Das dürft Ihr auch nicht. Wenn Ihr ihn berührtet, würde es mir das Bewusstsein rauben und mich vielleicht sogar töten. Nein, aber ich habe hier und da am Berg Quarzadern gesehen. Wenn ich ein Stückchen fände, das den richtigen Ton singt ...«

»Wisst Ihr, dass könnte klappen.« Er spähte noch einmal in das Innere des Funkgeräts. »Das Stück, das Ihr findet, wird wahrscheinlich die falsche Form haben, aber ich kann die Kontakte so verändern, dass sie passen. Mein Gott, seid Ihr klug! Was habt Ihr gemacht, bevor Ihr Bewahrerin wurdet?«

»Da war ich ein Kind. Ich bin mit neun Jahren zur Ausbildung nach Alba gekommen. Davor lebte ich bei meiner Mutter, lief durch den Wald, ritt auf Pferden. Mein Onkel Pablo lehrte mich die Geheimnisse des Waldes; auf dem Land muss jedes Kind lernen, wie man überlebt. Ist es auf Terra anders? Wenn ihr dort keine Schneestürme und keine Banshees habt, muss es doch andere Gefahren geben. Braucht ihr die Kinder nicht darin zu unterrichten, wie sie am Leben bleiben?«

»Ich habe keine Kinder«, antwortete er. »Ja, sie müssen lernen, im Verkehr Acht zu geben und vorsichtig mit schweren Maschinen und gegenüber Fremden zu sein. Ich bin auf einer Fischereistation aufgewachsen – das ist eine künstliche Insel mitten im Meer –, und das Erste, was ich lernen musste, war, nicht hinunterzufallen.«

»Und als Ihr Raumfahrer wurdet, musstet Ihr lernen, kein Fenster zu öffnen?«

Er lachte. »Die kann man nicht öffnen. Nein, die erste Regel ist, sich niemals außer Reichweite eines Handgriffs zu begeben. Und die zweite ist, seinen Schiffsgefährten nicht auf die Nerven zu fallen. Wenn man manchmal monatelang in einem kleinen Schiff zusammengedrängt ist, kann die kleinste Irritation zu einem Wutanfall führen. Es sind schon wegen eines Niesens oder eines Lispelns Morde vorgekommen oder zumindest versucht worden.«

Marguerida hielt Umschau. Auf der einen Seite lag der Wald, Baum auf Baum in kühlem grünem Schatten, bis sie vor dem Blick verschwammen wie Fische in den Tiefen eines Teiches. Auf der anderen Seite fiel der Hang steil ab. Der nächste Gipfel war meilenweit entfernt, und dazwischen lag eine Welt voll leerer Luft. »Warum geht ihr in den Raum, wenn das so bedrückend ist?«

»Ah! Habt Ihr Euch je die Sterne angesehen? Habt Ihr, wenn all die kleinen Monde untergegangen sind, die Augen emporgewandt und sie erblickt, hell leuchtend vor der Dunkelheit, schimmernd wie Juwelen, wie Wasser für den Durst, wie Musik? Von der Zeit an, als ich laufen konnte, wollte ich zwischen ihnen sein. Sechs Jahre lang habe ich Mathematik gebüffelt, wenn ich hätte Fußball spielen oder hinter Mädchen herjagen oder schlafen können. Und wenn man es dann geschafft hat und im Raum ist mit der langen Abendwache vor sich und dem Sichtfenster des Navigators um sich, und es ist nichts zu sehen als die Sterne – dann hat sich alles gelohnt.«

»Ich kann es mir vorstellen«, sagte Marguerida. Wieder ging die Sonne unter, die winzige Mormallor schimmerte weiß über dem westlichen Gipfel, und darüber stand der helle Abendstern (aber die Terraner sagten, es sei ein anderer Planet). »Ich wünschte, ich könnte auch hinausziehen«, seufzte sie, und es war die reine Wahrheit. »Aber das wird niemals möglich sein.«

»Euer Planet braucht Euch«, versicherte Donald ihr. »So ist es nun einmal.« Er faltete die Hände unter dem Kinn und starrte sein Funkgerät an, als nehme er es nicht wahr.

Jetzt war Marguerida es, die schwieg und wartete. Sie legte Holz aufs Feuer, blies vorsichtig in die Asche, damit es schneller brannte, und ließ die Zeit reif werden. Lass die Frucht lange genug am Baum hängen, und sie wird dir in die Hand fallen. »Der erste fremde Planet, auf dem ich landete, war Megaera – das ist Theta Centauri Vier«, begann er schließlich zu erzählen. »Die terranische Siedlung dort ist alt, älter als Darkover. Die chemische Zusammensetzung der Luft ist seltsam; sie verändert die menschliche Biochemie. Wie sich herausgestellt hat, können nur bestimmte Frauen sicher sein, dass eine Geburt ungefährlich für sie ist. Der Rest der Bevölkerung kann nur mit Hilfe dieser besonderen Frauen Kinder haben. Rhu'ad werden sie genannt. Sie sind außerdem Telepathen; tatsächlich glich Alina Euch in vielem bis auf ihre blassen Farben: Ihre Haut und ihr Haar waren hell wie Perlen. Und von ihrer Geburt an war ausgemacht, dass sie den Lord von Mount Kali heiraten würde – nicht wegen seines Ranges, das will ich den Leuten dort zugestehen, sondern wegen seiner Gene. Dann sollte sie Mutterschaftspflichten gegenüber ihren Mit-Ehefrauen und Schwägerinnen und Cousinen zweiten und dritten Grades übernehmen. Niemand fragte auch nur, ob sie selbst es wollte.« Er stellte das Funkgerät sehr vorsichtig aus der Hand. »Und das ist jetzt zehn Jahre her. Inzwischen hat sie wahrscheinlich fünfzig oder sechzig Kinder.«

»Und ist das der Grund, warum Ihr nie geheiratet habt?«

»Das und weil ich ganz ohne Geld bin. Alina hätte mich allerdings trotzdem genommen, nur brauchte ihr Planet sie.«

»Das tut mir Leid.« Etwas anderes fand sie nicht zu sagen. Sie legte noch einen Ast aufs Feuer. »Und in meinem Fall ist es das Gleiche, ja. Ihr habt Recht. Wenn wir nach Thendara kommen, werde ich zur Comyn-Burg gehen und Lord Regis meine Dienste anbieten. Und Ihr kehrt dann in den Raum zurück?«

Donald schüttelte den Kopf. »Leider habe ich mir in der Handelsmarine einen schlechten Namen gemacht. Der Kapitän und ich waren uns einig, uneinig zu sein, und man bot mir die Gelegenheit, zu kündigen, bevor ich hinausgeworfen wurde. Ich bin den größten Teil dieses Jahres auf Darkover gewesen und habe von der Unterstützung für in Not geratene Raumfahrer und Gelegenheitsarbeiten gelebt. Ich stecke bis an die Ohren in Schulden.«

»So geht es ganz Darkover«, meinte Marguerida. »Ihr müsstet Euch hier zu Hause fühlen.«

»Zu Hause? Nein.« Er schüttelte den Kopf. »Aber die Welt ist so schön, wie ein Planet es nur sein kann. Jedenfalls engagierte mich letzte Woche jemand, eine Botschaft an einen Häuptling namens Barakh in den Trockenstädten zu überbringen. Er lieh mir dazu dieses Flugzeug. Ich hoffe, es kann geborgen werden. Im Grunde braucht es nichts weiter als Treibstoff und eine neue Tragfläche, die eingeflogen und in ein paar Stunden festgenietet werden könnte ...«

»Der Rote Barakh von Shainsa? Wer, in Avarras Namen, würde ihm eine Botschaft senden? Wie lautete sie?«

»Senden tut sie ihm ein Kaufmann aus Thendara namens Tamiano, und wie sie lautet, weiß ich nicht. Ich kann darkovanische Schrift nicht lesen.«

»Zeigt sie mir.« Und als er zögerte, rief sie: »Zeigt sie mir! Das mag mehr zu bedeuten haben, als Ihr wisst.«

Nach kurzem Überlegen stand er auf, ging zu dem Flugzeug und zog aus einem Fach in der Piloten-Konsole eine kleine Rolle. Marguerida überflog den Text schnell. »Das habe ich mir gedacht«, nickte sie. »Hier steht: ›Tamiano an Barakh, Grüße. Ich schicke Euch das Luftfahrzeug, mit dessen Erwerb Ihr mich beauftragt habt. Es stammt von einem Terraner, der es nicht mehr braucht. Was den Piloten betrifft, so habe ich keine weitere Verwendung für ihn, tut, was Ihr wollt, aber denkt daran, dass Fliegen in einen geschlossenen Mund nicht hineinkriechen können.‹ So etwas war zu erwarten. Tamiano tötete den Eigentümer des Flugzeugs, und Barakh hätte Euch getötet, wenn Ihr es bei ihm abgeliefert hättet. Donald Stewart, habt Ihr überhaupt keinen Riecher für Unheil? Ich dachte doch, Ihr hättet gesagt, die Terraner lehrten ihre Kinder, sich vor Fremden in Acht zu nehmen.«

»Oh, Jesus Christus!«, rief der Terraner und umfasste seinen Kopf mit beiden Händen. »Jetzt passt alles zusammen. Tamiano fragte mich, ob ich bereit sei, mir die Hände schmutzig zu machen – für ein beträchtliches Honorar. Ich antwortete, ich würde alles tun, was legal sei. Und Tamiano lächelte und bot mir stattdessen diesen Boten-Job an.«

»Damit Ihr niemandem weitererzählen könntet, Tamiano heuere Meuchelmörder an«, schloss Marguerida. »Ich möchte doch wissen, wer *ihn* bezahlt.«

»Und jetzt wird die Polizei des Terranischen Imperiums hinter mir her sein, weil ich gestohlenes Gut in Empfang genommen habe. Verdammt! Meine Freunde haben immer schon gesagt, ich brauchte ...« Er brach ab und blickte zur Seite.

»Wir werden Lord Regis um Vermittlung bitten«, schlug Marguerida vor. »Das soll die geringste unserer Sorgen sein. Der Buschspringer ist gar, und morgen suche ich Euch einen Kristall.«

»Eine Bewahrerin ging zum Jagen,
Den Bogen tat sie unterm Mantel tragen,
Zu schießen ein munteres kleines Reh
Unter den grünen Blättern, o weh!«

Der Terraner sang, als Marguerida am nächsten Tag aus dem Wald kam. Er stand auf seinen beiden Füßen und benutzte beide Hände, um die Polster im Flugzeug gerade zu rücken.

»Ich habe keinen Bogen«, sagte sie, nachdem er ihr die alten terranischen Worte übersetzt hatte, »und es sind keine Chervines auf diesem Bergsattel. Es gibt überhaupt wenig Wild. Aber ich habe ein paar Knollen gefunden, die wir mit den Resten des Buschspringers kochen können, und ich habe Euch ein

136

paar Kristalle mitgebracht.« Sie polkte ein halbes Dutzend glänzender Quarzsplitter aus der Tasche des terranischen Overalls. »Ich glaube, dieser hier wird am besten singen, aber probiert es aus. Wenn der Ton zu tief ist, kann ich ihn wahrscheinlich ein bisschen zurechttrimmen. Steckt ihn in Euer Funkgerät, ich koche derweilen das Abendessen.«

Die Knollenstücke, in dünner Buschspringer-Brühe mit ein paar Kräutern gekocht, begannen zu der Zeit, als die Flüche des Terraners hörbar wurden, wie die Speise der Götter zu duften. Marguerida legte ihr Messer und das Stück Nussholz hin, aus dem sie einen zweiten Löffel schnitzte. »Funktioniert er nicht?«

»Oh, er funktioniert schon, das ist es nicht. Ich bekomme eine Trägerwelle. Aber ich erreiche niemanden damit, nicht auf einer einzigen der Frequenzen, die sie eigentlich erreichen müsste. Ich fürchte, Ihr habt Recht, der Kristall hat nicht ganz die richtige Größe und singt entweder zu hoch oder zu tief.«

»Zu tief«, behauptete Marguerida. »Ich wusste doch, er ist ein bisschen zu groß. Gebt ihn mir.«

Sie nahm ihre Matrix in die linke Hand, den Quarzkristall in die rechte und hielt sie beide zusammen hoch. Das blaue wechselnde Licht der Matrix spielte auf ihrem Gesicht, und dem Terraner fielen die alten Geschichten von Meerjungfrauen ein. Er konnte an dem Kristall keine Veränderung erkennen, aber nach kurzer Zeit gab Marguerida ihn zurück und forderte Donald auf: »Nun versucht es noch einmal.«

Er legte den Kristall an seinen Platz zurück, während sie den Löffel fertig schnitzte. Er drehte an den Kontrollen des Funkgeräts und rief: »Mayday, Mayday!«

»Wenn es nicht funktioniert, sollten wir lieber essen«, meinte Marguerida, doch da quakte das Funkgerät wie ein erschrecktes Huhn und legte mit einer Stimme wie vom Grunde eines Brunnens in sehr schnellem Terranisch los. Donald Stewart antwortete, und sie stritten sich eine oder zwei Minuten lang (jedenfalls klang es wie ein Streit). Schließlich richtete er sich auf und stellte das Gerät mit dieser übertriebenen Behutsamkeit ab, die ein Mann zeigt, wenn er das verdammte Ding (was für ein Ding es auch sein mag) am liebsten mit einem Fußtritt den Berghang hinunterschleudern möchte.

»Ich vermute, die Nachricht ist nicht gut«, sagte Marguerida. »Wir werden erst essen, und dann könnt Ihr es mir erzählen.«

»Es läuft darauf hinaus«, berichtete er später, »dass eine recht beachtliche Revolution im Gange ist – nicht so sehr in Thendara, aber auf dem Land. Denkt daran, was bei euch in Alba geschehen ist, und multipliziert es mit hundert oder tausend verzweifelten Volkshaufen. Es hat sogar Mordversuche innerhalb des Krankenhauses gegeben – nein, es ist nichts passiert«, setzte er schnell hinzu. »Man hat die Attentäter gefasst. Lord Regis und seinen Leuten geht es gut. Aber für uns hat es die Folge, dass die Behörden zumindest in den nächsten paar Zehntagen, wenn nicht länger, kein Flugzeug übrig haben, um uns abzuholen. Können wir so lange durchhalten?«

»Ich glaube nicht. Ich sagte schon, Wild ist hier herum selten. Die meisten Bewohner dieses Waldes sind Vögel, die im Winter in wärmere Regionen ziehen und noch nicht zurückgekommen sind. Viel pflanzliche Nahrung gibt es auch nicht, jedenfalls nicht in dieser Jahreszeit. Ich kann wahrscheinlich ein paar Nüsse vom letzten Herbst finden, aber die meisten werden wohl von den Vögeln gefressen worden sein. Hier leben noch ein paar Buschspringer, aber es würde mir sehr widerstreben, sie alle auszulöschen. Dieser Wald ist einer der wenigen, deren natürliches Gleichgewicht noch nicht zerstört worden ist. Und die meisten von Euren terranischen Lebensmittelziegeln sind auch verbraucht.«

»Hattet Ihr in Eurem Flugzeug keine?«

»Ich glaube nicht.«

»Dann lasst mich nachdenken.« Er starrte ein paar Minuten lang ins Feuer. »War in Eurem Flugzeug noch Treibstoff übrig?«

»Ich habe keine Ahnung. Wir haben die terranische Cerberum-Maschine nicht benutzt; meine Lehrer haben den alten Matrix-Antrieb rekonstruiert. Ich bin mit meiner eigenen Energie geflogen, und abgestürzt bin ich, weil ich müde geworden war. Es ist schwer, den Weg von einem Luftstrom zum nächsten zu finden, wenn man daran nicht gewöhnt ist.«

»Und ob das schwer ist! Wie viele Flugstunden habt Ihr gehabt?«

»Zwei oder drei.«

»Nicht mehr? Wenn Ihr keine Bewahrerin wäret, würde ich Euch gern die Hand schütteln. Wir könnten immer noch eine Pilotin aus Euch machen. Jetzt lasst mich nachdenken.« Er schlug die Arme übereinander und grübelte.

Marguerida hatte ebenfalls Zeit zum Nachdenken. Wie viele ihrer Vorurteile hatte der Terraner in den letzten Tagen zerstreut, und das ohne jede Absicht! Nicht jeder Mann war ein brutales Vieh, den nur die Angst vor der eigenen Vernichtung daran hinderte, die Heiligkeit einer Bewahrerin mit seiner groben Berührung zu entweihen. Nicht jeder Terraner war ein Barbar, unfähig, einen Unterschied zwischen »Alle Menschen sind Brüder« und »Ihr seid ein Pack von Knabenliebhabern« zu machen. Donald Stewart hatte ihr in Taten wie in Worten die größte Achtung erwiesen – sogar seine Grammatik begann sich zu bessern. Und ihre Lehrer hatten nicht immer Recht, und Regis Hastur hatte nicht immer Unrecht.

Dann fragte Donald: »Funktioniert Euer Matrix-Antrieb noch?«

»Das sollte man meinen. Er war an der Piloten-Konsole angebracht, wo ich saß, und ein Schlag, der heftig genug gewesen wäre, um den Kristall zu spalten, hätte mich getötet.«

»Könnte er zum Schweißbrenner umgeändert werden?«

»Nicht von mir.«

»Ihr meint, dass *überhaupt kein* Cerberum-Treibstoff mehr in Eurem Flugzeug ist?«

»Ich sagte doch, ich weiß es nicht. Wir müssen hingehen und nachsehen.«

»Das werden wir auch tun«, erklärte er. »Als Erstes morgen früh. Wenn auch nur noch ein Zehntel davon da ist, kann ich einen Schweißbrenner improvisieren, und ich *glaube,* dann kann ich diese Tragfläche reparieren und uns zumindest bis Carthon bringen.«

»Gut«, sagte Marguerida. »Habt Ihr schon einmal einen Berg bestiegen?«

»Nein.«

»Habt Ihr ein Seil in Eurem Flugzeug?«

»Ich glaube nicht.«

»Gut«, wiederholte sie und stand auf. »Ich gehe besser Rinde suchen, solange es noch hell ist. Wollt Ihr inzwischen Holz aufs Feuer legen?«

Der Morgen fand sie am Hang. Der Terraner belegte Margueridas Bastseil an einem Baumstamm, während sie die steile Wand zum Wrack ihres Flugzeugs hinunterkletterte. »Das sollte eigentlich ich tun«, protestierte er zum wiederholten Male.

»Oh, seid doch vernünftig«, gab sie zurück. »Würdet Ihr einen Matrix-Antrieb erkennen, wenn Ihr ihn sähet, ganz zu schweigen von den zehn Kontaktpunkten, die in einem Stück abgenommen werden müssen? Nun seht, ich bin in dem Baum, und er steht felsenfest, seine Wurzeln müssen so tief reichen wie die des Berges selbst. Macht Ihr bitte das Seil fest? Dann könnt Ihr an den Rand treten und zusehen.« Sie kletterte über einen Ast, duckte sich unter einem anderen weg und glitt vorsichtig den Stamm hinunter zu dem klaffenden Loch, wo die Frontscheibe des Flugzeugs gewesen war. Der Matrix-Antrieb sah aus, als sei er heil, und er fühlte sich auch richtig an. Jetzt musste sie nur noch in das Wrack gelangen.

»Wie kommt Ihr voran?«, fragte Donald ein bisschen später. Sein Gesicht hob sich dunkel vor dem Morgenhimmel ab.

»Ich habe sie.« Marguerida rollte den letzten empfindlichen Kontaktstreifen zusammen, wickelte den Antrieb in ihre Robe und band das ganze Bündel mit ihrem Schleier zusammen. Vielleicht brauchte sie ihre offizielle Kleidung bald wieder, auch wenn sie ein bisschen fleckig und zerknittert war.

»Was ist mit den Treibstoffzellen? Das sind die schwarzen Zylinder im Heckabteil. An jedem müsste eine Anzeige sein. Sind die darkovanischen Zahlen nicht die gleichen wie die terranischen? Wenn Ihr mir einfach die Ziffern vorlesen könnt?«

»Hier sind keine Zahlen«, meldete sie, »und keine schwarzen Zylinder. Auch kein Heckabteil. Vermutlich ist das alles ausgebaut worden, um das Gewicht zu verringern. Und jetzt?«

»Kommt wieder nach oben, wo ich Euch sehen kann.«

»In Ordnung.« Marguerida nahm das Ende ihres verknoteten Schleiers zwischen die Zähne und kletterte zurück in den Baum. »Hier, zieht das hoch!« Sie befestigte das Bündel am Ende des Seils. »So sehr zerbrechlich ist es nicht, aber versucht, es nirgends anschlagen zu lassen.«

»Ich habe es«, verkündete er einen Augenblick später. »Jetzt möchte ich, dass Ihr einen Blick auf diese Tragfläche werft – die rechte, die Euch nähere. Ist sie schwer beschädigt?«

»Sie ist überhaupt nicht beschädigt«, sagte Marguerida. »Das ist der einzige Teil des Flugzeugs, der noch in einem

Stück ist. Wartet: Hier ist ein Loch in der Haut, so groß wie mein Daumenabdruck.«

»Kleinigkeit«, meinte er. Sie konnte sein Gesicht nicht deutlich erkennen, aber seine Stimme klang frohlockend. »Habe ich den Schraubenschlüssel mitgenommen? Ja, habe ich. Würdet Ihr sagen, dieses Seil sei stark genug, das ganze Flugzeug nach oben zu ziehen?«

»Nein, und wir sind es auch nicht«, antwortete sie.

»Und uns fehlt die Zeit, einen Flaschenzug anzufertigen«, sagte er. »Bleibt da, ich komme nach unten.« Ein Scharren war zu hören, ein Schauer von Steinchen kam von oben, und zu Margueridas Bestürzung ließ sich der Terraner Hand über Hand an dem Seil herunter und landete in dem Baum neben ihr. Er hatte seine Stiefel ausgezogen, und die dünnen Strümpfe an seinen Füßen waren geteilt, jeder Zeh steckte in seinem eigenen Futteral. »Seht Euch diese Tragfläche an!« Er zeigte mit dem Schraubenschlüssel darauf. »Eine intakte rechte Tragfläche ist das Wichtigste, was meinem Flugzeug fehlt, oder ist Euch das nicht aufgefallen?«

»Eigentlich nicht«, gab sie zu. »Meint Ihr, Ihr könnt diese Tragfläche abschneiden und ...«

»Gar nicht nötig«, sagte er. »Es müssen vierzehn Bolzen gelöst werden, das ist alles. Der Flügel wird ein bisschen kürzer sein, als er sollte – meine Maschine ist eine TC-3, und das hier ist eine TC-2 –, aber die Basisplatte ist exakt die Gleiche.«

»Und Ihr könnt damit fliegen?«

»Sicher so weit wie Carthon. Vielleicht sogar bis Thendara, wenn Ihr und Euer Matrix-Antrieb durchhalten. Hört, wollt Ihr Euch da drüben auf den Ast setzen und die Spitze der Tragfläche mit einer Schlinge Eures Seils sichern? Ich möchte nicht, dass sie in den Abgrund fällt, sobald sie vom Rumpf gelöst ist.« Er schlitterte am Rumpf des Flugzeugs hinunter, sich mit Fingern und Zehen haltend wie ein Waldläufer, bis er den

Ansatz der Tragfläche erreichte. Marguerida hielt die Flügelspitze fest, wie er es ihr gesagt hatte, und sah ihm zu.

»Es sind nur dreizehn Bolzen«, stellte er nach ein paar Minuten Arbeit fest. »Einer ist von diesem Ast losgerissen worden. Doch das macht nichts; die Tragfläche wird auch ohne ihn stabil genug sein.« Dann sprach er an diesem Vormittag nur noch wenig, aber er sang beinahe ununterbrochen – alte Volkslieder, vermutete Marguerida, mit Melodien, die sie kannte, wenn ihr auch die terranischen Worte fremd waren.

Die Sonne näherte sich dem Zenit, als er ausrief: »Das wär's!«, und den Schraubenschlüssel wegsteckte. »Haltet Ihr den Flügel fest? Ich werde hinaufklettern und einen Blick von oben ...«

Aber jetzt war nicht nur der Flügel frei von dem Flugzeug, sondern auch das Flugzeug frei von dem Flügel, und es begann zu rutschen. (Später, als es vorbei war, hatte sie Zeit, sich klar zu machen, dass allein dieser rechte Flügel, der über dem Ast hing, das Flugzeug in dem Baum festgehalten hatte.) »Herr des Lichts!«, schrie Marguerida, ohne zu wissen, dass sie schrie, glitt den Baumstamm entlang und streckte ihre rechte Hand nach unten, während sie das Ende des Seils mit der linken ergriff. »Donald, fass!«

Mit aus Verzweiflung geborener Geschwindigkeit kletterte er über das unter ihm wegrutschende Flugzeug, ganz wie ein Mann, der gegen den Strom schwimmt und nur wenig vorankommt. Er streckte den Arm aus, und sie fasste ihn. Die Furcht verlieh ihnen beiden Kraft. Mit einem gewaltigen Ruck zog Marguerida ihn hoch, und irgendwie standen sie dann beide auf demselben Ast und klammerten sich verzweifelt aneinander und an den Baumstamm. Weit unter ihnen traf das Flugzeug einen Sims und zerbarst in Splitter.

»O Gott, Marguerida«, murmelte Donald. »Was bin ich für ein verdammter Idiot! Ich hatte die Schwerkraft vergessen.

Das tut man, bis sie einen packt. Die Schwerkraft kommt als Feind gleich hinter der Dummheit, und das Universum verzeiht einen Fehler nie.«

»Es hat dich diesmal leicht davonkommen lassen«, antwortete sie. »Kannst du jetzt loslassen? Wir müssen wieder nach oben. Willst du zuerst gehen, oder soll ich?«

»Ich gehe.« Er kletterte das Seil hoch, sehr vorsichtig und ohne nach unten zu blicken. Dann zog er die Tragfläche herauf, sorgsam darauf bedacht, sie nicht zu beschädigen, und zuletzt ließ er das Seil wieder für Marguerida nach unten. Als sie oben ankam, nahm er ihre Hände und drückte sie einen Augenblick fest. »Oh, Verzeihung«, sagte er.

»Nichts passiert.« Sie machte sich daran, aus Ästen und dem Seil eine Schleife für die Tragfläche zu bauen.

Sobald sie die Tragfläche bis an das Flugzeug gebracht hatten, setzte die Reaktion ein. Marguerida war es eisig kalt; sie saß am Feuer und wärmte ihre Hände. Donald jedoch war voller nervöser Energie und arbeitete wie wild an dem Flugzeug, löste die Bolzen des beschädigten Flügels und versuchte, das Ersatzteil anzubringen. Schließlich musste Marguerida aufstehen und ihm helfen, aus Ästen einen Rahmen zu konstruieren, der die Tragfläche an Ort und Stelle hielt. Irgendwann bei dieser Arbeit klärten sich ihre Gedanken endlich und nahmen Gestalt an.

Donalds Flugzeug war aus den Bäumen befreit, die neue Tragfläche und der Matrix-Antrieb waren angebracht. »Bis zum Sonnenuntergang sind es vielleicht noch zwei Stunden«, sagte Marguerida. »Fliegen wir jetzt, oder warten wir bis morgen früh?«

»Das musst du entscheiden«, antwortete er. »Ich bin nur der Pilot; du bist der Chefingenieur. Fühlst du dich der Sache gewachsen? Du hast einen schweren Tag hinter dir.«

»*Ich?*«, fragte sie lächelnd. »Also, *mir* geht es blendend. Ich glaube, ich könnte mit einem zugebundenen Auge ein Banshee besiegen. Gehen wir.«

Eine Bewahrerin muss ihren Leuten ein Beispiel geben, dachte sie. *Und wenn Darkover mit der Tradition brechen und ein Bündnis mit Terra schließen muss, dann muss ich das auch tun.*

Sie setzte sich auf den Platz neben ihm. Der Matrix-Antrieb war vor dem Höhenmesser angebracht, so dass sie ihn mit einer Hand erreichen konnte, während Donald die Flugkontrollen benutzte. Es war, wie er gesagt hatte, Platz für zwei im Cockpit, solange sie sich vertrugen. »Ich werde dich nach Thendara bringen, wenn es mir irgendwie möglich ist«, sagte er. »Die Leute dort werden dich brauchen. Das wissen sie vielleicht selbst noch nicht, aber sie werden es herausfinden.«

»Und was ist mit dir?«

»Ich muss den terranischen Behörden die Sache mit Tamiano melden. Vielleicht lassen sie mich das Flugzeug behalten, aber das glaube ich nicht so recht. Was danach werden soll, weiß ich nicht.«

»Und ich habe immer geglaubt, Terraner seien praktisch veranlagt!« Marguerida schüttelte den Kopf. »Du kommst am besten mit mir in die Comyn-Burg. Ich bin mir noch nicht sicher, was du dort tun sollst, aber ich trage die Verantwortung für dich. Mit dem Recht des Entdeckers oder so in der Art.«

»Du für mich?« Sie sahen sich an, plötzlich fast schüchtern. »Wenn du es sagst ...« Er löste die Radbremsen des Flugzeugs, es rollte den Hang hinunter, wurde schneller und hob sich in die Luft. Die Matrix sang in Margueridas Geist, eine perfekte Quinte über dem Lied ihres eigenen Entzückens. Das Flugzeug fiel und stieg wieder in einer eleganten Kurve. Donald lächel-

te. »Meine Freunde haben immer gesagt, ich brauchte eine Bewahrerin.« Das Flugzeug trieb ein kleines bisschen nach rechts
ab, und er berührte die Kontrollen, um es auf den richtigen
Kurs zurückzuholen. Wie ein Adler flog es der untergehenden
Sonne entgegen.

Über Patricia Anne Buard und »Advocatus Diaboli«

Patricia Anne Buard ist eine weitere Autorin, die als Siegerin in dem Kurzgeschichten-Wettbewerb von Starstone zum Vorschein kam. Sie berichtet von sich selbst, sie sei in der Gegend von Chicago geboren und aufgewachsen und habe als Kostümbildnerin im Theater und bei kleinen Truppen für klassisches Ballett und modernen Tanz gearbeitet. Verheiratet ist sie mit einem Fachmann für szenische Lichteffekte. Sie begann als Teenager, Science-Fiction zu lesen, als sie Heinlein und Asimov in der Leihbibliothek entdeckte (ist das nicht jedem so gegangen?), war mit ihrer Arbeit am Theater jedoch so beschäftigt, dass sie nie etwas geschrieben hat, bis der Darkover-Wettbewerb stattfand. »Ich schreibe jetzt auch Geschichten, die nicht auf Darkover spielen, habe aber bisher noch keine verkauft.«

Versuchen Sie es weiter, dies ist ein guter Start. Die Geschichte über die *cristoforos* erhielt großes Lob bei dem Wettbewerb, der für Amateure veranstaltet worden war, liest sich jedoch richtig professionell.   MZB

Advocatus Diaboli

von Patricia Anne Buard

Vater Sebastian Cerreno von der Gesellschaft Jesu, Sonder-Emissär Roms in Sachen St.-Valentin-im-Schnee, zog seinen Mantel fest um sich. Der Wind fegte von den hohen Gipfeln herunter und wirbelte den Schnee entlang der Straße auf. Wenn es einem, wie die alten Klosterregeln lehrten, auf den Weg der Heiligkeit half, dass man auf Komfort verzichtete und den Körper disziplinierte, dann war dieser Planet bestimmt der richtige Ort, um den Charakter eines Heiligen zu schmieden. Und diese Kultur war mehr als genug, um die Geduld eines solchen auf die Probe zu stellen.

Er sah zu der verhüllten Gestalt hin, die vor ihm ritt. Es war seine Führerin Mirella n'ha Gwennis, Mitglied des Ordens der Entsagenden. Da er ohne Aufsehen reisen wollte, hatte er das Angebot einer offiziellen Eskorte abgelehnt. Eine Entsagende, auch wenn es eine Frau war, schien die passende Wahl zu sein. Er fand an ihrem Betragen kaum etwas auszusetzen, aber die Entdeckung, dass einige der Bräuche, denen sie entsagt hatte, genau die waren, die seine Kirche hoch in Ehren hielt, war sehr beunruhigend gewesen.

Ebenso beunruhigt hatte ihn seine erste Begegnung mit einem *cristoforo*, einem Mitglied der religiösen Gruppe auf Darkover, die die Kirche hoffte, als ihr Eigen beanspruchen zu können. Äußerlich war Lord Danilo, Regent und Gouverneur von Ardais, ganz so, wie ein junger Edelmann sein sollte. Aber die Art seiner Beziehung zu diesem ungewöhnlichen jungen Mann mit dem schneeweißen Haar, diesem Lord Regis Hastur, war unmissverständlich gewesen. Vater Cerreno fragte sich, wieso er fähig war, so etwas zu erkennen. Nichts im Benehmen des einen oder des anderen hatte darauf hingewiesen, trotzdem gab es für ihn keinen Zweifel an der Art ihrer Verbindung. Es war eine Verbindung, die die Kirche als unnatürlich verbot, und daher Sünde. Wenn die *cristoforos* – Vater Cerreno runzelte die Stirn und tadelte sich für diesen Mangel an Disziplin. Schlussfolgerungen durfte man erst nach langen und sorgfältigen Ermittlungen ziehen, nicht vorher. Er sollte den Winter im Kloster von Nevarsin verbringen und diese Ermittlungen führen: Über den *Cristoforo*-Glauben und vor allem über den als St.-Valentin-im-Schnee bekannten Mann, der vielleicht auch Vater Valentin vom Orden des heiligen Christophorus auf Centaurus war.

Nach einer Biegung der Straße ließ sich die Freie Amazone zurückfallen und ritt neben ihm her. »Da ist Nevarsin, Vater. Ihr werdet noch rechtzeitig zum Abendessen dort eintreffen. Ich könnte mir vorstellen, dass Ihr froh seid, diesem Pferd Lebewohl zu sagen. Es ist eine lange Reise für einen Terraner gewesen.«

»So anstrengend war sie auch wieder nicht, Mestra. Als Junge bin ich viel geritten. Meine Familie hielt einige der alten Traditionen und Kenntnisse, so den Umgang mit Pferden, am Leben.« Sie hatte außerdem die Begriffe Höflichkeit und Ehre am Leben erhalten, was, wie Vater Cerreno wusste, auf Darkover von Vorteil sein würde. Es war einer der Gründe, warum er für diese Mission ausgewählt worden war.

Er blickte zu dem Kloster auf dem Berg empor. Es war fest und sicher, eine Verteidigung und ein Zufluchtsort wie so viele andere. Ebenfalls wie die anderen war es ein Bewahrer des Wissens vor dem Zerfall durch die Zeit und der Zerstörung durch Menschenhand. Die Hasturs hatten ihm die Erlaubnis erteilt, die *Cristoforo*-Geschichte zu studieren. Vater Cerreno fragte sich, was sie wohl denken würden, wenn sie wüssten, was seine eigentliche Aufgabe war. Er sollte nachweisen, dass

Vater Valentin nicht wert war, ein Heiliger genannt zu werden.

Vater Cerreno legte das Buch hin, in dem er gelesen hatte, und rieb die Hände gegeneinander. Die Wochen in Nevarsin hatten den Rest seines Körpers an die Kälte gewöhnt, aber seine langen, dünnen Finger schmerzten manchmal immer noch, besonders wenn er müde war. Er war in der Nacht mehrere Male durch Träume, die so schnell verflogen, dass ihr Inhalt ihm entschlüpfte, geweckt worden. Und solche Nächte waren es in der letzten Zeit mehrere gewesen. Er wusste aus Erfahrung, dass die Träume irgendwann von selbst aufhören würden. Dieser Rhythmus hatte ihn durch den größten Teil seines Lebens begleitet, aber die Ursache hatte er nie herausgefunden.

Er warf einen Blick auf seine Uhr und dann auf den Mann, der in einer Ecke des Raums an einem Tisch saß. Die Stunde war beinahe vorbei, doch wahrscheinlich würde er ihr Ende nicht eigens anzukündigen brauchen. Dom Rafael reagierte wie jeder hier in Nevarsin auf lautlose Glocken und ging im Dunkeln so sicher wie bei Tageslicht.

Rafael MacAlastair, etwa fünfundzwanzig Jahre alt und nach dem Brauch der Domänen gekleidet, war ein weltlicher Gelehrter, einer der wenigen auf Darkover, die ein solches Leben wählten. Er war zu Vater Cerrenos Sekretär ernannt worden, hatte sich aber auch als fähiger Assistent erwiesen.

Genau zur Stunde erhob Rafael sich von seinem Schemel, nahm einen Stapel Papiere auf und brachte sie dem Priester. »Meine Übersetzung, Vater.« Er wartete hoffnungsvoll, während sein Vorgesetzter seine Bemühungen überprüfte.

»Ausgezeichnet, Dom Rafael, aber mittlerweile bin ich dahin gekommen, von Euch nichts anderes zu erwarten.«

Rafael lächelte schüchtern. »Ich danke Euch, Vater.«

Vater Cerrenos Gesicht blieb ausdruckslos. »Kein Grund,

mir zu danken, Dom Rafael. Gute Arbeit muss anerkannt werden.« Der Priester hielt inne, dann fuhr er fort: »Ihr seid sprachbegabt, und doch wundert es mich, warum Ihr Latein lernen wollt. Dafür werdet Ihr auf Darkover wenig Verwendung haben.«

»Das ist mir klar, Vater«, erwiderte Rafael. »Aber als Ihr mir erzähltet, es sei die alte Sprache der Kirche, war mir, als sei ich verpflichtet, sie zu lernen.«

»Die Sprache meiner Kirche, Dom Rafael«, erinnerte der Priester ihn. »Wir sind noch nicht sicher, dass es ebenso Eure Kirche ist. Ihr müsst lernen, Euer Urteil zurückzuhalten, bis Ihr den betreffenden Gegenstand gründlich studiert habt.«

»Ja, Vater.« Rafael ließ sich die Kritik gefallen. »Trotzdem kann ich nicht anders als hoffen, dass sie ein und dieselbe Kirche sind.«

»Warum, das, Dom Rafael?«, fragte Vater Cerreno. »Ihr wisst sehr wenig über meine Kirche oder meinen Glauben. Vielleicht wird sich herausstellen, dass beides für Euch nicht akzeptabel ist.«

»Ich glaube nicht, dass das geschehen wird, Vater«, versicherte Rafael. Er setzte schnell hinzu: »Ich weiß, es hat den Anschein, als urteilte ich schon wieder voreilig, aber ich kann mir nicht vorstellen, dass der Glaube eines Menschen, den ich so sehr respektiere wie Euch, für mich nicht akzeptabel wäre.«

Vater Cerreno sah den jungen Mann gleichmütig an; das Unbehagen, das er empfand, verbarg er. Rafaels Worte hatten ganz unschuldig geklungen, aber der Priester zog sich instinktiv vor jedem Ausdruck von Gefühlen zurück. Schließlich sagte er: »Die Kirche kann nicht nach dem Dienst beurteilt werden, den ein einzelner Mann ihr leistet. Was immer Ihr von mir denken mögt, ist in dieser Hinsicht ohne Belang. Wenn Ihr mehr über die Kirche zu lernen wünscht, werde ich Euch mit Freuden unterrichten.« Vater Cerreno fasste nach dem vor ihm

liegenden Buch. »Und jetzt, glaube ich, habt Ihr in der Bibliothek zu tun, Dom Rafael.«

»Ja, Vater.« Rafael zögerte an der Tür. »Ihr braucht mich
nicht die ganze Zeit *Dom* Rafael zu nennen, Vater. Rafael genügt.«

Ohne von seinem Buch aufzublicken, erwiderte Sebastian
Cerreno ruhig: »Jedem Mann steht es zu, so angeredet zu werden, wie es den Höflichkeitsformen seiner Kultur entspricht.
Dieser Regel bin ich immer gefolgt, Dom Rafael.« Er schien
nicht zu merken, dass Rafael den Raum leise verließ, sondern
fuhr in seiner Lektüre fort.

Im Verlauf des strengen darkovanischen Winters arbeitete
sich Vater Cerreno auf der Suche nach der Wahrheit, die hinter den Legenden von St.-Valentin-im-Schnee stehen musste,
immer tiefer in die ältesten Berichte des Klosters hinein. Dom
Rafael war ihm ein unschätzbarer Helfer. Der junge Mann besaß den Verstand eines echten Gelehrten. Der Priester hatte
seine Begeisterung in den Fleiß umgemünzt, der für seine
Aufgabe notwendig war, und die offensichtliche Bewunderung für seinen Vorgesetzten hatte Vater Cerreno zu dem re-
spektvollen Wunsch gemäßigt, bei ihm zu lernen.

Vater Cerreno füllte die Notizbücher, die er von Terra mitgebracht hatte, mit langen lateinischen Absätzen: Zitaten aus
den Schriften der *cristoforos*. Rafael MacAlastair füllte ähnli-
che Notizbücher mit Zusammenfassungen der *Cristoforo*-Ge-
schichte in Terra-Standard. Vater Cerreno war jetzt sicher,
Dom Rafaels Auszüge würden den unumstößlichen Beweis
liefern, dass der *Cristoforo*-Glaube vom Glauben seiner eigenen Kirche abstammte, aber nicht mehr als das. Tausende von
Jahren isoliert, waren die *cristoforos* von der Lehre der Kirche
abgewichen. Bisher ging noch nicht daraus hervor, ob Vater
Valentin unwürdig war. Viele der Schriften, darunter einige

der ältesten, die angeblich die Worte des Heiligen wiederga-
ben, grenzten gewiss an Ketzerei, doch andererseits hatte Vater Cerreno noch nicht festgestellt, ob sie wirklich von Vater
Valentin stammten. Auch die Fragmente, der Tradition zufol-
ge von Valentin persönlich niedergeschrieben, waren darkovanischen Ursprungs. Man konnte unmöglich sagen, ob der
Heilige sie verfasst hatte oder ein früher Nachfolger. Er hatte
Vater Valentin noch nicht gefunden.

Es wurde Frühling, und Vater Cerrenos Träume kehrten
zurück. Eines Nachts wachte er plötzlich auf, und ihm kam
ungerufen ein Name in den Sinn: Ramón, einer seiner Kom-
militonen im Seminar, jetzt Vater Ramón Valdez, der seinem
Orden auf einer anderen der Imperiumswelten diente. Hatte
der Traum von Ramón gehandelt? Sie hatten sich seit Jahren
nicht mehr gesehen. Vater Cerreno glaubte nicht an Vorzei-
chen, aber es konnte ja nicht schaden, wenn er ein Gebet für
Ramón Valdez sprach.

Als er die Kapelle betrat, stellte er fest, dass er nicht der einzige Beter war. Gerade erhob sich Rafael MacAlastair von den
Knien. Vater Cerreno grüßte ihn leise. »Wie ich sehe, findet
auch Ihr heute Nacht keinen Schlaf, Dom Rafael.«

»Ich komme oft um diese Stunde her, Vater. Es ist so friedlich.«

»Dann seid Ihr auf der Suche nach Frieden, Dom Rafael?«,
fragte Vater Cerreno.

»Manchmal.« Rafael lächelte verlegen. »Immer wenn ich
mich frage, was ich mit dem Leben, das mir geschenkt worden
ist, anfangen soll.«

Vater Cerreno zögerte einen Augenblick, dann sagte er:
»Ich habe mich gewundert, warum Ihr nicht das religiöse Leben gewählt habt. Ihr seid ein *cristoforo,* und so viel ich gesehen habe, seid Ihr ebenso zum Beten wie zum Studieren hier.«

»Ich würde gern Mönch werden, Vater. Mehr noch, ich wünschte, ich könnte ein Priester werden wie Ihr.« Rafael senkte die Augen. »Aber ich glaube nicht, dass ich dazu geeignet bin.« Obwohl er damit keine Frage hatte stellen wollen, war sich Vater Cerreno der Hoffnung in Rafaels Stimme deutlich bewusst und erfasste die Bedeutung hinter den Worten des jungen Mannes. Wieder einmal nahm er an einem anderen Menschen etwas wahr, das er gar nicht wissen wollte.

»Das könnt Ihr allein beurteilen, Dom Rafael.« Die Kälte in Sebastian Cerrenos Worten machte klar: *Ich kann Euch nicht helfen.*

»Ja, natürlich, Vater. Verzeiht mir. Ich halte Euch von Euren Gebeten ab.« Rafael drehte sich um und schritt mit gesenktem Kopf den Mittelgang hinunter.

Vater Cerreno kniete in einer der Bänke nieder, faltete die Hände und begann, für Vater Valdez zu beten. Es wurde ihm jedoch schwer, seine Gedanken zu ordnen. *Ramón, warum haben wir den Kontakt verloren? Ramón, du warst mein Freund.* Er neigte den Kopf. Er kannte die Antwort. Vor langer Zeit hatte er seinen Freund abgewiesen, wie er in dieser Nacht Rafael MacAlastair abgewiesen hatte. Anscheinend war das der einzig Weg, den er kannte.

Vater Cerreno untersuchte das Buch, das auf dem Tisch vor ihm lag. Schlecht gebunden, abgenutzt und brüchig, war es das älteste Dokument im Besitz des Klosters. Hier endete seine Suche nach St. Valentin. Wenn sich nicht beweisen ließ, dass dieses Manuskript von der Hand Valentins stammte, dann konnte der Mann nicht gefunden werden, und seine Mission endete mit einem Teilerfolg. Sein Bericht an Rom würde auf den Auslegungen und Annahmen angeblicher Nachfolger des Heiligen beruhen, und obwohl vieles davon der Sache der Heiligkeit Abbruch tat, war solches Material aus zweiter Hand doch bestenfalls suspekt und immer dem Angriff ausgesetzt, die Nachfolger hätten die Bedeutung seiner Lehren missverstanden oder sogar eigenmächtig abgeändert.

Vater Cerreno wusste seit einiger Zeit von der Existenz des Buches. Die Mönche in Nevarsin hatten seine Forschungen nicht behindert, sie hatten ihm im Gegenteil von dem Band und der Überlieferung, die ihn St. Valentin zuschrieb, erzählt. Aber Vater Cerreno war seiner üblichen Praxis gefolgt, in Fällen wie diesem rückwärts zu arbeiten und jedes Stück des Puzzles an seinen Platz einzuordnen, bis er nicht am Ende, sondern am Anfang anlangte. Dies, hoffte er, war der Anfang. Er hatte die Erlaubnis, ein Stückchen von einer Seite nach Terra mitzunehmen, wo es datiert werden konnte, aber er hoffte, etwas im Text selbst würde auf den Autor hinweisen. Seine Hoffnung war nicht unbegründet. Die Mönche hatten ihm berichtet, sie könnten die Sprache nicht mehr gut genug lesen, um den Sinn zu verstehen. Tatsächlich wurde behauptet, dazu sei niemals jemand im Stande gewesen, obwohl Ähnlichkeiten mit den älteren Formen von *casta* festgestellt worden waren.

Vater Cerreno stand auf, trat ans Fenster und öffnete den Laden. Die Luft hatte ihre bittere Kälte verloren, und die Straßen waren jetzt passierbar. Bald würde er Darkover verlassen. Es war eine Welt, die ihn gleichzeitig anzog und beunruhigte. Die Strenge des Klosters gefiel ihm. Er hätte Frieden an einem solchen Ort finden sollen, und doch hatte er immer das Bedürfnis gehabt, sich zurückzuziehen, sich vor dem Leben rings um ihn zu verbarrikadieren. Würde er niemals einen Platz finden, wo er sich Gott und seiner Arbeit widmen konnte, ohne dass er gegen seinen Willen Einzelheiten über Menschen wahrnahm, die ständig in sein innerstes Selbst einzudringen drohten? *O Herr, hilf mir, zu akzeptieren, was ich nicht ändern kann.*

Er schloss den Laden und kehrte an seinen Tisch zurück. Falls er die Sprache lesen konnte, würde er das Buch noch ein paar Stunden lang studieren, andernfalls würde er noch ein paar Stunden lang abschreiben, und dann war seine Aufgabe beendet. Er musste seine Habseligkeiten packen und sich auf die Reise nach Thendara vorbereiten. Ein Zwischenaufenthalt auf Burg Ardais ließ sich nicht vermeiden. Es war unmöglich, diese Einladung ohne ausreichenden Grund abzulehnen, und wenn es ihn störte, dass Lord Danilo sich nicht streng an seinen *Cristoforo*-Glauben hielt, war das doch kein Grund, den man offen nennen konnte. Andererseits vertrug es sich nicht mit Vater Cerrenos Gewissen, zu lügen.

Er nahm das Buch und schlug vorsichtig seine morschen Seiten auf. Die verblasste Schrift war noch lesbar. Mehr als lesbar, sie war für Sebastian Cerreno verständlich. Er erkannte, dass er das private Tagebuch Vater Valentins in Händen hielt, seine Gedanken, seine Worte, seine Taten, für ihn allein niedergeschrieben, denn er hatte niemand anders die Sprache gelehrt. Es war Latein, die alte Sprache der universellen Kirche, jetzt nur noch von Gelehrten und den kirchlichen Orden benutzt, um die Verbindung mit der Vergangenheit aufrechtzuerhalten. Vater Cerreno zog seine Notizbücher heran. Er hatte St. Valentin gefunden.

Später an diesem Abend kopierte Vater Cerreno die letzten Seiten von Vater Valentins Tagebuch. Er packte die Notizbücher und das andere Material sorgfältig ein und ließ sein Zimmer so sauber und leer zurück, wie er es vorgefunden hatte. Er setzte sich an den Tisch, ließ die Finger leicht auf Valentins Manuskript ruhen. Seine Mission war erfolgreich gewesen, aber er empfand nichts als eine kalte Leere, die sich durch seinen Körper ausbreitete und ihn wie erstarrt auf seinem Stuhl festhielt, die Augen auf die gegenüberliegende Wand gerichtet. Sein Kopf war voll von Vater Valentins Worten. Verleugnung seines Priesteramtes, Ablehnung des Rituals und der Sakramente, Zweifel am göttlichen Ursprung von Gottes Sohn und schließlich widernatürliche Unzucht und Mord. Das war Vater Valentin.

Es klopfte an der Tür. Vater Cerreno rührte sich nicht, rief nur mit tonloser Stimme: »Herein!«

Rafael MacAlastair kam durchs Zimmer und blieb neben dem Tisch stehen. »Vater, ist etwas nicht in Ordnung?«, erkundigte er sich besorgt.

»Es ist alles in Ordnung, Dom Rafael«, antwortete der Priester kühl. »Ich habe meine Arbeit beendet und werde Nevarsin morgen früh verlassen.« Dabei starrte er weiter die Wand an.

Rafael überkam das Gefühl eines schweren Verlustes, doch er wagte es nicht, dem Priester davon zu sprechen. Stattdessen versuchte er, die Kluft zwischen ihnen auf nicht emotionale Weise zu überbrücken. »Auch ich breche morgen auf, Vater. Ich reise zur Hochzeit meines Bruders nach Hause. Vielleicht können wir einen Teil des Weges gemeinsam zurücklegen.« Als er keine Antwort erhielt, erkannte Rafael, dass der Priester zutiefst beunruhigt war. Noch nie war Vater Cerreno unhöflich gewesen, und diese abrupte Verabschiedung war beinahe grob. Der Priester blieb reglos sitzen, sein Gesicht war ohne Ausdruck, und doch spürte Rafael seine Verzweiflung so deutlich, als sei sie etwas, das er mit Händen fassen könne. Die ganze Zeit war Rafael durch Vater Cerrenos distanziertes Verhalten gezwungen gewesen, seine Gefühle zu unterdrücken. Jetzt war er nicht länger fähig, sie zu verbergen. Er kniete vor dem Priester nieder. »*Vai Dom*, Vater, irgendetwas macht Euch Sorge. Lasst mich Euch helfen, wenn ich kann.« Er legte dem Priester die Hand auf den Arm.

Vater Cerreno zog sich zurück. Er verschloss seinen Geist und sein Herz der Freundschaft, die er nicht akzeptieren konnte. »Ich brauche von niemandem Hilfe, Dom Rafael, und am wenigsten von Euch.« Er erhob sich von dem Stuhl, Valentins Tagebuch in den Händen.

Rafael stand auf, krampfhaft bemüht, den Schmerz zu verbergen, den die Worte des Priesters ihm bereitet hatten. Er suchte nach einem gangbaren Weg, ihm Lebewohl zu sagen. Da er keinen fand, wollte er seine Emotionen maskieren, indem er von ihrer monatelangen gemeinsamen Arbeit sprach. »Darf ich wissen, Vater, ob es Euch gelungen ist, St. Valentin zu finden?«

Sebastian Cerreno drehte sich um, versuchte, die letzte Tür in der Mauer zu schließen, die er zwischen sich und Rafael errichtet hatte. Er hielt ihm das Manuskript hin. »Das ist sein Tagebuch. Lest die Geschichte Eures Heiligen selbst, sie ist in Latein geschrieben.« Er griff nach der Tasche mit seinen Notizen. »Ihr hattet Recht, Dom Rafael, Ihr seid nicht zum Priester geeignet, und Valentin war es ebenso wenig. Darin seid ihr euch gleich, und aus demselben Grund.« Sebastian Cerreno vergaß, dass es für sein Urteil gegen den Heiligen mehr als einen Grund gab. Valentin und Rafael waren in seinen Gedanken eins geworden; er musste sie beide zurückweisen. Er verließ das Zimmer und schloss die Tür hinter sich.

Früh am nächsten Morgen packte Vater Cerreno den Rest seiner Sachen und nahm offiziell von den Mönchen Abschied. Rafael MacAlastair sah er nicht mehr, aber ein Novize brachte eine geschriebene Botschaft. *Ich habe Vater Valentins Tagebuch in die Bibliothek zurückgebracht. Ich bitte Euch um Verzeihung, dass ich mich aufgedrängt habe, als ich nur helfen wollte. Es war nie meine Absicht, ein nicht akzeptables Angebot zu machen.* Vater Cerreno stopfte die Note in seine Reisetasche und machte sich auf den Weg in den Hof. Sein Führer und ihre Pferde warteten, dazu zwei andere Männer, die das

Abzeichen des MacAlastair-Hauses trugen. Als er in den Sattel stieg, sah Vater Cerreno seinen Assistenten durch die Tür auf der anderen Seite des Hofes kommen. Er lenkte sein Pferd zum Tor und ritt aus dem Kloster.

Vater Cerreno saß in der Halle von Burg Ardais und wartete auf seinen Gastgeber, der noch mit seinen Pflichten als Regent der Domäne beschäftigt war. Der Priester trug Reitkleidung und am Gürtel einen schlanken Stahldolch, dessen Heft mit Silber eingelegt war. Die Waffe war seit Generationen in seiner Familie. Für gewöhnlich trug er sie nicht, weil er das bei einem Priester nicht für passend hielt, aber auf dieser Welt kam es ihm schicklich vor. Die täglichen Ritte mit Lord Danilo hatten ihm einen gewissen Frieden gebracht, aber die Kälte, die seine Gedanken seit seinem letzten Abend im Kloster blockierte, blieb. Manchmal fürchtete er, er könne so leicht in Stücke brechen wie die spröden Eiszapfen, die in Nevarsin vor seinem Fenster hingen.

Er hörte Schritte auf die Halle zukommen und stand auf. Zwei junge Männer wurden von einem der Hausbewohner auf Burg Ardais hereingeführt und als Dom Ruyven Harryl und sein Vetter Dom Darren vorgestellt. Beide Familien hatten Besitz in der Ardais-Domäne. Der Blick, der zwischen ihnen gewechselt wurde, als sein Name fiel, gab Vater Cerreno zu denken.

Ruyven Harryl lächelte seinen Vater an. »Es sieht so aus, als seien wir zur rechten Zeit gekommen, Darren. Was wird Lord Ardais überrascht sein, wenn wir ihm erzählen, dass sein Gast ein terranischer Spion ist!«

Trotz der Gefahr, die er rings um die beiden Männer spürte, erklärte Vater Cerreno ruhig: »Ich habe mit Erlaubnis von Lord Hastur die Geschichte der *cristoforos* studiert.«

Darren trat vor, die Hände auf dem Schwertgürtel. »Die

Hasturs werden nicht mehr so gut von euch *terranan* denken, wenn sie erfahren, was wir zu berichten haben. Ardais wird es noch weniger gefallen, dass Ihr hergekommen seid, um die *cristoforos* und ihren Heiligen zu vernichten.«

Vater Cerreno stand ganz still, während er im Geist nach einer wahrheitsgemäßen Antwort suchte. »Weder ich noch meine Kirche haben die geringste Absicht, die *cristoforos zu* vernichten.« Die Kirche wollte nur auf den Zeitpunkt vorbereitet sein, wenn die *cristoforos* selbst fragten, ob sie Angehörige desselben Glaubens seien. Konnte die Kirche die Heiligkeit von Vater Valentin nicht bestätigen, würde ein Weg gefunden werden, sie ohne eine beleidigende Herabsetzung ihres Heiligen als Brüder in der Gemeinde der Christen anzuerkennen.

Darren ließ sich nicht irremachen. »Wir haben Freunde in der Handelsstadt. Sie berichten uns, was ihr Terraner im Schilde führt, deshalb versucht nicht, es zu leugnen. Es ist jemand durchgekommen, der Euch kannte, Priester. Wir wissen, was Euer eigentliches Ziel ist.«

Vater Cerreno begriff, was geschehen war, wusste jedoch nicht, wie er es diesen beiden hitzköpfigen jungen Männern jemals erklären sollte. »Es ist nicht wahr, Dom Darren. Ich glaube ...«

Ruyven schnitt ihm das Wort ab. »Nennt Ihr uns Lügner, Priester?« Seine Hand fuhr ans Schwert. »Hier auf Darkover nehmen wir das nicht so leicht, wie ihr *terranan* es tut. Ich fordere Euch auf, Eure Worte zu beweisen.« Er zog das Schwert. »Nun, Priester?«

»Wie Ihr sehen könnt, Dom Ruyven, trage ich kein Schwert.«

Ruyven lächelte und fiel leichtfüßig in Fechtstellung. »Darren wird Euch seines leihen, nicht wahr, Vetter?« Zur Antwort zog Darren sein Schwert und schob es über den Fußboden dem Priester vor die Füße.

Vater Cerreno rührte sich nicht. Seine kastilischen Vorfahren waren ausgezeichnete Schwertkämpfer gewesen, aber die Zeit, als er eine Waffe geführt hatte, war lange vorbei. Er würde diesem Mann nicht gewachsen sein.

Ruyven machte einen Schritt vorwärts. »Seid Ihr ein Feigling wie alle *terranan*?« Er zog die Spitze seines Schwerts über Cerrenos Brust und zerschnitt den Stoff von des Priesters Reitkleidung.

»Halt!«, klang es vom Eingang her. Danilo durchmaß schnellen Schrittes die Halle. »Zandrus Höllen, Ruyven, was geht hier vor? Vater Cerreno ist Gast in diesem Hause und genießt den Schutz von Lord Regis. Steck dein Schwert ein.«

»Er hat uns Lügner genannt. Ich habe ihn aufgefordert, seine Worte zu beweisen.«

»Der Mann ist unbewaffnet, Ruyven. Wir können das auf andere Weise regeln. Jetzt steck dein Schwert ein, oder du wirst dich vor mir zu verantworten haben.«

Ruyven traf keine Anstalten, Danilos Befehl zu gehorchen. Stattdessen erklärte er hitzig: »Er ist ein terranischer Spion. Lord Regis hätte ihm keine Protektion gewährt, wenn er es gewusst hätte. Er ist hergekommen, um zu beweisen, dass euer St. Valentin durchaus kein Heiliger ist.« Ruyven machte einen weiteren Schritt vorwärts. Das Schwert bewegte sich in seiner Hand.

Zwischen sie tretend, zog Danilo das Schwert und schlug Ruyvens Klinge beiseite. In seinem Zorn erwiderte Ruyven den Hieb, ohne nachzudenken. Mit wachsender Verzweiflung flüsterte Vater Cerreno: »Nein, Lord Danilo, kämpft nicht für mich.« Danilo ignorierte die Worte, ließ sein Schwert auf das Ruyvens niedersausen und schlug es ihm aus der Hand, dass es über den Fußboden schlitterte. Dann steckte Danilo sein Schwert wieder in die Scheide. »Ihr habt Euch und Eurem Haus Schande gemacht, Dom Ruyven. Wenn Ihr eine Klage gegen Vater Cerreno vorzubringen habt, tut dies im Rat. Jetzt geht.«

Ruyven hob stumm seine Waffe auf und verließ die Halle, gefolgt von seinem Vetter. Danilo sah ihnen nach. Dann wandte er sich Vater Cerreno zu. »Es tut mir Leid, dass so etwas geschehen musste, während Ihr Gast in diesem Haus wart, Vater.« Das blasse Gesicht des Priesters und der Riss in seiner Kleidung fielen ihm auf. Besorgt erkundigte er sich: »Seid Ihr verletzt, Vater?«

»Nein, Lord Danilo«, antwortete Vater Cerreno. Er ging zu einer Bank an dem langen Tisch. War das die Wahrheit? fragte er sich. Ihm war, als sei der Eiszapfen in seinem Inneren nun endlich gebrochen. Er hob den Kopf und sah Danilo an. »Ihr hättet mich nicht verteidigen sollen. Was er sagte, ist wahr.«

»Das weiß ich«, gab Danilo zurück.

»Warum habt Ihr dann Euer Leben für mich aufs Spiel gesetzt?« Vater Cerreno hatte das Gefühl, hier sei etwas sehr Wichtiges, das er erfahren müsse.

»Ich habe nicht allein Euch verteidigt, Vater, sondern auch das Wort von Regis Hastur. Ich bin sein Friedensmann, sein geschworener Mann, wir haben den Eid der *bredin* getauscht. Ich bin verpflichtet, ihn und sein Wort, wenn notwendig, mit meinem Leben zu verteidigen.«

Vater Cerreno lauschte den Worten des *Cristoforo*-Edelmanns, der von seiner Kirche als im Stand der Sünde betrachtet wurde. Diese Lehre hatte er immer fraglos akzeptiert, und doch – seine Hand wanderte an das Kruzifix, das er um den Hals trug. »Niemand hat größere Liebe ...« Er sah Danilo an. »Ich glaube, ihr sagt es in einer etwas anderen Fassung.«

Danilo lächelte. »Ja, Vater, aber ich weiß, was Ihr meint.«

Sebastian Cerreno wandte das Gesicht ab. Er saß sehr still da, der eine Arm ruhte auf dem Tisch, seine Fingerspitzen zogen die Kante nach. Es war keine Kälte in ihm, die er zwischen sich und die Worte dieses jungen Mannes stellen konnte, keine Kälte, um sie zwischen sich und Ramón Valdez oder Rafael MacAlastair zu stellen. Schließlich sagte er: »Mein ganzes Leben habe ich eine Mauer um mich gebaut. Ich habe keinen Freund, für den ich mein Leben opfern könnte; ich habe jeden zurückgewiesen, der mein Freund sein wollte. Das hielt ich für den einzigen Weg, Gott nahe zu kommen. Jetzt weiß ich, dass ich nur Angst hatte. Ich fürchtete, was ich über andere Leute wusste, doch das Wissen konnte ich nicht ausschließen, deshalb schloss ich die Leute aus. Ich habe immer zu viel über andere gewusst. Jetzt sehe ich ein, dass ich sehr wenig über mich selbst gewusst habe. Ich hatte Angst vor dem, was ich finden würde.« Er drehte sich um und sah Danilo offen an. »Ich könnte an mir nicht akzeptieren, was Ihr an Euch akzeptiert habt.«

Danilo antwortete ruhig: »Das ist nicht immer leicht, Vater. Ich habe Grund, es zu wissen.« Er hielt inne, dann fuhr er fort: »Wenn Ihr das über mich wisst und wenn Ihr über andere Leute mehr wisst, als Ihr zu wissen wünscht, seid Ihr wahrscheinlich Empath. Instinktiv lest Ihr die Emotionen der Menschen in Eurer Umgebung. Tatsächlich bin ich beinahe sicher, dass Ihr *laran* besitzt. Durch *laran* erkannte ich, dass Ruyven Harryl die Wahrheit über den Zweck Eures Besuchs sprach. Ihr reagiertet auf seine Worte mit so heftigen Gefühlen, dass es mir gar nicht entgehen konnte.«

Vater Cerreno sagte langsam: »Die *cristoforos* kennen das Sakrament der Buße auf unsere Art nicht, Lord Danilo, aber ich möchte Euch beichten. Ich habe durch Unterlassung gesündigt. Ich bin tatsächlich gekommen, um eure Geschichte zu studieren, aber ich hatte zudem eine besondere Mission. Ich wurde als *advocatus diaboli in* Sachen St. Valentin hergeschickt.« Er bemerkte Danilos verwirrten Blick und erklärte: »Die Kirche lässt äußerste Vorsicht walten, wenn sie einen Kandidaten für eine Kanonisierung in Erwägung zieht. Es ist eine sehr große Verantwortung, wenn man einen Menschen für würdig befinden soll, von den Gläubigen verehrt zu werden. Das Leben des Kandidaten wird gründlich geprüft. Die Kirche sucht nicht nur das Gute, sondern auch das Böse zu finden, wenn es existiert. Immer wird jemand damit beauftragt, Stellung gegen den Kandidaten zu nehmen. In diesem Fall bin ich es. Es spielt keine Rolle, welches meine persönlichen Gefühle sind, auch habe ich kein Urteil zu fällen, sondern nur das Beweismaterial vorzulegen. Jemand anders wird die Aufgabe erhalten, als Advokat für Vater Valentin aufzutreten. Er wird nur das Gute suchen.«

Vater Cerreno hörte auf zu sprechen. Es gab so viel mehr zu erklären, aber er konnte nicht fortfahren. Stattdessen sagte er: »Ich werde lernen müssen, wie ich Gott zu lieben habe. Ich meinte es zu wissen, aber jetzt muss ich noch einmal von vorn anfangen.«

»Was habt Ihr vor, Vater?«, fragte Danilo.

Der Priester stand auf. »Auch ich habe Gelübde zu halten, Lord Danilo, die Gelübde des Gehorsams und der Keuschheit. Die Kirche geht langsam vor; es wird Jahre dauern, bis sie eine Entscheidung über Vater Valentin fällt. Wenn die Zeit kommt, glaube ich, dass Ihr und Regis Hastur wissen werdet, wie ihr sie aufzunehmen habt.« Er zögerte. »Ihr werdet Rafael Mac-Alastair auf der Hochzeit seines Bruders sehen, nicht wahr?«

»Ja«, antwortete Danilo.

Vater Cerreno zog seinen Dolch aus der Scheide. Er würde die Gelübde halten, die er bei seiner Ordination geleistet hatte, aber er konnte seine Liebe für seinen Mitmenschen, ganz gleich, welche Form sie annahm, nicht länger leugnen. Vielleicht war das der erste Schritt zu einem neuen Verständnis der Liebe Gottes. Er hielt Danilo den Dolch hin. »Wollt Ihr ihn Rafael geben und ihm sagen, ich würde mich geehrt fühlen, wenn er ihn annähme? Er ist mein Bruder in Christo und auch in meinem Herzen. Ich weiß nicht, ob ich jemals nach Darkover zurückkehre, aber mein Bruder Rafael wird bei mir sein, wohin ich auch gehe.«

Danilo nahm den Dolch. »Ich werde Eure Botschaft überbringen, Vater, und ich glaube, Rafael wird das hier annehmen.«

Langsam ging Vater Cerreno durch die Halle. An der Tür drehte er sich noch einmal um. »Wollt Ihr ihm auch sagen, dass ich im Unrecht war? Ich denke, er würde einen sehr guten Priester abgeben.«

Sebastian Cerreno schnallte seine Reisetasche fest und bereitete sich auf den Start vor, der in wenigen Minuten erfolgen würde. Er tastete nach dem Messer, das er am Gürtel trug, und las noch einmal Rafaels Brief. *Bredu, auch du wirst immer in meinem Herzen sein als mein Freund und mein Bruder in Christo. Wohin du auch gehst, es möge mit Gott sein.* Vater Cerreno faltete den Brief und behielt ihn in der Hand. Die Motoren des Schiffes erwachten donnernd zum Leben, und Darkover fiel unter ihnen zurück.

Über Vera Nazarian und »Kihar«

Vera Nazarian (aus Glendale, Kalifornien) ist die jüngste Autorin, die je eine Geschichte an mich verkauft hat. Als sie »Wound on the Moon« einsandte, das ich für SWORD AND SORCERESS II kaufte, war sie noch nicht mit der Highschool fertig – was ich erst entdeckte, als ihr Vertrag zurückkam, gegengezeichnet von ihren Eltern.

Jetzt hat sie ihre beträchtlichen Talente Darkover zugewandt und untersucht mit ihrer Story einen wirklich unüblichen Gebrauch von *laran* und jenes unübersetzbare Konzept von *kihar*. Es bedeutet nicht genau Stolz, auch nicht Integrität, sondern etwas von beidem.

MZB

Kihar

von Vera Nazarian

Es heißt: *Was unter vier Monden geschieht, braucht man nicht zu erinnern und nicht zu bereuen.* Welch ein Zynismus! Beim Reiten sah ich dann und wann zu diesem himmlischen Hali-Halsband aus vier Edelsteinen empor, der blassvioletten Liriel, der seegrünen Idriel, der in Pfauenfarben schillernden Kyrrdis und der perlenfarbenen Mormallor, und dachte: *Ich bin verrückt. Das kann nicht geschehen ...* Und dann berührte ich den kühlen Kupferreifen an meinem Handgelenk und sah zu dem Mann hin, der an meiner Seite ritt, meinem Gatten.

Ja, ich war verrückt gewesen, dass ich diesem Mummenschanz zugestimmt hatte, oder er war verrückt. Er liebte mich nicht, er hatte nie so getan, als ob, nicht einmal bei Lady Elviria, die mich geboren hat. Sie hatten an diesem Abend in Scathfell lange miteinander gesprochen, er, hochmütig, hager und auf kalte Art gut aussehend mit seinen hellgrauen Augen und dem auffallend roten Haar, leuchtend wie die Flammen im Kamin der Großen Halle meines Heims in den Hellers. Als ich klein war, sah ich den Flammen oft zu, fasziniert von dem Element des Feuers. In meinem dunklen Haar, pflegte Dame Vilma zu sagen, zeigten sich die gleichen seltsamen feuerroten Töne, die es in meiner Familie seit Generationen gibt. Sie sind zusammen mit dieser hassenswerten Kraft des Geistes, dem *laran,* hineingezüchtet worden.

Mein Vater war Korwin-Garris Aldaran, Lord von Scathfell. Er war schon tot gewesen, bevor ich mich zurückerinnern kann. Meine Mutter sagte, er sei ein großer stolzer Mann gewesen, mit feurigen Haaren und einem feurigen Temperament. Sie erzählte sonst nichts weiter, als dass er in einem kleineren Krieg gefallen war, aber wie oder warum, erfuhr ich nie. Es war damals die Zeit, als Clan gegen Clan in blutiger Rivalität kämpfte.

Lady Elviria war ebenfalls stolz. Niemals wirklich schön gewesen, war sie stattlich und dunkel mit elfenbeinfarbenen Händen und betörenden Augen wie die gesegnete Cassilda. Sie konnte zu uns wahllos kalt oder zärtlich sein. Ich und meine ältere Schwester Irmelin vergötterten sie und fürchteten uns gleichzeitig vor ihr.

»Ich müsst immer stolz sein«, ermahnte die Lady Aldaran uns. »Denn in der Zeit von Carolin Hastur war eure Sippe hoch erhoben. Eure Groß-Großtante war Falkenmeisterin des Königs und reiste als seine vertraute Gefährtin.«

Bei Aldones, das macht mich nicht groß, dachte ich bitter, sprach es jedoch niemals aus.

Meine Schwester Irmelin war anders als ich, ernst, schlank und schön wie die Goldblume. Eine *leronis* hatte sie, als sie noch ein Kind war, getestet und sie über alle Erwartungen talentiert gefunden. Sie besaß nämlich die Aldaran-Gabe der Vorausschau in vollem Umfang. Sie war drei Jahre älter als ich und wurde jetzt in einem Turm ausgebildet, während ich, fünfzehn geworden, mich pflichtbewusst verheiraten ließ und als meines Gatten bewegliche Habe abtransportiert wurde.

Wirklich, ich hatte überhaupt keine Entschuldigung dafür, so bitter zu sein. Mein Vater hatte keinen männlichen Erben hinterlassen, nicht einmal *nedestro,* und innerhalb der Sippe war kein Mann genügend begabt, dass man ihn zum Erben von Aldaran hätte machen können. Nicht zum ersten Mal in der Geschichte unserer Familie ging das Erbe an eine Frau über, wenn es auch nicht üblich war. Deshalb war Irmelin Erbin sowohl von Scathfell als auch von Aldaran.

Und ich, zu groß für mein Alter, dick und rund, aber durchaus nicht weiblich, mit meiner lauten lachenden Stimme und den Händen, die geschickt zu allem, nur nicht zu weiblichen Handarbeiten waren, hatte kein Recht, mich zu beklagen. Eher sollte ich Evanda preisen, dass der Ehemann, den meine Mutter aus Liebe zu mir besorgt hatte, nicht alt und impotent und auch nicht grausam war, sondern jung und hübsch und aus einem Großen Haus. Ich mit meinem Aussehen und meinen Manieren verdiente Dom Cerdric Lanart-Elhalyn gar nicht. Wahrscheinlich verdiente ich überhaupt keinen Mann aus edlem Blut und verdiente nicht einmal, selbst einen edlen Namen zu tragen. Für alle praktischen Zwecke war ich wertlos.

Denn ich, Calvana Aldaran, zweite Tochter von Lord Aldaran, hatte keine Spur von *laran.*

Die gleiche *leronis,* die Irmelin getestet hatte, bestätigte es. Trotzdem hatte sie mir, ebenso wie Irmelin, einen Sternenstein gegeben, den ich mir um den Hals hängen konnte – ein leerer Trost, der mehr Lady Elviria zugedacht war als mir.

Und nach einer Weile kümmerte es mich nicht mehr. Es war beinahe eine Erleichterung. Ich wurde in die Freiheit entlassen, und ich streifte auf den Bergen umher, spielte mit den Jagdvögeln und den Pferden, zeichnete sie mit Kohlen vom Herd auf graue Steine, schnitzte mit einem Messer Figurinen aus dem guten Holz, das mir der alte Manwell, meines Vaters Stallmeister, gab. Ich kämpfte mit den Jungen im Hof des Scathfell-Wachturms, schlug Nasen blutig und trat gegen Schienbeine. »Fettes Schwein!«, foppten sie mich, und wenn ich von neuem zutrat: »Zandrus fettes Schwein!«

Als ich dreizehn Winter zählte, kam ein Harfenmacher in unsere Halle, und Lady Elviria kaufte ihm mehrere Harfen ab. Musik hatte es in unserer Familie nicht mehr gegeben, seit Lord Korwin, mein Vater, den Tod gefunden hatte. Aber ich erinnerte mich, dass seine Männer davon gesprochen hatten, wie er *damals* Harfe gespielt und gesungen habe. Er sei ein Zauberer auf der Harfe gewesen, sagten sie.

Ich bekam eine kleine *rryl* und Unterricht in den Künsten des Spielens und Singens. Es war beinahe, als wolle meine Mutter eine Brücke von der traurigen Vergangenheit in die Gegenwart schlagen, und dass unserem Leben die Musik zurückgegeben wurde, war die äußere Geste. An diesem Punkt hatte ich damals aufgehört, mich zu fragen, warum sie nie wieder geheiratet hatte. Aber dann war alles andere vergessen, als meine Hände die *rryl*-Saiten berührten und ich den ersten reinen, diamantenhellen Akkord hörte. Und so lernte und sang ich.

Es ist wahr, dass Leute, die mein Spiel und den Klang meiner Stimme hörten, zu ihrer Überraschung feststellten, dass ich viel besser war, als sie erwartet hatten. Es wurde meiner Mutter mitgeteilt, und seitdem widmete sie mir besondere Aufmerksamkeit, oder wenn nicht mir, dann doch zumindest diesem Aspekt meiner Person.

Endlich hatte ich ein Talent enthüllt.

Doch was spielte das jetzt noch für eine Rolle? Ich war für niemanden von Nutzen, auch mit all meinem schönen Singen nicht, und doch hatten sie mich freundlich behandelt. Meine Mutter war als kleines Kind zusammen mit Mirhana Elhalyn aufgezogen worden, und sie hatten sich einen Freundschaftseid geschworen. Und jetzt bot Elvirias Pflegeschwester mir ihren Sohn Cerdric zur Heirat an.

Es war alles ohne mein Wissen abgesprochen worden. Meine Mutter zweifelte nicht an meiner Zustimmung, und so kam Dom Cerdric vor einem Monat und vierzehn Tagen nach Scathfell, und zehn Tage später wurden wir, ohne verlobt gewesen zu sein, *di catenas* verheiratet. Wir reisten augenblicklich ab und überquerten auf unserem Weg zum Lanart-Besitz in den Kilghardbergen die Hellers. Alles geschah merkwürdig hastig, als habe meine Mutter Angst gehabt, noch einen weiteren Tag zu warten. Ich zweifelte nicht daran, *dass* sie Angst hatte, und es überraschte mich nur, dass Dom Cerdric, als er mich sah, nicht auf dem Absatz kehrtmachte und auf Nimmerwiedersehen zurück auf seinen Besitz im Tiefland eilte.

Er kennt mich nicht gut genug ..., dachte ich. Ich wusste aber dass er *laran* besaß und dass es gut entwickelt war. Mutter hatte es mir erzählt. Das bedeutete, er konnte in mir lesen wie in einem Buch, wann immer er Lust dazu hatte. *Um so dümmer von ihm, dass er mich immer noch haben wollte. Oder? Was waren seine Motive, was war sein eigentliches Ziel? Warum hatte er überhaupt eingewilligt, mich zu heiraten?* Auch wenn er kein Erbe, sondern ein zweiter Sohn war, hätte er bessere Aussichten gehabt. Tatsächlich wäre jede andere Wahl, ein wildes Banshee eingeschlossen, eine bessere Aussicht gewesen.

Etwas, das ich nicht bin, ist dumm. Ich wusste, da war etwas, das ich noch nicht durchschaut hatte. Mindestens einmal in diesen Tagen, die ich mit ihm auf der Straße verbrachte, las ich in dem ruhigen Blick seiner grauen Augen etwas anderes als kühle, feierliche Höflichkeit.

Als Nichttelepathin hatte ich gelernt, auf diese äußeren körperlichen Zeichen schärfer zu achten, als wenn ich *laran* gehabt hätte. Das war alles, was ich in dem Versuch, mich zurechtzufinden, auf der Reise tun konnte. Es waren Tage des Schweigens, wir waren meiner Meinung nach länger unterwegs als notwendig, wir machten endlose Ruhepausen, in denen ich, im Gebirge aufgewachsen, eine unerträgliche Zeitvergeudung sah. Was machten diese Leute nur, wenn sie es eilig hatten?

Und noch etwas. Er war mein Gatte, aber er hatte mich noch nicht genommen, wie es ein Gatte sollte, nicht einmal. Darüber wusste ich gut Bescheid, hatte ich doch gesehen, wie sich die Tiere im Frühling paarten. Ich war kein ahnungsloser Simpel. Doch was man noch am ehesten das Verhalten von Liebenden hätte nennen können, war nichts als eine Berührung meiner Hand mit seinen kühlen Lippen und ein ebenso kühler Kuss auf die Wange gleich nach der Heiratszeremonie gewesen – ein Hohn, den ich abscheulich fand.

Und das alles ließ ich mir gefallen, stumm, gehorsam. Natürlich wurde das von mir erwartet, etwas anderes war gar nicht denkbar. Doch es war nicht das, was *ich* von *mir* erwartete, denn ich kannte mich, wie mich kein anderer kennen konnte, nicht einmal Menschen, die mich mit *laran zu* ergründen suchten.

Calva, du fettes Schwein, schalt ich mich, *Zandrus Höllen, warum hast du eingewilligt? Du bist wirklich verrückt!* Aber war die Verrücktheit nicht noch größer, wenn ich meinte, ich hätte mich anders verhalten sollen? Was wollte ich eigentlich? Was erwartete ich? Schließlich hatte ich mehr bekommen, als ich in meiner Lage je ein Recht gehabt hatte zu erhoffen. Der Herr des Lichts hatte mich wahrlich gesegnet!

Trotzdem konnte ich nicht umhin, zu den spottenden vier Monden emporzublicken und zu denken: *Was habe ich getan? Wessen Fehler ist es überhaupt? Oder vielleicht ist alles in bester Ordnung, und ich allein bin verrückter als ein* kyorebni?

Ich wurde aus meinen halb delirierenden Gedanken gerissen. Wir näherten uns in der schweren violetten Abenddämmerung dem Lanart-Besitz. Hier in den Kilghardbergen wehte ein kalter Wind und erinnerte mich an mein Zuhause. Ich lebte in der frischen Luft auf. Die Großartigkeit der Hellers fehlte jedoch; sie wird immer in meinen Gedanken sein.

Am Tor erwarteten uns mehrere von Dom Cerdrics Männern – ich sollte vielmehr sagen, von den Männern meines Gatten. Der Hof war leer, und nichts war zu hören als die Hufe der Pferde und Hirschponys auf dem Kopfsteinpflaster. Die Tiere hatten nicht nur uns und die Wachen, sondern auch mein gesamtes irdisches Besitztum getragen.

Mein Gatte, vorher an meiner Seite stumm, wurde von Stimmen, deren grober Klang meinen Ohren ungewohnt war, lebhaft begrüßt. Er stieg ab und antwortete, und zum ersten Mal erlebte ich ihn von einer anderen Seite. Leben kam in seine Stimme, seine Augen, und er sprach aufgeregt in rauer Kameradschaftlichkeit, gab Anweisungen. Ringsumher war Gelächter, wie Wärme von einem Herd. Ich sah, er wurde sehr geliebt ...

Man half mir vom Pferd und brachte mich in das große Gebäude. *Morgen werde ich viele Leute kennen lernen, die jetzt meine Verwandten sind,* dachte ich voller Angst. Gleichzeitig – alle Götter seien meine Zeugen – erfüllte diese Aussicht mich mit atemloser Aufregung! Ich hatte Dom Cerdrics Augen leuchten gesehen, hell wie die Monde, warm wie der sommerliche Geisterwind, und ich brauchte seine Gedanken nicht zu lesen, um zu erkennen, dass er an diesem Ort immer glücklich gewesen war und mit Freuden an ihn zurückkehrte.

Wenn ich nur auch etwas von seinem Glück abbekommen würde!

Heiliger Lastenträger, warum wird von einem Mann ständig verlangt, dass er seine Pflicht tut? Und warum muss die Pflicht immer im Gegensatz zu seinem wahren Ich stehen?

Cerdric Lanart-Elhalyn lag allein in seiner Kammer und konnte nicht schlafen. Der Raum war kalt, öde, es war kein Feuer angezündet worden, ihn zu wärmen, aber ihm machte die Kälte unter der dünnen Decke nichts aus. In Nevarsin hatte er sich daran gewöhnt, hatte seinen Körper so genau kennen gelernt, dass er innere Wärme erzeugen konnte. Dies und anderes hatte er von den Mönchen gelernt, denn er hatte vor

173

längerer Zeit einen inneren Ruf erhalten, er war *cristoforo* und hätte ein Leben im Zölibat und in stiller Meditation vorgezogen, wenn *dies* nicht wäre.

Jetzt hatte er eine Frau. Es würde seine Lebensbürde sein, dass Cerdric den Wunsch der Menschen, die er am meisten liebte, erfüllte. Domna Mirhana, seine Mutter, lag im Sterben. Es war eine langsam fortschreitende zehrende Krankheit, und jeder Augenblick war mit dumpfem Schmerz erfüllt. Sie ertrug es in ihrer stolzen stoischen Weise und blieb stark und würdevoll. Sie war die warme Feuerstätte der Familie, und er liebte sie mehr als alles andere in seinem Leben, mehr sogar, wie sich herausgestellt hatte, als seinen Ruf. Mirhana Elhalyns größter Wunsch war es gewesen, noch zu erleben, dass er heiratete und mit seinen Brüdern in der Familie blieb.

Übrigens kannte er außer ihr keinen einzigen Menschen, der überhaupt keinen Wert auf *laran* und seine Entwicklung legte.

»Wir von der Hastur-Sippe«, pflegte sie mit ihrer sanften Stimme zu sagen, »sind besessen von dieser Kraft, besessen bis zu dem Punkt, dass wir Zuchtprogramme aufstellen. Und mit welchem Ergebnis? *Laran* gilt uns mehr als das eigene Leben, mehr als unsere Kinder, die dem Programm geopfert werden. Unsere Liebe stirbt bei diesem Prozess. Am Ende werden wir eine rothaarige Rasse von übermenschlichen, geistlosen *Werkzeugen* der Kraft sein – wie die lebenden Sternensteine!«

Sein älterer Bruder Dayvin grinste Mirhana dann nur an und widersprach liebevoll: »Mutter, das ist eine lächerliche Übertreibung!«

»Außerdem werden wir es gar nicht bis zu dem Punkt schaffen, an dem wir bloße Werkzeuge, Sternensteine auf zwei Füßen, werden!«, lachte seine Schwester Lyanella und hob ihr süßes Gesicht von ihrer immer perfekten Handarbeit.

Und der kleine Rafael brach in schallendes Gelächter aus,

lief durchs Zimmer und rief: »Seht her, seht her, ich bin eine lebende Matrix!«, bis Domna Mirhana ihm gebot, still zu sein.

Wie viel Freude war damals in ihrem Leben gewesen, als Jerald Lanart noch lebte und seine Mutter noch nicht krank war! Cerdric wusste, dass Dom Jerald im Gegensatz zu der offiziellen Version nicht sein richtiger Vater gewesen war. Cerdric besaß die Alton-Gabe. Daraus ließ sich folgern, dass eine höhere Abkunft ihm das Recht auf drei Namen statt auf nur zwei gegeben hätte. Doch er hatte nie den Wunsch verspürt, es herauszubekommen, trotz der seltsamen Erinnerungen, die er gelegentlich von seiner Mutter oder Dom Jerald auffing. Es war alles so lange her ...

Merkwürdig, dass seine Mutter, so durch und durch gerecht in allen Dingen, plötzlich von ihm verlangt hatte, er solle seinen Weg der Selbstverwirklichung aufgeben. Dieser Weg hatte nichts mit dem *laran* zu tun, auf das sie keinen Wert legte, er hatte nur sich selbst besser kennen lernen wollen. Außerdem konnte sie, wie er wohl wusste, das *laran* nicht vollständig verdammen, denn sie selbst hatte diesen schwer fassbaren Sinn der Elhalyns für die verschiedenen Zukunftsmöglichkeiten, und obwohl sie selten davon sprach, erkannte er ihn in ihr. War dieses *Laran*-Wissen der Grund, dass sie plötzlich und auf so merkwürdige Weise darauf bestand, er solle seinen eigenen Weg aufgeben, um an ihrer Seite zu bleiben und zu heiraten?

Denn es war Domna Mirhana gewesen, die ihn informiert hatte, sie habe eine Frau für ihn gefunden, eine aus dem Blut eines Großen Hauses. Sie erzählte ihm, dass Calvana Aldaran, Tochter von Lady Elviria, ihrer Pflegeschwester und Kindheits*breda*, und des verstorbenen Lord Korwin Aldaran, im vergangenen Frühling fünfzehn Jahre alt geworden und zur Heirat bereit sei.

Cerdric konnte in vielem fest bleiben, nur nicht darin, seiner Mutter »nein« zu sagen. Anfangs hatte er überrascht protestiert. Mirhana kannte ihn doch! Warum bestand sie dann auf diesem Heiratsbündnis? Es sah ja gerade so aus, als fördere sie das Zuchtprogramm, das sie so hasste, und das warf er ihr vor.

Und dann erfuhr er zu seinem Entsetzen noch etwas anderes. Was machte es schon aus, dass seine Braut, wie er hörte, viel zu dick war, um schön zu sein, und nicht besonders geschickt in weiblichen Arbeiten. Aber sie hatte kein *laran!* Mirhana konnte diese eine Tatsache nicht vor ihm verbergen, als er ihre Gedanken las. Verbittert dachte er daran, was für ein unbeschreiblich schweres Leid es bedeuten würde, das ganze Leben mit jemandem zu teilen, der vollkommen kopfblind war – denn dessen war er sich jetzt nach dem bisschen, was er aufgefangen hatte, sicher, mochte Mirhana sich noch so sorgfältig abschirmen. Und das Schlimmste von allem war, er musste diese Frau lieben und mit ihr Kinder zeugen, und bei dieser körperlichen Vereinigung würde mehr als die Hälfte zu dieser Ganzheit fehlen, die Menschen seiner eigenen Art möglich war ... denn er hatte schon eine Frau mit *laran* gekannt, er wusste, wie es sein konnte ...

Da schwor er bei Zandrus Höllen, er verstehe seine Mutter nicht mehr. Und er weigerte sich entschieden, irgendetwas mit dieser verfluchten Aldaran-Braut zu tun zu haben, die stumpfer war als das Pferd, das er ritt. Er blieb indessen nur so lange bei seiner Weigerung, bis er sah, was mit seiner Mutter geschah, wie sie dahinwelkte. Und dann blieb ihm nichts weiter übrig, als einzuwilligen.

Dayvin war jetzt Lord von Lanart. Er hatte im letzten Frühling geheiratet und Orina Ridenow als seine Frau heimgeführt. Sie erwartete bereits ein Kind. Und Lyanella sollte noch in diesem Jahr verlobt werden. Und nun war Cerdric selbst aus den Hellers mit einer Frau heimgekehrt, die er nicht ertragen konnte, nur weil er nicht bis an sein Lebensende auch noch die zusätzliche Last tragen wollte, das Leben seiner Mutter verkürzt zu haben.

Bin ich ein wahrer cristoforo *oder nichts als ein Feigling, der Sklave einer tief in mir verborgenen Furcht?*

Und Calvana Aldaran, das fand er bald genug heraus, war selbst kalt und stolz wie ihre gottverlassenen Hellers. Vom ersten Augenblick an hatte sie ihn nicht einmal angelächelt oder ein einziges freundliches Wort gesagt. Weißhäutig, füllig und dunkel, war sie in Wahrheit kein unerfreulicher Anblick mit ihren scharfen blauen Augen, die vor Energie funkelten, wenn er so tat, als sehe er anderswohin. Doch traf ihn jedes Mal eine dunkle Wolke von Feindseligkeit, wenn er versuchte, sie mit seinen Gedanken zu berühren, und diese Feindseligkeit war gemischt mit Bitterkeit und mit einem Zorn, der mit aller Kraft unterdrückt wurde. Sie musste ihn leidenschaftlich hassen, oder wenn nicht ihn persönlich, dann alles. Und diesen Hass projizierte sie gedankenlos mit solcher Gewalt, wie es ein Telepath, der auf den Seelenfrieden anderer Rücksicht nimmt, niemals tun würde. *Aber sie ist keine Telepathin!*, sagte er sich wieder und wieder vor, und ein Übelkeit erregender Schmerz quälte ihn.

Und so schlief Cerdric in dieser ersten Nacht nach ihrer Ankunft auf dem Lanart-Besitz mit schweren Gedanken, von Alpträumen geplagt, allein, ohne Trost und in einem kalten Bett.

Am nächsten Morgen wachte er spät auf. Die Vögel sangen, warmer Sonnenschein badete die Kammer. Er kleidete sich langsam an, zog jeden Augenblick in die Länge. In seinem Herzen war Winter.

Absichtlich kam er als Letzter zum Frühstück nach unten. Es lief jedoch nicht so, wie er gehofft hatte. Die ganze Familie war versammelt und wartete auf ihn. Ihm kam zu Bewusstsein, dass sie alle anwesend waren, weil ein neues Mitglied offiziell willkommen geheißen werden sollte. Er hätte sich gar nicht erst vorzumachen brauchen, dass er dem entrinnen könne.

Es war ein warmer Tag, und der Tisch war nicht in der großen Halle gedeckt, sondern in einem kleineren Raum, in dem große Fenster geöffnet werden konnten, um die frische Luft und die Sonne hereinzulassen. Domna Mirhanas zarte Gestalt ertrank beinahe in einem großen Sessel neben dem Fenster. Die Sonnenstrahlen färbten ihr aschgraues Haar zu einem leuchtenden Rostbraun um, genau dem Ton, den es einst gehabt hatte. Ihr Blick war auf den freien violetten Himmel und die fernen Berge gerichtet.

Lord Dayvin, hellhäutig und gewichtig, saß am Kopfende des Tisches, an seiner Seite Domna Orina, eine hübsche Rothaarige, deren weites Gewand ihre Schwangerschaft verbergen sollte. Zwischen Orina und der reizend in Weiß gekleideten Lyanella saß seine Frau. Sie trug ein einfaches braunes Kleid, das ihr bei ihrer Haarfarbe nicht besonders stand, und hielt die Augen gesenkt.

Als Cerdric eintrat, begann Dayvin zu grinsen. Dann kühlte sich sein Lächeln beim Anblick von Cerdrics verdunkeltem Gesicht etwas ab. »Cerdric! Wo hast du gesteckt? Der Tee wird kalt.«

»Guten Morgen«, antwortete er. »Entschuldigung.« Seine Augen grüßten alle bis auf *sie*.

Von dem Sessel kam Mirhanas sanfte Stimme: »Komm zu mir, Sohn. Du bist also endlich da.«

Schnell ging er hin und umarmte sie. Dann tauschte er Begrüßungen mit allen aus und nahm seinen Platz ein. Die Tischordnung erschien ihm seltsam – sie hatten seine Frau nicht an seine Seite gesetzt.

Und dann sah er Rafe, seinen jüngsten Bruder. Der Junge

stopfte sich den Mund mit Butterbrot und Honig voll und warf scheue Blicke auf das junge Mädchen, seine neue Verwandte. Einmal trafen seine Augen die Cerdrics, und er lächelte. Wie still sie alle waren!

»Jetzt berichte uns von der Reise, Cerdric«, ließ sich von neuem Mirhana hören. »Calvana hat uns bereits einiges erzählt. Nach dem, was ich gehört habe, ist sie der Meinung, du hättest unterwegs eine Menge Zeit verschwendet.«

Wenigstens ist sie ehrlich, dachte er. Und dann sagte er mit einem Blick zu Calvana: »Meine Lady hätte es mir gleich sagen sollen. Ich wollte nur Rücksicht auf sie nehmen.«

Zum ersten Mal ergriff Calvana das Wort. »*Vai Dom*, ich wusste nicht, was zu sagen das Richtige gewesen wäre.« Sie hob den Blick, und er sah tatsächlich Ehrlichkeit und dazu Unbeholfenheit. Auch bemerkte er, dass in den Gedanken, die von ihr ausgingen, weniger Zorn als früher war.

Sei freundlich ... zu ihr. Mit diesem Gedanken berührte ihn seine Mutter.

»Dann hättest du das Falsche sagen sollen, meine Liebe«, erklärte Mirhana. »Ich sehe, ihr beiden habt während der Reise nicht viel miteinander gesprochen. Alles, sogar ein Streit, wäre dem Schweigen vorzuziehen gewesen.«

Calvana sah sie erstaunt an. »Meine Lady? Meint Ihr, ich hätte mit Eurem Sohn *streiten* sollen?«

Leises Lachen. »Streiten, *chiya*? Ihr habt doch von Anfang an stumm miteinander in Streit gelegen! Kein Wort vom einen zum anderen! Ihr habt euch noch nicht einmal richtig kennen gelernt!« Langsam beugte sie sich in ihrem Sessel vor. »Ich muss schon sagen, Elviria hat sich keine Mühe gegeben, euch zu Freunden zu machen, kein bisschen.«

»Bewege dich nicht so, Mutter, es könnte dich krank machen!«, rief Lyanella in plötzlicher Sorge aus. Sie erhob sich halb von ihrem Stuhl.

»Ruhig, Tochter. Was soll ich denn deiner Meinung nach tun – in versteinertem Zustand sterben? Wenn ich stillsitze, ängstigst du dich um mich, und wenn ich mich bewege, ängstigst du dich noch mehr. Was soll einer da machen?«

Rafe riss die Augen auf. »Oh, sprich nicht so, Mutter!« Er drehte sich um. »Und du, Nella, lass Mutter in Frieden! Du regst dich auf wie ein ungezähmter *Verrin*-Falke, bei Tag und bei Nacht, und du jagst uns allen Angst ein. Cerdric, du wirst es nicht glauben, aber als du weg warst, hat sie ...«

»Was fehlt Euch, Domna Mirhana ...?«, erklang plötzlich eine zaghafte Stimme. Alle wandten sich Calvana zu.

»Das Alter, nehme ich an, meine Tochter. Ich habe meine Zeit hier überzogen. Mutter Avarra allein weiß es.« Ihr Lächeln war sanft, freundlich. Calvana fühlte sich plötzlich an Elviria in ihren liebevollen Augenblicken erinnert. Ihr Herz erwärmte sich für diese Frau, in der sie sah, was sie suchte.

»Meine Mutter ist schon einige Zeit krank«, erklärte Cerdric kalt. »Es sind die Lungen.«

»Dieses mildere Wetter tut ihr gut«, bemerkte Orina Ridenow. Sie sprach knapp, aber freundlich und begleitete ihre Worte mit einem Blick voller Liebe. Cerdric spürte die mentale Liebkosung, die sie der älteren Frau sandte.

Orina weiß Bescheid, dachte er, in diesem Punkt plötzlich erleichtert. *Sie hat die Empathie, und sie ist auch im Turm ausgebildet worden. Gesegneter Valentin, welch ein Glück, dass alle Mirhana lieben!*

»Nun denn«, Dayvin wechselte das Thema, »wird diese Familie für den Rest des Vormittags am Tisch sitzen bleiben? Ich finde, das Wetter ist ideal zum Reiten, und Cousine Calvana möchte vielleicht unsere guten Pferde ausprobieren und uns dabei besser kennen lernen. Stimmt's *mestra*?«

Cerdric bemerkte, dass er den Ton des Haushaltsvorstands angeschlagen hatte.

Calvanas Augen leuchteten begeistert auf. Plötzlich lächelte sie. »Ja, Dom Dayvin, das würde mich freuen! Eure guten Pferde sind uns wohl bekannt, und ich möchte euch alle gern besser kennen lernen. Nur« – sie hielt inne –, »würdet ihr bitte aufhören, mich Calvana zu nennen? Ich bin Calva. Calvana war der Name meiner Großmutter, und jedes Mal, wenn ich ihn höre, ich warne euch, bin ich versucht, mich nach ihr umzusehen!«

»Einverstanden, Cousine, aber nur, wenn du aufhörst, mich ›Dom‹ Dayvin zu nennen, als ob du mein Haushofmeister seist. Ich bin Dayvin.«

Orina lachte, dann sagte sie in ihrer drolligen Art: »Weißt du was, Calva? Ich werde dich hassen, bestimmt! Schon hast du mir meinen Mann weggenommen.«

Calva verstummte beschämt.

Verdammt, das war nicht meine Absicht ... Orina benutzte die Gedankensprache.

Sicher, aber sie ist immer noch gehemmt. Du musst vorsichtiger sein, schwebte Mirhanas sanfter Gedanke herüber.

Denke außerdem daran, wie schrecklich für sie das Wissen sein muss, dass wir alle auf diese Weise kommunizieren und hinter ihrem Rücken über sie reden können. Sogar der kleine Rafe kann uns hören ..., kam es von Lyanella.

Ja, wir stehen immer wenigstens ein bisschen in Rapport miteinander ..., dachte Cedric. Aber unbeugsam, als halte ihn etwas zurück, weigerte er sich in diesem Augenblick, irgendetwas an Wärme beizutragen.

»Gut, dann geht nur, ihr alle«, sagte Mirhana da auf normale Weise. »Genug, ich bekomme sonst Kopfschmerzen. Reitet in die Berge, nur kommt rechtzeitig zum Dinner nach Hause.«

Damit war das Frühstück beendet. Sie standen auf, Dayvin gab Befehl, die Pferde zu satteln. Orina lehnte es in Anbetracht ihres Zustandes würdevoll ab, mitzukommen.

Sie ritten atemlos bis zum Fuß der Berge, und Cerdric stellte überrascht fest, wie gut seine Frau trotz ihres Umfangs zu Pferde saß. Tatsächlich ritt sie besser als jeder andere unter ihnen.

Calva fand mit Dayvin und Lyanella schnell zu einem verwandtschaftlichen Ton, aber sie hatte auch etwas Kindliches an sich, so dass man manchmal den Eindruck hatte, sie passe als Gefährtin am besten zu Rafe. Und wirklich, der Junge war bezaubert von ihrem Lachen, von allem, was sie sagte.

Sie sprach viel und schnell. Und sie war brillant. Ob sie mit Dayvin über Pferdezucht sprach oder mit Lyanella über Stickerei – sie gab sofort zu, dass sie diese Arbeit verabscheute – oder ob sie dem kleinen Rafael erklärte, wie man aus Holz ein Männchen schnitzt, immer schien sie über den Gegenstand alles zu wissen. Und außerdem gelang es ihr, jeden mindestens einmal mit ihren klugen Wendungen zum Lachen zu bringen.

Sie ignorierte nur einen, und das war Cerdric.

Es war beinahe, als lege es Calva darauf an, alle zu bezaubern und ihnen so zu zeigen, dass es sie nicht kümmerte, was er von ihr dachte, und dass sie *ihn* nicht brauchte. Die wenigen Worte, die sie tatsächlich an ihn richtete, waren nicht unhöflich, aber so nichts sagend, dass sie allein dadurch beleidigend wirkten.

Und Cerdric musste sich eingestehen, dass sie in jeder Beziehung Erfolg hatte. Sie hatte es nicht nur fertig gebracht, ihn zu ärgern, er las auch in den Gedanken aller anderen den Beginn einer Zuneigung. Einmal stolperte Lyanella sogar über sein telepathisches Missvergnügen und fragte überrascht: *Stimmt etwas nicht? Warum bist du unzufrieden mit ihr?*

Dazu hatte er nichts zu sagen. Es brachte ihn nur dazu, seine Barrieren fest zu schließen, so dass kein weiterer privater Gedanke zu den anderen durchsickern konnte.

Was ist los mit mir, Lastenträger, was? Ich weiß, dass ich lieben muss, aber ich kann nicht. Ich kann keine Liebe empfinden. Und wie kann ich das auch, wenn sie ...

Er wusste selbst nicht recht, was er meinte und wie er diesen Gedanken zu Ende führen sollte. Später an diesem Tag, beim Dinner, war er missgelaunt und schweigsam, so dass sogar Domna Mirhana bemerkte, beim Anblick seines verdrießlichen Gesichts vergehe ihr der Appetit.

Cerdric hatte die rau-zärtliche Art, in der seine Mutter scherzte, immer geliebt, aber diesmal reagierte er nicht darauf.

»Sag mir, *chiya*, wie gefällt es dir hier?«, fragte Domna Mirhana mich, als nach unserer Ankunft zehn Tage vergangen waren. Ich wusste nicht recht, wie ich ihr die Wahrheit sagen sollte. Tatsächlich liebte und hasste ich diesen Ort, der meine neue Heimat war. Ich wusste, das konnte sie mit ihrem *laran* mühelos herausfinden, und davor hatte ich Angst. Wie sollte ich es erklären? Ich hatte in so kurzer Zeit bereits begonnen, diese Menschen, diese neuen Verwandten zu lieben, ihre warmherzige Offenheit und die selbstverständliche Art, mit der sich mich aufgenommen hatten, etwas, das ich von zu Hause nicht kannte. Gleichzeitig graute mir davor, dass sie mich bemitleideten. Ich brauchte kein *laran*, um das zu erkennen, denn sie achteten so übertrieben darauf, mich ja freundlich zu behandeln. Fast wünschte ich mir, scharfe Worte zu hören, mit denen sie mir gezeigt hätten, dass sie mich für menschlich hielten, dass sie mich einfach akzeptierten als das, was ich war. Das taten sie aber nicht.

Und mein Gatte? Zuerst war es seltsam, aber es hatte sich schnell ein Umgangston entwickelt, den niemand in Frage stellte – höflich und kalt ignorierten wir einander. Es war beinahe lustig, wie es fast bis dahin kam, dass wir die kupfernen Ehearmbänder an unseren Handgelenken vergaßen. Im Haushalt waren wir einer für den anderen die Einzigen und die fremdesten Fremden.

Nur eins gab mir zu denken: Warum versuchte niemand, uns zusammenzubringen? War es ihnen gleichgültig, dass wir das Ehebett noch nicht geteilt hatten? Das wussten sie alle ganz genau. Was war dann der Sinn dieser Verbindung gewesen? Ich war überzeugt, materieller Reichtum hatte nichts damit zu tun, denn unsere beiden Familien waren stolz auf unsere hohe Stellung und unseren Besitz. Und noch weniger war es um *laran* gegangen. Was also dann?

Ich konnte den Anblick Dom Cerdrics nicht ertragen. Er war, wie ich bald erfuhr, ein *cristoforo,* und wenn ich nicht gewesen wäre, würde er Mönch in Nevarsin geworden sein. Das war die einleuchtendste Erklärung, die ich für den beinahe zimperlichen Abscheu fand, den er vor mir hegte, was ich genau spürte. Ich hatte von dem Glauben der *cristoforos* gehört; eine ihrer mönchischen Vorschriften lautet, *niemals eine Frau mit Lüsternheit zu betrachten* oder etwas in diesem Sinne. Ich respektierte ihre Religion der spirituellen Liebe, aber ich verstand sie nicht ganz und hatte auch keine Lust dazu. Ich war für diesen Glauben nicht geschaffen.

Und das ist der Grund, warum ich immer noch wütender wurde. Ich musste ständig Cerdrics hübsches schmales Gesicht sehen und den deutlichen Widerwillen in seinen Augen lesen. Beinahe hatte ich Verständnis für seine Abneigung, denn ich sah, dass er sich gewaltig zwingen, dass er gegen seine Natur handeln musste. Schließlich wurde von meinem Anblick jedem übel, sogar mir selbst. Meine Person war es, die ihm Hass statt Liebe einflößte, und auch seine Verwandten waren schuld. Das war das Einzige, was ich ihnen übel nahm: Sie waren die Ursache dieser – dieser Farce.

Die anderen hatten mich jedoch auf diese oder jene Art akzeptiert. Der kleine Rafael – wenn ich es nicht besser wüsste, würde ich sagen, er verehrte mich. Ich glaube, ich unterhielt ihn gut wie eine ältere Schwester. Einmal hatte ich mich mit ihm hingesetzt, um ihm zu zeigen, wie man das Bild eines Tieres oder eines Menschen auf Papier festhält. Ihm blieb der Mund offenstehen, und das Ende war, dass ich jeden einzelnen von der Familie zeichnen musste. Als die älteren Familienmitglieder es sahen, besonders Domna Orina, überschütteten sie mich mit Ausrufen des Erstaunens und des Lobes und mit vielen Fragen. Anscheinend hatte ich die Ähnlichkeit zu gut getroffen. Ich versicherte ihnen, niemand habe es mich gelehrt, und dann fing Orina mit anderen Fragen an.

Schließlich gelang es mir, die Sache mit einem Scherz abzubiegen. Später sprach ich wieder mit Domna Mirhana.

Diese unsere Gespräche wurden zur regelmäßigen Einrichtung. Sie saß in ihrem großen Sessel, ich hockte wie ein Kind zu ihren Füßen auf einem Schemel.

»Wie scharfsichtig du bist, Kind«, sagte sie. »Du siehst die Dinge, genau wie sie sind. Ein seltenes Talent. Es ist beinahe so kostbar wie *laran*.«

Bei diesem Wort bin ich wohl zusammengezuckt. Sie sah mich ruhig an. »Bedeutet es einen großen Schmerz für dich, mein Kind, dass du kein *laran* hast?«

Ich nickte stumm. Nach einer Weile sagte ich: »Nichts schmerzt mich mehr, Domna. Ich habe das Gefühl – ich weiß, dass es fast eine Behinderung ist.«

»Und das gleichst du aus, indem du auf jedem anderen Gebiet alle übertriffst.«

»Ich – alle übertreffen?« Ich lachte. »Ich kann doch gar nichts richtig! Weibliche Handarbeiten welken in meinen Händen! Meine Stiche torkeln wie eine betrunkene Hure! Beim Stricken ...«

»Oh, das ist nur, weil du nicht den Willen, nicht den echten Wunsch hast, solche Aufgaben zu meistern. Dein *kihar* nährt sich durch Rebellion, und deshalb strebst du danach, wie ein Mann zu sein.«

»Ich? Niemals! Ich ...«

»Ja, du hältst dich für unattraktiv, deshalb bezauberst du mit deiner Zunge. Du hasst dich dafür, dass du kein *laran* besitzt, und deshalb isst du zu viel, und deshalb – sieh dich an!«

»Ja, ich bin eine fette Kuh! Ein Schwein! Das weiß ich!«

»Dann hör auf, dich in Selbstmitleid zu wälzen, Mädchen! Zandru weiß, dass du diese zusätzliche Bürde nicht brauchst!«

Sie hatte sich vorgebeugt und sah mich scharf an. Der wachsende Klumpen in meiner Kehle erstickte mich.

»Aldones, hilf mir ...«, flüsterte ich. Und dann kamen die Tränen. Ich befand mich inmitten einer Flut von Schmerz und Einsamkeit, die alles um mich ertränkte. »Ich – ich hasse alles!«, stammelte ich, und dann schrie ich: »Ich hasse Euch und Euren Sohn und eure lächerlichen Berge! Ich will nach Hause ... oder sterben!«

Und dann sah ich auf, und Domna Mirhana hatte Tränen in den Augen. *Götter! Sie wusste es! Sie wusste genau, was ich empfand, alles! Und – sie leidet auch, sie leidet mit mir, und mein Schmerz vergrößert den ihren!*

In meiner Selbstsucht war ich blind gewesen. *Domna Mirhana wusste genau, was Schmerz ist, und sie starb. Götter!* dachte ich, *was habe ich getan!*

Und dann überkam es mich: Ich musste ihren Schmerz lindern, ich musste sie glücklich machen! Ihre letzten Tage sollten nicht in Schweigen vergehen. Denn ich erkannte so genau, als ob ich *laran* hätte, dass sie uns bald verlassen würde. Nein, schwor ich mir, ich will etwas tun, ich will ihr Freude bringen, auf jede Weise, die mir zu Gebote steht.

Unter lautem Schluchzen umarmte ich die zerbrechliche

Gestalt, und ein Weilchen weinten wir zusammen. »Es tut mir Leid ... oh, es tut mir so Leid!«, rief ich. »Verzeiht mir meine Worte, oh, ich habe das nicht so gemeint ...«

»Ich weiß, *chiya,* ich weiß. Und ich war zu barsch mit dir. Es kommt mich nur so hart an, dich in diesem selbst erzeugten Schmerz zu sehen ...«

»Aber Ihr, Ihr lebt auch in Schmerzen!«, rief ich aus. »Und warum tut niemand etwas dagegen? Warum laufen sie alle herum und geben vor, Euer Zustand würde sich ganz von selbst bessern, wenn sie ihn nur ignorieren?«

»Ich bin jenseits von jeder Hilfe, *chiya.* Sie haben es versucht.« Und als wolle sie ihre Worte unterstreichen, hustete sie rasselnd.

»Das kann ich nicht glauben!«, beharrte ich auf meiner Meinung. Ihre freundlichen Augen ruhten auf mir.

»Domna«, fragte ich da, »würde es Euch gefallen, Musik zu hören? Heute Abend, hier?«

Sie hob die Brauen über diesen Themenwechsel. Dann trat ein Lächeln in ihre Augen. »Ich habe lange Zeit keine Musik mehr gehört ...«, sagte sie sinnend.

»Ich spiele die *rryl«,* gestand ich. »Und singe. Ein bisschen.«

Wahrscheinlich las sie es in meinen Gedanken, denn sie schüttelte den Kopf. »Du setzt deine Fähigkeiten schon wieder herab, wie? Das will ich nicht haben! Deshalb sollst du heute Abend für uns alle spielen und singen.«

Cerdric erfuhr, dass Calvana sie an diesem Abend unterhalten wollte, und das verstimmte ihn nicht nur, es machte ihn zornig. »Genau das, was Mutter braucht«, sagte er höhnisch zu Lyanella. »Lärm, der sie in ihrem Zustand stört! Wenn *meine Lady* etwas tut, dann tut sie es *gründlich.* Übrigens muss ich mir diesen Kunstgenuss unglücklicherweise entgehen lassen.

Ich habe noch einige wichtige Angelegenheiten zu erledigen ...«

»Oh, Cerdric«, unterbrach Lyanella seine bitteren Worte, »willst du ihr nicht ein einziges Mal ein Stückchen entgegenkommen? Warum versuchst du nicht, dich mit ihr anzufreunden?«

»Ich bin überzeugt, Domna Calvana braucht meine Freundschaft nicht. Tut mir Leid, *breda*.«

Er hatte seine Gedanken abgeschirmt. Lyanella erkannte, dass es keinen Zweck hatte, wenn sie versuchte, mehr zu erfahren, denn er war der stärkste Telepath in der Familie, und sein Zorn, das wusste sie, konnte verstümmeln oder, wenn notwendig, töten.

Dayvin kam ihr zu Hilfe. »Bruder«, sagte er in sehr überzeugendem Ton – und darin war er großartig –, »ich bestehe darauf, dass du es unterlässt, diese Beleidigung auf all die anderen zu türmen. Ihr beiden habt einander schon zu oft beleidigt. Tu es, sage ich, deiner Mutter zuliebe. Du bist ein *cristoforo*, also bring uns Einheit. Es gibt genug Unstimmigkeit in dieser Familie.« Und dann setzte er hinzu: »Außerdem befehle ich es als Lord von Lanart.«

Cerdrics Gedankenberührung war ironisch und bitter. *Bruder, du lässt mir keine Wahl ...*

Nach dem Dinner war Calva weniger gesprächig als sonst, und später ging sie scheu nach oben, um ihre *rryl* zu holen.

Lyanella half Mirhana behutsam zu ihrem Sessel, während Rafael aufgeregt davon plapperte, dass Cousine Calva ihnen vorsingen werde.

Alles, was Cousine Calva tut, ist in seinen Augen großartig, dachte Cerdric. Und dann: *Sie hat sich meinen Platz hier angeeignet ...*

Mit Widerwillen darauf wartend, dass seine Frau zurückkehrte, setzte er sich weit entfernt von dem frisch angezündeten Feuer hin, so dass sein Gesicht im Dunkeln war. Lyanellas Gesicht und rotblondes Haar schimmerten im Feuerschein mit der Zartheit eines *chieri*. Auch Orina war auf ihre robuste Art hübsch. Und seine Mutter, dachte Cerdric, seine Mutter war die Schönste von allen mit ihren großen ausdrucksvollen Augen in dem edlen, hohlwangigen Gesicht, das durch ihre Krankheit nicht mehr von dieser Welt war.

Calva kehrte zurück. Heute Abend, stellte Cerdric mit einiger Überraschung fest, war sie anders gekleidet, vorteilhafter, und ihr Haar, das von einer Schmetterlingsspange zusammengehalten wurde, glühte wie rote Kohlen. Einmal wandte sie ihr Profil dem Feuer zu, und ihr zur Hälfte angeleuchtetes Gesicht machte richtig Eindruck auf ihn. Es lag etwas Starkes und Betörendes in ihren Augen, und ein neuer Ernst war an die Stelle ihrer üblichen quirligen Lebhaftigkeit getreten.

Sie ist ja überhaupt nicht hässlich ..., erkannte er plötzlich und beobachtete, wie sie sich bewegte. Denn ihre volle Gestalt, ausgeglichen durch ihre Größe, hatte Anmut. Und als sie zufällig in seine Richtung sah, begegneten sich ihre Augen. Zum ersten Mal verlegen, wandte er sich ab, denn die frühere Feindseligkeit, mit der er sich geschützt hatte, war ihm verloren gegangen.

Ihre *rryl* war aus Holz bester Qualität. Sie zog sie vorsichtig aus ihrer Hülle und stimmte sie. Doch dann geriet sie bei dem Gedanken an ihr Vorhaben in Verlegenheit.

Rafes Augen leuchteten. »Was wirst du singen, Calva?«

Calvana wandte sich Domna Mirhana zu. »Lady, was soll ich singen? Was möchtet Ihr gern hören?«

»Oh, irgendetwas, *chiya*. Etwas Altes und ... Trauriges.«

Das Mädchen nickte ernst. »Dann werde ich von den Hellers singen – von meiner Heimat.« Sie legte die Finger auf die Saiten und begann:

»Der Wind blies kalt, vorbei der Tag,
Es sank die Sonne blutigrot.
Ein weiter Weg noch vor uns lag,
Der Tücken und Gefahren bot ...«

Es war nicht der Text des Liedes, auch nicht die wilde, klagende Melodie aus den Bergen, die sie alle aufhorchen ließ. Es war die Stimme. Sie ging ihnen durch und durch wie ein scharfes Messer, sie schuf buchstäblich körperlichen Schmerz. Und dann brannte sie wie Feuer. Einen Augenblick lang war Cerdric nicht einmal sicher, ob diese Stimme ein Alt oder ein Sopran, schön oder hässlich sei. Sie *war* einfach. Und mit ihr überkamen ihn Gefühle.

Süßer als alles, was er je erlebt hatte, war der Wind in den Hellers, kalt, unvermeidlich. Und der Wind war er selbst. Er flog wie im Rausch dahin, stieß gegen das glitzernde Eis der Berge, das er in demselben seltsamen Augenblick auch war. Er war eine erhabene Bergkette aus Eis und Fels, ein Ödland, und in ihm ertranken Stäubchen warmen Lebens, die kämpfenden Menschen ...

»Allein stand ich am steilen Hang
Und sah sie stürzen in den Tod,
Das Echo ihres Schreis verklang.
Es sank die Sonne blutigrot ...«

Und mit der roten Sonne sank er, brennend und majestätisch. Er stürzte sich am Boden der Klippe zu Tode, und er stand allein oben und sah seine Geliebte sterben. Sein Herz brach, Tränen liefen ihm wie große Diamanten über die Wangen und froren im eisigen Wind ...

Mit einem Ruck kehrte Cerdric in die Wirklichkeit zurück. Sein Gesicht war nass von Tränen. Die übermenschliche Stimme sang weiter, und er hörte sie auf eine seltsam stereophonische Art, sowohl körperlich als auch telepathisch, eine Sirene, und wieder wurde er sich selbst entrückt ...

Mutter Avarra, was war das?, kam es von Dayvin. *Was hat sie mit uns gemacht?*

Das ist laran, *es muss* laran *sein!*

Der gleiche Gedanke kam jedem Einzelnen. Calva beobachtete sie voller Staunen und Furcht. »Was habe ich getan?«, stammelte sie. »Warum ...«

»Sing noch ein Lied, Kind!«, flüsterte Mirhana heiser. »Ein fröhliches!«

Das Mädchen, das nicht wusste, was sich eigentlich abspielte, konnte nur gehorchen. Sie schlug die *rryl*-Saiten zu einer munteren Tanzweise, und wieder erklang ihre Stimme.

Nur musste Cerdric diesmal lachen. Es ging um zwei sich missverstehende Liebende, und er existierte in jeder Nuance des Liedes, in jedem lächerlichen, törichten, freudigen Augenblick, er hätte über ihre Possen vor Lachen schreien können. Und so lachte er herzlich und ungekünstelt über sich selbst.

Als das Lied zu Ende ging, schneller als das erste, japsten sie alle nach Luft und hielten sich die vor Lachen schmerzenden Seiten. In ihnen tanzte die Freude. Und plötzlich verstummten sie alle, denn sie sahen, dass Mirhana halb aus ihrem Sessel hing, vorgebeugt in einem wahren Kicherschauer. *Oh, meine Kinder, das ist Freude! Ja, die Freude* ist *zurückgekehrt, ist wieder bei uns!*

»Lass nur, mir geht es gut, Tochter«, beschwichtigte sie Lyanella, und alle erkannten, dass es ihr tatsächlich besser ging als seit langer Zeit.

»Komm her, *chiya,* lass dich küssen, meine Freude!«, sagte sie zu Calva, die die ganze Zeit verblüfft zugesehen hatte.

»Aber – so etwas ist noch nie geschehen, wenn ich gesungen habe ...«

Und dann bemerkte sie Cerdric. Er betrachtete sie mit funkelnden Augen, und sein Gesicht wurde abwechselnd rot und blass.

»Ich danke Euch ... Domna«, erklärte er. »Und verzeiht mir.« Dann wandte er sich auf dem Absatz um und ging.

Domna Mirhana drückte Calvana an sich und flüsterte: »Und ich, ich danke dir auch. Nicht nur für mich, sondern auch für meinen Sohn.«

Und da begriff Calva durch eine warme Wolke aus Liebe, die von ihnen allen kam, den Grund.

»Du hast *laran, chiya*«, sagte man mir. »Du bist keine Telepathin, dein *laran* manifestiert sich stattdessen durch deine Stimme. Du hast Ridenow-Blut, nicht wahr?«, fragte Mirhana.

»Ich glaube schon ...«, antwortete ich.

»Dann ist es die Ridenow-Gabe, die du besitzt, merkwürdig umgeformt, so eine Art Hybride. Durch deine Stimme vermittelst du anderen genau die Gefühle, die du ihnen vermitteln willst. Das ist eine Form der Empathie. Es liegt Ironie darin, dass du diese Gabe bisher dazu benutzt hast, manche Menschen – wie Rafael – dazu zu bringen, dass sie dich vergöttern, und andere – wie meinen Sohn Cerdric –, dass sie dich ablehnen oder gar auf dich herabsehen. Du wolltest, dass Cerdric dich so sah, um deinem Selbstmitleid neue Nahrung zu geben, und er ging darauf ein, angespornt von seinem eigenen *kihar*.«

Sie wurde sehr ernst. »Das, *chiya*, ist der Grund, warum ich euch beide miteinander verheiratet habe. *Kihar*. Seines und, ohne dass du es wusstest, deines. Ich habe die Elhalyn-Gabe des Erkennens ... verschiedener Zukunftsmöglichkeiten. Sie funktioniert selten zuverlässig bei denen, die mir nahe stehen. Aber einmal – einmal habe ich Cerdric *gesehen*. Und ich erkannte nur zwei Möglichkeiten. Entweder heiratete er ein dickes Mädchen mit dunkelrotem Haar, oder er – oder er wurde zu einem menschlichen *Ungeheuer*. Denn ich sah ihn zuerst bei den *cristoforos*, und dann verließ er sie und wurde ein anderer, kalt und grausam und stolz ... und er verbreitete um sich Unglück, *Schrecken* ...«

Sie brach ab. »Lassen wir das. Jedenfalls wusste ich immer, aus Cerdric würde kein wahrer *Cristoforo*-Mönch werden. Es ist gegen seine Natur – er ist zu stolz. Ich kann nur das Wort *kihar* wiederholen. Das ist schon etwas Seltsames. Sowohl gut als auch schlecht, und jeder Mann und jede Frau hat es, denn es ist unser unveräußerlicher Sinn für Würde. Man *muss kihar* haben. Doch wenn *kihar* nicht durch Bescheidenheit und Mitgefühl für andere ausgeglichen wird, kann es die größte Geißel sein. Es wird zur selbstzerstörerischen Kraft. Es frisst einen Menschen bei lebendigem Leibe auf ...

Nur wusste ich irgendwie, du würdest ihn davor retten, bei lebendigem Leibe aufgefressen zu werden, sich in dieses Scheusal zu verwandeln.«

»Und habe ich ...?«, fragte ich unsicher.

»Die Zeit wird es lehren«, antwortete Mirhana.

»Ich habe mich auch bei ihm entschuldigt«, sagte ich, »aber er hasst mich immer noch ...«

»O nein, Tochter. Wie du, hasst er nur sich selbst.«

Und irgendwie glaubte ich ihr. Es war jedoch viel später, dass Cerdric es mir selbst sagte.

»Deine Stimme ...« Er sah mich mit seinen grauen Augen an, in denen ein Versprechen lag. »Sie hat etwas erweckt. Du hast mich dazu gebracht, andere und mich selbst und alle Dinge richtig zu *sehen*. Auch«, setzte er hinzu, »dich.«

»Und es wird dir davon nicht übel, mein Gatte?«, fragte ich so scherzend und bedeutungsvoll, dass er in Lachen ausbrach.

»O nein, Calva. *Vai Domna*. Wie wäre das möglich, nachdem ich dich *gesehen* habe?«

»Ich weiß es nicht, aber das kann bei meinem Anblick durchaus passieren!«, fuhr ich auf die gleiche scherzende Art fort.

»Hört auf damit!«, sagte er plötzlich scharf, und ich erkannte den Schmerz in seinen Augen. »Sagt so etwas niemals wieder über Euch, Domna, niemals! Nicht einmal im Spaß ...«

»Kümmert es dich?«, flammte ich auf.

»Ja«, rief er, »ja, es kümmert mich!«

Der Schmerz in seinen Augen überzeugte mich. Zum ersten Mal glaubte ich ihm oder sonst jemandem in dieser Angelegenheit.

Das muss der Augenblick gewesen sein, als mein eigenes *kihar* brach und von neuem geschmiedet wurde.

Über Elisabeth Waters und »Spielgefährte«

Elisabeth Waters, besser bekannt als Lisa, tauchte im Darkover-Fandom zuerst als Autorin von »Der Preis des Bewahrers« auf, einer Kurzgeschichte, die den Titel für die erste Darkover-Anthologie lieferte. Wie von Diana Paxson kann man auch von ihr sagen, dass sie eine legitime Bewohnerin Darkovers ist. Sie hat mehrere Geschichten (sie werden vielleicht eines Tages als Roman erscheinen) über Hilary Castamir geschrieben, die immer noch Nebenperson ist. Hilary wird kurz im VERBOTENEN TURM und in THENDARA-HAUS erwähnt. Ich habe Hilary immer gern gehabt – auch ich habe ein paar Geschichten über sie geschrieben, vor allem »The Lesson of the Inn« – und habe nun mit Vergnügen eines ihrer frühen Abenteuer gelesen.

Lisa ist von Beruf Computer-Programmiererin. Geschichten von ihr sind in DER PREIS DES BEWAHRERS, SCHWERT DES CHAOS, GREYHAVEN, SWORD AND SORCERESS III und FREIE AMAZONEN VON DARKOVER sowie in Andre Nortons Anthologie MAGIC IN ITHKAR enthalten. Sie wohnt in Grennwalls, hat mehrere Jahre damit verbracht, Ordnung aus dem Chaos des Darkover/MZB-Unternehmens zu schaffen, und denkt daran, ihre Arbeit als Programmiererin aufzugeben, um sich ganz dem Schreiben zu widmen. Ihren ersten Roman hat sie fast fertig. Er ist auf der Person aufgebaut, die sie in ihrer Geschichte »A Woman's Privilege« in SWORD AND SORCERESS III (DAW 1986) einführte. Ich habe ihn gelesen und bin überzeugt. Sie werden dieses Vorrecht bald mit mir teilen. Er ist gut.

MZB

Spielgefährte

von Elisabeth Waters

Bei der Arbeit in einem Turm, dachte Damon Ridenow re-signiert, *ist es ein Problem, dass man manches unmöglich geheimhalten kann, und unser ortsansässiger »Geist« fällt entschieden in diese Kategorie.*

Glücklicherweise hatte der Kreis seine nächtliche Arbeit beendet, bevor die zehnjährige Hilary Castamir, die neueste Technikerin, ihren Wunsch nach Trockenobst aussprach. Nicht etwa, dass das im Geringsten unvernünftig gewesen wäre. Es war üblich, nach der aufreibenden Matrix-Arbeit etwas Süßes zu essen. Aber es war ungewöhnlich, dass ein Riegel gepressten Trockenobsts plötzlich unter den Augen von sechs verblüfften *leroni* auf dem Tisch materialisierte. Und Hilary hatte ihn offensichtlich nicht herbeiteleportiert. Sie war so müde, dass sie kaum noch im Stande war, »Danke« zu murmeln, den Riegel zu nehmen und darauf herumzukauen.

Damon, der als Überwacher für den Kreis gearbeitet hatte, trat schnell an den Schrank, um für die übrigen Mitglieder Trockenobst-Riegel zu holen. Den ersten gab er Leonie, der Bewahrerin des Arilinn-Turms, wie immer sorgsam darauf achtend, sie nicht zu berühren. Es bestürzte ihn, zu sehen, dass ihre Hand zitterte.

Sie dürfte nicht dermaßen erschöpft sein, dachte er und benutzte sein *laran,* um ihren Zustand genauer zu untersuchen. Als Überwacher war er für das körperliche Wohlbefinden der Menschen im Kreis verantwortlich. Ihr Herz klopfte schneller als normal, sie atmete hastiger, als sie es hätte tun sollen, und sie beobachtete Hilary, die unschuldig dasaß und auf ihrem

Trockenobst-Riegel kaute, mit echter Furcht. *Sie hat Angst*, erkannte Damon entsetzt. *Leonie hat Angst vor dem Geist – oder was es sein mag.*

Aber Leonie war eine stolze, starke, selbstbeherrschte Frau. Sie entließ die Mitglieder des Kreises mit ruhiger Stimme in ihre Betten, und nur Damon erriet, welche Anstrengung es sie kostete.

Damon ging tief beunruhigt zu Bett. Er liebte Leonie trotz seiner Versuche, sich einzureden, er hege keine anderen Gefühle für sie als die Achtung, die der Lady von Arilinn zustand. Leonie bedeutete für ihn Arilinn; er konnte sich einen Turm ohne sie nicht vorstellen. Das Einzige, was er sich wünschte, war, sie gesund und glücklich zu sehen. *Und wenn das bedeutet, dass wir den Geist loswerden müssen,* dachte er, *wird es geschehen.*

Damon erwachte am späten Nachmittag, verwirrt von den flüchtigen Bruchstücken eines Traumes, in dem er aus dem Nevarsin-Kloster weggelaufen war – nur mit einem leichten Kittel bekleidet und barfuß im Schnee, so etwas Dummes! Der Traum war erschreckend realistisch gewesen, aber sein Bewusstsein tat ihn auf der Stelle als Unsinn ab. Nevarsin hatte er nie gesehen, seine Familie war nicht *cristoforo*. Er war zu Hause unterrichtet worden, bis es Zeit für ihn war, seinen Dienst als Kadett und dann als Offizier in der Comyn-Garde abzuleisten. Man hätte ihn keinen besonders guten Soldaten nennen können, aber er hatte sein Bestes getan, um die von einem Comyn-Sohn verlangte Rolle auszufüllen. Doch hatte es eine große Erleichterung für ihn bedeutet, als sich bei ihm im Alter von siebzehn herausstellte, dass er genug *laran* besaß, um in den Arilinn-Turm einzutreten. Die hier verlebten Jahre waren glücklich gewesen; seine Mit-*Leroni* waren alles, was er an Freunden und Familie brauchte, und er war ein erstklassiger Matrix-Techniker.

Er zog sich an und ging in den Wintergarten, um zu genießen, was noch von der Nachmittagssonne übrig war. Beim Näherkommen hörte er eine Mädchenstimme leise ein altes Volkslied singen, und als er eintrat, sah er Hilary mitten auf dem Fußboden sitzen und mit sich selbst Jackstones spielen. Jedenfalls hoffte er das – es war sonst niemand im Raum, so dass die beiden ungleichen Häufchen von Steinen beide ihr gehören mussten.

»Hallo, Hilary.« Er lächelte ihr zu. »Hättest du gern noch einen Mitspieler?«

»Ja, bitte.« Hilary sah zu ihm auf. »Aber ich hoffe, du bist wenigstens ein bisschen außer Übung. Gregori schlägt mich schon den ganzen Nachmittag.«

»Gregori?« Damon setzte sich auf den Fußboden neben sie. Seltsam, beide Häufchen waren zu einem zusammengeschoben worden, obwohl Hilary sie, soviel er hatte sehen können, nicht berührt hatte.

»Kennst du Gregori nicht?«, fragte Hilary verwirrt. »Er ist hier, seit ich nach Arilinn gekommen bin.«

»Wer ist Gregori?«, wollte Damon wissen.

»Nun« – Hilary suchte nach Worten – »er ist einfach Gregori.« Sie dachte einen Augenblick nach, dann setzte sie hinzu: »Er findet Sachen, wenn die Leute sie verlieren.«

»Und liefert auf Verlangen Trockenobstriegel?«

»Auf eine Bitte hin«, korrigierte Hilary ihn pedantisch. »Es ist unhöflich, etwas zu verlangen.«

»Da hast du Recht«, gab Damon zu. *Das ist ein verrücktes Gespräch.* »Woher ist er gekommen?«

»Das weiß ich nicht«, antwortete Hilary. »Er ist länger hier als ich.« Sie nahm die Steine auf, warf sie geschickt von der Handfläche auf den Handrücken und begann zu spielen.

Sie spielten schweigend, solange Hilary und dann Damon an der Reihe war, doch als er ihr den Ball zurückgeben wollte, sagte sie: »Nein, Gregori ist dran«, und streckte die Hand mit dem Ball aus. Zu Damons Verwunderung nahm *etwas* den Ball aus ihren Fingern, warf die Steine und ließ den Ball springen.

Hilary hat Recht, dachte Damon beim Zusehen benommen und versuchte zu glauben, was er sah. *Was das auch sein mag, es ist ein großartiger Jackstone-Spieler.*

»Wenn du wissen möchtest, woher Gregori gekommen ist«, sagte Hilary, zu dem Thema zurückkehrend, »warum fragst du ihn dann nicht?«

Warum auch nicht?, dachte Damon. Laut sagte er: »Gregori, woher bist du gekommen?« Er lauschte und kam sich dabei vor wie ein Idiot, aber er hörte nichts als das Springen des Balles. Fragend sah er Hilary an.

»Kannst du ihn nicht hören?«, wunderte sie sich. Damon schüttelte den Kopf. »Oh«, sie runzelte die Stirn, »das ist merkwürdig. Ich möchte doch wissen, warum nicht. Jedenfalls sagt er ›aus Nevarsin‹.«

Zum Glück für die Reste von Damons Seelenfrieden wurden sie unterbrochen, bevor er Schlussfolgerungen aus der Kombination von Gregoris Herkunft mit seinem Traum ziehen konnte. Floria, die dritte Technikerin des Kreises, kam herein und sagte: »Damon, Leonie möchte uns sprechen.«

Wie sich herausstellte, wollte Leonie über Hilary diskutieren. »Sie hat in der kurzen Zeit, die sie bei uns ist, große Fortschritte gemacht, und ich glaube, dass wir sie zur Bewahrerin ausbilden können.«

Damon schluckte einen instinktiven Protest hinunter. Eine Bewahrerin zu sein, war, wie sie alle wussten, ein hartes Leben, und Hilary war noch ein Kind. Natürlich, sicher war auch Leonie einmal ein Kind gewesen, so schwer man sich das heute vorstellen konnte.

Floria erhob Einspruch. »Es ist einfach zu früh, das zu entscheiden, und du kannst erst dann im Ernst mit ihrem Training anfangen, wenn ihr weiblicher Zyklus eingesetzt und sich normalisiert hat.«

»So war es immer der Brauch«, erwiderte Leonie, »aber heutzutage haben wir einen verzweifelt dringenden Bedarf an Bewahrerinnen, und du weißt selbst, Floria, wie viele Mädchen während der Ausbildung versagen.« Damon wusste es auch; er hatte in der Zeit, die er in Arilinn war, fünf Fälle miterlebt. »Sicher sind der Ausbildung, die ich ihr zukommen lassen kann, Grenzen gesetzt, solange sie noch ein Kind ist. Andererseits meine ich, es sei der Mühe wert, sofort zu beginnen. Zumindest gibt ihr das Zeit, sich an den Gedanken, Bewahrerin zu sein, zu gewöhnen. Vielleicht wird es den Unterschied ausmachen, der einen Erfolg garantiert.«

»Möglich.« Florias Stimme klang nachdenklich. »Und vielleicht wird sie schneller reif, als wir erwarten. In letzter Zeit ruft sie doch Poltergeist-Aktivitäten hervor – erinnert ihr euch an den Trockenobst-Riegel von heute Morgen?«

Leonie runzelte die Stirn. »Ich halte Poltergeist-Aktivitäten nicht für das Charakteristikum einer zukünftigen Bewahrerin – und ich glaube nicht, dass sie den Trockenobst-Riegel hat erscheinen lassen, abgesehen davon, dass sie darum gebeten hat.«

»Was sonst könnte es denn sein?«, fragte Floria.

»Ich weiß es nicht«, erwiderte Leonie, »und es macht mir Sorgen. Ich möchte nicht, dass in diesem Turm etwas geschieht, das ich nicht verstehe. Bei der Arbeit, die wir tun, ist das zu gefährlich.«

»Ob uns das nun weiterhilft oder nicht«, steuerte Damon eine Information bei, »sie sagt, es sei jemand namens Gregori. Er sei hier schon länger als sie und aus Nevarsin gekommen.«

Beide Frauen sahen ihn ungläubig an. »Nevarsin?«, fragte

Floria. »In Nevarsin werden keine Telepathen ausgebildet. Außerdem, wenn dieser Gregori eine Person ist, wo ist er? Offenbar befindet er sich nicht auf der körperlichen Ebene, und ich erinnere mich nicht, in der Überwelt irgendeinen Fremden gesehen zu haben.«

Leonie dachte praktischer. »Wenn sie mit ihm kommunizieren kann, ist es von Vorteil für uns. Damon, ich möchte, dass du mit ihr arbeitest. Finde heraus, was dieser ›Gregori‹ ist, und werde ihn los. Wir brauchen Hilary so dringend als Bewahrerin, dass wir sie nicht mit einem«, sie hielt unsicher inne, »was das auch sein mag, herumspielen lassen können. Nach der Arbeit von heute Nacht werde ich dich ebenso wie Hilary aus dem Kreis beurlauben, so dass du deine Zeit und Energie für diese Sache verwenden kannst. Aber bitte, erledige das so schnell wie möglich. Ihr werdet beide im Kreis gebraucht.«

Erst am nächsten Morgen machte Damon sich wieder Gedanken um Gregori. Denn die Arbeit des Matrix-Kreises ließ keinen Raum, an irgendetwas anderes zu denken. Diesmal war Hilary Überwacherin, so dass Gregori keinen Grund hatte, Dinge quer durch den Raum zu ihr zu teleportieren. Damon war ganz sicher, dass er als Einziger von seinem Platz aus hatte sehen können, wie das Tablett mit Trockenobst ihr auf halbem Weg entgegenkam, als sie danach fassen wollte.

»Hilary?« Er öffnete den Mund, um ihr von ihrer gemeinsamen Aufgabe zu erzählen, machte eine Pause, um einen Bissen seines Anteils an Trockenobst zu kauen, und kam plötzlich zu dem Schluss, er werde sich erst dann mit Hilary und Gregori befassen, wenn er etwas geschlafen hatte. »Leonie hat uns von dem morgigen Kreis beurlaubt. Sie möchte, dass wir stattdessen eine bestimmte Forschungsarbeit tun. Willst du mich bitte Mitte des Nachmittags wecken, wenn ich bis dahin noch nicht auf bin?«

»Sicher, Damon.« Hilary nickte schläfrig. »Bis dann.«

Damon schleppte sich ins Bett, ließ sich hineinfallen und hatte prompt einen Alptraum.

Er war ein kleiner Junge, trug eine grobe hausgewebte Jacke und saß auf einem Bett in einer Art Schlafsaal. Rings um ihn waren Jungen, einige jünger als er, andere, denen allmählich Haar im Gesicht wuchs, ein Jahr oder so älter. Drei der größten standen vor ihm.

»Du hältst dich für so klug, Bastard – nun, das bist du nicht, du bist gar nichts! Der Sohn einer Frau, die so dumm ist, dass sie nicht einmal weiß, wer ihr Kind gezeugt hat ...«

»Wenn sie ausgesehen hat wie er, war sie zu hässlich, als dass irgendwer, der mit ihr geschlafen hat, ihr seinen Namen genannt hätte! Seht euch das Haar an – er sieht aus, wie aus Zandrus zehnter Hölle hervorgekrochen!«

»Oder vielleicht unter einem Stein hervor«, kicherte der dritte.

Damon saß da und verhielt sich still. Ein Teil von ihm wusste, wenn er sie ignorierte, würden sie es nach einer Weile satt bekommen und ihn in Frieden lassen. Aber plötzlich maß ihn der größte Junge mit anderen Blicken. Das Spiel änderte die Regeln.

»Natürlich, wenn er ein Mädchen wäre, könnte er ganz passabel sein, auf eine zarte Weise.«

Seine Anhänger verstanden ihn offenbar nicht, aber sie versuchten, ihn zu unterstützen. »Ich weiß nicht«, meinte der eine von ihnen, »er sieht einem Eiszapfen ähnlicher als sonst etwas.«

»Eiszapfen können schmelzen«, gab der erste Junge zurück, »wenn sie heiß genug werden.« Er streckte die Hand nach Damon aus.

Damon spürte, dass etwas durch seinen Körper strömte, etwas wie Energie. Er war sich nicht sicher, was das war. *Laran* war es eigentlich nicht, und es war nicht die Schwellenkrankheit, obwohl es diesem Gefühl ähnelte. Sein Körper stellte sich auf die Füße, und er hörte seine Stimme sagen: »Wenn du Hitze willst ...«

Die Jacke des ihm gegenüberstehenden Jungen ging in Flammen auf. Damon war sich eines starken Gefühls der Befriedigung bewusst. Es war richtig, dass der Schlägertyp schreiend im Saal herumlief, während die Flammen sein Fleisch versengten. Das hatte er doch gewollt, oder nicht? Er war heiß gewesen und hatte nach einem antwortenden Feuer in Damon gesucht, oder nicht?

Die anderen Jungen schrien auch, und der Novizenmeister stürzte herein und rollte den Jungen in eine Decke, um die Flammen zu ersticken. Als sie ausgingen, wich die Kraft, die Damon aufrecht gehalten hatte, von ihm, und er setzte sich abrupt auf sein Bett nieder.

Der Prior kam, alarmiert von all dem Lärm. Ein Dutzend Jungen beeilte sich, ihm zu berichten, alles sei »Gregoris Schuld. Bevin hat nur mit ihm geredet, ehrlich, und er hat ihn in Brand gesteckt, er ist ein Teufel ...«

Der Prior schüttelte sie wortlos ab und schritt zu dem Bett hinüber, wo Damon immer noch saß, völlig verwirrt. Dann war er Gregori?

Der Prior fasste ihn bei der Schulter, und seine knochigen Hände verursachten Schmerz auf unverheilten Blutergüssen, die Damon bisher nicht bemerkt hatte. Immer noch schweigend, wenn auch sein Gesicht seinen Abscheu deutlich verkündete, zerrte der Prior Damon/Gregori ans Eingangstor des Klosters und stieß ihn hinaus. »Geh zu deinem Vater in der Hölle, Junge. Es steht fest, dass du nicht unter jene gehörst, die dem heiligen Lastenträger folgen.« Er schlug das Tor zu.

Damon raffte sich auf und stolperte die Straße hinunter, die von der Spätnachmittagssonne gewärmt wurde. *Wenigstens,* dachte er, *brauche ich mir keine Sorgen um die Richtung zu machen. Von Nevarsin führen alle Wege nach Süden.*

Und eine andere Stimme in seinem Inneren sagte: *Ich will nicht in die Hölle gehen, ich gehe nach Arilinn.* Also schlug Damon – oder Gregori – die Richtung nach Arilinn ein.

Er ging, setzte einen Fuß vor den anderen. Bald hatte er Nevarsin hinter sich gelassen und wanderte allein die Straße entlang. Es wurde Abend. Da hörte er einen Trupp Reiter hinter sich. Er versteckte sich hinter einem Baum, damit sie ihn nicht sehen konnten. Niemand sollte ihn sehen, sie würden nur böse zu ihm sein, jeder war böse zu ihm ...

Jetzt wurde es schnell dunkel, aber Damon meinte zu sehen, dass die Reiter Frauen waren. Alle trugen sie scharlachrote Jacken wie eine Art Uniform. Sie ritten zu schnell vorbei, als dass er hatte sicher sein können. Sobald sie außer Sicht waren, kehrte er auf die Straße zurück und wanderte weiter nach Süden. Es war kalt, aber drei der Monde standen am Himmel, so dass es hell genug zum Gehen war.

Er ging schnell, um der Kälte nicht zu erliegen; er ging, bis er so müde war, dass die Kälte ihn nicht mehr störte; er ging, bis er vor Müdigkeit umfiel. Er kroch in eine Senke neben der Straße und schlief ein. Ein kleiner Teil seines Verstandes sagte ihm, er dürfe nicht im Schnee schlafen, aber er war zu müde, um sich etwas daraus zu machen.

Als er erwachte, war die Welt grau und neblig. Er konnte kaum etwas anderes sehen als die Straße. Aber die machte er ganz deutlich aus, und er fühlte sich viel besser. Sein Körper schmerzte nicht und fror nicht und hielt ihn auf seiner Reise kein bisschen auf. Er ging weiter die Straße hinunter und weiter und weiter ...

Die Straße schien sich in alle Ewigkeit fortzusetzen, und er wusste schon gar nicht mehr, wie lange er ihr folgte. Aber schließlich sah er ihn – den Arilinn-Turm, schimmernd in der Sonne, den schönsten Anblick auf der ganzen Welt.

Und Hilary rief ihn. »Damon? Damon, wach auf! Damon, du hast mir gesagt, ich solle dich zur Mitte des Nachmittags aufwecken.«

Mühsam öffnete er die verklebten Augenlider und blickte zu ihr hoch. Die Landschaft vor seinem Fenster lag im Schatten, was bedeutete, dass die Sonne zur anderen Seite des Turms weitergerückt war. *Es muss ziemlich später Nachmittag sein,* dachte er, verzweifelt bemüht, sich zu orientieren.

»Hilary?« Sie sah ihn offensichtlich besorgt an. »Geh in die Küche hinunter und hole mir etwas *jaco,* willst du?« Sie nickte schnell und ging. Damon zog sich aus dem Bett und schaffte es, ein paar Sachen überzuziehen, bevor Hilary zurückkehrte, ein Tablett mit einem dampfenden Krug und einem Becher tragend. Damon nahm es dankbar entgegen, ließ sich damit in einen Sessel sinken und winkte ihr, sich in einen zweiten zu setzen.

Sie rollte sich wie ein Kätzchen zusammen und wickelte ihre Röcke um die Füße. »Was ist los, Damon? Was möchte Leonie, das wir tun sollen?«

»Sie ist beunruhigt wegen Gregori, Hilary. Da du noch neu im Turm bist, hast du es vielleicht nicht gemerkt, aber es ist in einem Turm nicht Brauch, einen Poltergeist zu beherbergen.«

Hilary legte für einen Augenblick den Kopf ein bisschen auf die Seite, offensichtlich lauschend. »Er sagt, er wird nicht nach Nevarsin zurückgehen. Dort mag man ihn nicht leiden.« Sie runzelte die Stirn und stellte ihre eigene Frage. »Warum mag Leonie ihn nicht leiden?«

»Man kann nicht sagen, dass Leonie ihn nicht leiden mag. Sie macht sich nur Sorgen, dass er deine Ausbildung stört. Sie möchte dich zur Bewahrerin ausbilden.«

Hilarys Augen öffneten sich weit. »Mich? Ich soll Bewahrerin werden?« Ihre Stimme klang ehrfürchtig, als böte man ihr an, sie zur Königin in Thendara zu machen. Nun, Bewahrerin von Arilinn war ein ebenso hoher Rang.

»Und um ihn macht sie sich auch Sorgen«, fuhr Damon fort, dem plötzlich etwas einfiel. »Hilary, frag ihn, wer die Frauen auf der Straße waren, die mit den roten Jacken.«

Hilary hörte mit leerem Gesichtsausdruck zu. »Was ist die Schwesternschaft vom Schwert?« Sie schüttelte den Kopf. »Nein, ich weiß es nicht; ich habe nie von ihnen gehört.« Sie lauschte mehrere Minuten, dann wandte sie sich Damon zu. »Anscheinend sind sie so etwas wie die Entsagenden.«

»Hilary«, sagte Damon freundlich, »die Schwesternschaft vom Schwert existiert seit über zweihundert Jahren nicht mehr.«

»Aber Gregori ist noch nicht so alt!«, protestierte Hilary.

»Gregori ist tot«, stellte Damon sanft fest. »Er ist in der ersten Nacht auf der Straße von Nevarsin gestorben. Erinnerst du dich, Gregori? Du legtest dich in die Senke neben der Straße und schliefst ein, und als du aufwachtest, warst du tot. Aber du warst so entschlossen, nach Arilinn zu gelangen, dass du es nicht merktest. Dir fehlte es an Erfahrung, um zu erkennen, dass du deinen Körper hinter dir gelassen hast und ohne ihn weitergegangen bist.«

»Ist das der Grund, warum niemand ihn sehen kann?«, fragte Hilary und setzte hinzu: »Gregori möchte es wissen.«

»Wenn du für mich überwachen willst, Hilary, werde ich aus meinem Körper hinausgehen, mit ihm zusammentreffen und ihn dahin führen, wohin er jetzt gehört.«

»Ist das ein schlimmer Ort?«, fragte sie ängstlich.

»Nein«, versicherte Damon ihr. »Ganz und gar nicht.«

»Darf ich mitkommen?«, bat Hilary.

Damon schüttelte den Kopf. »Ich brauche dich, damit du mich überwachst. Leonie würde sehr ärgerlich auf uns beide werden, wenn ich ohne einen Überwacher hinausginge. Und der Ort, an den Gregori geht, ist für die Lebenden zu gefährlich; du hast noch nicht genug gelernt, um sicher zurückzukehren.«

»Wenn ich Bewahrerin bin, werde ich es können.« Es war eine Feststellung, keine Frage.

»Ja, dann. Aber jetzt noch nicht.«

»Gut.« Hilary stand auf und zog ihren Sessel zum Bett hinüber, während Damon sich hinlegte und seinen Körper in eine solche Haltung brachte, dass er während seiner Abwesenheit weiterfunktionieren würde. Als er hinausglitt, hörte er Hilary denken: *Aber Gregori wird mir fehlen.*

Er sah Gregori beinahe sofort, einen kleinen zarten Jungen mit weißem Haar, gekleidet in eine feinere Version des rauen Kittels, den er in Nevarsin angehabt hatte.

»Du sagst, ich sei seit mehr als zwei Jahrhunderten tot«, sagte Gregori. »Warum muss ich jetzt weggehen? Ich will Hilary nicht verlassen; ich werde ihr fehlen.«

»Ja, du wirst ihr fehlen«, stimmte Damon bereitwillig zu.

»Mir auch, und sogar Leonie wirst du fehlen. Das ist auch richtig so; niemand sollte unbemerkt und unbetrauert sterben. Doch dein Werk hier ist getan, und dein Platz ist jetzt anderswo.« Er wies auf ein fernes Glühen. »Wir gehen dahin.« Langsam setzte er sich auf das Licht zu in Bewegung, und nach kurzer Pause folgte Gregori ihm.

Sie wanderten oder schwebten eine Weile, dann fragte Gregori: »Willst du an meiner Stelle für Hilary sorgen?«

»Hilary wird bald erwachsen sein, Gregori. Sie kann für sich selbst sorgen. Aber ganz bestimmt werde ich ihr Freund sein.«

»Wird es ihr noch erlaubt sein, Freunde zu haben, wenn sie Bewahrerin ist?«

»Wenn sie es sich selbst erlaubt, ja.« Damon dachte an Leonie, die offenbar glaubte, sie dürfe keinen haben.

»Ich hoffe, das wird sie tun«, sagte Gregori. »Sie ist nett. Ich mochte sie gern.« Anscheinend merkte er nicht, dass er die Vergangenheitsform benutzte. »Es wird wärmer«, setzte er überrascht hinzu. »Ich habe so lange Zeit gefroren.« Er sah sich um. »Es ist so schön – hörst du das Singen?«

Damon hörte es, ganz schwach, und da wusste er, dass es für ihn Zeit zum Umkehren war. Schon breitete sich in ihm das Gefühl aus, er könne hier für immer bleiben, sich von Wärme und Licht durchtränken lassen, dem Singen zuhören, bis er genug gelernt hatte, um einzustimmen ... Er gab sich einen Ruck. »Kannst du den Weg von hier aus allein finden, Gregori?«

»O ja«, antwortete Gregori geistesabwesend. »Liebe Grüße an Hilary. Lebewohl, Damon.«

»Lebewohl, Gregori.«

Gregori ging an ihm vorbei und weiter auf das Licht zu. Damon musste sich beherrschen, um ihm nicht zu folgen. Er schüttelte heftig den Kopf.

Er war wieder in seinem eigenen Körper, und sein Kopf schmerzte so furchtbar, als werde er gespalten. Ihm war, als sei er den ganzen Rückweg gefallen.

Hilary beugte sich über ihn. »Du siehst schrecklich aus.« Sie sprach im Flüsterton, und Damon war sehr froh, dass sie so viel Rücksicht auf seine Kopfschmerzen nahm.

»Es ist schwer, von dort zurückzukehren.« Auch er sprach leise. »Gregori sendet dir liebe Grüße. Er hat herausgefunden, wohin er gehört, und ist glücklich.«

»Das freut mich«, sagte Hilary. »Aber er wird mir fehlen.« Ihre grauen Augen füllten sich mit Tränen. »Jetzt habe ich niemanden mehr, mit dem ich spielen kann.«

»Er soll dir auch fehlen«, pflichtete Damon ihr bei. »Niemand sollte sterben, ohne dass er jemandem fehlt ... Er hatte gar nicht gemerkt, dass er tot war. Kein Wunder.«

»Glaubst du, er wird Leonie fehlen?«

»Davon bin ich überzeugt«, versicherte Damon dem Mädchen. *Warum soll ich erwähnen, dass sie glücklich darüber sein wird?*

»Und mir wird er auch fehlen.« Überrascht stellte Damon fest, dass es die Wahrheit war.

Über Penny Buchanan
und »Getrennte Wege«

Meine alljährlich versandten Richtlinien für die jeweils neue Anthologie nennen immer ein paar Themen, die ich nicht haben möchte. Für dieses Buch regte ich ein Stillhalteabkommen bei Geschichten über Freie Amazonen an, vor allem, weil wir gerade erst eine den Freien Amazonen gewidmete Anthologie herausgegeben hatten und ich fürchtete, unsere männlichen Leser könnten sich vernachlässigt fühlen. Freie Amazonen, sagte ich, seien okay als handelnde Personen, aber Geschichten, die sich speziell mit den Problemen des Lebens als Freie Amazone befassen, seien weniger erwünscht.

Doch als Penny Buchanan in meinem jährlichen Intensiv-Kurs für das Schreiben von Kurzgeschichten erschien, war es mir ein Vergnügen, ihr mitzuteilen, die von ihr eingesandte Story sei ausgewählt worden.

Geschichten über Freie Amazonen gehen immer noch mehr ein als über sämtliche andere Themen zusammengenommen, und nicht alle sind von Frauen geschrieben. Daraus schließe ich, dass sie bei allen Lesern beliebt sind, nicht nur bei den weiblichen. Die folgende Erzählung fesselte mich als interessantes Abenteuer, da darin zwei Lieblingspersonen, nämlich Camilla und Rafaella, vorkommen.

Penny Buchanan gab mir, nach biographischen Einzelheiten gefragt, eine Liste mit Jobs der Art, wie sie normalerweise nur für eine Freie Amazone passend sind. Sie hat unter anderem als Schweißerin gearbeitet. Auch erzählte sie mir Geschichten von einer parapsychisch begabten Katze. Es ist nicht zu glauben, aber das Blatt Papier, auf dem ich diese Information festhielt, ist in dem Schwarzen Loch auf dem Schreibtisch verschwunden – oder hat Pennys parapsychisch begabte Katze es in unsere hiesige Zeitverwerfung teleportiert? Was damit auch geschehen sein mag, ich bin überzeugt, Sie werden an diesem Abenteuer ebenso viel Freude haben wie ich.

MZB

Ich glaube, die Zeitverwerfung hatte es; ich fand es nämlich auf dem Schreibtisch, an dem sie gearbeitet hatte, genau in der Mitte – wenn auch mit dem Gesicht nach unten. Abgesehen von ihrer Tätigkeit als Schweißerin war Penny beim Marine Corps, fuhr einen Lastwagen und besitzt den Grad eines Bachelor of Science in Archäologie.   (EW)

Getrennte Wege

von Penny Buchanan

Den Kopf auf die Seite gelegt, lauschte Reba. Von weiter unten auf dem Pfad kam das Klirren von Schwertern. Sie sah mit zusammengekniffenen Augen zu der sinkenden roten Sonne hin und seufzte. »Es ist verdammt zu spät am Tag, um die Heldin zu spielen.« Trotzdem fasste sie den Zügel ihres Pack-Chervines fester und trieb ihr Pferd zu einem schnellen Trab an. Hinter einer Biegung erkannte sie einen Mann zu Fuß, der sich gegen zwei Angreifer verteidigte. Das kupferfarbene Haar des Angegriffenen leuchtete vor dem dunklen Granit in seinem Rücken. Die beiden anderen waren ein verkommenes Paar Räuber. Ihren Mantel zurückwerfend, zog Reba ihre Klinge und stellte einen der Räuber zum Kampf. Da plötzlich die Chancen ausgeglichen waren, verdrückte sich das Paar in den Wald, fluchend, aber heilfroh, die Haut noch in einem Stück zu haben.

Der einzelne Mann sank gegen den Felsen zurück und rang nach Atem. Reba musterte ihn. »Das ist eine scheußliche Schnittwunde an deinem Bein.« Ihren Satteltaschen entnahm sie einen kleinen Krug mit Salbe und eine Rolle Verbandszeug. Ihm die Sachen in den Schoß werfend, sagte sie: »Verbinde sie; ich werde sehen, ob ich dein Reittier finden kann.«

Nach kurzer Suche entdeckte sie das Pferd und führte es zurück. Dabei fielen ihr das feine Lederzeug und die Ornamente an Zaum und Sattel auf. *Rotkopf ist also ein reicher Mann. Zweifellos Comyn.*

»Da ist deine Stute, Rotkopf. Das Abenteuer hat ihr nichts geschadet. Doch ich will dir einen kostenlosen Rat geben: Das Reisen in dieser Gegend ist unproblematischer, wenn du deinen Reichtum nicht zur Schau stellst.« Reba wandte sich ab, ergriff ihren Zügel und wollte aufsteigen.

»Warte einen Augenblick!«, rief der Mann. »Wer bist du? Ich möchte doch wissen, wem ich für die rechtzeitige Hilfe zu danken habe.« Er sah eine junge Frau, groß, gut geformt, in abgenutzter lederner Reisekleidung, hohen Stiefeln und einem schweren, pelzbesetzten Mantel. Die zurückgeschlagene Kapuze enthüllte ein Gesicht, das auf seine kraftvolle Art gut aussah, fest um Mund und Kinn und mit der Andeutung eines schelmischen Lächelns, das die Mundwinkel hochzog. Dunkelgrüne Augen, jetzt allerdings ernst, erweckten den Eindruck, als könnten sie je nach Laune ihrer Eigentümerin aufflammen oder zwinkern. Dunkles lockiges Haar mit roten Glanzlichtern, schulterlang getragen, vervollständigte das Bild.

»Reba werde ich genannt, aber ich bin überzeugt, du wärest mit den beiden auch allein fertig geworden. Keiner von ihnen war besonders gut mit der Klinge. Ich wollte die Monotonie der Reise nur durch eine kleine körperliche Übung beleben. Du schuldest mir nichts, Rotkopf. Weiter unten ist eine Reiseunterkunft, und du machst dich am besten bald dahin auf den Weg. Ich rieche Schnee in der Luft, und er wird noch vor dem Dunkelwerden fallen. Kälte macht Wunden steif.«

Mühelos und geschmeidig stieg Reba wieder in den Sattel.

»Warte!«, rief der Mann noch einmal. Reba hob nur die Hand zum Gruß und ritt in gemächlichem Schritt den Pfad hinunter. Der Mann hinkte zu seinem Pferd und streichelte ihm die Nase. »Eine gesprächige Frau, was?« Das Pferd schnaubte nur und stieß ihn mit der Nase an.

Reba erreichte die Reiseunterkunft geraume Zeit vor dem Dunkelwerden. Sie führte ihre Tiere in den auf der Rückseite liegenden Stall. Es waren mehrere Leute vor ihr eingetroffen. Der Gedanke, andere Reisende vorzufinden, erweckte in ihr gemischte Gefühle. In einer einsamen Gegend aufgewachsen, mit nur ihrem Vater zur Gesellschaft, hatte sie sich in großen Gruppen von Menschen nie behaglich gefühlt. Abgesehen von ein paar Händlern, die Edelweiß zwei- oder dreimal im Jahr besuchten, war so gut wie jeder ein Fremder für sie. Sie hatte keine Erinnerung an ihre Mutter, und ihr Vater sprach selten von der Zeit vor ihrem Umzug in die Ausläufer der Hellers. Sie hatten vom Jagen und Fallenstellen und dem Erlös für Felle und Häute gelebt. Das bisschen, was sie anbauten, die Chervines und Wolle liefernden Tiere, die sie zogen, deckten den größten Teil ihres Bedarfs. Soweit sie sich zurückerinnern konnte, hatte Reba an der Seite ihres Vater gearbeitet – als Ersatz für einen Sohn, den er nie gehabt hatte. Ihr Vater hatte ihr beigebracht, was die meisten Frauen auf Darkover nicht lernen, die Geheimnisse des Waldes und den Schwertkampf. Er hatte darauf bestanden, dass sie fähig sein müsse, zu lesen, zu schreiben und zu rechnen.

Reba legte den Kopf an die Flanke ihres Pferdes und holte tief und zitterig Atem. Wie er ihr fehlte! Sein Tod vor einem halben Jahr hatte eine schmerzende Leere hinterlassen. Sie vermisste sein Lachen und seine Wärme, die ruhigen Abende, die sie miteinander verbracht hatten. Seine mit Sanftmut gepaarte Weisheit und Kraft hatten ihr mehr Geborgenheit gegeben, als ihr klar gewesen war. Jetzt versuchte sie auf eigene Faust, ihren kleinen Pelzhandel weiterzuführen, und immer stärker wurden die Zweifel, ob sie dem Unternehmen gewachsen sei. Reba hatte gesehen, wie die Stadtfrauen von Edelweiß lebten, und war sicher, dass sie ein solches Schicksal nicht hinnehmen würde. Sicher, es waren gute Frauen, aber von ihrem Männervolk beherrscht, und diese Möglichkeit konnte oder wollte Reba nicht akzeptieren.

Dies war die letzte Reise nach Edelweiß, bevor sich in den Hellers alles eingrub, bis die Winterstürme überstanden waren. Reba sagte sich, ein einsamer Winter werde ihr reichlich Zeit geben, zu entscheiden, welchem Kurs ihr Leben in Zukunft folgen solle. Im Augenblick war es genug, wenn sie diese erste selbständige Reise zu einem guten Ende führte. Sie hatte die Strecke viele Male mit ihrem Vater zurückgelegt und kannte sie gut genug, um den Weg auch unter den schwierigsten Bedingungen zu wagen. Doch als sie nun allein an diesem vertrauten Ort einkehrte, fühlte Reba sich einsamer als je zuvor in ihren achtzehn Jahren. Sie schüttelte sich. »Los, Mädchen, ein trauriges Gesicht füttert weder die Tiere noch bekommst du davon eine warme Mahlzeit in den Bauch.«

Sich ganz in die Aufgabe versenkend, ihre Tiere für die Nacht zu versorgen und ihre Ausrüstung für den Aufbruch morgen früh zu überprüfen, gelang es Reba, ihren Kummer von sich zu schieben. Als ihre Arbeit getan war, ging sie zu der Unterkunft zurück. Der Schnee rieselte sacht in großen, dicken Flocken nieder, und die Temperatur begann zu fallen. *Ob Rotkopf Verstand genug gehabt hat, sich vor dem Wetter in Sicherheit zu bringen?,* fragte sie sich, öffnete die Tür und trat ein, die Satteltaschen über die Schulter geschlungen.

Reba schloss die Tür hinter sich, blieb stehen und hielt in dem großen Raum Umschau. Die Unterkunft war aus ganzen behauenen Baumstämmen gebaut, und die großen granitenen Kamine an den Schmalseiten füllten den Raum mit Wärme und goldenem Schein. Zwei Männer wärmten sich und spaßten mit einem dritten, der an dem einen Ende des Raums ihr Abendessen zubereitete. Einer der Männer rief Reba zu: »Komm zu uns, Mädchen! Wir werden dich heute Nacht warm und sicher halten. Wieso läuft ein leckeres Ding wie du ohne männliche Begleitung herum?«

»Aye, aus dieser Notlage können wir dich retten«, setzte der zweite hinzu.

Reba warf den Mantel über die Schultern zurück und ließ

sie das Schwert und den Dolch an ihrem Gürtel sehen. »Danke für das Angebot, aber nein. Ich bin durchaus fähig, für meine Wärme und Sicherheit selbst zu sorgen.«

»Das ist eine große Klinge für ein so kleines Mädchen«, bemerkte der erste Sprecher.

»Nun, wenn du glaubst, du kannst es, warum versuchst du nicht, dem ›kleinen Mädchen‹ diese Last abzunehmen?« Ein verwegenes Grinsen huschte über Rebas Gesicht.

Einer der anderen redete seinem Kameraden zu: »Sei kein Esel. Wenn sie eine Klinge trägt, weiß sie sie wahrscheinlich auch zu führen. Außerdem bindet uns alle der Friede der Unterkunft. Möchtest du für nichts als eine Frau zum Gesetzlosen werden?« Die anderen brummten, kehrten sich aber wieder ihrem Feuer zu.

An dem gegenüberliegenden Kamin saßen zwei Frauen, die dem Wortwechsel aufmerksam gefolgt waren. Die ältere der beiden winkte und rief Reba zu: »Komm zu uns, Schwester, hier ist genug Platz für alle!« Die jüngere beschäftigte sich bereits wieder damit, die letzten Vorbereitungen zum Essen zu treffen. Reba hob eine Augenbraue. Sie sah, dass die Fremden von der Gilde der Entsagenden waren, und ging auf den Kamin und die beiden Frauen zu.

Die ältere Frau stand auf und musterte sie. »Schwester, deine Klinge geht über das hinaus, was uns nach der Charta zu tragen erlaubt ist.«

Reba blieb stehen und legte die Hand auf den Schwertgriff. »Ich möchte mich euch gern anschließen, aber nicht als Schwester«, sagte sie. »Ich gehöre der Gilde nicht an, und eure Charta verpflichtet mich nicht.«

»Komm«, forderte die jüngere Frau sie auf. »Alle Frauen sind Schwestern, ob sie der Gilde den Eid geschworen haben oder nicht. Setz dich und teile das Abendbrot mit uns.«

Die ältere Frau stellte vor: »Ich bin Camilla, und das ist Rafaella.« Camilla war groß und schlank bis an die Grenze der Hagerkeit. Sie hatte kurzes rötliches Haar, das schon fast grau war. Man sah ihr das Alter an, doch trotzdem sprach die Art, wie sie sich bewegte, von drahtiger Kraft und Behändigkeit. Rafaella war kleiner mit dunklen Haaren und Augen, schmächtigem Körperbau und lebhaftem Temperament. Sie reichte Reba eine Schüssel mit Eintopf.

»Nenne mich Rafi; Rafaella werde ich nur von der Gildenmutter genannt, wenn sie mich für eine imaginäre Missetat schilt.«

»An deinen Missetaten ist nichts Imaginäres, Rafi«, berichtigte Camilla, »auch wenn die Gildenmutter es sich wünschen mag. Würdest du dir nicht immer wieder Streiche einfallen lassen, käme dein voller Name ganz in Vergessenheit.«

»Ich bin Reba. Lasst mich zu dem Mahl etwas Brot, Käse und Trockenobst beisteuern, wenn wir es teilen werden.«

»Das ist eine willkommene Ergänzung, denn von Eintopf habe ich in letzter Zeit ein bisschen zu viel gesehen«, sagte Rafi.

Camilla zog sie auf: »Ich könnte morgen Bohnensuppe kochen, wenn dir das recht ist.«

Rafi lachte. »Schon gut, Camilla. Deine Talente konzentrieren sich auf das Schwert, nicht auf den Kochtopf!« Sie erzählte Reba: »Keine andere möchte ich bei einem Kampf lieber im Rücken haben, aber es ist wahrlich ein Akt des Wahnsinns, Camilla in einer Küche loszulassen.«

Reba entspannte sich. Der Eintopf hatte sie gewärmt und ihren Magen gefüllt. Das Feuer schmolz die Spannungen eines unterwegs verbrachten Tages. Sie beobachtete, wie ungezwungen kameradschaftlich die beiden Frauen miteinander umgingen, und sie empfand etwas Neid. Sie konnte sich der Frage nicht erwehren, ob sie selbst jemals ein solches Gefühl der Zugehörigkeit erleben werde.

Camilla erkundigte sich: »Darf ich fragen, wohin du so spät im Jahr unterwegs bist?«

»Ich bringe eine Ladung Häute und Pelze nach Edelweiß hinunter und möchte Wintervorräte einkaufen und nach Hause mitnehmen«, antwortete Reba.

»Das ist eine mühselige Reise, allein und zu dieser Jahreszeit«, meinte Camilla. »Letztlich ist davon gesprochen worden, dass Räuber auf der Straße ihr Unwesen treiben.«

»Aye«, stimmte Reba zu, »ich bin heute Nachmittag zweien begegnet, etwa eine Stunde weiter oben. Ich half einem, der das Unglück gehabt hatte, ihre Aufmerksamkeit zu erregen. Sie verließen uns, aber nicht glücklich.«

»Und der, dem du geholfen hast?«, fragte Camilla.

»Das war ein junger Comyn; er hatte nur eine leichte Wunde. Ich fing sein Pferd ein, gab ihm Salbe und Verbandszeug und ritt weiter.« Als Camilla die Brauen hob, setzte Reba hinzu: »Ich habe keine Verwendung für Comyn, besonders nicht für dumme.«

Rafi wechselte das Thema. »Hast du keine Verwandten, die dir bei dieser Reise helfen könnten?«

Reba antwortete erst nach einer Pause. »Nein, mein Vater ist vor einem halben Jahr gestorben. Ich stehe allein. Wir haben die Reise immer zusammen gemacht. In diesem Jahr bin ich später aufgebrochen, als es mir lieb gewesen wäre, aber da ich das Jagen, Fallenstellen und Einsalzen der Pelze alles selbst besorgen muss, dauerte es länger, die Lieferung zusammenzubekommen. Nur ich bin noch übrig, um das Geschäft am Leben zu erhalten.«

»Camilla und ich haben eine Karawane nach Caer Donn begleitet, und jetzt kehren wir für den Winter nach Thendara zurück. Wir sind vom dortigen Gildenhaus«, berichtete Rafi.

Plötzlich polterte es an der Tür. Alle drehten sich nach der Ursache um und sahen eine schneebedeckte Gestalt eintreten, stampfend und pustend wie ein Chervine in Hitze. Nach der Entfernung einiger Hüllen zeigte es sich, dass der Neuankömmling Rebas rothaariger Bekannter war. Reba am Ende des Raums erspähend, nahm er Kurs auf sie. »Hei! Reba! Warum bist du so schnell abgehauen, Mädchen?«

»Welchen Grund hätte ich gehabt zu bleiben?«, gab Reba zurück. »Ich hielt die dir geleistete Hilfe für ausreichend.« Ihr Ton war kühl.

Camilla und Rafi hörten interessiert zu. Der rothaarige Mann wandte sich an sie. »Entschuldigt meinen Mangel an Höflichkeit. Ich bin Donal von Serrais. Eure Gefährtin kam mir heute Nachmittag auf der Straße zu Hilfe, und dann ritt sie in einiger Hast davon.«

Reba unterbrach: »Ich gehöre nicht zur Gilde, meine Fehler sind meine eigenen. Was hätte ich noch für dich tun sollen, dass du mein Wegreiten so beklagst?«

Hitzig gab Donal zurück: »Wärest du nicht in solcher Eile gewesen, hätte ich mit deiner Hilfe wieder aufs Pferd steigen können und nicht den ganzen Weg zur Unterkunft hinkend zu Fuß machen müssen. Es war nicht recht, einen Verwundeten auf der Straße zurückzulassen.«

»Hör zu, Comyn-Herrchen, du hast dich entschlossen, ohne mich vorher um Erlaubnis zu fragen, mit einer so wertvollen Ausrüstung die Straße dahinzuziehen, als rittest du durch deine eigene Domäne. Wir schulden einander nichts.«

Donal erklärte: »Es gibt grundsätzliche Höflichkeiten, die ein Reisender dem anderen schuldig ist.«

Mit flammenden grünen Augen und starrem Gesicht gab Reba in spöttischem Ton zurück: »Du stehst ja nicht an der Schwelle des Todes, dass du hier hereingekreischt kommst wie ein Banshee, das man um sein Abendbrot gebracht hat. Was bildest du dir ein, wer du bist, Comyn, dass du Forderungen an mich stellen, die Schicklichkeit meiner Handlungen beurteilen und mir Befehle erteilen kannst, als sei ich eine Dienstmagd auf deiner Domäne? Ich gehe meinen eigenen Weg, und zwar allein.« Reba drehte ihm den Rücken zu, stolzierte zum Kamin zurück und wärmte sich am Feuer die Hände.

Donal kam ihr nach und legte ihr die Hand auf die Schulter. »Mädchen, ich kann Comyn-Blut in dir sehen und wüsste gern, wer deine Eltern sind.«

Mit weißem Gesicht fuhr Reba herum und schlug seine Hand zur Seite. »Behalte die Finger bei dir, Comyn! Was für Blut in meinen Adern fließt, ist meine Sache. Es genügt, dass ich keinen von deiner Sorte zu meinen Verwandten zähle!« Ihr harter Ton machte Donal sprachlos. Reba warf ihren Mantel um und marschierte hinaus.

Camilla sagte: »Donal, lasst mich diese Wunde ansehen. In vielen Jahren des Söldnerdiensts habe ich mir einige Geschicklichkeit in der Behandlung von Kampfwunden erworben.«

Behutsam wickelte sie den Verband von seinem Oberschenkel. »Ah, das habe ich mir gedacht – durch das Gehen ist die Wunde schlimmer geworden und weiter aufgerissen. Ein paar Stiche werden das in Ordnung bringen.«

Nachdem sie Donal versorgt hatte, zog Camilla ihren Mantel an. »Ich werde sehen, was für Reba getan werden kann. Ich glaube, da ist ein zorniges Kind in dem Körper einer erwachsenen Frau versteckt, das vielleicht Hilfe braucht, aber zu stolz ist, um darum zu bitten.« So sprechend, verließ Camilla die Unterkunft.

Sie schlug den Weg zum Stall ein, sah darin Licht brennen und trat leise ein. Sie fand Reba zusammengesunken auf einem Ballen Winterfutter hocken, die Ellenbogen auf den Knien und den Kopf gebeugt.

»Was macht dir Kummer, Kind?«, fragte Camilla freundlich. Erschrocken fuhr Reba in die Höhe. Ihre Wangen waren feucht. »Was ist geschehen, das dir einen Grund für diese Tränen gibt, *chiya?*«

Reba versteifte sich. »Ich bin kein kleines Mädchen, ich bin eine erwachsene Frau!«, gab sie zurück.

Seufzend ließ sich Camilla auf dem nächsten Ballen nieder. »Ein bisschen von einem Kind steckt in uns allen, Reba, ganz gleich, wie viele Jahre kommen und gehen. Warum regt Donal dich so auf? Ich kann die Comyn-Blutlinie ebenfalls in dir erkennen – liegt da dein Kummer? Bist du aus irgendeinem Comyn-Haus weggelaufen? Deine Geschicklichkeit im Schwertkampf – nur die Entsagenden und ein paar ganz wenige Comyn-Frauen lernen das, Frauen aus dem Volk niemals. Ich habe ein Buch oben in deiner offenen Satteltasche bemerkt. Lesen ist eine ebenso seltene Kunst. Deshalb, Kind, wenn du weggelaufen bist, solltest du dir eine bessere Verkleidung zulegen.«

Reba seufzte. »Ich bin nicht weggelaufen. Es ist, wie ich euch vorhin erzählt habe. Mein Vater und ich arbeiteten als Fallensteller. Mein Vater war von Comyn-Blut – aber er verabscheute alles, was mit den Comyn zu tun hat. Ich weiß nicht, aus welchem Haus er kam. Er sagte nur einmal, er sei ein jüngerer Sohn aus einem unbedeutenden Haus. Über die Familie meiner Mutter weiß ich überhaupt nichts. Vater ging allen Comyn aus dem Weg. Er sagte, er habe seine Familie verlassen, weil er die Comyn-Politik hasste. Ich vermute, er hatte einen Streit mit seinem älteren Bruder, der die Domäne erben sollte. Vater glaubte, die Ankunft der Terraner würde bei den Comyn eine Veränderung zum Besseren bewirken, aber sie klammern sich immer noch an die alten Sitten. Er sagte, die Veränderung abzulehnen heiße, die Zukunft abzulehnen, und das Morgen wird kommen, ob wir es wollen oder nicht.«

»Und du? Wie wünschst du dir die Zukunft, Reba?«, fragte Camilla.

Reba zuckte die Schultern. »Ich weiß es nicht. Vielleicht wünsche ich mir nichts weiter, als ungehindert meinen eigenen Weg zu gehen.«

»Reba, für eine Frau gibt es auf unserer Welt nur vier Wege. Der Weg, den eine als Comyn geborene Frau gehen muss, ist der der Pflicht gegenüber ihrem Haus und der politischen Notwendigkeit. Sie ist eine Schachfigur im Spiel der Comyn-Politik und eine Zuchtstute. Ein paar Comyn-Frauen haben sich mehr Spielraum geschaffen, aber das ist selten. Dann sind da die Frauen aus dem Volk, die den Launen der Männer ihrer Familie unterworfen sind. Ihr einziger Daseinszweck ist, für einen Mann Haushalt und Kinder zu versorgen. Es gibt einige, die ein Handwerk beherrschen; sie können vielleicht gelegentlich selbst eine Wahl treffen. Trotzdem müssen sie sich nach den Wünschen ihres Mannes richten und feststellen, dass ihre eigenen an armseliger zweiter Stelle stehen. Drittens gibt es die Gildenfrauen, wie ich eine bin. Wir treffen unsere Entscheidungen selbst, aber uns sind immer noch durch die Charta Beschränkungen auferlegt. Wir haben uns mit unserem Eid der Gilde verpflichtet und müssen uns daran halten. Viertens kann eine Frau, sofern sie *laran* hat, in einen Turm gehen und nach den dortigen Traditionen und Regeln leben. Keine Frau geht auf dieser Welt ihren eigenen Weg. Das sind die Möglichkeiten, diese vier Wege.«

Reba schüttelte den Kopf. »Nein, das ist nicht meine Zukunft. Du meinst, ich soll mir von diesen vier Ketten eine aussuchen. Ist eine davon leichter als die anderen, engt sie weniger ein? Ich bin für keinen dieser Wege erzogen worden, ich kann keins dieser Leben führen, ohne einen Teil von mir selbst zu verlieren. Ich bin alles, was ich habe! Ich will nichts von mir wegwerfen. Mein Vater hat mich zu dem erzogen, was ich bin. Er hatte ein Ziel dabei vor Augen. Ich weiß nicht, welche Zukunft er mir zugedacht hatte, aber ich will nicht mit Füßen treten, was er mir gegeben hat – Unabhängigkeit! Freiheit von den alten Sitten!«

Camilla stand auf. »Komm, *chiya*. Wir können nicht sämtliche Probleme der Welt und nicht einmal unsere eigenen in einer einzigen Nacht lösen. Es ist spät, und wir alle wollen morgen früh aufbrechen. Ein von zu wenig Schlaf benommener Kopf ist ein Risiko auf einer Reise.« Sie nahm Reba kurz in den Arm. »Vielleicht gibt es einen anderen Weg für dich. Wohin er führt, wer kann es sagen? Manchmal sehen die offenen Augen eines Kindes mehr als die einer Frau, die viele Jahre hinter sich hat.«

Reba lächelte sie zaghaft an. »Danke, dass du diesem ›Kind‹ zugehört hast.«

Sie kehrten zusammen in die Unterkunft zurück. Alle hatten sich bereits für die Nacht hingelegt, und nur das Glühen der mit Asche bedeckten Holzscheite erhellte die Dunkelheit. Rafi hatte ihre Schlafsäcke ausgebreitet, bevor sie in den ihren kroch. Reba schlüpfte in ihre Decken und schloss die Augen, fiel bald in den Schlaf. Das Herz war ihr immer noch schwer, aber der Gram war etwas gelindert und hatte sich in eine entfernte Ecke zurückgezogen, um zu einem späteren Zeitpunkt studiert zu werden.

Die Nacht war dem Morgen noch nicht gewichen, als Reba erwachte. Ihre innere Uhr sagte ihr, dass es noch zwei Stunden dauerte, bis die rote Sonne aufgehen und den Himmel erhellen würde. Fast hatte sie Lust, zu warten, bis die anderen aufstanden, und mit ihnen zu reiten. Die Gesellschaft wäre eine Abwechslung, und sie wusste, früher oder später musste sie sich daran gewöhnen, mit anderen Menschen zusammen zu sein. In die Wärme ihrer Decken eingekuschelt, dachte Reba über die Leute nach, die sie gestern Abend kennen gelernt hatte. Camilla nahm in ihren Gedanken den wichtigsten Platz ein. Sie spürte bereits ein Band zwischen sich und der älteren Frau, sie war beeindruckt von Camillas Güte und Freundlichkeit. Rafi war eine angenehme Gefährtin mit ihrer Bereitschaft zum Lachen und ihrer zwanglosen Art. Mit diesen beiden hätte sie gut eine Weile reisen können, bis sie sich über ihre eigenen Wünsche klar geworden war. Es wäre leicht, ein bisschen dahinzutreiben, während sie über ihre Zukunft entschied.

Der Gedanke an Donal schuf ihr Unbehagen. Der Mann repräsentierte eine Gruppe, vor der sie sich, wie man sie gelehrt hatte, in Acht nehmen musste. Es stimmte, der junge Mann interessierte sie, aber konnte sie ihm vertrauen, dass er nicht an ihre Vergangenheit rühren würde? Sie hatte den Verdacht, er sei noch nicht fertig damit, bohrende Fragen zu stellen, und sie war nicht bereit, über ihre Abstammung mit einem Comyn zu sprechen. Comyn waren dafür bekannt, dass sie Ausschau nach Comyn-Abkömmlingen hielten. Angenommen, er sah es für seine Pflicht an, sie vor den Comyn-Rat zu bringen, damit ihre Comyn-Verwandten gefunden würden? Der Gedanke erfüllte sie mit Bestürzung. Reba entschied, am besten sei es wohl, wenn sie weiterritte, bevor Donal eine Chance bekam, seine Neugier zu befriedigen.

Leise stand sie auf und packte ihre Sachen. Die Satteltaschen über der Schulter, schlüpfte sie in die eisige Dunkelheit hinaus. Der Schnee hatte aufgehört zu fallen, und alles war mit einer frischen weißen Decke verhüllt. Im Stall begrüßten ihre Tiere sie. »Wenigstens ihr sollt euer Frühstück haben, bevor wir aufbrechen.« Reba gab ihnen ein Maß Hafer, das sie fressen konnten, solange sie das Pferd sattelte und das Pack-Chervine belud. Schließlich hatte sie alles besorgt und konnte sich auf den Weg machen.

»Ja, Jungs, wir haben einen langen Reisetag vor uns. Wenn wir uns ein bisschen beeilen, erreichen wir Edelweiß vielleicht noch heute Abend spät.«

Reba grinste im Gedanken an ein warmes, weiches Bett. So sprechend, gab sie jedem einen Klaps auf die Nase und eine Hand voll Trockenobst. Dann führte sie die Tiere aus dem Stall. Sie sah zu der Unterkunft hin. Dort war alles still und dunkel; sie würde mindestens zwei Stunden Vorsprung vor den anderen haben. Reba schwang sich in den Sattel und führte ihr Pack-Chervine leise den Pfad hinunter. Es tat ihr Leid, Camilla und Rafi zu verlassen, aber sie musste machen, dass sie weiterkam.

Es ging ein bisschen langsam voran, bis die Sonne aufstieg und das Eis von dem Pfad wegbrannte, aber das störte Reba nicht. Der Friede des frühen Morgens war Balsam für ihre Seele, und sie wollte ihn genießen, solange sie konnte. Diese Tageszeit hatte sie am liebsten, wenn alles Frische atmete. Sie hatte Freude daran, die Sonne aufgehen zu sehen, zu beobachten, wie sich die Bäume allmählich aus der Dunkelheit lösten und Gestalt annahmen und der Himmel mit dem Höhersteigen der Sonne das Aussehen veränderte.

Der Himmel fing gerade an, hell zu werden, als Camilla und Rafi aufstanden. »Ah, Reba ist bereits fort. Schade, ich hatte mich auf ihre Gesellschaft unterwegs gefreut«, sagte Rafi.

Camilla sah vom Packen auf. »Ich glaube, Donal, der junge Comyn, macht sie nervös.«

Rafi sah sich in der Unterkunft um und nickte. »Ja, er ist auch früh aufgebrochen. Aber ich bezweifle, ob er es mit seinem Bein schafft, sie einzuholen. Während du gestern Abend mit Reba draußen warst, haben Donal und ich uns unterhalten. Er fühlt sich von ihr angezogen und meint, sie habe es nötig, dass jemand sich um sie kümmert.«

Camilla lachte. »Hmm, er wird bei Reba nicht weit kommen. Sie ist vor Comyn auf der Hut. Machst du das Frühstück? Ich sattle inzwischen unsere Pferde.«

Rafi lachte. »Besser ich als du. Werde ich froh sein, wenn wir nach Hause kommen. Es ist eine lange Reise gewesen.«

Reba machte unterwegs Halt. »Diese Stelle ist ebenso gut wie jede andere zur Frühstückspause geeignet.« Der Himmel hellte sich zu einem rötlichen Orange auf. Sie stieg ab und band die Tiere fest. Das Frühstück würde aus ein paar Hand voll Trockenobst bestehen, aber eine Tasse heißer Tee konnte die morgendliche Kühle vertreiben. Während das Teewasser warm wurde, ging Reba ein Stück auf dem Weg zurück. Seltsam, ein- oder zweimal hatte sie gemeint, es sei ein Reiter hinter ihr. Eine Weile stand sie ganz still und lauschte, hörte jedoch nichts. Sie lächelte. »Wer das auch sein mag, er frühstückt sicher gerade ebenfalls.« Sie kehrte zu ihrem Feuer um, wärmte ihre Hände an einer Tasse Tee und sah den Morgen sich entfalten. Von dem Tee erfrischt und aufgewärmt, setzte Reba ihren Weg bergab fort.

Ab und zu machte sie Pause und lauschte, aber die Geräusche, die ihre eigenen Tiere und die erwachenden Vögel erzeugten, überdeckten, was sie zu hören versuchte. Sie kam gerade an eine enge Wegstrecke, als das Poltern losging. Reba hielt an und drehte sich um, sah jedoch nichts. Schnell stieg sie ab. Auf der Bergseite des Pfades war ein Felsüberhang. Sie führte die Tiere darunter und drückte sich neben sie. Das Poltern wurde lauter, sie hörte das Krachen von Büschen und Bäumen. Innerhalb weniger Augenblicke sprangen Felsblöcke und kleinere Steine den Hang herunter.

Die Tiere wollten scheuen. »Ruhig, ruhig, wir sind in Sicherheit«, redete sie ihnen zu und rieb ihre Nasen. Die meisten Steine trafen den Überhang und sprangen über den Weg und den Berg hinunter. Ein paar der kleineren von Kopfsteinpflastergröße prallten von Blöcken auf der anderen Seite des Weges ab und sausten in alle Richtungen davon. Sie waren es, die Reba Sorge machten.

Dieser Steinschlag passt nicht in die Jahreszeit, und die Größe der Steine ist schon sehr seltsam – keiner zu groß oder zu klein für die Hände eines Mannes, dachte sie.

Genau in diesem Augenblick schoss ein großer Querschläger unter den Überhang und traf sie mit voller Wucht an der Schulter. Sie hörte ein Knirschen und ihren eigenen Schrei, während Schmerzwellen sie niederzuwerfen begannen.

Reba kämpfte darum, bei Bewusstsein zu bleiben. Feuer raste durch ihre Schulter, und Wellen von Übelkeit und Schwindel ließen sie taumeln und in die Knie sinken. Der Steinschlag hatte aufgehört, und Reba hatte eine vage Vorstellung, dies sei irgendwie von Bedeutung. Sie zog ihr Schwert und versuchte, ihre Augen auf den Weg vor dem Überhang einzustellen. Sie konnte schlurfende Schritte den Berg herunterkommen und leise Stimmen hören.

Zwei Gestalten erschienen vor dem Überhang. Reba erkannte sie nicht sehr deutlich, aber sie hörte und spürte sie.

»Sieh an, sieh an! Das Weibsstück, das sich gestern eingemischt hat, ist in unsere kleine Falle hineinspaziert. Einen besseren Fang können wir nicht verlangen, was?«

»Ja, wir haben noch etwas mit dir zu regeln. Wo ist der Comyn? Hat er die Lust verloren, durchs Gebirge zu reiten, oder hast du es satt bekommen, das Kindermädchen zu spielen?«

Reba erschauerte. Sie brauchte ihre ganze Kraft dazu, auf den Füßen zu bleiben, für einen Schwertkampf war keine mehr übrig. Die sich ihr nähernden Räuber sah sie nur verschwommen. Sie hob das Schwert und schlug den Tieren mit der flachen Klinge auf die Rümpfe. Sie rasten unter dem Überhang hervor und trieben die beiden Räuber auseinander.

»Verdammt noch mal! Da läuft unsere Beute!«

»Lass nur, wir fangen sie später wieder ein, wenn wir mit der hier fertig sind.«

Reba stellte sich mit dem Rücken gegen die Felswand und kämpfte gegen den Nebel an, der ihren Verstand einhüllte.

»Zurück!«, erschallte eine Stimme hinter den beiden Räubern. »Zuerst müsst ihr es mit mir aufnehmen, ihr Waldratten!« Die Angreifer fuhren herum. Donal auf seiner Stute beobachtete sie. Das Tier zu einem schnellen Trab antreibend, kam er den Pfad herunter.

»Beide Vögel in der Hand ist sogar noch besser.« Der erste Räuber grinste bösartig. »Das erspart uns die Mühe, dir einen Hinterhalt zu legen.«

Der Kampf war kurz, aber heftig. Schließlich drückte Donals Stute einen der Räuber gegen einen am Weg liegenden Felsblock, und Donal durchstach ihm die Kehle. Der andere sah ein, dass er einem Mann zu Pferde nicht gewachsen war. Er zog sich unter den Überhang zurück, weil der Donal zwingen wollte, abzusteigen und ihm zu folgen. Doch er hatte vergessen, dass Reba dort war. Als er sich rückwärts bewegte, die Augen auf Donal gerichtet, drang Rebas Schwertspitze durch seine Brust. Das war das Letzte, was seine erstaunten Augen sehen sollten, bevor ihm der letzte Atem entwich.

Donal stieg vorsichtig ab. »Reba, bist du in Ordnung?« Er hinkte unter den Überhang. Sie saß zusammengesunken an der Wand, das blutige Schwert in lockerem Griff. Er sah dunkle Flecken an der rechten Seite und der Schulter ihrer Lederjacke und ging auf sie zu. Ein Fauchen ließ ihn stehen bleiben. Das Schwert wurde nicht länger locker gehalten. »Bitte, Reba, du musst dir von mir helfen lassen. Ich bin es, Donal. Die Räuber sind tot.«

»Ich weiß, wer du bist. Ich will keine Comyn-Hilfe«, murmelte sie. »Komm bloß nicht näher.«

»Reba! Du bist schwer verwundet. Du brauchst Hilfe«, flehte er.

»Ich brauche gar nichts von einem Comyn. Ich weiß, was du vorhast. Ich werde dir nichts erzählen, und es wird dir niemals gelingen, mich vor den Rat zu zerren.«

»Reba, du phantasierst – lass mich helfen.«

»Komm näher, Comyn, und ich spieße dich auf wie ein Rabbithorn.«

Verzweifelt drehte sich Donal zu seiner Stute um, stieg auf und galoppierte, so schnell er es in seinem Zustand fertig brachte, den Weg zurück. Er fluchte ebenso auf Räuber wie auf dickköpfige Frauen.

Camilla und Rafi kamen gemütlich den Pfad entlanggeritten. Sie genossen den Morgen und die gegenseitige Gesellschaft. Rafi war gerade dabei, eine saftige Geschichte zu erzählen, die sie in Caer Donn gehört hatte, als Camilla die Hand hob. »Horch!« In der plötzlichen Stille hörten sie jemanden in vollem Galopp näher kommen. »Wir weichen besser zur Seite aus, bevor uns Leute in ihrer Hast niederreiten. Wer das auch sein mag, er hat mehr Mumm als Verstand.«

Sie kamen um eine Biegung und erkannten jetzt einen Reiter, der ihnen entgegengaloppierte, den Kopf tief auf den Hals seines Pferdes gesenkt.

»Der Mann wird mehr Glück haben, als er verdient, wenn er den Tag übersteht, ohne sich ein Bein zu brechen«, bemerkte Camilla.

»Du meinst, das Pferd wird Glück haben.«

»Ja, das auch.«

Schwach vernahmen sie ihre Namen. Rafi beugte sich vor und strengte sich an, etwas zu sehen. »Ich glaube, das ist Donal!« Sie drehte sich zu Camilla um. »Sollen wir drei Dummköpfe auf einem Bergpfad daraus machen?«

Sie setzten ihre Tiere in Galopp und ritten ihm entgegen. Irgendwie gelang es ihnen allen, anzuhalten, ohne dass es zu einem Zusammenstoß kam. Donal brach in einen Strom von Worten aus.

»Langsam, Donal«, sagte Camilla. »Ihr seid unverständlich.«

Donal verstummte und rang nach Atem. »Schnell, ihr müsst mitkommen. Reba ist verletzt worden! Sie will sich nicht von mir helfen lassen. Beeilt euch! Wir müssen zu ihr!«

»Wer hat sie verwundet?«, fragte Camilla grimmig.

»Räuber haben einen Hinterhalt gelegt, einen Steinschlag. Reba ist hineingeritten. Ich glaube, es hat sie ein Stein getroffen. Ich habe den einen Räuber getötet und Reba den anderen. Sie hat nicht zugelassen, dass ich mir die Wunde ansah oder ihr half. Sie phantasiert, drohte, mich zu durchbohren, wenn ich näher käme!«

Sie alle folgten dem Pfad nach unten, so schnell die Pferde laufen konnten. Nach einer Stunde erreichten sie den Überhang.

Camilla schwang sich aus dem Sattel und griff nach einer ihrer Satteltaschen. »Wollt ihr nach Rebas Tieren Ausschau halten und die beiden Leichen wegschaffen? Ich werde sehen, was ich für Reba tun kann.«

Unter den Überhang tretend, sah Camilla, dass Reba nach vorn gesunken war. Doch das Schwert umklammerte sie immer noch. Sie hörte die Schritte und versuchte, sich aufzusetzen. »Bleib weg, sonst spieße ich dich auf!«

»Reba, ich bin's, Camilla. Ich bin gekommen, dir zu helfen.«

»Camilla? Was machst du denn hier? Du hast doch noch geschlafen, als ich wegritt.«

»Reba, lass mich nach deiner Schulter sehen. Sie muss eingerenkt und verbunden werden. Komm, *chiya*, ich helfe dir, dich hochzusetzen.« Sie schnitt die Lederjacke auf, so behutsam sie konnte. »Göttin! Ist das eine Schweinerei!«

Rafi kam herbei und sah Reba in die glasigen Augen. »Ich glaube, am besten mache ich einen Kräutertee. Das Kind wird ihn nötig haben.«

»Bitte, wenn du schon dabei bist, bring auch noch einen Topf mit Wasser zum Kochen. Ich brauche es, um diese Wunde zu säubern. Vor lauter Blut sieht man nicht, wie groß der Schaden ist. Hier, hilf mir, sie auf die Seite zu drehen. Leg den Packen hinter sie, damit sie nicht auf mich rollen kann. Danke, Rafi.«

Gemeinsam säuberten sie sorgfältig die Wunde. Dann hockte Camilla sich auf die Fersen. »Rafi, es ist schlimm. Schlimmer als alles, was ich je auf meinen Fahrten gesehen habe. Die Schulter ist so ziemlich zerschmettert. Ich kann sie so weit versorgen, dass es möglich ist, Reba zu transportieren. Aber wenn sie nicht bald zu einer Heilerin kommt, ist die Schulter nichts mehr wert. Willst du sie halten, während ich meine Arbeit tue? Reba, Rafi wird dich halten, und ich renke deine Schulter ein und verbinde sie. Wehre dich nicht gegen Rafi. Sie hilft dir. Es wird wehtun. Verliere das Bewusstsein, wenn du kannst. Dann ist es leichter für dich.«

Camilla machte sich an die Arbeit. Reba unterdrückte den ersten Schrei, aber der zweite entrang sich ihr, als Camillas kräftige Finger ihre Schulter untersuchten. Dankbar überließ sie sich dem Nebel, der sich über ihr Denken legte.

Einige Zeit später drang Camillas Stimme von weit her durch die Watte in ihrem Kopf. »*Chiya,* du musst versuchen, ein bisschen hiervon zu trinken.«

Reba schüttelte den Kopf. »Kann nicht.«

»Komm, Kind, es wird den Schmerz und das Fieber lindern. Reba, wir müssen reiten und dich zu einer Heilerin bringen. Dieser Tee wird die Reise leichter für dich machen.«

Reba richtete sich mit Mühe auf. »Ich glaube nicht, dass ich auf einem Pferd sitzen kann.«

»Keine Bange, ich werde dich vor mir auf den Sattel nehmen, und du kannst ganz bequem reiten.«

»Meine Tiere, wo sind sie?«

»Rafi hat sie in ihrer Obhut, *chiya*, entspanne dich. Wir werden für dich sorgen.«

Reba trank den Tee. Ein sanftes Glühen hüllte sie ein. Ihre Schulter war eher lästig als schmerzhaft. Der weiche Gang von Camillas Pferd schaukelte sie in einen leichten Schlaf. Die drahtige Kraft von Camillas Armen, die sie hielten, gaben ihr ein Gefühl von Sicherheit. Gelegentlich hielten sie an, um die Pferde zu wechseln, ein bisschen Brühe oder Tee zu trinken. Es mochte Tage oder sogar Wochen gedauert haben, bis sie vor dem großen grauen Steinhaus ankamen. Reba hatte kein Zeitgefühl mehr. Ihr war, als drängten sich andere Frauen um sie, aber Camilla war immer noch da; sie spürte ihre Arme.

Camilla legte sie auf ein wundervoll weiches Bett. Im Hintergrund sprachen leise Stimmen. »Du hast Glück: Ferrika ist zu einem Besuch da, sie ist fähig, diese Schulter zusammenzuflicken ... Camilla, geh zu Bett, bevor du umfällst ... In der Küche ist warmes Essen. Beeile dich lieber, wenn du nicht willst, dass Rafi alles verschlingt ... Wer ist dieser Donal draußen auf der Eingangstreppe? ... Er verlangt immerzu, Camilla zu sprechen ... Erstaunlich, in zwei Tagen! Er muss ohne Unterbrechung geritten sein ...« Das Gemurmel wich zurück; Reba schlief ein.

Müde kam Camilla in die Küche des Thendara-Hauses. Rafi hieb in eine Schüssel mit heißem Haferbrei und Honig ein. In einem Korb lag Brot, das noch warm vom Backofen war. Camilla nahm sich ein Brötchen und ließ sich auf die Bank niedersinken. »Wie geht es Reba?«, erkundigte Rafi sich.

»Sie schläft wie ein Baby«, versicherte Camilla ihr. »Wir haben nach Ferrika geschickt, und Marisela wird ihr assistieren.

Beide gemeinsam werden Rebas Schulter bestimmt wieder in Ordnung bringen.«

Als sie gegessen hatte, meinte Camilla: »Es ist Zeit, dass du und ich etwas Schlaf bekommen. Ich habe Donal mit dem Versprechen nach Hause geschickt, ihm Nachricht zu geben, wenn die Heilerinnen mit ihrer Arbeit fertig sind.«

Versuchsweise löste sich Reba aus ihrem Schlaf. Die Schulter pochte nur ein bisschen, wenn sie sie bewegte. Sie öffnete die Augen und sah Camilla neben dem Bett auf einem Stuhl sitzen und eine zerrissene Jacke flicken.

»Ah, du bist wach«, lächelte Camilla. »Die Küche hat warme Brühe für dich. Ich werde sie holen.«

Schnell kehrte Camilla mit der Brühe zurück und hielt Reba die Tasse zum Trinken hin.

»Wo sind wir?«, fragte Reba und sah sich im Zimmer um.

»Wir haben dich ins Gildenhaus nach Thendara gebracht. In Edelweiß war keine Heilerin, deshalb sind wir gleich weitergeritten.«

Ein verzweifelter Ausdruck überzog Rebas Gesicht. »Wie soll ich jemals nach Hause kommen, bevor der Schnee die Wege in die Hellers unpassierbar macht?«

»*Chiya,* du wirst nicht nach Hause kommen. Wir mussten dich schnell zu einer Heilerin schaffen, sonst wäre deine Schulter für den Rest deines Lebens nicht mehr zu gebrauchen gewesen – falls die Infektion und das Fieber dich nicht vorher umgebracht hätten. Ruhe dich aus, wir werden weiter darüber sprechen, wenn du dich kräftiger fühlst.«

Als Reba von neuem erwachte, war das Zimmer leer. Vorsichtig setzte sie sich auf die Bettkante und wartete, dass der Raum aufhörte, sich zu drehen. An ihrer Schulter war weiter nichts zu sehen als rote Narben, die bereits zu Rosa verblassten; *laran* hatte zu der Heilung beigetragen. Bei dem Gedanken erschauerte sie. *Laran* war eine Comyn-Fähigkeit. Ihre Sachen lagen auf einem Tisch in der Ecke des Zimmers. Langsam zog sie sich an. Sie hatte die Absicht, sich unbemerkt davonzustehlen, und kam sich wie eine Diebin vor.

Reba war sich klar darüber, dass sie bei diesen Frauen hoch in Schuld stand, und das belastete sie. Sie wollte es ihnen vergelten, aber auf ihre eigene Weise. Thendara machte sie nervös. Zu viele Comyn, zu viele Risiken, dass sie vom Kurs ihres Lebens abkam, zu viele Menschen hier, die ihr die Wahl aus den Händen nehmen würden.

Reba schlüpfte in den Flur hinaus und stieg leise die Treppe hinunter, nur um plötzlich Camilla gegenüberzustehen. Beide erstarrten und sahen sich an. Camilla lehnte sich gegen die Wand und schlug die Arme übereinander. »Na, wo willst du denn hin? *Chiya,* du bist keine Gefangene, dass du es nötig hast, dich hinauszuschleichen.« Camillas Ton verriet bemühte Geduld.

Reba errötete und inspizierte den Boden zu ihren Füßen. »Ehrlich, Camilla, das habe ich auch nicht angenommen. Ich hatte einfach das Gefühl ...«

»In der Falle zu sitzen, vielleicht? Du hast mir bis jetzt vertraut. Hättest du mir nicht noch ein bisschen länger vertrauen können?«

Zu ihrer Beschämung fühlte Reba Tränen über ihre Wangen laufen, und ihre Schultern begannen, von dem Schluchzen zu zittern, das ihr die Brust zu sprengen drohte. Camilla umarmte sie. »Weine nur, Reba. Auch das Herz muss eine Chance bekommen zu heilen.«

Reba gab den Kampf auf und ließ den Tränen freien Lauf. Schwach, aber sich geläutert fühlend, lehnte sie an Camillas Schulter.

»Komm, in der Küche ist schöner heißer Tee.« Bald darauf saßen sie vor ihren gefüllten Tassen, und Reba dachte über ihre Zukunft nach. Dieses Haus war angenehm – aber es war nicht der richtige Ort für sie. Irgendwie musste sie sich irgendwo eine Nische für sich selbst schaffen. Camilla brach das Schweigen. »Ich habe über unser Gespräch im Stall nachgedacht. Es gibt einen Weg, auf dem du vielleicht ohne zu große Schwierigkeiten dein eigenes Leben führen könntest.«

Reba hob fragend eine Augenbraue. »Was für ein Weg ist das?«

Camilla antwortete: »Wenn jemand wertvolle Kenntnisse hat, die andere brauchen, neigen die Leute dazu, die Seltsamkeit einer nützlichen Person zu übersehen.«

Rebas Gesicht erhellte sich. »Du hast Recht, das mag für mich der beste Weg sein.«

In diesem Augenblick kam Rafi herein. »Camilla, Reba, Donal fragt nach euch. Er ist draußen auf der Eingangstreppe.« Reba und Camilla traten vors Haus.

»Reba! Wie geht es dir? Kommt die Schulter wieder in Ordnung?«, fragte Donal.

»Ja, der Schulter geht es gut. Sie ist noch ein bisschen empfindlich, aber geheilt. Ich möchte dir für die Hilfe danken, die du mir geleistet hast. Ich weiß, zu der Zeit habe ich sie nicht anerkannt.«

»Reba, ich würde mich freuen, wenn du mit mir zur Comyn-Burg kommen würdest. Dort sind Leute, die dir helfen können. Du bist von Comyn-Blut. Du hast Anspruch darauf.«

»Donal, du hast Recht. Ich habe tatsächlich Comyn-Blut, aber mein Vater hat alle Bande zu den Comyn und seiner Familie zerschnitten. Ich weiß nicht, ob oder wann ich diese Bande neu knüpfen werde. Im Augenblick möchte ich nur meine eigene Zukunft finden, und ich habe keine Angst mehr, mich ihr zu stellen.«

»Aber was wirst du tun?«

»Ich glaube, ich werde einen Spaziergang in die Handelsstadt machen und sehen, was für Menschen diese Terraner sind. Vielleicht haben sie einen Schlüssel für meine Zukunft – mein Vater glaubte, sie hätten unserer Welt eine neue Zukunft gebracht. Er mag Recht gehabt haben.«

Camilla lachte. »Gut möglich, dass deine Unabhängigkeit in dieser Richtung liegt. Aber das Dinner wird in zwei Stunden fertig sein, deshalb geh den Weg ins Morgen nicht zu weit hinunter.«

»Ich komme rechtzeitig zurück. Mach dir keine Sorgen.«

Sie ging die Straße hinunter, und Donal sah ihr nach. Dann wandte er sich Camilla zu. »Lasst ihr noch ein paar Jahre Zeit, und sie wird eine Frau werden, die ihresgleichen sucht. Ich würde dann gern in der Nähe sein.«

Wieder lachte Camilla. »Wer weiß, wo Reba in ein paar Jahren sein wird?«

Über Marion Zimmer Bradley und »Der Schatten«

Da ich die Darkover-Romane ebenso zu meinem eigenen Vergnügen geschrieben habe, wie um mir meinen Lebensunterhalt zu verdienen, ist es nicht überraschend, dass ich oft einzelne Episoden daraus herausnehme und zu weiteren Abenteuern meiner Lieblingspersonen ausspinne, um eine in meinem eigenen Kopf aufgetauchte Frage zu beantworten. Manchmal wachsen diese Episoden von selbst zu einem Buch zusammen. THENDARA-HAUS und DER VERBOTENE TURM sind beide aus privaten Aufzeichnungen zu unbeantworteten Fragen entstanden. Manchmal geschieht es nicht. Die Kurzgeschichte »Blood Will Tell«, die die Frage beantwortet: »Wie haben sich Lew Alton und Dio Ridenow kennen gelernt?«, wurde schließlich in das 2. Kapitel von SHARRAS EXIL eingebaut.

Ich bin oft gefragt worden, wie sich Regis' Beziehung zu Danilo und Danilos Beziehung zu Dyan Ardais aus dem im Grunde unbefriedigenden Zustand am Ende von HASTURS ERBE zu der sehr viel erfreulicheren Situation in SHARRAS EXIL entwickelt habe. Wenn ich das beantworten wollte, bliebe mir nichts weiter übrig, als meine Person in eine Geschichte zu werfen. Dies ist sie.

Als ich sie das erste Mal in einem Darkover-Fanzine abdrucken ließ, wurde sie mit der Begründung kritisiert, Regis habe sich Danilo zu einem sehr unpassenden Zeitpunkt genähert, nämlich unmittelbar nach Dom Felix' Tod. Der Meinung bin ich nicht. Im Großen und Ganzen sind die Darkovaner frei von dem terranischen Aberglauben um den Tod. Und ich persönlich kann mir nichts Passenderes als diese Liebe und Lebensbejahung vorstellen. MZB

Der Schatten

von Marion Zimmer Bradley

I

Danilo Syrtis zeichnete die Bücher des Gutes ab und gab sie dem Verwalter zurück.

»Sag den Leuten in der Halle, sie sollen dir etwas zu essen geben, bevor du zurückreitest«, sagte er, »und ich danke dir, dass du in diesem gottverlassenen Wetter herausgekommen bist.«

»Es war nichts als meine Pflicht, *Vai Dom*«, antwortete der Mann. Danilo sah ihm nach und fragte sich, ob er jetzt auch zum Essen gehen oder sich etwas Brot und Käse in das kleine Arbeitszimmer bringen lassen sollte, das er für die geschäftlichen Angelegenheiten des Gutes benutzte. Ihm war nicht danach, höfliche Konversation mit dem Verwalter über Geschäfte oder das Wetter zu machen, und er nahm an, dass der Mann selbst darauf bedacht war, bald wieder aufzubrechen und nach Hause zu Frau und Kind zu kommen, bevor es dunkel wurde. Heute Nacht würde weiterer Schnee fallen. Danilo sah seinen Schatten schon in den großen Wolken, die über Ardais hingen.

Es wird schneien, und es wird kalt in den Zimmern. Und wenn der Abend kommt, werde ich auf der Straße sein ... Danilo fuhr zusammen. War er für einen Augenblick eingeschlafen? Mit einem solchen Glück, dass er am Abend auf der Straße, weg von hier sein würde, konnte er nicht rechnen. Er rieb die Hände aneinander. Seine Füße wurden von einem kleinen Kohlenbecken unter dem Schreibtisch gewärmt, aber seine Finger schmerzten, und er konnte zwischen seinem Mund und den Büchern, die auf dem Schreibtisch vor ihm lagen, seinen Atem sehen. An die Kälte in den Hellers hatte er sich bis heute nicht gewöhnen können.

Ich wünschte, ich wäre im Tiefland, dachte er. *Regis, Regis, mein Bruder und* bredu, *ich tue hier in Ardais meine Pflicht wie du die deine in Thendara, aber obwohl ich hier in Ardais Regent bin, wäre ich lieber in Thendara an deiner Seite, nichts weiter als dein geschworener Mann und Friedensmann. Ich sehe meine Heimat vielleicht auf Jahre nicht wieder, und dagegen kann man nichts machen. Ich bin durch meinen Eid gebunden.*

Er streckte seine Hände nach der Glocke aus, doch bevor er sie läuten konnte, öffnete sich die Tür, und einer der oberen Diener kam in das Arbeitszimmer.

»Verzeihung, *Vai Dom*. Der Herr möchte Euch sprechen, sofort, wenn es Euch genehm ist. Falls Ihr immer noch mit dem Verwalter zu tun habt, bittet er Euch, eine Zeit zu nennen, zu der Ihr ihn aufsuchen könnt.«

»Ich gehe sofort zu ihm«, antwortete Danilo verwundert. »Wo finde ich ihn?«

»Im Musikzimmer, Lord Danilo.«

Wo auch sonst? In diesem Raum verbrachte Dyan viel seiner Zeit. *Wie eine große Spinne im Mittelpunkt ihres Netzes, und wir sind alle in seinem Schatten.*

Dyan, Lord Ardais, war Danilos Onkel. Danilos Mutter war die illegitime Tochter von Dyans Vater gewesen, der viele Bastarde gezeugt hatte. Dyans einziger Sohn war während seines Aufenthalts im Nevarsin-Kloster bei einem Steinschlag ums Leben gekommen. Als sich herausstellte, das Danilo das *laran* der Ardais-Domäne besaß, die Gabe der Katalysator-Telepathie, die man schon für ausgestorben gehalten hatte, adoptierte der kinderlose Dyan ihn als seinen Erben.

Jetzt war Danilo seit mehr als einem Jahr in Ardais, und

Dyan Ardais hatte sich als großzügig wie auch als streng erwiesen. Er hatte Danilo alles gegeben, was ihm in seiner Stellung als Ardais-Erben zustand, von passender Kleidung bis zu passenden Pferden und Falken, hatte ihn zu einer vorläufigen Ausbildung in der Benutzung seines *laran* in einen Turm geschickt – zu einer gründlicheren Ausbildung, als Dyan selbst gewollt hatte – und ihn in allen Künsten unterweisen lassen, die einem Edelmann gut anstehen: Kalligrafie, Rechnen, Musik, Zeichnen, Fechten, Tanzen und Schwertfechten. In der Musik hatte er ihn selbst unterrichtet, auch ein bisschen im Kartenzeichnen, in den Heilkünsten und in der Medizin.

Er war auch großzügig gegenüber Danilos Vater gewesen, hatte ihm Zuchttiere, landwirtschaftliche Arbeiter und andere Dienstboten geschickt, dazu einen fähigen Verwalter, der auf Syrtis die Geschäfte führte und für den alternden Dom Felix das Leben angenehm machen sollte. »Dein Platz ist auf Ardais«, hatte Dyan gesagt, »wo du dich auf die Regentschaft von Ardais vorbereiten kannst. Denn selbst wenn ich eines Tages einen zweiten Sohn haben sollte – und das ist nicht völlig unmöglich, wenn auch unwahrscheinlich –, ist es noch unwahrscheinlicher, dass ich lange genug leben werde, um diesen Sohn zum Mann heranwachsen zu sehen. Es könnte notwendig sein, dass du viele Jahre die Regentschaft für ihn übernimmst. Aber dein eigenes väterliches Erbteil darf nicht vernachlässigt werden«, erklärte er und sorgte dafür, dass es dem Syrtis-Besitz an nichts mangelte, was er zur Verfügung stellen konnte.

Als Danilo sich der Tür des Musikzimmers näherte, streifte ein schlanker junger Mann, hellhaarig und von katzenhafter Anmut, ohne ein Wort an ihm vorbei. Aber er sandte einen scharfen Blick voller Bosheit zu Danilo hinüber.

Was ist denn jetzt passiert, dass er so missgestimmt ist? War der Herr barsch zu seinem Günstling?

Danilo mochte Julian nicht, der Dyans Haus-*Laranzu* war, aber was kümmerten ihn Dyans Favoriten? Auch Dyans Liebesleben ging ihn nichts an. Im Grunde musste er Julian dankbar sein, dachte Danilo. Die Anwesenheit des jungen *laranzu* hatte sämtlichen Hausbewohnern klar gemacht, dass ein gewaltiger Unterschied darin bestand, wie Dyan den jungen Mann behandelte, der sein Pflegesohn und Mündel war, und wie seinen Lustknaben. Danilo selbst hatte keinen Grund zur Klage. Bevor Dyan von Danilos Abstammung und seiner Ardais-Gabe erfuhr – Danilo war damals eines der ärmsten Mitglieder des Kadettenkorps gewesen –, hatte Dyan versucht, ihn zu verführen, und als Danilo sich angewidert weigerte, hatte Dyan sich darauf verlegt, ihn zu verfolgen und zu schikanieren. Danilo war *cristoforo,* und nach diesem Glauben war es eine Schande, ein Liebhaber von Männern zu sein. Aber nicht ein einziges Mal hatte Dyan in dem Jahr, nachdem er ihn als Erben adoptiert hatte, sich anders mit Wort und Geste an Danilo gerichtet, als es zwischen Mündel und Vormund schicklich gewesen wäre. Doch der Schatten dessen, was einmal zwischen ihnen gewesen war, lag schwer über Danilo. Er hatte Dyan verziehen, wie er meinte, und trotzdem überkam ihn in Dyans Gegenwart immer eine gewisse Befangenheit.

Soviel er wusste, hatte er nichts getan, was seinem Vormund hätte missfallen können. Aber es war noch nie vorgekommen, dass Dyan ihn zu dieser Stunde zu sich rief. Normalerweise trafen sie nur bei den Abendmahlzeiten zusammen und verbrachten danach eine Stunde voller Förmlichkeit im Musikzimmer. Manchmal spielte Dyan ihm etwas auf den verschiedenen Instrumenten vor, die er beherrschte, oder ließ seine Spielleute und Sänger kommen. Gelegentlich bestand er auch darauf, dass Danilo spielte, was diesen zur Verzweiflung trieb. Er hatte verlangt, dass sein Pflegesohn sich mit Musik befasste, denn, sagte er, ohne das sei die Ausbildung eines Mannes nicht vollständig.

Dyan stand vor dem Kamin, hoch und schlank in der düsteren schwarzen Kleidung, die er bevorzugte. Trotz des Feuers war es so kalt, dass man seinen Atem sah. Er hörte Danilo eintreten und drehte sich zu ihm um.

»Guten Tag, Pflegesohn. Hast du schon zu Mittag gegessen?«

»Nein, Sir. Ich wollte es tun, als ich Eure Botschaft erhielt, und da bin ich sofort gekommen.«

»Soll ich dir etwas bringen lassen? Es steht auch Obst und Wein auf dem Tisch, bitte, bediene dich.«

»Ich danke Euch, Sir. Ich habe eigentlich keinen Hunger.« Danilo bemerkte, dass Dyan die Lippen zusammengekniffen hatte. Er sah grimmig aus. Danilos Magen verkrampfte sich; er hatte immer noch ein bisschen Angst vor Dyan. Er konnte sich nicht vorstellen, was er getan haben sollte, um diesen Ausdruck von Missvergnügen auf das Gesicht seines Vormunds zu bringen. Im Geist ging er die Ereignisse der letzten zehn Tage durch. Die Buchhaltung des Gutes, die ihm in den vergangenen vier Monden anvertraut gewesen war, befand sich in Ordnung, falls sich die Männer nicht alle verschworen hatten, ihn zu belügen. Soweit er es beurteilen konnte, würden seine Lehrer nur Gutes von ihm berichten. Er war kein wirklich glänzender Schüler, aber Mangel an Fleiß und Gehorsam war ihm nicht vorzuwerfen. Dann sah er, dass Dyans Augen ein Stückchen in seine Richtung wanderten, und wurde plötzlich wütend.

Er versucht, mir von neuem Angst einzujagen. Ich hätte daran denken sollen, es macht ihm Spaß, wenn ich mich fürchte, er liebt es, mich zappeln zu sehen. Er richtete sich auf. »Darf ich fragen, warum Ihr zu dieser Stunde so überraschend nach mir geschickt habt, Sir? Habe ich etwas getan, Euch zu erzürnen?«

Dyan gab sich einen Ruck und schien aus einem Tagtraum zu erwachen. »Nein, nein«, versicherte er schnell, »aber ich habe schlechte Nachrichten bekommen, und sie bekümmern mich deinetwegen. Ich will dich nicht hinhalten, und ich will keine langen Worte machen. Es ist ein Bote aus Syrtis gekommen. Dein Vater ist tot.«

Danilo keuchte auf vor Schreck, obwohl er wusste, die Grobheit war barmherzig. Dyan hatte ihn sich nicht mit Vermutungen quälen lassen, während er ihm die Nachricht bröckchenweise beibrachte.

»Aber er fühlte sich völlig gesund und stark, als ich Syrtis nach meinem Geburtstagsbesuch verließ ...«

»Kein Mann seines Alters ist jemals völlig gesund und stark«, sagte Dyan. »Die medizinischen Einzelheiten kenne ich nicht, aber ich habe den Eindruck, es ist ein Schlaganfall gewesen. Der Bote berichtete, dein Vater habe sein Frühstück beendet und der Köchin gedankt. Dann habe er angekündigt, er wolle ausreiten, und sei plötzlich umgefallen. Als man ihn aufhob, war er bereits tot. Das war in seinem Lebensabschnitt zu erwarten. Schließlich war er bei deiner Geburt schon in einem Alter, in dem die meisten Männer Enkel auf den Knien halten. Er hatte Unglück, ich weiß, mit seinem älteren Sohn.«

Danilo nickte stumm. Sein älterer Bruder war im Kampf gefallen, bevor Danilo geboren war; er war der Friedensmann von Regis Hasturs Vater gewesen. »Ich bin froh, dass er nicht gelitten hat.« Die Kehle wurde ihm eng von Tränen. *Mein armer Vater, er wollte, dass ich die Erziehung eines Edelmanns bekäme, er hat sich mir nie in den Weg gestellt. Ich hoffte, es werde eine Zeit kommen, ihn besser kennenzulernen, wenn ich als Mann zu ihm zurückkehren würde, frei von allen Problemen der Jugend, und ebenso in ihm den Mann sehen könnte und nicht nur den Vater. Und jetzt wird das niemals mehr ge-*

schehen. Er konnte das Schluchzen nicht mehr unterdrücken. Da spürte er Dyans Hand auf seiner Schulter, sehr leicht, und doch vermittelte die Berührung etwas wie Zärtlichkeit. Innerlich wand er sich vor Abscheu.

Er glaubt, weil ich trauere, kann er mich anfassen, und ich werde mich ihm nicht entziehen. Er hört nie auf, es zu versuchen ...

Dyan zog seine Hand abrupt zurück. Seine Stimme klang distanziert, beherrscht.

»Ich wünschte, ich könnte dich trösten, aber du willst ja meinen Trost nicht. Bevor ich nach dir schickte, habe ich Nachforschungen durch meinen Haus-*Laranzu* anstellen lassen.« Jetzt verstand Danilo den boshaften Blick, den Julian ihm gesandt hatte.

»Ich erfuhr durch die Türme, Regis Hastur sei in Thendara und reite noch heute nach Syrtis. Er hat zu seinem Großvater gesagt, als dein geschworener Freund habe er gegenüber deinem Vater Pflichten eines Verwandten, und er werde dich dort erwarten. Du kannst reisen, sobald alles Notwendige gepackt ist, falls du nicht lieber warten willst, bis das Wetter besser wird ... Nur die Wahnsinnigen und die Verzweifelten reisen im Winter in den Hellers, aber ich glaube nicht, dass du warten möchtest.«

»Ich fürchte mich nicht vor dem Wetter«, antwortete Danilo. Immer noch fühlte er sich wie betäubt. Er hatte seine Heimat und Regis wieder sehen wollen, aber nicht so.

»Ich habe mir die Freiheit genommen, meinen eigenen Kammerdiener zu beauftragen, dir Kleidung für den Ritt und für die Beerdigung einzupacken. Aber nimm noch etwas zu dir, bevor du aufbrichst, mein Sohn.«

Verblüfft über seinen Ton – Dyan zeigte tatsächlich außerordentliche Freundlichkeit – hob Danilo die Augen zum Gesicht seines Vormunds. Dyan sagte voll Mitgefühl: »Dein

Freund wird schon auf dich warten, wenn du in Syrtis ankommst, Pflegesohn. Du brauchst nicht allein zu der Beerdigung zu gehen, darüber habe ich mich vergewissert. Ich würde selbst kommen, um ihm Ehre zu erweisen, nur ...« Dyan nahm Danilos beide Hände formell in seine. Er war vollkommen abgeschirmt, aber Danilo spürte einen Hauch von einer Emotion, die er nicht ganz identifizieren konnte: Bedauern? Kummer? Leise fuhr Dyan fort: »Dein Vater war einer der wenigen Männer, die es um der Ehre willen wagten, sich mein Missfallen zuzuziehen. Ich werde sein Andenken in hohen Ehren halten. Bleib, solange du willst, Junge, um seine Angelegenheiten in Ordnung zu bringen. Und richte Regis Hastur meine Grüße aus.« Er ließ Danilos Hände los und trat zurück, eine Geste der Entlassung. Danilo verbeugte sich, von zu gemischten Gefühlen beherrscht, um Worte zu finden. Regis Hastur wartete schon auf ihn in Syrtis? Langsam ging er auf sein Zimmer, wo er Dyans Leibdiener damit beschäftigt fand, seine Satteltaschen zu packen. Dyan hatte ihm auch eine Geldbörse für die Ausgaben auf der Reise und für Geschenke an die Diener seines Vaters geschickt. Er hatte drei Männer als Eskorte abkommandiert, und als Danilo in die Halle hinunterkam, fand er eine warme Mahlzeit auf dem Tisch dampfen. Danilo war zu müde und bekümmert, um einen Bissen hinunterzubekommen, aber er nahm am Rande wahr, dass der *coridom* oder Haushofmeister einen Korb mit Lebensmitteln brachte und mit den Satteltaschen auf das Packtier lud. Gasthöfe gab es fast keine, Raststätten nur wenige, und die lagen weit voneinander entfernt.

II

Die Schneeflocken schwebten in das offene Grab und mischten sich dort mit den Erdbrocken, die die Männer und Frauen von Dom Felix' Haushalt, einer nach dem anderen an den Rand der Grube tretend, auf den Sarg fallen ließen.

»... und der Herr sagte zu mir: ›Deine Tochter, die ist ein gutes, kluges Mädchen, sie ist zu schade dafür, hier zu bleiben und ihr ganzes Leben lang Milchtiere zu melken und Töpfe zu scheuern.‹ Und obwohl wir an Küchenhilfen knapp waren, schickte er sie mit einem Brief an Lady Caitlin auf Burg Hastur, und die Lady nahm sie als Näherin in ihren eigenen Haushalt, und später wurde sie Haushälterin bei der Lady und heiratete den Verwalter, und immer fragte er ... fragte er mich nach ihr«, endete die alte Köchin mit bebender Stimme. Sie zerkrümelte den Erdbrocken in ihren Händen und ließ ihn mit den Schneeflocken ins Grab fallen. »Lasst diese Erinnerung das Leid lindern.«

Jeder der Hausleute hatte eine kleine Anekdote, eine empfangene Freundlichkeit, eine angenehme Erinnerung an den Toten erzählt. Jetzt stand der Verwalter, den Dyan im letzten Jahr geschickt hatte, am Grab, aber Danilo hörte kaum, was er sagte. Regis war hinter ihm; sie hatten sich jedoch nur ganz kurz begrüßen können. Und jetzt trat Regis ans Grab, und als er aufblickte, begegneten seine Augen denen Danilos zum ersten Mal, seit sie sich an diesem Morgen wiedergesehen hatten. Da Dyans tüchtiger Verwalter und Dom Felix' eigene Leute sich um alles kümmerten, war für Danilo nur sehr wenig zu tun übrig geblieben. Ihm war der Gedanke gekommen, er habe ebenso gut in Ardais bleiben können.

»Als ich Dom Felix zum ersten Mal sah«, begann Regis, und die Schneeflocken fielen auf den eleganten blauen Hastur-Mantel und sein kupferfarbenes Haar. Er hatte, dachte Danilo trüb, sich beträchtliche Mühe gegeben, um vor diesen Leuten als Prinz und Hastur-Erbe aufzutreten. »... da fuhr er mich an, als sei ich ein ungezogener kleiner Junge, der seinen Obstgarten plündern wollte. Er glaubte, ich sei gekommen, den Frieden seines Sohnes zu stören, und er war bereit, mich zornig wegzuschicken und den Unwillen des Comyn auf sich zu ziehen, um seinen Sohn zu schützen. Lasst diese Erinnerung das Leid lindern.«

Das war ja fast genau das Gleiche, was Dyan gesagt hatte, dachte Danilo benommen, und was er gesagt haben würde, wenn er mitgekommen wäre: Sein Vater wagte es seines Sohnes wegen, den Zorn mächtiger Männer zu erregen. *Ich hätte ihm ein besserer Sohn sein sollen!* Er nahm den zerbröckelnden Erdklumpen, den Regis ihm in die Hand drückte. Wie war es gleich gewesen, als Regis ihn hier in Syrtis aufgesucht hatte? *Wir saßen da drüben,* dachte er, *im Obstgarten, auf dem alten Baumstamm.* Zu der Zeit war er noch nicht mehr gewesen als der Sohn eines Kleinbauern, der nicht einmal ein anständiges Hemd besaß. Niemand hatte gewusst, dass er die Ardais-Gabe geerbt hatte. Aber Regis hatte gesagt: *Ich mag deinen Vater, Dani.* Regis war gekommen, als Dyan darauf hingearbeitet hatte, ihn in Unehren aus dem Kadettenkorps ausstoßen zu lassen. Und Dom Felix war grob zu ihm gewesen. Danilo sagte, blind vor Schmerz und unfähig, seine Worte richtig zu wählen: »Mein Vater machte sich nichts aus dem Königshof oder aus Reichtum und Macht für sich selbst. Sein ältester Sohn war ihm genommen worden ...« *Zweimal genommen worden, das erste Mal, als mein Bruder Rafael sich entschloss, einem Hastur als dessen geschworener Mann zu folgen, und dann, als er diesem Hastur in den Tod folgte. Und ich versetzte ihm einen Schlag auf diese alte Wunde. Aber ...* »Aber er ließ mich bereitwillig ziehen, er behielt mich nicht, wie es die meisten anderen Väter getan hätten, an der eigenen Seite, damit ich ihm in der Verborgenheit, die er vorzog, diene. Er ließ mich zuerst zu den Kadetten und dann nach Ardais gehen. Nicht einmal versuchte er, mich zu seinem Trost zu Hause zu behalten. Lasst diese Erinnerung ...« Seine Stimme brach, und er konnte kaum beenden: »Das Leid ... lindern ...«

Seine Finger schlossen sich krampfhaft und zerdrückten den Erdklumpen. Er spürte Regis' Hand über seiner, und plötzlich war er wie betäubt. Bald würde alles vorbei sein, und diese Leute würden weggehen, und er konnte ins Haus zurückkehren und heiße Suppe trinken ... oder heißen Wein, der besser half ... und warm werden und schlafen. Der Leichenschmaus wäre vorüber, die Beerdigung wäre vorüber, und er könnte ausruhen.

Bruder Estefan, ein *Cristoforus*-Mönch, der aus dem Dorf gekommen war, sprach ein paar freundliche Worte am Grab. »... und wie der Lastenträger das Weltkind über den angeschwollenen Fluss des Lebens trug, so strebte unser dahingegangener Bruder sein ganzes Leben lang danach, seinen Mitmenschen ihre Bürde tragen zu helfen, so gut er konnte. Dom Felix war kein reicher Mann, und einen beträchtlichen Teil seines Lebens verbrachte er in großer Armut, aber viele im Land ringsumher können erzählen, dass sie in seiner Küche zu essen bekommen haben, wenn der Winter hart war, oder dass er seine Männer schickte, Feuerholz in kalte Häuser zu bringen, wenn das alles war, was er zu geben hatte. Einmal kam ich spät zu ihm, nachdem ich Kranke auf seinem Besitz besucht hatte. Köchin und Verwalter waren zu Bett gegangen, so ließ er mich mit eigenen Händen ein und holte mich an sein Feuer, damit ich mich wärmte, und da seine Köchin, wie er behauptete, ihm ein zu reichliches Abendessen hingestellt habe, goss er einfach die Hälfte seiner Suppe in meine Schüssel und schnitt ein Stück von seinem eigenen Brot ab. Und weil niemand da war, der ein Zimmer für mich zurechtmachen konnte, legte er ein paar Satteldecken als Bett für mich neben das Feuer. Lasst diese Erinnerung das Leid lindern. Und möge der Herr aller Welten ihn in den gesegneten Reichen willkommen heißen, wo all die Freundlichkeit für ihn aufbewahrt ist, die er, als er noch unter uns weilte, an seine Mitmenschen aufteilte.« Er machte das heilige Zeichen über dem Grab und winkte den Arbeitern, mit dem Zuschütten anzufangen. »So mögen wir in dieser Welt aufhören zu trauern und unserem Bruder erlauben, ungestört durch den Gedanken an unser Leid in das gesegnete Reich zu reisen. Lebewohl.«

»Er hat seine Bürde niedergelegt; lebewohl«, sprachen die Trauergäste am Grab im Chor und wandten sich ab. *Dort wird er liegen,* dachte Danilo, *in einem nicht gekennzeichneten Grab hier auf seinem eigenen Land, schlafend neben meinen Urgroßvätern, die ihm vorausgegangen sind, und meinen Söhnen und Enkeln, die ihm folgen werden. Oder feiert er wirklich heute Nacht im gesegneten Reich in Anwesenheit seines Gottes mit meiner Mutter an der einen und meinem älteren Bruder an der anderen Seite? Ich weiß es nicht.*

Nur Bruder Estefan kehrte mit ihnen zum Haus zurück. Danilo ging, um von dem Geld zu holen, das Dyan ihm für Geschenke an Dom Felix' Männer mitgegeben hatte, und fand den Priester danach noch im Flur. Bruder Estefan wollte die Haupthalle nicht betreten. Er meinte, Danilo müsse sich nach der langen Reise, dem Leichenschmaus und der Beerdigung ausruhen. Danilo vermutete, er habe es eilig, in das Langhaus im Dorf zurückzukehren.

»Heute Nacht wird es heftig schneien. Wie gut, dass es noch nicht so schlimm kam, bis die Beerdigung vorüber war«, sagte Bruder Estefan.

»Ja, ja, das war gut.« Danilo dachte: *Er hat doch hoffentlich nicht vor, hier herumzustehen und mit mir über das Wetter zu plaudern!*

»Ihr werdet doch jetzt hier in Syrtis bleiben, mein Lord, an Eurem rechtmäßigen Platz, und nicht nach Ardais zurückkehren? Überall in den Domänen und über ihre Grenzen hinaus ist bekannt, dass Lord Ardais ein schlechter Mensch ist, ein Lüstling, der keine Götter fürchtet ...«

»Gegen mich hat er sich ehrenhaft betragen«, erklärte Danilo. »Er ist der Bruder meiner Mutter; ich habe den Eid als sein Erbe geleistet. Es ist meine Pflicht gegenüber dem Blut meiner Mutter und gegenüber den Comyn, meinen Platz in Ardais auszufüllen.«

Der Priester verzog die Lippen. »Euer Vater war nie ohne Bedenken, dass Ihr Euch an jenem Ort befandet. Und es geht das Gerücht, Lord Regis gehöre auch zu dieser verkommenen Sorte; er ist weder verheiratet noch verlobt, und er ist bereits achtzehn. Warum ist er hergekommen?«

»Ich bin sein geschworener Mann und Friedensmann«, begann Danilo, aber hinter ihm in dem dunklen Flur sagte Regis Hastur: »Guter Bruder.« Danilo war bisher noch gar nicht aufgefallen, dass sich Regis' Stimme, tiefer und voller geworden, zu einem tönenden Baß entwickelt hatte.

»Guter Bruder, falls irgendwer, den Ihr kennt, sich bei Euch über mein Betragen gegen ihn beklagt hat, bin ich bereit, mich dafür zu rechtfertigen, vor ihm oder vor Euch. Falls nicht, habe ich Euch nicht zum Bewahrer meines Gewissens ernannt, auch ist dieser Posten nicht frei. Darf ich einen Diener schicken, der Euren Esel durch den Sturm führt? Nein? Seid Ihr sicher? Nun, dann gute Nacht, und die Götter mögen mit Euch reiten.« Und als sich die Tür hinter dem Priester schloss, murmelte er: »... oder wer sonst bereit ist, Eure Gesellschaft zu ertragen!«

Danilo wäre beinahe in hysterisches Gelächter ausgebrochen, deshalb ging er schnell in die Haupthalle davon. Regis fasste ihn am Ärmel. Bei der Berührung flammte die Erinnerung zwischen ihnen auf, aber dann entzog sich Danilo ihm, und Regis, weniger davon als von der Verweigerung des Rapports schockiert, erklärte heftig: »Naotalba verrenke mir den Fuß ... ich bin ein Idiot, Dani! Ich weiß, du willst nicht, dass darüber geklatscht wird, besonders unter denen, die nur zu eifrig bei den Comyn nach einem Skandal suchen!« Er lachte verlegen auf. »Ich muss mir den Vorwurf machen, dass ich vielleicht geglaubt habe, über jeden Verdacht erhaben zu sein. Meine einzige Befürchtung war, dich rüden Witzen auszusetzen. An Bruder Estefans muckerische Besorgnis über den Zustand deiner Seele und deiner Sünde habe ich nicht gedacht!«

»Mir ist es gleichgültig, was über mich geklatscht wird«, platzte Danilo heraus, »aber ich ertrage es nicht, dass solche Sachen über dich gesagt werden ...«

»Meine eigene Ehre ist mein bester Schutz«, erklärte Regis ruhig. »Andererseits bin ich dem Geschwätz nicht ausgesetzt. Es gibt nicht viele, die es wagen, einen Hastur zu verleumden. Ich zumindest schäme mich der Wahrheit nicht. Von allen Schlechtigkeiten hasse ich das Lügen am meisten ...« Sie waren im Eingang stehen geblieben, und die alte Köchin, die ein einfaches Abendessen in der Halle austeilte – Haferbrei, der in kaltem Zustand in Scheiben geschnitten und mit Speck gebraten war, ein gebackener Pudding, der nach Trockenobst roch, Schüsseln mit dampfenden Suppen –, hob die immer noch verquollenen, roten Augen, um sie zu rufen. Sie sagte mit dem Freimut einer alten Dienerin – als Danilo noch ganz klein war, hatte sie ihm Krapfen gebacken und ihm die zerrissenen Knie seiner ersten Reithose geflickt: »Du hättest den Bruder einladen sollen, mit uns zu essen, Dom Dani ...«

»Sicher«, meinte Regis mit schleppender Stimme. »Wir hätten seine Gesellschaft wohl noch eine weitere Stunde ertragen können, wenn es sein musste, und es ist eine Schande, dass wir den armen Mann mit nichts im Magen in den Schnee hinausgeschickt haben. Was würde man dir in Nevarsin dazu sagen, Dani?«

»Er wird im Langhaus besser essen, Nanny«, beruhigte Danilo die alte Frau, »und er würde wahrscheinlich im Hause eines Sünders gar nicht essen wollen. Ich habe ihm klargemacht, dass ich nicht zu seiner Herde gehöre.«

»Und ich bin ebenso froh, dass mir sein Anblick erspart bleibt«, fügte Regis hinzu. »Ich habe an Frömmigkeit alles gekriegt, was ich verdauen konnte, als wir zusammen in Nevarsin waren, Danilo. Das war von ihrem feierlichen Unsinn mehr als genug für mein ganzes Leben. Oh, ich nehme an, einige von ihnen sind gute Männer und heilig. Doch ich kann nicht glauben, was sie glauben, und damit ist alles gesagt. Ich möchte mich nicht unhöflich über deines Vaters Religion äußern, nur ist sie nicht die meine, und ich fühle mich deinem Priester nicht verpflichtet. Nun ...« Sein Gesicht wurde ernst. »Wir haben noch gar keine Zeit gehabt, miteinander zu reden. Ich hatte mir gewünscht, dich wiederzusehen, *bredu,* aber nicht so.« Auf dem Tisch stand auch ein Steinkrug mit Wein. Regis goss einen Becher voll und reichte ihn Danilo. »Trink zuerst, mein Bruder, dann iss. Du bist erschöpft, kein Wunder, und ich habe gesehen, dass du beim Leichenschmaus nur wenig gegessen hast.«

Danilo trank von dem Wein und spürte, wie er seinen ganzen Körper wärmte. Dann tauchte er den Löffel in die Suppe, aber er fühlte Regis' verwirrten Blick auf sich ruhen.

Verdammt sei dieser Priester, dachte er, jetzt steht das alles wieder zwischen uns. Ich hatte nicht mehr daran denken wollen. Es reicht schließlich, dass ich in Dyans Haus lebe und gezwungen bin, meine Augen von diesem verfluchten Julian abzuwenden, der damit protzt, in Danys Gunst zu stehen, und dass ich weiß, Dyans Haushalt hat eine Zeit lang geglaubt, ich sei in dieser Eigenschaft anwesend, Dyans Favorit, sein Günstling oder Lustknabe ... Ich habe Regis einen Eid geschworen. Aber was uns verbindet, ist ehrenhafter als das.

Seine Gedanken verweilten für einen Augenblick bei der Erinnerung an eine kleine Reisehütte in den Hellers, wo er und Regis sich zu dem Band zwischen ihnen bekannt und sich einander durch ihr *laran* weiter geöffnet hatten als Liebende. Sicher wurde mehr von ihm nicht gewünscht oder erwartet. *Ich achte Regis, und ich liebe ihn von ganzem Herzen. Aber er würde niemals mehr als das von mir verlangen. Vielleicht, wenn wir uns als kleine Jungen kennen gelernt hätten ... aber das wurde für immer verdorben, als Dyan von mir etwas verlangte, das ich ihm nicht geben konnte, weil es nicht in meiner Natur liegt.* Und vorhin im Flur hatte Regis sich dafür entschuldigt, dass er ihn auch nur der Anschuldigung ausgesetzt hatte.

Er griff nach dem Topf mit der Marmelade für seinen frischen Haferbrei und begegnete Regis' Blick. Regis lächelte ihm zu und fragte: »Woran denkst du, mein Bruder?«

Danilo antwortete impulsiv: »An jene Nacht in der Reiseunterkunft ...«

»Ich habe sie nicht vergessen«, Regis fasste über den Tisch hinweg nach Danilos Hand und drückte sie. Und bei der Berührung waren sie für einen Augenblick zusammen dort, einander völlig offen, und dann zog Regis sich zurück und sagte leise: »Nein. Du willst doch *das* nicht wieder aufrühren, Dani?«

Und sie hatten sich beide zurückgezogen ... Sie hatten sich zu dem Band bekannt, aber sie hatten sich beide zurückgezogen. Der Schatten Dyans liegt schwer auf uns ... Keiner von uns wollte damals zugeben, was wir uns wünschten. Es war genug, dass wir es wussten ...

Die alte Köchin stand wieder vor ihnen.

»Ich habe gestern das erste Gästezimmer für Lord Regis hergerichtet«, sagte sie zu Danilo, »und das Zimmer des Herrn habe ich für dich herrichten lassen. War das recht?«

Nein, nicht recht, dachte Danilo, aber es entsprach dem Brauch und musste ertragen werden. Er nickte der alten Frau beruhigend zu, stand auf und nahm eine Kerze in die Hand.

»Ich bin müde, Nanny, und gehe jetzt nach oben. Leg dich auch schlafen, und danke für alles.«

Sie kam und küsste ihm die Hand, und sie blinzelte heftig, als wolle sie von neuem zu weinen beginnen. »Nun, nun, Nanny, geh ins Bett.« Er klopfte der alten Frau die Wange. Sie ging, die Schürze vors Gesicht haltend. Regis nahm einen Apfel aus der Schüssel auf dem Tisch und kam ihm nach. »Ich liebe eure Äpfel«, sagte er. »Könnte euer Verwalter mir ein Fass davon nach Thendara schicken?«

»Nichts ist einfacher. Erinnere mich, es ihm morgen zu sagen«, antwortete Danilo, und sie gingen gemeinsam zur Treppe.

III

Im Flur oben zögerte Danilo vor der schweren geschnitzten Doppeltür des Zimmers, das seinem Vater gehört hatte. Er war in seinem ganzen Leben kein Dutzend Mal darin gewesen. Schließlich sagte er: »Ich ... ich kann nicht allein hineingehen ...«, und Regis' Hand legte sich fest auf seine Schulter.

»Natürlich kannst du das nicht. Sie hätte es nicht von dir erwarten sollen. Wenn du zurückkämest, um hier zu leben, wäre es etwas anderes.« Er drückte die Tür auf, und sie betraten das Zimmer gemeinsam. Danilo steckte mit seiner Kerze einen Leuchter an, der auf dem alten geschnitzten Schreibtisch stand. Das Licht war freundlich zu den verblichenen Wandbehängen, dem schäbigen Teppich. Aber die alten Möbel waren gut gehalten und glänzten vor Wachs. Das große Bett hing an der Seite durch, wo der alte Mann all diese Jahre allein geschlafen hatte. Auf der anderen Seite lag ein immer noch hohes, festes, unberührtes Kissen, ein rührender Kontrast zu dem platt gedrückten lumpigen alten, auf dem in der ganzen Zeit seines Vaters Kopf geruht hatte.

Siebzehn Jahre ist es jetzt her, dass ich in diesem Bett geboren wurde und meine Mutter dort am selben Tag starb. Dieses einseitig sackende Bett bewegte ihn ganz außerordentlich. *Er* hat all diese Jahre allein hier gelebt, und ich habe ihn noch mehr allein gelassen.

»Aber du bist nicht allein hier«, tröstete Regis ihn leise. »Ich werde bei dir bleiben, Dani.«

»Aber ich ... du ...« Danilo sah Regis hilflos an, und sein Freund lächelte ein bisschen. Er sagte: »Nein, Dani ... wir müssen jetzt darüber sprechen. *Damals* waren wir beide nicht bereit dazu, ich weiß. Aber ... wir sind durch einen Eid verbunden. Und du weißt so gut wie ich, was das bedeutet ...«

Danilo betrachtete den fadenkahlen Teppich. Er schlug mit seinen Worten protestierend um sich. »Ich dachte ... du seist so ... so schockiert wie ich, es mache dich ebenso krank, was ... was Dyan von mir wollte ...«

Regis' Gesicht zuckte im Kerzenlicht.

»So empfinde ich immer noch ... wenn Gewalt angewendet wird oder wenn es nicht freiwillig geschieht«, antwortete er. »Was mich krank macht, war jedoch Dyans ... Hartnäckigkeit, nicht sein Geschmack, wenn du das verstehst. Der Geschmack ist für mich ... kein Geheimnis. Im Gegenteil. Aber ... freiwillig gegeben und zwischen Freunden. Nicht auf andere Art. Ich dachte ...« Wie aus sehr weiter Ferne hörte Danilo, dass die Stimme seines Freundes bebte, und er schirmte sich gegen den unverhüllten Ausbruch von Leidenschaft ab. »Ich dachte, dir gehe es ebenso wie mir – wir teilen das Gefühl, wie einer zu sein, und wir hätten es nur auf einen anderen Zeitpunkt verschoben. Auf einen Zeitpunkt, wenn wir nicht krank oder verängstigt und auch nicht in Lebensgefahr sein würden, nicht unter dem Schatten ... dem Schatten deiner Furcht von Dyan. Und ich glaubte, es könne keinen besseren Zeitpunkt geben als diesen ... um zu bestätigen, was wir einander einmal geschworen haben, dass wir zusammengehören ...«

Eine ungeheure Verlegenheit überwältigend, gelang es Danilo, die Arme nach Regis auszustrecken und ihn zu umarmen, wie es unter Verwandten üblich ist. Er küsste ihn schüchtern auf die Wange und dachte an den Tag, als er dies schon einmal getan hatte, an den Tag im Obstgarten. Nach Worten suchend, erklärte er: »Du bist mein geliebter Bruder und mein Lord. Alles, was ich bin, alles, was ich dir in Ehren geben kann ... ich liebe dich. Ich würde mein Leben für dich geben. Was das Übrige angeht ... *das* zu geben liegt, glaube ich, nicht in mir ...« Er konnte nicht weitersprechen.

Regis drückte ihn fest an sich, seine Hände glitten nach oben und fassten Danilos Ellenbogen. Er sah ihm tief in die Augen und versicherte leise: »Du weißt, dass ich nichts von dir will, was du nicht zu geben bereit bist. Niemals. Ich verstehe nur nicht, warum du es nicht willst. Dani, glaubst du immer noch, das, was ich mir wünsche, sei schändlich oder dass ich von dir verlange ...« Danilo erkannte, das Regis ebenso wie er sich blindlings durch eine Wand von Worten tastete, um die tiefere Berührung durch *laran* zu vermeiden. »Glaubst du, ich will dich aus Stolz oder um meine Macht über dich zu zeigen ... oder sonst etwas in dieser Art? Du hast einmal gesagt, ich sei nicht wie Dyan und du habest keine Angst vor mir ...« Er seufzte und ließ Danilo los.

»Wahrlich, sein Schatten liegt schwer auf uns beiden. Ich ertrage es nicht, dass er immer noch auf diese Weise zwischen uns steht.« Er wandte sich ab, und Danilo spürte die kalte, schmerzende Entfernung zwischen ihnen. Doch es war besser so.

»Nun, du musst schlafen, Danilo«, sagte Regis ruhig, »und

wenn du hier nicht allein sein willst, bleibe ich bei dir, oder du kannst kommen und mein Gästezimmer mit mir teilen. Sieh mal, dein Vater hat dein Bild hier stehen gehabt neben ... das ist sicher deine Mutter?«

Danilo griff nach den beiden kleinen Gemälden. Er hatte sie hier neben diesem Bett stehen gesehen, solange er sich erinnern konnte. »Das ist meine Mutter«, bestätigte er, »aber das hier kann kein Bild von mir sein. Es hat schon hier gestanden, als ich noch ganz klein war.«

»Das musst du doch sein.« Regis studierte das gemalte Gesicht. Auf dem Bild hielten sich zwei junge Männer bei den Händen und sahen sich in die Augen. Bestürzt erkannte Danilo, wer sie waren.

»Es ist mein Bruder Rafael«, sagte er. »Rakhal wurde er genannt.«

Regis erklärte flüsternd: »Dann muss das mein Vater sein. Er hieß auch Rafael, und wenn sie sich zusammen auf diese Weise malen ließen, haben sie ebenfalls den Eid der *bredin* geschworen ...«

Sie hießen beide Rafael, sie hatten sich einander durch den Eid angelobt, sie starben bei den Versuch, sich gegenseitig zu schützen, und sie wurden auf dem Feld von Kilghairlie zusammen in ein Grab gelegt. Die alte Geschichte hatte Regis und Danilo als Kadetten zusammengebracht. Sie standen wieder unter den seltsam wechselnden Lichtern der Unterkünfte für die Garde, Kinder in ihrem ersten Kadettenjahr, eingefangen von der alten Tragödie. Die seitdem vergangene Zeit schrumpfte, und es war wieder der Augenblick, als Danilo ihn irgendwie *berührte*. Regis erinnerte sich an den Vater, dessen Gesicht er nie gesehen hatte, und spürte das *laran* erwachsen, von dem er nie geglaubt hatte, dass er es besaß ...

»Ich habe meines Vaters Gesicht nie gesehen«, sagte er endlich. »Großvater besaß ein Bild ... Ich habe bis jetzt nicht gewusst, dass es eine Kopie von diesem hier gewesen sein muss. Er hat es nie fertig gebracht, mir das Bild zu zeigen, aber meine Schwester hatte es gesehen. Sie kann sich natürlich an unseren Vater und unsere Mutter erinnern, und sie erwähnte einmal, Dom Rakhal Syrtis sei freundlich zu ihr gewesen ...«

»Seltsam«, Danilo drehte das kleine Porträt in seinen Händen, »dass mein Vater, der den Hasturs so grollte, seit sie ihm erst meinen Bruder und dann mich genommen hatten, das hier in all den Jahren an seinem Bett stehen ließ, so dass er beide Gesichter ständig vor sich hatte ...«

»So verwunderlich ist das nicht«, meinte Regis sanft. »Zweifellos erinnerte er sich am Ende nur noch daran, dass sie einander geliebt hatten. Vielleicht war er schließlich sogar froh, dass auch du einen Freund gefunden hast ...« Mit geistesabwesendem Lächeln betrachtete er noch einmal das Gesicht seines Vaters. »Nein, ich gleiche ihm nicht sehr, aber eine Ähnlichkeit ist immerhin vorhanden. Möchte doch wissen, ob das der Grund ist, warum mein Großvater es so viele Jahre lang kaum ertragen konnte, mein Gesicht zu sehen.« Behutsam legte er das Bild auf den Tisch zurück. »Danilo, wenn dieses Bild jahrelang neben deinem Bett gestanden hat, wirst du vielleicht verstehen ... Komm, mein Bruder, du musst schlafen. Es ist spät, und du bist müde. Du hast mich auf Aldaran umsorgt wie ein Leibdiener. Lass mich das Gleiche für dich tun.«

Er drückte Danilo in einen Sessel und bückte sich, um ihm die Stiefel auszuziehen. Danilo geriet in Verlegenheit und machte eine Geste, ihn daran zu hindern.

»Mein Lord, das schickt sich nicht!«

»Der Eid eines Friedensmanns geht in beide Richtungen, mein Bruder.« Regis kniete nieder und sah ihm ins Gesicht. Er wies mit dem Kopf leicht nach dem Bild hin, und Danilo sah, wie der erste Regis-Rafael in die Augen von Rafael-Felix Syrtis lächelte. »Und es schickt sich doch. Wenn dein Bruder am Leben geblieben wäre, hätte ich in ihm ebenso wie du einen zweiten Vater gefunden ... und mein Leben wäre ganz anders verlaufen, auch ohne meinen eigenen Vater.«

»Wenn er am Leben geblieben wäre«, erklärte Danilo mit einer Bitterkeit, von der er gar nicht gewusst hatte, dass sie in ihm wohnte, »wäre ich gar nicht erst geboren worden. Mein Vater nahm eine zweite Frau, als die meisten Männer seines Alters es zufrieden gewesen wären, ihre Enkel auf den Knien zu schaukeln, weil er sein Haus nicht ohne Erben lassen wollte.«

»Da bin ich nicht so sicher.« Wieder legten sich Regis' Hände über die Danilos. »Die Götter mögen dich deinem Bruder als Sohn gesandt haben, der neben meines Vaters Sohn aufwachsen sollte ... und wir wurden *bredin,* wie es vorherbestimmt war. Dani, siehst du nicht die Hand des Schicksals darin, dass wir *bredin* wurden, wie sie es waren?«

»Ich weiß nicht, ob ich das glauben soll.« Aber Danilo ließ seine Hände in denen des Freundes ruhen.

»Mir kommt es vor, als lächelten sie uns zu«, meinte Regis, und dann streckte er Danilo die Arme entgegen. »Oh, Dani, alle Götter mögen es verhüten, dass ich versuche, dich zu etwas zu überreden, das du als falsch empfindest, aber sollen wir für immer im Schatten Dyans leben? Ich weiß, er hat dir Unrecht getan, doch das ist Vergangenheit. Willst du mich auf ewig für das leiden lassen, was er dir antun wollte? Dann, ja dann ist deine Angst vor ihm stärker als der Eid, den du mir geleistet hast ...«

Danilo hätte am liebsten geweint. Er antwortete zitternd: »Ich bin ein *cristoforo.* Du weißt, was die *cristoforos* glauben. Mein Vater glaubte es, und das genügt mir, und bevor er in seinem Grab kalt geworden ist, willst du mich haben, hier in diesem Bett, wo er all diese Jahre allein geschlafen hat ...«

»Ich glaube nicht, dass es ihm etwas ausmachen würde«,

antwortete Regis sehr leise. »Denn in all diesen Jahren behielt er die Geschichte seines Sohnes und desjenigen, dem sein Sohn sein Herz geschenkt hatte, neben sich. Hätte er das getan, wenn ihm der bloße Anblick eines Hasturs ein Ärgernis gewesen wäre? Es gibt genug Porträt-Maler. Warum hat er das Bild seines Sohnes nicht kopieren lassen und das Gesicht des Hastur-Prinzen, der ihm seinen Sohn gestohlen hatte, dem Feuer überantwortet? Und was seinen Glauben angeht ... Ich hätte nichts für einen Gott übrig, der seine Macht dazu missbraucht, einer Welt Freude und Liebe wegzunehmen, wenn sie an beiden sowieso schon Mangel leidet. Von meinem göttlichen Stammvater weiß ich nichts weiter, als dass er gelebt und geliebt hat wie andere Menschen. Und es steht geschrieben, dass er, als er die Frau verlor, die er liebte, ebenso wie andere Menschen trauerte. Aber nirgendwo in meinen heiligen Büchern wird erwähnt, er habe sich gefürchtet zu lieben ...«

Ich habe mir versichert, ich könne Regis niemals fürchten. Was hat dann diesen langen Schatten zwischen uns geworfen? War das in Wahrheit Dyan? Unsere Herzen gehören einander; ich hasste Dyan damals, weil er versuchte, mir seinen Willen aufzuzwingen. Und ich, verletze ich Regis nicht auf die gleiche Art? Bin ich frei von der Befleckung durch Dyan?

Oder liegt es nur daran, dass das, was ich für Regis empfinde, rein und ohne Befleckung sein soll, dass ich mir einbilden möchte, ich sei irgendwie besser als Dyan und meine Gefühle für Regis hätten nichts damit zu tun, was er mit Julian treibt?

Ich habe Regis verletzt. Und schlimmer ... Er erkannte es blitzartig. *Ich habe Dyan verletzt, weil ich ihm nicht traute. Er hat mich als Sohn angenommen und sich einen anderen Liebhaber gesucht, und ich war nicht bereit, ihm genügend zu vertrauen, um die Güte eines Vaters von ihm anzunehmen. Ständig habe ich mich besser gedünkt, habe das, was Dyan mir*

gibt, widerwillig angenommen, als täte ich ihm damit einen
Gefallen – als wünschte ich, dass er um meine Gunst buhle ...
Und wie ich Dyan zurückweise, wenn er mir die Liebe eines
Vaters schenken möchte, so weise ich Regis als das zurück,
was er ist, weise sein Verlangen nach Liebe zurück ... Er ist
kein Mann, der oberflächlich liebt. Er braucht Vertrauen und
Zuneigung ... etwas, das von meinem Herzen in das seine
übersprang, als ich ihn berührte und sein laran erweckte. Aber
indem ich mit der einen Hand gab, nahm ich mit der anderen.
Ich akzeptierte seine Hingabe und Liebe, und dann wollte ich
aus Angst vor müßigen Zungen ihm nichts weiter von mir ge-
ben.

Regis hielt immer noch seine Hand. Danilo beugte sich vor
und umarmte ihn, doch diesmal nicht förmlich. Er empfand
überwältigende Demut. *Mir ist so viel gegeben worden, und*
ich bin nur so wenig zu geben bereit.

»Wenn mein Vater ihre Bilder all diese Jahre neben seinem
Bett aufbewahrt hat«, sagte Danilo, »und wenn er mich von
seinen Händen in deine hat geben lassen, mein Bruder ... nun,
dann ist es das Gesetz des Lebens, dass eines, von uns des anderen Last tragen soll. Alles, was ich bin, und alles, was mein
ist, gehört auf ewig dir, mein Bruder. Bleib heute Nacht hier
bei mir ...« Er lächelte Regis bedeutsam zu und sprach das
Wort zum ersten Mal in der Form aus, die nur unter Liebenden
gebraucht wird: *»Bredu.«*

Regis flüsterte: »Wer weiß? Vielleicht sind sie tatsächlich in
uns zurückgekehrt, auf dass wir eines Tages ihren Eid erneu-
erten ...« Und als er Danilo an sich zog, fiel das Bild um und
kippte zu Boden. Regis streckte die Hand danach aus, Danilo
tat desgleichen, und ihre Hände trafen sich auf dem Rahmen.
Danilo war, als zerreiße ihm Regis' Lächeln das Herz, so viel
lag darin an Bereitschaft und Liebe und Freude. Es gab etwas
wie einen kurzen Kampf, als jeder versuchte, das Bild zu fas-

sen und aufzuheben. Dann lachte Regis und überließ es Danilo, es auf das Tischchen neben dem Bett zu stellen.

»Morgen«, sagte Danilo, »muss ich die persönlichen Unterlagen meines Vaters durchsehen. Wer weiß, was wir sonst noch finden werden?«

»Wenn wir sonst nichts finden«, Regis hielt Danilos Hände fest, und seine Worte kamen atemlos, »haben wir doch bereits den größten Schatz gefunden, *bredhyu.*«

IV

»Der Herr hat Eure Botschaft erhalten«, sagte Dyans Verwalter, »und er bittet Euch, wenn Euch die Reise nicht zu sehr ermüdet hat, für einen Augenblick zu ihm ins Musikzimmer zu kommen.«

Also freut auch er sich, dass ich wieder zu Hause bin. Ich habe hier einen Patz für mich geschaffen. Danilo dankte dem Mann, ließ sich von ihm den Reisemantel abnehmen und ging zum Musikzimmer. Von drinnen hörte er den leisen Klang einer *rryl* und dann Dyans tiefe und melodische Stimme.

»Nein, mein Lieber, versuche, den Akkord so zu greifen ...« Und als er eintrat, sah er, wie Lord Ardais die Finger Julians auf den Saiten zurechtrückte. »Siehst du, so kannst du den Akkord anschlagen und sofort mit der Melodie fortfahren ...« Er brach ab, und beide blickten auf. Das Licht fiel auf Dyans Gesicht, aber Julians Gesicht blieb im Schatten, und Danilo dachte: *Er ist es zufrieden, in Dyans Schatten zu leben. Das hatte ich bis jetzt nicht begriffen. Ich glaubte, er suche Dyans Gunst, wie eine* barragana *ihren Körper für wertvolle Geschenke hingibt ... Aber jetzt weiß ich, dass es mehr ist als das.* Dyan nickte Danilo zu, doch seine Aufmerksamkeit galt immer noch Julian. Er sagte: »Jetzt lass mich hören, wie du es diesmal richtig spielst«, und als der Junge die Tonfolge wiederholte, zeigte er sein seltenes Lächeln. »Siehst du, so ist es besser; man hört dann gleichzeitig die Melodie und die Harmonie. Wir brauchen beides.« Er stand auf und ging auf Danilo zu, der im Eingang des Musikzimmers stand.

Mit blitzartiger Intuition dachte Danilo: *Er weiß Bescheid.* Aber es war ja kein Geheimnis, und er wollte es auch nicht mehr aus Scham oder Furcht verbergen. Was er und Regis geteilt hatten, würden sie, wie er jetzt wusste, für den größten Teil des Lebens, der noch vor ihnen lag, teilen. Es unterschied sich im Grunde nicht so sehr von dem, was Dyan und Julian teilten, aber er schämte sich der Ähnlichkeit nicht mehr.

Ich mag nicht besser sein als er, aber ich bin auch nicht schlechter. Und das ist – er dachte daran, wie liebevoll Dyans Hand die Finger Julians auf den Saiten geführt hatte –, *das ist ja auch nichts Schlimmes. Ich habe mir eingebildet, besser als Dyan – oder als Julian – zu sein, weil ich entschlossen war, diese Ähnlichkeit nicht zu sehen. Es ist eine seltsame Bruderschaft. Aber eine Bruderschaft ist es immerhin.*

Er zog Dyan in die unter Verwandten übliche Umarmung. »Sei gegrüßt, Pflegevater.« Es gelang ihm sogar ein zögerndes Lächeln für Julian. »Guten Abend, Verwandter.«

»Ich nehme an, du hast in deiner Heimat alles in Ordnung gebracht?«

»Ja«, antwortete Danilo, »in der Tat, ich habe alles in Ordnung gebracht. Da waren ... sehr viele unerledigte Dinge. Und Lord Hastur empfiehlt sich Euch und sendet Euch Grüße.«

Dyan quittierte dies mit einer Verbeugung. »Ich bin dankbar. Und ich freue mich, dass du heil zurückgekehrt bis, Pflegesohn.«

»Ich freue mich, wieder hier zu sein, Pflegevater.« Zum ersten Mal sprach Danilo das Wort ohne Vorbehalt aus. *Ich habe meinen Vater verloren, aber ich habe entdeckt, dass ich einen anderen Vater gefunden habe, der es gut mit mir meint. Bisher war ich nicht fähig, das zu glauben und ihm zu vertrauen.*

»Julian«, sagte Dyan, »gieße unserem Verwandten zu trinken ein. Da steht heißer Wein; er wird ihm nach dem langen Ritt in der Kälte gut tun.«

Danilo nahm den Becher in beide Hände, wärmte sie daran und trank. »Ich danke Euch.«

»*Chiyu*«, sagte Dyan zu Julian in diesem Ton, der halb entschuldigend, halb zärtlich war, »spiel uns etwas auf der *rryl* vor, solange ich mit Danilo rede ...«

Julian zog ein missmutiges Gesicht. »Dani spielt besser als ich.«

»Aber meine Hände sind kalt vom Reiten«, fiel Danilo ein, »und deshalb kann ich überhaupt nicht spielen. Also bitte, tu du es.« Er lächelte Julian zu. Sie waren beide jung. Jeder hatte seinen eigenen Platz in Dyans Haus und Zuneigung. *Und es gibt noch eine andere Bruderschaft. Mein Herz gehört völlig meinem Lord. Und so ist es bei ihm auch.* »Ich wäre dir dankbar, Verwandter, wenn du für uns spielen wolltest.«

Die Töne der *rryl* klangen auf, Danilo nahm neben seinem Pflegevater Platz und bereitete sich darauf vor, seine vernachlässigten Pflichten wieder aufzunehmen. Morgen würde er Dyan vielleicht das Bild zeigen, das er aus Syrtis mitgebracht hatte. Dyan hatte Regis' Vater gekannt, als sie beide noch Kinder waren. Vielleicht hatte er auch Danilos älteren Bruder gekannt, und vielleicht konnte Dyan über ihn ohne den Schmerz sprechen, der das seinem Vater unmöglich gemacht hatte.

Er entspannte sich in der Wärme des Feuers. Jetzt war er wieder zu Hause, er war aus Dyans Schatten herausgetreten und hatte den rechtmäßigen Platz an seiner Seite eingenommen.

Über Patricia Shaw Mathews und
»Initialzündung«

Im Allgemeinen ist in den Darkover-Geschichten von Drachen nicht viel die Rede, obwohl ich mir Darkover immer als einen Ort von der Sorte vorgestellt habe, von der man sagen könnte: »Hier sind Drachen.« Wir wissen, dass es Drachen auf Darkover gibt, weil ein allgemein bekanntes Sprichwort sagt: »Man tut übel daran, einen Drachen an die Kette zu legen, um sich Fleisch zu braten.«

Einmal machte ich die schnodderige Bemerkung: »Ich könnte sie mir vorstellen, wie sie auf den Mauern von Nevarsin sitzen und gregorianische Choräle singen.« Daraus entstand ein Volkslied (mein eigener dummer Fehler) und die Ballade vom Tod des letzten Drachen, die Meister Gareth in DIE ZEIT DER HUNDERT KÖNIGREICHE singt. Dort wird der Inhalt beschrieben, doch wird sie nicht zitiert.

Nun, Pat Mathews gehört auch den Autorinnen, die legitime Bewohner Darkovers sind. Mehrere ihrer Geschichten gelten bei Darkover-Fans als kanonisches, authentisches Darkover, vor allem »Es gibt immer eine Alternative« in DER PREIS DES BEWAHRERS. »Camilla« und die derbe, lustige Erzählung »Mädchen bleiben Mädchen« in FREIE AMAZONEN VON DARKOVER. Damit ist Pat in jeder der Darkover-Anthologien vertreten. Sie hat auch die Schwesternschaft vom Schwert geschaffen, die in den beiden Romanen aus dem Zeitalter des Chaos DIE ZEIT DER HUNDERT KÖNIGREICHE und HERRIN DER FALKEN vorkommt.

Tatsächlich sollte die folgende Geschichte gar keine Darkover-Story sein. Sie wurde für eine andere Anthologie eingereicht, aber ich meine, sie habe den authentischen Darkover-Touch – und sei dazu eine der sehr wenigen Drachen-Geschichten, die kein Raub an Anne McCaffreys »Pern«-Drachen sind. Deshalb fragte ich Pat, ob ich sie für die neue Darkover-Anthologie verwenden dürfe. Pat war davon gar nicht begeistert, denn in ihren Augen klang der Inhalt nicht nach Darkover. Ich war gegenteiliger Meinung, und nachdem ich ihr ein wenig den Arm verdreht hatte – Verzeihung, ich meine natürlich nach höflichem Zureden –, erhielt ich ihre Einwilligung.

Pat lebt in Albuquerque, New Mexico, ist Buchhalterin (o Graus! Nun, besser sie als ich), hat zwei Töchter, beide auf dem College, und ist Sekretärin (?) der dortigen Ortsgruppe von NOW (National Organization for Women).

Ich konnte mir diese Story nicht durch die Lappen gehen lassen; sie ist köstlich und erlaubt uns einen Blick auf die Gesellschaftsordnung im Gebirge, wo die Frauen unabhängiger und autonomer als im Tiefland sind.

»Wie lässt man einen Baby-Drachen ein Bäuerchen machen? Sehr, sehr vorsichtig.«

Ich muss noch hinzufügen, dass Pat AUF GAR KEINEN FALL mit der Patricia Mathews verwechselt werden darf, die sirupsüße Romane wie LOVE'S TENDER FURY schreibt.   MZB

Initialzündung

von Patricia Shaw Mathews

Roevna ritt an der Spitze einer schwer beladenen, aber an Personal knappen Handelskarawane unter dem stolzen Läuten der Pferdeglocken in High Rolls ein. Sie war eine kräftig gebaute Frau in den Dreißigern, gut gekleidet mit einer gestrickten wollenen Jacke und einem langen Hosenrock. Der besorgte Blick war an ihr ungewohnt.

Pferdepfleger und Wagenlenker, Wachen und Händler waren genug vorhanden – bombastische, bärtige Männer und fadendünne Frauen. Aber ihre Stellvertreterin und Handelsmeisterin hatte diesen Winter im Seehafen von Temora gekündigt, um einem Kapitän zu folgen, der ihr noch größere Reichtümer versprochen hatte. Dame Peliel, ihre Sensitive, war alt und leidend. Sie wollte noch bis zum Feather River mitreiten und sich dort zur Ruhe setzen. Es hieß, die Frauen von High Rolls besäßen die Gabe der Sensitiven, doch sei sie in den meisten Fällen latent – ganz bestimmt hatten sie die Gabe, zu Reichtum zu kommen. Wie dem auch sei, Roevna konnte eine neue Mitarbeiterin aus dieser befestigten Siedlung brauchen.

Das Land von High Rolls sah jedoch irgendwie verkehrt aus. Selbst so hoch im Gebirge mit der winterlichen Kühle noch in der Luft und Flecken von ungeschmolzenem Schnee neben den Wegen hätte der Frühling im Anmarsch sein müssen. Im letzten Winter hatten sie eine fabelhaft reiche Ernte gehabt. Roevna war damals auf dem Weg in ihr Winterlager durchgekommen. Sie hatte die von Früchten strotzenden Obstgärten und das fette, kräftige Vieh gesehen.

Warum waren die Felder jetzt noch kahl? Warum sprossen

an den Bäumen die flaumigen gelb-grünen Vorboten nicht? Wo waren die silbernen Kätzchen, die früh blühenden Goldblumen? Wo waren die nach Norden ziehenden Vögel, die neugeborenen Tiere? Für ein ungewöhnlich kaltes oder spätes Frühjahr war die Zeit viel zu weit fortgeschritten. Nein, das Land lag immer noch in den Fesseln des Mittwinters!

Roevna bekam es mit der Angst zu tun! Sie trieb ihr Leitpferd zu einem schnelleren Gang an und ritt auf das merkwürdig gefrorene Land ihrer Verwandten.

Rauch stieg aus dem großen Steinkamin über dem aus Baumstämmen und Steinen erbauten Haus auf. Sauber geschnittenes Holz war auf der vorderen Veranda bis unter die Traufe gestapelt. Ein großer, stämmiger Hund, der noch sein langes, blau-weißes Winterfell trug, schlief friedlich an dem Tor in den mannshohen Holzwänden. Da schrie Dame Peliel plötzlich erschrocken auf.

Roevna riss den Blick von der friedlichen Szene los und drehte sich zu dem ersten Wagen hin, auf dem die alte Sensitive saß, den Rücken gegen eine Spiere gelehnt, die Beine unter einem dicken Pelzmantel ausgestreckt, das runzlige Gesicht vor Konzentration verzogen. »Dame Peliel?«, fragte die Händlerin vorsichtig.

»Der Drache!«, antwortete die alte Sensitive ungeduldig. »Spüren Sie ihn nicht? Irgendetwas ist ganz und gar nicht in Ordnung.«

Ihre Arbeitgeberin schüttelte den dunkelroten Kopf. Die Sensitive nickte zu dem schneebemützten Berg links hin, dessen Krater kalt, ohne Rauchfahne war. »Drachenheim«, stellte sie mit der resignierenden Stimme eines Menschen fest, der ständig erwartet, dass andere sehen, was er sieht, und jedes Mal enttäuscht wird. »Der Berg hat im letzten Herbst geraucht. Er ist groß; der Drache wird ein alter sein, lang in den Zähnen.«

»Was geschieht, wenn ein Drache stirbt?«, fragte Roevna. »Oder sterben sie nicht?«

»Meistens versteinern sie nur.« Dame Peliel betrachtete das Tal. »Und einige dieser Felsblöcke sind Eier, die nicht ausgebrütet worden sind.«

Roevna erschauerte. »Irgendetwas hält dieses Land in seinem Griff, das stimmt. Sind es die Windungen eines toten Drachen?« Eine Katze raste in kätzischen Angelegenheiten über den Hof. Der Hund ließ sich nicht stören und schlief weiter. Vielleicht hätten die Tiere sich gestört fühlen müssen. »Zu den Toren!«, entschied Roevna. »Haltet Augen und Ohren offen, vor allem Ihr, Dame Peliel.«

Die beiden Ladys von High Rolls waren offensichtlich Mutter und Tochter. Doro, die sie als erste begrüßte, war glatt und rund. Eine Schwangerschaft im siebten Monat wölbte die Vorderseite des langen, weiten Rocks, die im Gebirge zur Tracht der Landbesitzer gehörten. Ihr kastanienfarbenes Haar war zurückgekämmt und zu dem kunstvollen Knoten aufgesteckt, der ihren Rang verkündete, und nicht eine einzige Strähne entschlüpfte der adretten weißen Haube. Eine umfangreiche Schürze schützte ihr weißes Wollkleid vor Spritzern des Essens, das sie, wie es ihre Pflicht und ihre Freude war, für ihre Leute kochte. Die Schlüssel, die von ihrem Gürtel hätten hängen sollen, waren an einem Ring um ihr Handgelenk befestigt.

Ana hatte ihre eigene Molligkeit schon vor einigen Jahren verloren und war jetzt ebenso schlank und geschmeidig wie einer von Roevnas Reitern. Ihr ingwerfarbenes Haar hing ihr in einem schweren Zopf, der mit einem Lederriemen zusammengebunden war, über den Rücken. Das einzige Zeichen ihres Adels war ein goldener Ring in dem einen Ohr. Ihr Hemd und ihr geteilter Rock waren aus feiner High-Rolls-Qualität und wahrscheinlich von ihr selbst gewebt. Dazu trug sie Stiefel, Gürtel und Weste aus ebenso feinem Leder. Sie erweckte den Eindruck, gleich ausreiten zu wollen.

Die Bewohner von High Rolls drängten sich um die Händler, als wollten sie aus deren Ankunft irgendwelche guten Neuigkeiten ableiten. Das Gespräch bei einem nahrhaften, aber phantasielosen Essen, aufgetragen von einer auffallend nervösen Dodo, hatte einen Unterton von Sorge und Unsicherheit. Am schlimmsten war, wie Roevna erkannte, dass Doros Ehemann Charlot, ein Fremder in diesem Land, keine Ahnung hatte, was geschehen war, aber fest glaubte, er müsse den Schaden beheben.

Nachdem der letzte Gang abgetragen und Wein eingeschenkt war, setzte Roevna ihren Becher ab und seufzte. »Ich hatte gehofft, hier eine Frau zu finden, die als Sensitive oder Handelsmeisterin oder beides mit mir reiten würde. Aber ich sehe, eure Probleme überwältigen euch.«

»Ich würde gern eine Reise unternehmen«, sagte Ana da, »und es wäre längst Zeit gewesen.« Es klang nicht glücklich, sondern sehnsüchtig.

»Das kannst du nicht tun«, fiel Doro scharf ein. Sie sprach wie ein verängstigtes Kind. »Auf dem Land liegt eine Plage, und ich erwarte ein Kind! Du kannst nicht weggehen, solange wir dich brauchen!«

Ana blickte über Doros Kopf hinweg, als appelliere sie an den Himmel. »Die Gesundheit des Landes liegt in der Gesundheit der Lady, Doro! Und du bist die Lady und brauchst keine andere Frau, die dir Vorschriften macht. Zwanzig Jahre lang habe ich meine Pflicht getan und war an Haus und Land, Kinder und Kochtopf gefesselt. Das war recht und gut, solange du mich brauchtest. Aber Kinder werden groß, Doro.«

Bestürzt fragte Doro: »Wie kannst du auch nur daran denken, alles, was uns hier so teuer ist, für ein kaltes Bett auf einer fremden Straße einzutauschen?«

Ana seufzte. »Du denkst in deinem Lebensabschnitt hauptsächlich an Bett und Baby, Haus und Land, und das ist richtig – für dich. Aber ich in meinem Lebensabschnitt sollte frei sein, und – Frauen altern, Kinder werden groß!«, wiederholte sie.

Da grollte der Boden unter ihnen, und Doro riss entsetzt die Augen auf. Ana befahl: »Bewaffnet euch, ihr alle, die ihr Waffen tragt. Ich brauche ein Drittel eurer Zahl, um das Haus und Eure Lady, die den Erben trägt, zu bewachen, der Rest soll sich bereithalten. Das kam vom Berg und ist vielleicht nichts Irdisches, sondern Magie. Cousine Roevna, ist deine Sensitive noch kräftig genug, um sich mit Magie zu befassen?«

»Das bin ich«, erklärte Peliel mit alter Stimme. »Kann Doro die Zügel übernehmen, während Ihr ihren Männern Befehle gebt?«

»Nun, einer muss es tun, warum nicht sie?«, fauchte Ana. »Drei von euch und die Sensitive kommen mit mir an die Tür. Wir wollen hinaussehen, ob es etwas zu sehen gibt.«

Den Karawanenleuten fiel als bedeutsam auf, dass man ihr augenblicklich gehorchte, während die Herrin von High Rolls die Hände rang und jammerte. Sogar Charlot gehorchte Ana, nicht seiner Lady.

Es war kalt unter dem Berg. Früher hatte Mutters Wärme den kleinen Drachen warm gehalten, aber Mutter hatte sich langsam abgekühlt, als der Herbst in den Winter und der Winter in diese Jahreszeit ohne Namen überging. Der kleine Drache fror, er fühlte sich einsam, und er hatte ein bisschen Angst. Er wusste, er hätte Feuer haben müssen, und einmal gelang ihm ein schwaches Flackern. Aber er hatte vergessen, wie man es weiterbrennen ließ, und Mutters Erklärungen waren so matt in seinem ungeformten Verstand wie das Leben in ihrem schnell versteinernden Körper.

Unbeholfen stand er auf und schüttelte die letzten Stücke seiner Eierschale ab. Mit noch feuchten Schwingen, die sich eng um seinen Körper wickelten, wackelte er auf die trübe Lichtquelle vor ihm zu. Dort blieb er lange Zeit stehen, atmete die scharfe, kalte Luft und versuchte zu verstehen, was er sah.

Da war Licht, und Licht war Feuer, und Feuer musste er haben. Da waren Lichter weit über ihm, und er öffnete seine Flügel, um zu sehen, ob er zu ihnen fliegen könne. Die Luftströme an der Höhlenmündung würden ihn über das Tal tragen, aber nicht, das erkannte er bald, so hoch, wie die kleinen Lichter waren. Die unten waren näher. Sorgfältig prüfte er die Ströme, trat zurück, so weit er konnte, wackelte zur Höhlenmündung, so schnell er konnte, und warf sich wie ein startender Vogel in den Strom. Erleichtert und entzückt ließ es sich tragen, als habe er eine gefährliche Aufgabe gemeistert. Er folgte dem Strom bis zu dem nächsten der Lichter. Dann ließ er sich fallen und umkreiste das Blockhaus im Tal.

Er konnte die Hitze spüren. Begeistert segelte er näher heran und atmete tief. Das Stroh des Daches geriet ihm in die Nasenlöcher und kitzelte. Er nieste gewaltig, und ein großer Teil des Daches flog davon. Drinnen, unter dem Dach war Feuer! Er steckte seinen Kopf nach unten. Ein schrilles Kreischen aus dem Innern der Hütte tat seinen Ohren weh, doch er öffnete das Maul, um einen großen Bissen zu nehmen. Er fühlte einen schwachen Stich auf der Haut, zog sich zurück und fand einen kleinen Pfeil in einer Schuppe stecken.

Das Feuer hatte gut geschmeckt, auch wenn diese Feuermacher ein bisschen bissen. Hoffnungsvoll überprüfte er seine Feuerbuchse. Nichts. Es war eine gute Mahlzeit gewesen, hatte aber nichts entzündet. Traurig flog er zu der nächsten Hitzequelle weiter. Vielleicht würden diese Flammenhalter nicht beißen.

Die Sensitive stand an der Tür und schnüffelte. Ana, ebenso vollständig bewaffnet wie die Männer hinter ihr, spähte ihr über die Schulter. »Ich sehe nichts – aber ich spüre etwas«, sagte sie schließlich. »Es erinnert mich an den Feuerriesen, der in dem Berg lebte, wie meine Mutter erzählte. Erinnerst du dich?«, wandte sie sich an Doro. »Er brachte den Sterblichen das Geschenk des Feuers, und dafür wurde er unter den Bergen in Ketten gelegt. Bei der Geschichte musste ich immer weinen.«

Doro rümpfte die Nase. »Und du ängstigtest mich mit Geschichten, wie der Erdenriese, der die Bürden der Sterblichen trägt, sich eines Tages regen und sie alle abschütteln und uns zurückgeben werde. Und jetzt regt er sich!«

Ana drehte sich um und sah Doro scharf an. »Geschähe uns recht, wenn er es täte«, erklärte sie mitleidlos. »Na, wir spüren es beide. Gehen wir, Leute.«

Doro kehrte in ihre Küche zurück, eine Hand voll Frauen zur Seite. Drei Männer folgten ihr und hielten an der Tür Wache, während sie die Überreste vom Abendessen sorgfältig in einen Deckelkrug löffelte und diesen auf ein hohes Brett stellte. Sie zählte ihre Eier und ihren Käse, ihr Brot, ihre Butter, ihre Milch und ihr Trockenobst. Die Erde grollte von neuem, doch sie versuchte es zu ignorieren. Dabei fragte sie sich empört, warum Ana gemeint hatte, der Erdriese werde seine Pflicht jenen gegenüber, die sich auf ihn verließen, vergessen. Nun, auch wenn ältere und höherstehende Leute seelenruhig Menschen verließen, die sie brauchten, sie, Doro, würde nicht gehen!

Wieder grollte die Erde, und Doro hörte ein schwaches Brüllen mit einem merkwürdig jammernden Unterton. Dann geriet das Dach in Bewegung.

Ana schritt ruhig in die Nacht hinaus. Ihre Leute und Roevnas Reiter kamen dicht hinter ihr. Sie folgte der gedanklichen Spur, die ihre Intuition aufgegriffen hatte. Die Nacht war sehr dunkel, die Sterne glühten von oben wie winzige Herd-feuer herab. Herdfeuer! Es gab deren eine ganze Reihe im Tal, und auch wenn sie für die Nacht mit Asche bedeckt waren, musste ein bisschen Glühen sichtbar sein. Sie blieb plötzlich stehen. Doros Mann Charlot drängte sich bis in die erste Reihe ihrer verwirrten Leute vor und fragte: »Was ist das, Landmut-ter?«

Der Lärm musste alles, was sie verfolgten, aufmerksam ma-chen. Ruhe gebietend, winkte sie mehreren ihrer Gefolgsleute und zeigte auf die Dorfstraße. »Seht nach, ob die Dorfbewoh-ner in Gefahr sind«, sagte sie mit leiser Stimme. »Dann schickt jemanden mit Nachricht zu Doro und einen zu mir, und wenn die Leute euch brauchen, bleibt dort, ganz wie ihr es für rich-tig haltet. Aber mich dünkt, wir müssen uns nun doch in drei Gruppen aufteilen.« Der bewundernde Blick, den Charlot ihr zusandte, ärgerte sie. Landmutter, also wirklich! War er über das hölzerne Schwert nicht hinausgewachsen, bevor er Doro heiratete? »Los!«, befahl sie, und dann versuchte sie, mit nur drei Gefolgsleuten zurückbleibend, den Drachengeruch von neuem aufzunehmen.

Alt? Lang in den Zähnen? Der Geruch, den sie fand, war babyhaft; ihr Ärger über Doro und Charlot musste durch-sickern. In dem Versuch, ihre Gedanken zu klären, schirmte sie ihre Laterne ab und ging vorsichtig auf den Berg zu.

So spät in der Nacht und in dieser Dunkelheit bot das Ter-rain mehr Gefahren als irgendwelche Tiere. Erst später würde ein Mond aufgehen. Kleine Löcher, unbemerkt bei Tageslicht, ließen sie stolpern. Der Weg verlief nicht ganz so, wie sie sich an ihn erinnerte. Ana stellte ihre Laterne hin, sah auf den Bo-den und ließ ihren Augen Zeit, sich an das Sternenlicht zu ge-wöhnen. Auf dem heimtückischen Pfad kam sie nur langsam voran, und sie verließ sich hauptsächlich auf den Sinn, der sie nach oben führte.

Schließlich stand sie vor einer senkrechten Klippenwand. Sie hängte ihre Laterne an einen Stock und hob sie damit in die Höhe. So entdeckte sie weit oben eine Höhle.

Im Dunkeln hinaufzuklettern wäre Torheit gewesen. Wenn Doro das je versucht hätte, würde Ana sie eine Woche lang ins Haus eingesperrt haben. Nicht etwa, dass Doro so abenteuerlustig gewesen wäre, dachte Ana, und die alte Enttäuschung überkam sie von neuem. Wieder einmal musste sie sich sammeln, oder sie würde den Drachengeruch für immer verlieren. Wenn ihre Sorgen um Doro sie bei dieser Suche störten, wobei mochten sie sie sonst noch gestört haben? Das war ein unwillkommener und beunruhigender Gedanke.

Sie wartete am Fuß der Klippe, wie lange, wusste Ana nicht, bis das volle Licht Liriels über die Berge im Osten aufstieg. Jetzt konnte sie klettern! Der Mondschein überflutete die Klippenwand. Er erzeugte nicht das scharfe Relief, wie es die Sonne getan hätte, sondern Übergänge von Licht und Schatten, in denen sich nur ein erfahrener Nachtjäger zurechtfand. Und wie oft war Ana von ihrer Mutter solcher Dummheiten wegen ins Haus eingesperrt worden, wo sie nähen musste! Ana nahm von neuem die Spur des Drachen wahr und nickte.

Ein Mann hinter ihr hielt eine Seilschlinge in der Hand und flüsterte: »Ich bin der beste Kletterer von uns allen, Lady.«

»Dann übernimmst du die Verankerung, ihr beiden geht in die Mitte«, stimmte Ana zu und schlang ein Ende des Seils durch den Ring an ihrem Gürtel. »Merkt euch unseren Weg gut; ich habe keine Lust, da oben aufs Tageslicht zu warten.« Sie setzte einen bestiefelten Fuß auf den nächsten Stein – war es ein unausgebrütetes Drachenei? – und begann zu klettern.

Der Weg war lang und mühselig, denn auch mit Mondschein und Laternenlicht sah man schlecht. Sie machten das Klettern nur gerade eben möglich, sie und Anas andere Sinne. Ana wollte das Leben ihrer Leute nicht sinnlos aufs Spiel setzen, so unbekümmert sie von Natur aus auch war, und die Männer wollten wiederum sie nicht in Gefahr bringen. So waren sie beim Hinaufsteigen vorsichtiger, als jeder allein es gewesen wäre.

Der kleine Mond stand hoch am Himmel, und die Kletterer waren erschöpft, als sie die Höhlenmündung erreichten. Wenn sie jetzt von etwas angegriffen wurden, würden sie leichte Beute sein. Mit trockenem Mund und wunden Gliedern ruhten sie sich im Eingang aus, knabberten an den Rationen, die sie an den Gürtel geschnallt hatten, und sahen sich bei Laternenlicht um. Die Höhle bot ihnen reichlich Raum, um aufrecht zu gehen, und der Drachengeruch war stark. Ja, es war ein Geruch nach außerordentlich hohem Alter, würdig und sterbend, wenn nicht bereits tot. Ana spülte sich den Mund noch einmal mit Wasser aus, bevor sie aufstand und den drei Männern zuflüsterte, sie sollten Wache halten. Das Messer in der anderen Hand, hob sie die Laterne hoch.

Zur ihrer Linken war eine große Felsformation, die einmal die Gestalt eines Drachen gehabt haben könnte. Hoch aufragend ruhte er vor ihr. Der unbewegliche Schwanz streckte sich nach hinten in die Höhle hinein, der formlose Kopf war der frischen Luft und dem Sternenlicht zugewendet, als habe er sich im Tod danach gesehnt.

Man konnte sich leicht vorstellen, dass dies einmal ein Drache von großer Macht gewesen war. Ana blieb stehen, um den versteinerten Kopf voller Achtung zu berühren. Dann ging sie an Körper und Schwanz entlang eine Viertelmeile weiter in die Höhle hinein. Manchmal musste sie kriechen, wenn die Decke niedrig wurde. Dann kam sie tief im Berg in eine Kammer und konnte sich wieder aufrichten.

Große Steine lagen verstreut umher, vom Wasser geglättete Ovoide, die sie so tief im Berg nicht erwartet hatte. Dann lagen noch andere, große, gebogene Stücke da. Manche sahen aus, als könne ein Riese sie brauchen, um seine Wiese zu mähen. Versuchsweise berührte sie eins und spürte auf der Handfläche einen scharfen Schmerz. Ein winziger Steinsplitter ragte daraus hervor. Ana stellte die Laterne auf den Boden und versuchte, den Splitter mit der anderen Hand herauszuziehen. Sie erwischte den größten Teil und wickelte ihr Taschentuch um die Wunde. Zur Decke hochblickend, die jetzt von der Laterne angeleuchtet wurde, begriff sie plötzlich, und der Mund blieb ihr offen stehen.

Sie hatte zu viele Jahre den Hühnerstall in High Rolls betreut, und sie erkannte ein Nest mit Eiern, wenn sie eins sah. Auch wusste sie, dass sie das Bruchstück eines Dracheneis in der rechten Hand hielt, eine zerbrochene Eierschale. Aus diesem Ei hatte sich der kleine Drache geduldig den Weg ins Freie gehackt, und dann war er entflohen. Ihre verletzte Hand schonend, machte sich Ana vorsichtig auf den Rückweg. Schließlich fühlte sie die starke Hand des ersten Mannes am Seil, der ihr durch die letzte enge Stelle half. Dann stand sie wieder in der Höhlenmündung.

»Doro wird Hilfe brauchen – das wird jeder, der dem Drachen in den Weg gerät«, sagte sie. »Denn er ist frisch geschlüpft und fast ohne Verstand. Wir dürfen keine Zeit verlieren. Gehen wir.«

Zweifelnd betrachteten sie den Abstieg. Alle waren als Bergsteiger erfahren genug, um zu wissen, dass es schwieriger war, nach unten als nach oben zu klettern, und es war immer noch finstere Nacht. Der Drachengeruch, den Ana wahrgenommen hatte, führte sie nicht mehr, denn jetzt war er hinter ihnen.

Trotzdem, dachte Ana, während sie sich mühselig an der Felswand hinuntertastete, hatte ihr seit Jahren nichts mehr so viel Spaß gemacht wie diese Nacht. Mochte Doro flehen, so viel sie wollte, sie würde sich nicht mehr an ihre Schürzenbänder fesseln lassen! Doro war alt genug, um für sich selbst zu sorgen, Frau genug, um Charlot zur Hilfe anzustellen. Es gab so viele Männer und Mädchen und Verwandte des Landes, dass Doro nicht allein sein würde. Und wenn sie nicht aus dem Ei schlüpfte, schoss es Ana plötzlich durch den Kopf, würde sie versteinern, wie es die Felsblöcke in der Drachenhöhle getan hatten.

Über den östlichen Bergen wurde der Himmel allmählich violett-grau.

Langsam hob sich das Dach des Küchenflügels von den Sparren. Ein riesiger, grünbronzener Kopf sah durch die Balken und wandte sich dem Herd zu. Aus dem großen Maul peitschte begeistert die Zunge. Doro schrie. Der Kopf rückte näher und näher an das Feuer heran, und plötzlich sah Doro, dass ihm einer ihrer süßen Kuchen im Weg stand und gleich zerdrückt werden würde. Entrüstet riss sie den Kuchen unter dem Drachenkopf weg. Der Drache stieß einen leisen, klagenden Laut aus. Wo blieben ihre Beschützer?

Die hervorstehenden Augen richteten sich auf sie, und obwohl ihnen keine Tränen enströmten, hatte Doro fast den Eindruck, das gewaltige Tier weine. Der schuppige Hals zuckte, der Drache sah Doro vorwurfsvoll an und jaulte ein bisschen. Eine große Klaue hob sich und kratzte den Hals, genau wie ein Hund sich flöht. Mehrere Pfeile fielen herab und landeten im Kochtopf. Ober ihr auf dem Dach liefen ihre Verteidiger sinnlos mit Pike und Speer, Lanze und Schwert herum und suchten nach einer Stelle in der Drachenhaut, die ihre Waffen nicht zum Nichtwiedererkennen abstumpfte. Das Gesicht des Drachen kam dem Feuer näher.

Mit klopfendem Herzen versuchte Doro, eins der vielen scharfen Messer zu erreichen, die jede Köchin zum Schneiden und Hacken braucht, aber der massige Reptilienkopf war zwischen ihnen und ihrer Hand. Langsam zog sie sich an den Herd zurück, mit wilden Flüchen ihre unfähigen Beschützer, die alte Sensitive, die Unheil riechen, aber nicht abwenden konnte, ihre abwesende Mutter und ihren sich herumtreibenden Ehemann bedenkend. Der Kopf des Drachen folgte ihr fasziniert.

Sie fasste hinter sich nach der Kohlenschaufel, nahm damit eine große Masse heißer, glühender Kohlen auf und schob sie ihm ins Gesicht. So! Das würde ihm die Haut schon verbrennen!

Entzückt öffnete der Baby-Drache weit das Maul, drehte sich in die richtige Stellung und schloss das Maul um die Schaufel. Doro, vom Verlust ihrer einzigen Waffe und eines teuren Küchengeräts bedroht, drehte den Griff. Verletzt gab der Drache die Schaufel frei, ließ den Kopf hängen und sah mit Augen zu ihr auf, die größer als ihr Kopf waren. Er schluckte die Kohlen hinunter, öffnete das Maul und piepste. Mehr?

Doro, der nichts einfiel, was sie sonst hätte tun können, füllte die Schaufel von neuem und schob sie dem Drachen in das weit offene Maul. Das warme Zeug erfüllte ihn mit strahlender Freude. Er schluckte die Kohlen diesmal langsamer hinunter und schnurrte. Wieder riss er den Schlund auf.

Wenn das so weiterging, würde der Herd bald leer sein. Doro zog sich an den Holzstapel zurück und legte neue Klötze auf das Feuer. Unbeholfen in ihrer vorgeschrittenen Schwangerschaft, betätigte sie den Blasebalg. Ein Verteidiger beugte sich durch die Sparren nach unten und rief: »Madam?«

»Hilf mir mit dem Feuer«, rief sie zurück, »denn das arme Ding ist halb verhungert und schlingt schlimmer als ein Nestküken!« Sie wandte sich dem Drachen zu, dessen Schreie immer drängender wurden, und versicherte ihm in singendem Ton: »Da, da, über die Zähne und durch das Zahnfleisch –« Sie schaufelte ihm eine weitere Ladung ein, die diesmal noch hell brannte. »Pass auf, Bäuchlein, da kommt es!«

Der Baby-Drache nahm die Kohlen ins Maul, schluckte sie hastig hinunter und zischte. Heiße Luft raste durch seinen Körper. Versuchsweise ließ er seine Feuerbuchse klicken. Es gab eine kleine Reaktion, doch nicht genug. Wieder drehte er den Kopf Doro zu und schnurrte in der Überzeugung, dass er gefüttert werden würde.

»Da, Junge, hübscher Junge«, summte sie und atzte ihn mit einer Schaufel voll Kohlen nach der anderen. Beinahe wäre sie in hysterisches Gelächter ausgebrochen, als ihr bewusst wurde, was sie tat. Aber wenn er wie andere Babys war, die man mit dem Löffel füttert, hatte er die Gegend in einem aus Hunger geborenen Wutanfall verwüstet, und wenn sein Magen voll war, würde er schlafen. Nur – wie läßt man einen Drachen ein Bäuerchen machen?

Dann schlossen sich seine dritten Lider langsam über den großen Augen. Die anderen beiden Paare sanken herab und trafen sacht aufeinander. Schnurrend wies er die letzte Ladung mit geschlossenem Maul zurück, legte seinen großen Kopf auf die steinerne Einfassung und schlief zufrieden ein.

»Was fangen wir nun mit ihm an?« Doro zeigte Peliel das große Tier, das sich in vollgefressener Zufriedenheit auf dem zerstörten Küchendach gelagert hatte. »Wie lange schlafen Drachen? Ein unsterbliches Tier wie dieses schläft vielleicht jahrelang!«

»Es war nichts als ein kleiner Imbiss«, warf Ana ein. »Danach wird er nur ein Nickerchen machen.«

Doro ignorierte das und wandte sich an die Sensitive. »Nun?«, drängte sie.

»Entzündet sein Feuer und zeigt ihm den Weg hinaus«, sagte Dame Peliel mit ihrer alten Stimme. »Oder möchtet Ihr ihn in Eurer Küche anketten?«

Ana öffnete den Mund und schloss ihn wieder, als Doro schlicht erklärte: »Weder Götter noch Drachen sind meine Küchensklaven, weise Mutter. Deshalb werde ich Eurem Rat folgen.« Als Ana etwas sagen wollte, fuhr Doro auf: »Mutter, misch dich nicht ein! Ich bin hier die Herrin!«

»Ja, Liebes«, antwortete Ana demütig, nahm ihren Schlafsack und ihre Satteltaschen und ging, um sich Roevnas Karawane anzuschließen. Hinter ihr regte und streckte der Drache sich. Doro stieß ihm eine lange Fackel in den Hals hinunter und trat zurück. Er ließ seine Feuerbuchse ein paarmal klicken, schnaubte probeweise und hob den Kopf. Eine große Flamme schoss himmelwärts. Langsam begann der Schnee zu schmelzen.

Der Drache erhob sich in die Luft, breitete die Schwingen aus und flog. Hinter ihm flatterte eine Schürze Doros, die sich in einem Flügelsporn verfangen hatte, zur Erde. Wo sie hinfiel, füllte sich die Erde mit Knospen. Zur der Zeit, als der Drache seine Berge und Ana das Tor erreichten, war der Frühling ins Land zurückgekehrt.

Über Mary Fenoglio und »Das Versprechen«

Mary Fenoglios »Versprechen« kommt sehr nahe an eine waschechte »Freie-Amazonen-Geschichte« heran, aber wie immer, wenn die Schilderung einer Situation oder einer Person mich richtig »packt«, breche ich alle meine selbst aufgestellten Regeln, um die Erzählung mit anderen Darkover-Fans zu teilen. In die Personen dieser Geschichte habe ich mich sofort verliebt.

Mary Fenoglio gibt an, sie sei »achtundvierzig, ob es mir gefällt oder nicht«. (Na, Mary, da sind Sie ja noch ein Küken – ich habe eben ausgerechnet, dass ich seit vierzig Jahren in Science-Fiction aktiv bin!) Dreißig Jahre lang war sie mit einem Psychologen verheiratet und hat zwei erwachsene Kinder, »die, Gott sei's gedankt, sich bisher gut gemacht haben.« (Ja, mit Gottes Hilfe werden sie mit der Zeit menschlich!) Sie setzt hinzu, sie habe im Lauf der Jahre in verschiedenen Wettbewerben Preise gewonnen, »meistens für Gedichte«, dass jedoch »das reale Leben die Gewohnheit hat, die für das Schreiben reservierte Zeit zu besetzen«.

Tut es das nicht immer?   MZB

Das Versprechen

von Mary Fenoglio

Calla schwang sich von ihrem Pferd und trat in ein mit Wasser gefülltes Loch. Die eisige Flüssigkeit lief ihr in den Stiefel, was nicht geeignet war, ihre Laune zu bessern. Sie drehte sich um und funkelte ihre Begleiterin an, bereit, ein Lachen auf der Stelle abzuwürgen. Doch ihr Ausdruck wandelte sich bei ihrem Anblick von Ärger zur Besorgnis. Große blaue Augen blickten stumpf, und die dunklen Ringe darunter betonten die Blässe des zarten Gesichts. Schnell trat Calla neben das andere Pferd und streckte der jungen Reiterin die Arme entgegen.

»Komm herunter, Ari«, sagte sie freundlich, ohne den stechenden Regen zu bemerken, der auf ihr nach oben gewandtes Gesicht niederprasselte. Sie lächelte so aufmunternd sie konnte. »Wir bringen dich hinein, wo es warm und trocken ist, und dann bekommst du etwas Heißes zu trinken. Das wird schön sein, nicht wahr? Du wirst dich dann viel besser fühlen. Nein, mach dir keine Gedanken um die Pferde –« denn das Mädchen hatte die kleine Hand auf den von Nässe überströmten Hals seines Reittiers gelegt. »Ich werde sie versorgen, wenn dieser Gasthof keinen Stalljungen hat.«

Sorgsam führte Calla das jüngere Mädchen in das große Zimmer des Gasthofs. Ihr Fuß quietschte in dem kalten Stiefel, aber sie ignorierte das Geräusch ebenso wie die vor Erschöpfung schreienden Muskeln und die aus Mangel an Schlaf brennenden Augen. Sie war kräftig und geschmeidig und als Kurier daran gewöhnt, lange Strecken zu reiten. Wenn sich die Anstrengungen der Reise schon bei ihr so auswirkten, konnte sie nur ahnen, wie es ihrer jüngeren Gefährtin zu Mute sein musste. Ariel hatte ein ruhiges und behütetes Leben geführt und war so weit wie möglich vor Aufregungen und physischen Beschwerden geschützt worden. Von beidem war sie plötzlich ereilt worden, aber aus den Augen, die sie Calla zuwandte, sprach so viel Vertrauen wie immer.

Nur wenige Köpfe drehten sich, als sie den Raum betraten. Jämmerlich durchnässte Reisende waren zu dieser Jahreszeit, wenn das Wetter unverändert schlecht war, kaum etwas Neues. Der Tisch, den Calla für sie aussuchte, stand in der Ecke ganz nahe an dem Feuer, das in dem großen Kamin loderte. Sie half Ari, den nassen Mantel abzulegen. Die Kapuze fiel, der Feuerschein beleuchtete goldenes Haar und übergoss ihr zartes Gesicht mit einem rosigen Glühen. Jetzt drehten sich die Köpfe doch. Die Männer in dem Gästezimmer wurden ganz still.

Calla bemerkte es, und sie war darauf vorbereitet gewesen. Sie war kräftig und dunkel, ihr Haar war kurz geschnitten, damit die Kuriermütze besser darauf saß. Ihre Züge waren regelmäßig, die Augen dunkel und glänzend, der Körper anmutig und gut gebaut. Aber sie verblasste neben Aris klassischer Schönheit bis zur Unsichtbarkeit. Das machte ihr nichts aus, denn sie hatte an diesem Punkt ihres Lebens wenig Verwendung für Männer und zog Aris Gesellschaft – oder das Alleinsein mit sich selbst – der Gesellschaft jedes Mannes vor, den sie bisher kennen gelernt hatte. Was sie störte, war die Einstellung der Männer zu Ari; sie nahmen ein lauerndes, räuberisches Gebaren an. Calla verabscheute sie dafür.

Wie immer merkte Ari natürlich nichts. Sie brachte unterschiedslos jedem Menschen süßes Vertrauen entgegen. Wenn Männer entdeckten, dass sie kindlich und unschuldig war, gerieten sie in doppelte Erregung, und Calla fand sie dann doppelt abstoßend. Ari hatte noch nie gesprochen. Von ihrer Babyzeit an war wie lieb und still gewesen, gehorsam und leicht zu lenken, ohne viel eigenen Willen. So reinlich und zierlich sie in den Gewohnheiten des täglichen Lebens war, brauchte sie doch ständig aufmerksame Betreuung. Sie erwiderte sie mit anspruchsloser und unbegrenzter Liebe und Zuneigung. Calla liebte sie von Herzen, aber auch wenn das nicht der Fall gewesen wäre, hätte sie mit gleicher Pflichttreue für sie gesorgt. Es war eine Schuld, die sie ihrer Meinung nach abtragen musste, eine Verantwortung, die sie mit Freuden auf sich genommen hatte.

Jetzt richtete sie sich auf und maß die Männer, die Ari so gierig betrachteten, mit finsteren Blicken. Ihre Müdigkeit abschüttelnd, ging sie in einer Haltung, die der eines Soldaten ähnelte, zu der primitiven Theke an der einen Seite des Raumes und klopfte darauf. Ein Mädchen erschien, und bald trug Calla Becher mit dampfender Brühe an den Tisch zurück. Ari saß schlaff, mit geschlossenen Augen da und saugte die Wärme des Feuers in sich ein. Ihre Augen öffneten sich, große blaue Sterne, die Calla dankbar ansahen, als sie den warmen Becher in die kalte kleine Hand drückte.

»Trink«, befahl Calla mit einem Lächeln, das den Ton ihrer Stimme Lügen strafte. »Nein, nicht daran riechen, dabei wird dir bestimmt der Appetit vergehen. Trink es einfach 'runter.« Sie setzte sich. Wie sehnte sie sich danach, ihre kalten, nassen Stiefel auszuziehen! »Ein Junge kümmert sich um die Pferde«, teilte sie Ari zu deren Beruhigung mit, »und wir haben ein Zimmer, in das wir uns zurückziehen können, sobald wir gegessen haben. Nein, wir werden erst essen, du hast den ganzen Tag noch nichts gehabt«, erklärte sie energisch, denn Aris Blick sagte ihr, dass das Mädchen viel lieber gleich aufs Zimmer gehen würde. »Bei den Göttern«, sagte Calla gereizt, »ich glaube, du würdest überhaupt nichts essen, wenn ich nicht aufpasste! Mein Magen knurrt im Augenblick wie eine Bergkatze; ich könnte beim besten Willen nicht schlafen. Aber dann gehen wir gleich nach oben.«

»Du kannst in mein Zimmer gehen, Püppchen«, knarrte eine Stimme hinter Calla. Sie drehte sich auf ihrem Stuhl um und sah einen großen Mann, der die raue Jacke und die ledernen Reithosen eines Soldaten trug. Er war bärtig, seine Augen, mit denen er Ari anstarrte, glitzerten vor Gier. Er legte eine massige Hand auf die Lehne von Callas Stuhl. Sie stieß sie weg; er roch nach Ale. Unverzagt schob er sich näher an Ari heran, die ihn erstaunt und ohne Angst betrachtete. Calla fuhr mit der Hand in ihre Jacke und legte sie um das glatte Heft ihres Messers.

»Was sagst du dazu, du hübsches, hübsches Ding?«, säuselte der Mann. »Ich habe da oben so einige Sachen, die ich dir zeigen möchte.« Einladend sah er zu der Treppe hin, die in Dunkelheit verschwand. Wieder legte er die Hand schwer auf die Lehne von Callas Stuhl und schrie plötzlich auf, als Blut aus der Messerwunde spritzte, die quer über den Handrücken lief. Der Stuhl kippte um, als Calla aufsprang und sich vor ihn stellte, den Kopf leicht gesenkt und mit glimmenden Augen. Das Messer glänzte in ihrer Hand, und sie hatte die Verteidigungsstellung eines Fechters eingenommen.

Der große Mann trat einen Schritt zurück, die verwundete Hand mit der anderen umfassend. Ein zweiter Mann kam herein. Dieser war nicht betrunken, und seine Augen blickten konzentriert und intelligent. Calla erkannte sofort, dass er derjenige war, vor dem sie sich in Acht nehmen musste, und ihr Herz begann zu hämmern. Ein schneller Blick durch den Raum zeigte ihr kein einziges freundliches Gesicht; sie war also allein. Nun, sie war früher schon allein gewesen. Beide Männer rückten gegen sie vor. Ihr Unterkiefer spannte sich.

»Ihr seid gegen sie beträchtlich in der Überzahl, Gentlemen«, kam eine trockene Stimme von der Tür her, »und ich benutze den Ausdruck ›Gentlemen‹ im weitesten Sinn.«

Calla sah zur Tür und erkannte eine hoch gewachsene, in einen Mantel gehüllte Gestalt. Das Gesicht wurde von den tiefen Falten der Kapuze verborgen, aber der Körper war eindrucksvoll. Der Mantel war über eine Schulter zurückgeworfen worden. Die Art, wie die im Handschuh steckende Hand leicht auf dem Schwertgriff ruhte, verriet, dass ihr Besitzer das Schwert zu benutzen verstand. Nun zog die andere Hand die Kapuze vom Kopf, und Calla blickte in die mageren, wie gemeißelten Züge und die scharfen, furchtlosen Augen einer von der Schwesternschaft. Das Haar war kastanienfarben, so kurz geschnitten wie ihr eigenes, und die tiefliegenden grünen Augen leuchteten in der Erwartung eines Kampfes.

»Belästigen diese beiden dich und deine Begleiterin, meine Freundin?«, fragte die Kriegerin mit ihrer trockenen, angenehmen Stimme. »Falls ja …« Aber die beiden Männer zogen sich bereits zurück. Sie waren selbst keine schlechten Krieger, und beiden war ihre Haut lieber als eine Frau, mochte diese noch so schön sein. Die Frau im Eingang lächelte dünn und trat ins Zimmer. Plötzlich hatte jeder in der Gaststube einen anderen Fleck, auf den er den Blick richten konnte, als die Stelle, wo sie stand.

»Willst du dich uns anschließen?«, fragte Calla dankbar und steckte ihr Messer weg. »Ich saß in der Klemme. Wenn du nicht hereingekommen wärst …«

»Ich glaube, du hättest die Situation schon gemeistert«, lachte die große Frau und setzte sich auf den Stuhl, den Calla ihr anbot, »auch wenn es dich einige Mühe gekostet hätte. Ich jedenfalls möchte dir nicht im Kampf gegenüberstehen, wenn du diesen Ausdruck im Gesicht trägst.« Sie sah, während sie sprach, mit unverhohlener Neugier zu Ari hinüber. Dann sah sie Calla wieder an, und ihre Augen waren freundlich und mitfühlend. »Mein Name ist Linzel«, sagte sie leise, »und ihr beiden seid ...?«

Einen Krug Ale und ein fettiges Abendessen später wusste Linzel so viel über die beiden jungen Reisenden, wie Calla ihr zu diesem Zeitpunkt mitzuteilen bereit war. Sie stieg mit ihnen die Treppe hoch, sah, wie zärtlich Calla die völlig erschöpfte Ari zu Bett brachte, und zog sich dann in ihr eigenes Zimmer nebenan zurück. An der Tür drehte sie sich noch einmal um und lächelte Calla zu, die müde auf der Bettkante saß.

»Mach dir keine Sorgen. Ihr könnt ruhig schlafen. Die da unten wissen, dass ich hier oben bin. Glaub mir, niemand wird heute Nacht versuchen, eure Tür zu öffnen.« Sie schloss die Tür leise und ging in ihr eigenes Zimmer. Doch sie legte sich nicht sofort schlafen. Noch lange Zeit stand sie am Fenster und sah in die triefende Dunkelheit hinaus.

Calla hatte inzwischen endlich ihre nassen Stiefel entfernt. Sie zog die Überkleider aus, legte sich neben Ari, die bereits fest schlief, und entspannte sich. Ehe sie einschlief, stand sie noch einmal auf und zog ihr Messer aus dem Haufen feuchter Kleider auf dem Fußboden. Sie hatte Vertrauen zu Linzel, aber sie fühlte sich mit der scharfen Klinge unter dem Kopfkissen wohler.

Ein scharfes Hämmern an der Tür riss sie aus dem Schlaf der Erschöpfung. Mit Herzklopfen sah sie sich im Zimmer um, ehe sie sich erinnerte, wo sie war. Ari schlief weiter, obwohl der Raum von Sonnenschein überflutet war. Calla nahm ihr Messer in die Hand und rief der draußen klopfenden Person zu, sie solle eintreten. Die Tür schwang langsam auf, und die Magd keuchte furchtsam auf, als sie die Klinge in Callas Hand sah. Calla grinste verlegen beim Anblick des Tabletts in den Händen des Mädchens. Dampf kräuselte sich von den Bechern darauf hoch, und es waren ein Teller mit dicken Brotscheiben und ein Krug mit Marmelade dabei.

»Komm herein«, sagte sie und steckte das Messer wieder unter das Kissen. »Vielen Dank.«

»Dankt nicht mir«, erwiderte die Magd bissig, denn es entrüstete sie, in aller Frühe mit einem Messer empfangen zu werden. »Dankt ihr selbst, denn sie hat mich geschickt.« Sie setzte das Tablett auf den kleinen Tisch und verließ das Zimmer naserümpfend. Während Calla das heiße Morgengetränk aus dem Becher trank, klopfte es leise an die Tür, und gleich darauf sah Linzels Gesicht um die Ecke.

»Komm herein!«, rief Calla herzlich. »Vielen Dank für deine Aufmerksamkeit. Willst du mithalten? Ari schläft bestimmt noch eine Weile länger; sie ist immer so schnell erschöpft.« Sie warf einen ängstlichen Blick zu der schmächtigen Gestalt unter dem Bettzeug hin.

Linzel trat ein und setzte sich Calla gegenüber. Ihre freundlichen grünen Augen musterten die jüngere Frau ohne Scheu. Sie hatte einen Großteil der Nacht mit Nachdenken verbracht und war zu einem Entschluss gelangt. Das ging aus der direkten Art hervor, mit der sie Calla anredete.

»Ich möchte dir einen Vorschlag machen. Da du kein bestimmtes Ziel im Auge hast und niemanden, der dir bei der Betreuung Ariels hilft, wäre es dir vielleicht angenehm, in unser Gildenhaus zu kommen. Ich kann dir dort Sicherheit garantieren und Freundschaft. Du bist eine ungewöhnliche junge Frau, daran gewöhnt, unabhängig zu handeln und auf eigenen Füßen zu stehen. Genau die Art, nach der wir immer Ausschau halten.«

»Willst du mich anwerben?«, erkundigte Calla sich.

»Ganz so würde ich es nicht nennen.« Linzel lächelte. »Aber wenn du uns erst einmal kennen gelernt hast, wenn du uns ein bisschen besser verstehst, wenn du gesehen hast, was wir zu bieten haben ...«

»Wie du sagtest, habe ich immer auf eigenen Füßen gestanden«, erklärte Calla bedächtig. »Zumindest für lange Zeit. Es gefällt mir so. Jedes Mal, wenn ich mich auf andere verlassen habe, hat das zu einer Enttäuschung geführt. Ich bin dir dankbar für die Hilfe, die du uns gestern Abend geleistet hast, aber ...«

»Daran waren keine Bedingungen geknüpft«, antwortete Linzel schnell und entschieden. »Trotzdem bin ich dir dankbar. Es gibt jedoch Dinge, von denen du nichts weißt. Sie könnten dich von deinem Wunsch, uns mitzunehmen, abbringen.«

»Ich habe Zeit zuzuhören«, sagte Linzel liebenswürdig.

»Ari hat einen jüngeren Bruder namens Alyn. Er hat die Herrschaft über unsere Heimat Blaumtarken, weil Ari – ist, wie sie ist, und ihre Frau Mutter, die meines Vaters Schwester war, tot ist. Mein eigener Bruder und ich kamen nach Blaumtarken, nachdem unsere Eltern bei einem Raubüberfall getötet worden waren. Aris Mutter nahm uns auf. Als sie starb, wollte Alyn seine Schwester loswerden – für immer.«

»Das verstehe ich nicht«, meinte Linzel erstaunt. »Sie stellt doch kaum eine Bedrohung für ihren Bruder dar ...«

»O doch. Als ältestes Kind erbt sie den Besitz, und in unserer Gegend gibt es kein Gesetz, das jemanden wie sie von der Erbschaft ausschließt. Der Besitz ist groß, und Alyn ist habgierig. Er will alles für sich allein. Sollte Ari heiraten – und glaub mir, das ist nicht so dumm, wie es sich anhört, denn ein Lord hat sie mit genau dieser Absicht bereits entführt, nur konnten wir sie rechtzeitig retten –, dann verliert Alyn alles. Um das zu verhindern, würde er sie töten.«

»Also hast du sie weggebracht.«

»Ja. Ich versprach ihrer Frau Mutter auf ihrem Totenbett, für sie zu sorgen, und ich weiß, Alyn sucht nach uns. Wir sind nirgendwo sicher, und es würde jedem, der uns ein Obdach gewährt, schlecht bekommen. Alyn ist ein mächtiger Mann.«

Linzel dachte nach. Als sie in Callas Augen blickte, waren ihre eigenen hart und glänzend.

»Wir von der Gilde fürchten uns vor keinem Mann«, erklärte sie ruhig. »Mein Angebot bleibt bestehen.«

Callas Augen glänzten ebenso, ihre Stimme klang ebenso entschlossen. Sie bot Linzel die Hand.

»Dann nehmen wir, Ari und ich, mit Dank an.«

»Sie hat ein Händchen für Blumen, die Kleine«, sagte die Schwester vergnügt zu Calla. Sie sah Ari zu, die glücklich in den Blumenbeeten grub. Calla lächelte.

»Ja, sie hat Blumen und Kräuter immer geliebt. Sie kann alles zum Wachsen bringen, glaub mir. Einmal, es war gleich nachdem wir Blaumtarken, unsere Heimat, verlassen hatten, wurde ich von einem Pferd abgeworfen und brach mir das Bein. Gute Schwestern in unserem Konvent nahe der Stadt, wo ich verletzt wurde, nahmen uns auf, und Ari war ihr erklärter Liebling. Sie liebten ihre Fröhlichkeit und Sanftmut und ihre Art, mit Pflanzen umzugehen. Sie baten mich, Ari bei ihnen zu lassen, aber das konnte ich nicht.« In der Erinnerung verdunkelte sich ihr Gesicht.

»Und warum nicht?«, fragte die andere Frau behutsam. »Sie wäre doch sicher gut behandelt worden, wenn sie sie liebten.«

»Daran zweifelte ich auch gar nicht, und sie schien glücklich dort zu sein, aber ich hatte mein Versprechen gegeben. So etwas tue ich nicht leichtfertig. Ich habe versprochen, mich um Ari zu kümmern.«

»Es gibt stets mehr als einen Weg, ein Versprechen zu erfüllen ...«

»Für mich gibt es nur einen Weg«, unterbrach Calla. »Meinen Weg. Verzeih mir, du bist sehr freundlich gewesen, und ich möchte dich nicht kränken, aber ...«

»Ich verstehe«, antwortete die Frau ruhig. »Du musst Ari

sehr lieben, ebenso wie die Person, der du das Versprechen gegeben hast.«

»Ja«, sagte Calla. »Das tue ich.«

»Wir wollen nicht mehr davon sprechen.« Die Frau stand auf. »Jetzt muss ich Ari beim Umgraben helfen, und Linzel bittet dich, sie in ihrem Zimmer aufzusuchen, bevor sie geht.«

»Geht?«, fragte Calla entgeistert. Sie und Linzel waren sich in den vergangenen Wochen nahe gekommen, und der Gedanke, dass ihre Freundin wegging, ohne es ihr vorher zu sagen, bestürzte sie.

»Ja, die Nachricht, dass ihre Dienste benötigt werden, kam erst heute Morgen. Sie wird eine Weile fort sein, glaube ich. Du beeilst dich besser, wenn du sie noch sehen willst.«

Calla ging schnell durch die große Halle und nahm auf der geschwungenen Treppe immer zwei Stufen auf einmal. Das Gildehaus war nicht so großartig wie Blaumtarken, aber es war ein geräumiger und sehr gemütlicher Aufenthalt, der Schwesternschaft von einer Lady vermacht, die hoch in ihrer Schuld gestanden hatte. Es hatte Platz für jede Frau, die eine Zuflucht suchte, und auf seinen Feldern wuchs alles, was die Bewohnerinnen brauchten. So waren sie bis auf die Steuern und andere kleine Notwendigkeiten unabhängig. Das Geld dafür wurde von Mitgliedern verdient, die als Leibwächterinnen, Reisebegleiterinnen oder Kriegerinnen da in Dienst traten, wo ein Mann sich nicht so gut geeignet hätte. Eifersüchtige Ehemänner, die ihre Frauen auf eine Reise schickten, zogen die Gesellschaft weiblicher Wächterinnen vor. Die Mitglieder der Gilde waren gewiss ebenso eindrucksvoll, wie ein Mann es hätte sein können, und in der Abwehr von Räubern und Wegelagerern ebenso tüchtig.

Calla bewunderte sie außerordentlich. Besonders bewunderte sie die Frauen, die als Kuriere dienten. Das war eine einzigartige und aufregende Tätigkeit und kombinierte die Dinge, die Calla am meisten liebte: das Reiten guter Pferde und lange Strecken in Einsamkeit. Sie hatte draußen schon als Kurier gearbeitet. Wenn sie für die Gilde reiten könnte, überlegte sie jetzt, würden sie und Ari beitreten. Ihre sich vertiefende Gemeinschaft mit Linzel festigte ihren Entschluss. Zum ersten Mal hatte sie eine Freundin, jemanden, dem sie vertrauen konnte und der sie verstand.

Im oberen Stockwerk wartete diese Freundin auf sie und versuchte, ihre Gedanken so zu ordnen, dass ihre Argumente die leidenschaftlich unabhängige Calla überreden und nicht vor den Kopf stoßen würden. So viel stand für alle Betroffenen auf dem Spiel, das Thema war so heikel, dass die Kriegerin mit dem kastanienbraunen Haar doppelt besorgt war, wie sie es ihrer jungen Freundin nahe bringen sollte.

Calla betrat das Zimmer, und Linzel blickte hoch. Ihre Augen strahlten wie immer, wenn sie in das dunkle, leidenschaftliche Gesicht ihrer Freundin sah. Sie war der jüngeren Frau sehr zugetan und fühlte sich von der entschlossenen Loyalität und dem starken Willen Callas angezogen. Jetzt suchte sie nach den richtigen Worten, die nicht den hartnäckigen Trotz zum Vorschein bringen würden, der, wie sie wohl wusste, bei Calla dicht unter der ruhigen Oberfläche lag.

Callas Gesicht war bestürzt. Offenbar hatte sie soeben gehört, dass Linzel abreiste.

»Setz dich, Calla«, lud Linzel sie herzlich ein. *Vorsicht, Vorsicht, sie ist wie ein scheues Fohlen, wenn es um Ari geht.*

»Du willst weg?«, fragte Calla und setzte sich.

»Ja, aber blicke nicht so betrübt drein. Ich bin oft weg; ehrlich gesprochen, es wundert mich, dass nicht schon früher ein Auftrag für mich gekommen ist. Das muss sein, verstehst du; es hilft, die Rechnungen zu bezahlen.« Sie lächelte, und Calla nickte unglücklich.

»Es ist nur – du wirst mir fehlen.«

»Natürlich, und du wirst mir fehlen. Aber ich komme ja wieder, und du wirst in der Zwischenzeit zu tun haben.«

»Was meinst du?«

»Ich möchte, dass du darüber nachdenkst, ob du der Gilde beitreten willst. Das wäre doch nur vernünftig, Calla. Du hast niemanden – ausgenommen Ari natürlich«, setzte sie schnell hinzu, als sie den Protest kommen sah. »Und wir brauchen dich. Ich weiß, du hast schon daran gedacht, Kurier für uns zu werden, und das wäre eine gute Wahl. Ich habe noch nie eine Reiterin gesehen, die mehr aus einem Pferd herausholt und ihm weniger Schaden zufügt. Denke doch, Calla, endlich hättest du eine Familie, die immer für dich da ist. Sie wird Ansprüche an dich stellen, ja, aber dir auch geben.«

»Ich habe darüber nachgedacht, Linzel, und ich glaube, ich möchte es tun. Ich möchte es sogar sehr gerne tun. Ich kenne die Gelübde, und sie enthalten nichts, was für mich ein Problem wäre. Aber Ari – sie kann eure Gelübde nicht ablegen, die Kleine. Sie versteht sie nicht.«

»Das wäre keine Schwierigkeit.« Linzels Hände beschäftigten sich plötzlich sehr eifrig mit den Kleidern in ihrem Packen, und sie hielt die Augen starr auf das gerichtet, was sie tat. Eine Welle der Erleichterung überflutete Calla.

»Oh, da bin ich froh!«, rief sie. »Ich dachte schon – das ist es, was mich die ganze Zeit zurückgehalten hat. Ich dachte, nur solche, die den Eid geschworen haben, dürften Mitglieder der Schwesternschaft werden.«

»Das ist richtig.« *Langsam jetzt, Linzel. Du kannst sie in einem Herzschlag verlieren.* Linzel sah in Callas verwunderte Augen hoch.

»Aber du hast eben gesagt – das sei keine Schwierigkeit – sie kann bei mir bleiben, auch wenn sie ...«

»Für gewisse Zeit sicher.« Linzel wandte sich Calla ganz zu und straffte entschlossen die Schultern. »Sie kann eine Weile bei dir bleiben. Aber sie kann niemals unabhängig werden, Calla, das weißt du besser als sonst jemand. Was soll werden, wenn du fort bist und niemand hier Zeit hat, sich um sie zu kümmern? Angenommen, sie spaziert davon oder verletzt sich? Was dann? Calla, in dir stecken solche Fähigkeiten, und Ari – sie ist lieb, und ich weiß, du liebst sie, aber ...«

»Aber sie passt nicht her? Ist es das, worauf du hinauswillst?«, fragte Calla kalt. Ihre dunklen Augen schimmerten plötzlich vor Feindseligkeit.

»Calla, ich weiß einen Ort, wohin Ari gehen kann, wo man liebevoll für sie sorgen wird. Sie kann ihre Blumen haben, und du kannst sie besuchen, wann immer du willst. Du wirst frei sein – nein, hör mir zu!« Denn Calla hatte sich abgewandt, die Hände zu Fäusten geballt, die Schultern steif, der ganze Körper erstarrt unter dem Schock der Enttäuschung. Die Vision von einem sicheren und glücklichen Hafen, von einem nützlichen Leben wich in den Morast der Bitterkeit zurück, den sie so gut kannte, und ihr Magen verkrampfte sich mit der alten Verzweiflung. Nichts, was Linzel noch sagen konnte, würde eine Rolle spielen. Alles bedeutete die Trennung von Ari.

»Ari liebt mich«, sagte sie abweisend, ohne sich umzudrehen. »Sie vertraut mir. Ich werde sie nicht verraten. Ich habe diese Orte, von denen du sprichst, gesehen, diese Schlangengruben! Glaubst du, das würde ich ihr antun? Götter, wir sind aus unserer Heimat geflohen, um sie davor zu bewahren! Eher würde ich sie töten, mit meinen eigenen Händen!« Sie fuhr zu Linzel herum und spie die Worte aus.

»Calla, versuche, ruhig zu sein und zuzuhören, denke nach, versuche zu verstehen ...«

»Ich verstehe, Linzel, nur zu gut. Verrat ist leicht zu verstehen.«

»Calla, ich denke nicht an Verrat, ich habe nur den Wunsch zu helfen ...«

»Wenn du uns wirklich helfen willst, dann lass uns in Frieden! Wir werden unseren eigenen Weg gehen, wie wir es immer getan haben. Es war ein Fehler, dir zu vertrauen. Ich dachte nur – ich hoffte ...«

»Calla, es kommt immer die Zeit, da du jemandem vertrauen musst«, sagte Linzel traurig. Sie sah die jüngere Frau mit tiefer Verzweiflung an.

»Ich vertraue mir selbst. Das ist immer genug gewesen.«

»Niemand von uns kann für immer so leben. Schließlich wird die Bürde zu schwer. Wir brauchen einander ...«

»Ich habe Ari. Ich brauche sonst niemanden«, erklärte Calla stur. Sie sah Linzel herausfordernd an. Dann machte sie auf dem Absatz kehrt und war verschwunden.

Das habe ich ganz verkehrt angefangen, dachte Linzel kläglich. *Es bedeutet mir so viel. Verdammt sei der Stolz dieses Mädchens! Warum muss sie immer auf die harte Weise lernen? Und diesmal mag die Lektion sie mehr kosten, als sie bezahlen kann.*

Linzel fuhr mit dem Packen fort. Sie war gerufen worden, sie musste der Ehre des Hauses wegen gehen. Ausgerechnet zu diesem unglücklichen Zeitpunkt!

Calla war inzwischen zu Ari gegangen und hatte sie von ihrer glücklichen Beschäftigung zwischen ihren Kräutern weggezogen. Mit ihren großen blauen Augen sah Ari unverwandt zu, wie Callas geschickte Hände schnell ihre Habseligkeiten packten. Sie besaßen wenig genug, und als Ari erkannte, was Calla tat, fing sie an, ihre Sachen herbeizutragen, damit sie ebenfalls eingepackt wurden. Sie reichte Calla auch eine silberne Bürste, die Linzel ihr geschenkt hatte und mit der sie ihr langes, goldenes Haar stundenlang bürstete. Calla erschreckte sie, indem sie die Bürste mit einem Fluch gegen die Wand warf.

»Das wollen wir nicht! Nein, wir wollen es nicht, sage ich!«
Denn Ari hatte die Bürste aufgehoben und hielt sie ihr mit
kummervollem Blick wieder hin. »Ach, schon gut! Ich habe
keine Zeit zum Streiten!« Damit warf sie die Bürste in den Packen. Sie nahm die beiden schweren Packen auf, überließ Ari
ihre Reisemäntel und führte das Mädchen schnell die Hinter-
treppe hinunter in den Stallhof. Als sie ihre Pferde sattelte und
dabei missbilligend feststellte, wie fett sie in den letzten Wochen geworden waren, hörte sie das Klappern von Hufeisen
durch das Seitentor hereinkommen. Irgendetwas veranlasste
sie, Ari und die Pferde schnell wieder in den Stall zu bringen.
Die Hufeisen hatten es so eilig, das gefiel ihr nicht. Sie spähte
hinaus und dankte den Göttern, die sie geleitet hatten.

Der Reiter war einer von Alyns Männern. Er hielt an und
sprach herrisch mit der jungen Frau, die herbeigelaufen kam,
um sein Pferd zu übernehmen. Wie er sagte, wollte er die Person sprechen, die die Leitung des Gildehauses habe. Dann
stieg er die Stufen zum Seiteneingang hoch und verschwand.
Calla setzte Ari aufs Pferd und schnallte die Packen fest. So
schnell und so leise wie möglich ritten sie hinaus.

Callas Gedanken rasten. Wie hatte Alyn herausgefunden,
wo sie waren? Würde Linzel sie verraten, um Ari loszuwerden
und es Calla zu ermöglichen, der Gilde beizutreten? Nein, so
zornig sie auf Linzel war, das konnte Calla nicht von ihr glauben. Vielleicht wusste Alyn es gar nicht und hatte den Mann
nur auf die Suche geschickt. Würde man ihm in dem Fall
im Haus sagen, dass sie und Ari da waren? Die Schwestern
fürchteten niemanden, der draußen Macht besaß, und logen
nicht.

Bitte, dachte Calla verzweifelt, *ihr Götter, lasst sie nur dieses eine Mal ein bisschen lügen. Nur so viel, dass wir Zeit bekommen, eine Strecke zwischen uns zu legen.* Sie drängte Ari
zu einem schnelleren Tempo, aber Ari ritt im Grunde nicht

gern und war auch keine sehr gute Reiterin. Allein wäre es Calla nicht schwer gefallen, Verfolgern zu entkommen, aber mit Ari ...

Sie musste Ari an einen sicheren Ort bringen, bei dem Alyn nie auf den Gedanken käme, dort nachzusehen.

Sie hatten das Gildehaus am späten Nachmittag verlassen. Sie ritten die ganze Nacht, und bei Sonnenaufgang langten sie am Eingang zu einem Tal an, das zwischen niedrigen Hügeln lag. Calla war müde, und so musste Ari erschöpft sein. Vielleicht fanden sie in dem Tal ein Obdach, wo sie ausruhen konnten. Sie ließen die Pferde langsamer gehen, und ihre Augen suchten die Hänge aufmerksam ab, bis sie entdeckten, was sie sich wünschte. In einem Wirrwarr aus Steinen und verfilztem Buschwerk sah Calla kurz etwas Dunkles schimmern. Sie waren schon beinahe daran vorbei, und sie kehrten ein Stück zurück, um es genauer zu betrachten. Tatsächlich, es war eine Höhle, wenn auch nicht tief. Auf drei Seiten war sie von steilen Felsen geschützt, und mit ein bisschen Arbeit konnte die Mündung so verkleidet werden, dass sie von der Straße aus unsichtbar war.

In wenigen Minuten war es geschafft, und Calla führte eine fast zusammenbrechende Ari hinein. Dieses eine Mal versuchte sie nicht, sie zum Essen zu überreden. Ari fiel auf die ausgebreitete Decke nieder und war sofort eingeschlafen. Calla band die Pferde fest. Sie hatte Durst und verfluchte sich für die gedankenlose Hast, mit der sie aufgebrochen war. Ohne Essen konnten sie auskommen, aber nicht ohne Wasser. Nun, sie musste jedes Problem zu seiner Zeit lösen.

Sie setzte sich so hin, dass sie die Straße unten beobachten konnte. Jeder Nerv in ihr war angespannt. Wie sie meinte, bestand keine Gefahr, dass sie einschlafen würde, nicht mit Alyn auf ihrer Fährte.

Aber sie war müder, als sie gedacht hatte, und nicht einmal

die Furcht vor einer Entdeckung hielt sie davon ab einzuschlafen. Mit einem Ruck wachte sie auf und stellte fest, dass es dunkel geworden war. Ihre Kehle war ausgedörrt und ihre Zunge geschwollen. Nur gut, dass Ari noch schlief! Calla sah nach der Kleinen, und wieder fiel ihr auf, wie zart sie in Wirklichkeit war. Ari schlief wie ein Kind, tief, das Haar lag feucht auf ihrer Stirn, und ihre Augen waren wie dunkle Wunden auf dem makellosen Gesicht. Wenn Alyn sie fand ...

Calla richtete sich auf, blickte ins Tal hinunter und keuchte. Da war ein Lager, und zwar kein kleines. Die es umgebenden Wachfeuer loderten hell, und sie sah die Männer, die daran saßen. Das war Alyns Lager. Es befand sich zwischen ihr und der Freiheit; umzukehren war ein Ding der Unmöglichkeit. Ganz bestimmt ließ er Männer am Gildenhaus für den Fall warten, dass sie zurückkamen, und sie wollte die Schwestern nicht mit hineinziehen. Das war ihr Kampf. Wenn nur Ari nicht dabei wäre – und dann lachte sie, als ihr die Absurdität des Gedankens zu Bewusstsein kam. Wenn Ari nicht dabei wäre, würde Alyn sie nicht verfolgen.

»Keine Bange, Kleines«, sagte sie leise und sah zu dem schlafenden Mädchen hin. »Er wird dich nicht kriegen, das verspreche ich dir.« Sie seufzte. Immerzu Versprechen. Sie hoffte, sie konnte sie halten.

Kurz vor Sonnenaufgang sattelte sie die Pferde und weckte Ari.

»Es ist Zeit zum Weiterreiten«, sagte sie, »und wir müssen leise machen. Da unten im Tal sind Männer, die uns übel wollen.« Aris große Augen folgten der Richtung von Callas ausgestrecktem Zeigefinger, und sie blickte ängstlich drein. »Nein, nein, du brauchst dich nicht zu fürchten. Ich bin doch da, nicht wahr? Habe ich nicht immer auf dich aufgepasst?« Ari nickte feierlich, aber sie hatte gesehen, wie groß das Lager war, und die Angst wich nicht aus ihren Augen. »Und ich werde auch diesmal auf dich aufpassen. Tu du nur, was ich dir sage, und uns kann gar nichts passieren.«

Calla half Ari aufs Pferd und schwang sich selbst in den Sattel. Für alle Fälle nahm sie die Zügel von Aris Pferd, und so ritten sie den Hang hinauf. Sie hatte Angst, in der Höhle zu bleiben. Denn sobald die Sonne aufging, würde Alyn von seinen Männern die Hügel durchkämmen und nach Spuren von ihnen suchen lassen. Ihre einzige Hoffnung war, das Lager weiter oben zu umgehen, aber der Hang wurde immer steiler, und die Pferde kämpften mit dem unsicheren Terrain. Calla stieg ab, führte die nervösen Tiere und beruhigte Ari, so gut sie konnte. Aber Aris Pferd begann zu stampfen und versuchte sich loszureißen. Während es zurücktänzelte, stieß sein Huf einen Stein los. Der Boden gab nach, und mit einem entsetzten Schnauben fiel das Pferd ein gutes Stück den Hang hinunter. Calla sah entsetzt zu. Ari flog vom Pferd und blieb reglos liegen, während das Pferd sich hochkämpfte und bebend dastand.

Calla wagte nicht zu schreien; sie hatten schon genug Krach gemacht, um schlafende Götter zu wecken. Aber sie konnte ein leises erleichtertes Aufschluchzen nicht unterdrücken, als Ari sich zittrig auf die Füße stellte und mit bleichem Gesicht zu ihr hochsah. Calla winkte ihr, schnell den Hang hinaufzuklettern, und als Ari sich damit alle Mühe gab, spähte Calla angstvoll zum Lager hinunter. Alles war wie zuvor; die Männer standen gerade auf. Vielleicht hatten sie doch noch eine Chance, obwohl mit nur einem Pferd ...

»Ari!«, flüsterte sie und zog das Mädchen die letzten paar Schritte hoch. »Ari, bist du in Ordnung? Verdammt sei das dumme Pferd! Oh, Ari, als ich es fallen sah, und du lagst darunter – komm, Süßes. Komm her, lass mich dich ansehen.« Das Mädchen konnte sein Zittern nicht beherrschen. Calla führte Ariel zu einem Stein und drückte sie darauf nieder. In dem heller werdenden Licht untersuchte sie sie. Schnitte und blaue Flecken, aber keine gebrochenen Knochen, den Göttern sei Dank.

»Wir müssen weiter«, drängte Calla. »Bald wird es hell sein, und Alyn wird nach uns suchen. Steig auf mein Pferd, es hat einen so sicheren Tritt wie ein Maultier. Es wird nicht mit dir fallen. Komm, Ari, wir müssen fort!«

Sie führte das Pferd den gefährlichen Hang hinauf und atmete auf, als sie endlich oben ankamen. Dann ging es auf der anderen Seite hinunter. Plötzlich hörte Calla Stimmen. Sie erstarrte, die Stimmen waren tief, männlich, sehr nahe. Das Pferd hob den Kopf, und bevor sie es daran hindern konnte, begrüßte es mit lautem Wiehern ein Pferd, das es aus seinem alten Stall kannte. Im selben Augenblick brach die Hölle los. Männer und Pferde stürmten hinter den sie umgebenden Felsen und Bäumen hervor. Calla spurtete zu einer Felsspalte, wo sie wenigstens Schutz für ihren Rücken haben würden, und Ari fiel in Ohnmacht. Das Mädchen rollte vom Pferd und so genau in die Spalte hinein, als habe Calla es beabsichtigt. Das Pferd riss sich los und rannte davon, Calla mit nichts als ihrem Messer zwischen sich und mehreren hartgesichtigen Männern im Eingang der Spalte zurücklassend.

»Was denkt ihr euch eigentlich, dass ihr zwei Frauen beinahe zu Tode ängstigt?«, fragte sie und zog ihren Reisemantel eng um sich. Vielleicht erkannten sie sie nicht, wenn sie auch mehrere von ihnen bereits erkannt hatte.

»Wir bitten Euch um Verzeihung, Lady«, sagte ein junger Mann, der offensichtlich den Befehl führte. Calla hatte ihn noch nie gesehen. »Wir suchen zwei junge, allein reisende Frauen. Es ist seltsam, dass Ihr hier oben am Hang seid, wenn doch unten durch das Tal eine Straße läuft.«

»Wir haben euer Lager gesehen«, erwiderte Calla geistesgegenwärtig, »und da wir nicht wussten, wer ihr seid, entschieden wir uns dafür, euch aus dem Weg zu gehen. Man kann nicht vorsichtig genug sein. Was nun die betrifft, die ihr sucht ...«

»Du bist es, Calla«, meldete sich einer der älteren Männer. »Du kennst uns, und du weißt, was wir wollen. Gib uns das Mädchen, und du kannst deiner Wege ziehen, das schwöre ich. Du weißt, auf mein Wort ist Verlass.«

»Und was ist mit Ariel, Oberlon?« Calla sah dem Sprecher kühn ins Gesicht. »Kannst du ein solches Versprechen auch für sie abgeben, dass ihr nichts geschehen wird?«

»Das ist Lord Alyns Sache, nicht meine. Was mich betrifft, so wünsche ich dem armen Mädchen nichts Böses. Aber ich gebe kein Versprechen, das ich nicht halten kann.«

»Dann soll dich der Teufel holen!«, zischte Calla und zog ihr Messer. Ein paar Männer in der Gruppe lachten höhnisch, aber diejenigen, die sie kannten, lachten nicht. Sie blieben zurück, weil sie ihr nichts tun wollten, und ließen die anderen vorrücken. Calla war von den Felsen gut geschützt; nur ein Mann auf einmal konnte sie angreifen, und während sie reichlich Raum hatte, mit ihrem Messer zuzustoßen, waren die Schwerter, die die Männer trugen, zu groß, um unter so beengten Verhältnissen von Nutzen zu sein. Calla war schneller, leichter, entschlossener als ihre Gegner. Nachdem drei sich blutend von der Spalte zurückgezogen hatten, seufzte Oberlon. »Ja, dann muss ich dich überwinden, Mädchen. Die Aufgabe macht mir keine Freude.«

»Oberlon, ich warne dich«, keuchte Calla. »Ich werde tun, was ich muss.«

»Aye, Mädchen, ich auch.« Der ältere Mann trat vor.

»Haltet ein!«, erklang eine Stimme, und aller Augen wandten sich dem Sprecher zu. Die Sonne erschien in diesem Augenblick über den Hügelkuppen und fiel auf das goldene Haar und die schlanke Gestalt Alyns von Blaumtarken, dessen blaue Augen vor Triumph leuchteten. Seine verblüffende Ähnlichkeit mit Ari verwunderte Calla immer wieder von neuem; seine Art war so ganz anders als ihre.

Sie sahen sich an. Langsam, aber festen Schrittes ging Alyn auf Calla zu, die herausfordernd wartete. Sie wischte sich mit einer schmutzigen Hand, auf der das Blut bereits getrocknet war, den Schweiß vom Gesicht. Sie war müde; einen wahnsinnigen Augenblick hoffte sie, er werde sie gehen lassen. Wenn sie ihm erklärte, sie wolle Ari wegbringen, er werde keine von ihnen wieder sehen und er könne ganz Blaumtarken haben, Ari wolle nichts für sich ... Calla zwang sich, seinem Blick offen zu begegnen. Seine Aufmerksamkeit richtete sich auf etwas anderes, auf etwas hinter ihr. Sie drehte sich halb um und sah Ari geduckt an der Klippenwand stehen. Das Mädchen versuchte, sich innerhalb des Reisemantels kleiner und immer kleiner zu machen. Über ihr schmutziges Gesichtchen liefen Tränenspuren, Schreck und Erschöpfung hatten es gebleicht, Strähnen ihres goldenen Haares, der Kapuze entschlüpft, umgaben es. Die blauen Augen, riesig und entsetzt, waren wie die Augen eines kleinen Tieres, das die Schritte des Jägers hört und nicht fliehen kann.

Calla richtete den Blick wieder auf Alyn, und der Ausdruck in seinen Augen ließ alle ihre Hoffnungen sterben. Triumph, Hass, Mord glitzerten dort.

Alyn trat vor, hob sein Schwert, als könne er einfach an Calla vorbeigehen und über Ari herfallen, ohne auf Widerstand zu stoßen. Auf einer roten Woge des Zorns flutete neue Kraft in Callas Körper. Glaubte er, sie würde müßig dastehen und ihre geliebte Ari ermorden lassen? Er würde sie am Ende vielleicht beide töten, aber leicht sollte es ihm nicht werden!

»Alyn!«, rief sie, und ihre Stimme hallte von den Felsen wider. Er blieb stehen und schien sie erst jetzt zu bemerken.

»Calla, geh mir aus dem Weg. Ich warne dich, tritt zur Seite.«

»Alyn! Bleib stehen! Halte dich von ihr fern. Sie stellt keine Bedrohung für dich dar.« Callas Stimme stieg vor Verzweiflung an. »Nimm Blaumtarken. Sie will es nicht! Nimm alles – nur lass uns ziehen!«

»Das kann ich nicht tun.« Seine schrecklichen Augen richteten sich auf Ari, die ihn hoffnungslos anstarrte. »Sieh sie an. Leer. Ein dummes Schaf von einem Mädchen, das nicht einmal sprechen kann. Ein Schmutzfleck auf dem Familiennamen, den ich beabsichtige zu entfernen!« Er sprang mit erhobener Klinge vorwärts, und Calla nahm ihr Messer fest in beide Hände. Sie hoffte, er werde nahe herankommen, zu wütend und zu selbstsicher, um vorsichtig zu sein, und sie konnte ihm einen schnellen, tiefen Stich versetzen.

Doch so geschah es nicht.

Die Wut seines Angriffs trieb sie ein paar Schritte zurück. Das lose Geröll gab unter ihr nach, sie fiel nach hinten, das Messer flog ihr aus den Händen. Alyn führte einen schnellen, beinahe flüchtigen Hieb gegen sie, der ihre Jacke aufschlitzte und eine lange Wunde über ihre Rippen zog. Sie keuchte vor Schreck, beugte sich unwillkürlich vor und spürte ihr eigenes Blut warm und klebrig durch ihre Finger laufen. Alyn schlug über sie weg nach Ari, und in schwarzer Verzweiflung erkannte Calla, dass sie gar nichts tun konnte. Er würde Ari töten und dann sie. Hinter ihr waren ein scharfer Schrei, ein Scharren, ein plötzliches Grunzen zu hören, das Überraschung und Schmerz verriet. Dann herrschte Stille. Übelkeit und Schwäche bezwingend, richtete Calla sich auf und drehte sich um. Sie fürchtete sich vor dem, was sie zu sehen bekommen würde, aber sie wollte Alyn das Gesicht zuwenden, wenn er sie angriff.

Alyn stand mit dem Rücken zu ihr. Der Schwertarm hing

schlaff herunter, die Klinge schleifte über den Boden. Dicht hinter ihm sah Calla eine aufgelöste Ari stehen. Ihr Gesicht, verzerrt vor Grauen und verschmiert von Tränen, starrte zu Alyn hoch. Eben ließ Ari das Heft von Callas Messer los und trat einen oder zwei Schritte zurück. Alyn drehte sich halb zur Seite, und Calla sah den Messergriff unter seinen Rippen hervorragen. Ari hatte es ihm hineingetrieben, so tief es ging; sein eigenes Gewicht hatte ihr geholfen, als er vorstürzte. Sein Gesicht sprach von nichts als einem ungeheuren Erstaunen. Dann wich auch das dem leeren Ausdruck des Todes, und er brach zu Callas Füßen zusammen. Sie fiel bewusstlos neben ihm nieder.

Als Calla erwachte, nahm sie Wärme und Weichheit und die Schmerzen der überanstrengten Muskeln wahr. Sie bewegte sich und schrie auf. Feuer lief mit jedem Atemzug an ihrer Seite herunter. Sie erkannte Linzel, die mit besorgtem Gesicht auf das Bett zueilte, in dem sie lag.

»Ari?«, krächzte Calla und wagte nicht, sich noch einmal zu bewegen. Linzel grinste.

»Woher habe ich nur gewusst, dass das deine erste Frage sein würde?«, neckte sie. »Ari geht es gut. Sie ist unten mit Maurita im Kräutergarten, obwohl mir schleierhaft ist, wie Maurita es schafft, sie von dir fern zu halten. Sie war ständig in diesem Zimmer, hat jede Stunde Wasser und Brühe und ich weiß nicht, was sonst noch alles geholt. Die sind von ihr.« Und Linzel wies auf die Blumen, die auf dem Nachttisch standen.

»Alyn?«

»Tot. Seine Männer waren so erschrocken, ihn auf diese Weise sterben zu sehen, dass sie keinen Finger rührten, euch festzunehmen. Einer von ihnen – Oberlon ist sein Name – sagte, es sei ein Zeichen, dass du und ›das arme Mädchen‹ im

Recht seien, und er werde die Hand nicht gegen euch rühren. Er brachte euch hierher, und ich kam zwei Tage später an.«

»Zwei Tage? Wie lange habe ich dann ...?«

»Beinahe sieben Tage. Allmählich dachten wir schon – aber dann sagte ich: Sie ist stark und hartnäckig. Ganz gleich, wie viel Blut sie verloren hat, sie wird so leicht nicht sterben. Wenigstens nicht, bevor sie herausgefunden hat, was mit Ariel passiert ist.«

»Dann wird es dich freuen, zu hören, dass mir nicht im Geringsten nach Sterben zu Mute ist. Aber mir ist auch nicht danach zu Mute, mich zu bewegen. Ich habe schrecklichen Durst, und vielleicht könnte ich etwas zu essen ...«

»Dir geht es besser, das ist sicher, wenn du anfängst, dieses und jenes zu verlangen«, stellte Linzel glücklich fest. »Ich werde für dein Abendessen sorgen, und dann lassen wir Ari zu dir. Vorher muss ich dir jedoch etwas berichten. Ich glaube, du bist kräftig genug dazu. Tatsächlich denke ich, es könnte dir gut tun, das zu hören.«

»Was ist denn? Ich merke schon, wie ich vom Warten schwächer werde.«

»Wir hatten eine Besprechung der Gildehaus-Mitglieder, nachdem Oberlon euch hergebracht und eure Geschichte erzählt hatte. Da warst du, ganz blass und verwundet und, soviel wir wussten, im Sterben. Und da war Ari an deiner Seite, stumm wie immer, aber dich mit ihrem Leben verteidigend. Und du hattest das deine vielleicht schon für sie gegeben.«

Linzel hielt bei der Erinnerung an diesen schrecklichen Nachmittag inne. Ihre Stimme klang gepresst.

»Dein Bruder kam, sobald er erfuhr, was geschehen war. Er ist der Nächste in der Erbfolge für Blaumtarken, jetzt, da Alyn tot ist, falls Ari nicht dorthin zurückkehrt. Er scheint mir ein guter Mann zu sein und hat euch beide gern; er würde sich ihr nicht in den Weg stellen. Wir stimmten ab, wir Mitglieder der

Gilde, und wenn du dem Gildehaus immer noch beitreten willst, bist du erwünscht und willkommen. Und Ari auch. Vielleicht kann sie den Eid nicht leisten, aber sie versteht, was unsere Ziele sind. Das hat sie bewiesen. Und jedenfalls kann niemand Blumen so zum Wachsen bringen wie sie. Sie macht unser Leben in vieler Beziehung heller. Wie du auch, Calla.«

Linzel ging zur Tür und drehte sich dort noch einmal um. Sie sah Calla an, in deren Augen Tränen der Schwäche und der Freude glitzerten.

»Natürlich brauchst du nicht gleich zu antworten«, sagte sie. »Schließlich könntest du noch ein besseres Angebot bekommen.«

Lächelnd schloss sie die Tür. Calla fielen die Augen zu. Die lieben, vertrauten Geräusche ihres Zuhauses rings um sie sangen sie in den Schlaf.

Über Marny Whiteaker und »Die Herausforderung«

Marny Whiteaker begann das Schreiben mit einer Darkover-Geschichte – aber im Gegensatz zu anderen in dieser Anthologie gewann diese Geschichte keinen Preis. Kurz gesagt, sie machte auf mich überhaupt keinen Eindruck, denn ich kann mich absolut nicht mehr an sie erinnern.

Als Marny jedoch »Die Herausforderung« einsandte, schrieb sie, ich hätte bei der Ablehnung ihrer ersten Geschichte bemerkt: »Das ist sehr gut geschrieben. Lernen Sie, eine Handlung aufzubauen.« Das klingt nach mir, denn stets halte ich nicht so sehr nach gutem Schreiben Ausschau – »gutes Schreiben« wird jedes Jahr in jedem College in den Stilübungsseminaren für Anfänger gelehrt, und wenn es dem jungen Schriftsteller irgendwie gelingt, diesen Werkstätten für Mittelmäßigkeit und bombastischen Stil, die man Seminare für »kreatives Schreiben« nennt, zu entrinnen, mag der gute junge Schriftsteller eines Tages Storys schreiben, die ihm Ehre machen. Im Allgemeinen lasse ich mich von »gutem Schreiben« nicht sehr beeindrucken. Ich ziehe gutes Geschichtenerzählen bei weitem vor, und das bedeutet den Aufbau einer Handlung.

Einen Handlungsaufbau und liebenswerte Personen in Fülle hat diese Story ganz gewiss. Ich freue mich, dass sich Marny Whiteaker aus der Leere des »guten Schreibens« erhoben hat, um eine gute Geschichte zu erzählen.

Ich beende eine Anthologie jedes Mal mit Bedauern über die Personen und Geschichten, die ich in letzter Minute auslichten musste. Zwei oder drei Geschichten habe ich mit unendlichem Bedauern aufgegeben, und ich frage mich immer, ob ich nicht einen Fehler gemacht habe. Ich bin überzeugt, dass mindestens ein halbes Dutzend der Arbeiten, die ich zurückgewiesen habe (in letzter Minute und nur wegen der Unelastizität des Schriftbildes), meine Leser ebenso erfreut hätten wie die, die gedruckt worden sind. Vielleicht werden einige von ihnen nächstes Jahr zurückkommen ... da meine Verleger sich huldvoll einverstanden erklärt haben, dass es eine weitere Anthologie geben wird.

Aber das ist eine andere Geschichte – oder vielleicht eine ganze Menge von Geschichten.

Also, lang lebe Darkover, weil die Welt Darkover selbst die wirkliche Heldin der Serie ist, nicht ich oder sonst jemand von uns.   MZB

Die Herausforderung

von Marny Whiteaker

Rhys wandte sich von der Fensterscheibe und den großen silbernen Schneeflocken ab, die gegen das Glas geweht wurden. Das Wetter widerte ihn an. In Wirklichkeit erfüllte es ihn mit Schrecken.

Kimri, Lady von Arilinn, war draußen in dieser schauerlichen weißen Welt. Nachdem sie Armida verlassen hatte, war sie nicht im Turm angekommen, und keiner der Telepathen auf Darkover konnte sie finden. Überzeugt, dass sie trotzdem noch am Leben war, hatte man Suchtrupps organisiert. Männer und ein paar Freie Amazonen scharrten unten in der Audienzhalle mit den Füßen, verfluchten die sich verschlechternden Bedingungen und aßen Eintopf. Ihre Stimmen drangen durch die Flure der oberen Stockwerke und fanden den Weg bis zu Rhys' Ohren. Dem Klang nach waren die Leute entmutigt. Keine Zeichen, keine Fährte, nur das geduldige Bestehen der Telepathen darauf, sie lebe noch.

Es war der dritte trostlose Tag der Suche. Payne, Rhys' älterer Bruder, war heute von Thendara gekommen, um die Führung der unten versammelten Massen zu übernehmen. Allira, seine Freipartnerin, und ihr fünfzehnjähriger *Nedestro*-Sohn Diego waren die Woche zuvor eingetroffen, nachdem sie von dem Zusammenbruch ihrer Schwiegermutter erfahren hatten.

Rhys gähnte, entfaltete seine langen Beine und befreite sich aus dem engen Fenstersitz, den er eingenommen hatte. Der Schein des Feuers warf einen langen dünnen Schatten auf die gegenüberliegende Wand. Die schwarze Erscheinung erschreckte ihn, bis er sie als eine Verzerrung, seltsam und unheimlich, seines eigenen schlaksigen Körpers erkannte. Er erschauerte.

Natürlich war alles seine Schuld. Zandru! Wenn er älter gewesen wäre, hätte ihm jemand zugehört, jemand hätte ihn als Oberhaupt des Alton-Haushalts anerkannt, solange sein Bruder fern war. Aber nein, nicht einmal Kimri von Arilinn wollte zuhören, als er sie in einem verzweifelten Versuch anflehte, zu warten, bis die Wolken sich aufgelöst hätten.

Sie hatte gelächelt und nein gesagt. Offenbar war der Ruf so dringend, dass der gesunde Menschenverstand zu schweigen hatte. Sie hängte ihm den Sternenstein im Beutel um den Hals und versprach, sie werde den Kreis informieren, dass er angenommen sei. Bis dahin solle er in Armida bleiben und aufpassen, dass seine Mutter sich gut erhole. Und vor allem dürfe er sein *laran* nicht benutzen.

Verdammt! Sie hatte ihn ermahnt wie ein Kind – als sei er nicht fähig, ein Problem zu erkennen. Er wusste, im unzeitigen Einsatz der Alton-Gabe lag Gefahr. Er hatte Verstand genug, diesen Teil seines *laran* in Ruhe zu lassen, auch wenn es Gelegenheiten gab, bei denen er gewaltig in Versuchung geriet, davon Gebrauch zu machen.

Rhys Alton kaute an dem abgebrochenen Nagel seines Zeigefingers. Seine Brauen waren nachdenklich zusammengezogen. Wenn er nur älter wäre, könnte er helfen – oder vielleicht auch, wenn er kein Alton wäre. Schließlich hatte Payne sogar Diego erlaubt, bei der Suche mitzumachen, und Diego war ein ganzes Jahr jünger als er.

Nun, das war eine Möglichkeit, Diego loszuwerden, und besonders nach der Szene, die Diego vor Kimris Abreise gemacht hatte, wäre Rhys richtig froh darüber gewesen. Diego hatte zu ihr gesagt, er habe *laran*. Er war sogar so weit gegangen, zu sagen, er habe eine Gabe. Kimri hatte ihn reden lassen, aber Rhys wusste, sie hatte ihm nicht geglaubt.

Diego! Was wusste denn Diego Delleray (wie er sich nannte) von *laran* oder den Gaben? Diese Linie war schon vor Jahrhunderten ausgeschlossen worden. Als die Dellerays sich mit Aldaran verbündeten und sich gegen den Rat stellten, hatten sie jedes Recht auf *laran* verwirkt. Schlimm genug, dass die beiden Jungen jetzt miteinander verwandt waren. Schlimm genug, dass Payne den jungen Delleray vor dem Rat als seinen Sohn anerkennen wollte, damit Diego alle Privilegien der Comyn erhielt. An diesem Punkt würde Payne sich wahrscheinlich überschlagen, um zu beweisen, dass Diego *laran* habe. Vielleicht hätte Rhys gelernt, das Wort »Vetter« ohne Verachtung auszusprechen, aber jetzt nach diesen Possen nicht mehr. Wie konnte Diego sich so aufführen, und noch dazu vor Kimri, seiner künftigen Bewahrerin!

Bei der bloßen Erinnerung daran begann Rhys sich unwohl zu fühlen. Besser, ein Delleray verirrte sich im Schnee als ein Alton, wenn es einer von beiden sein musste.

Rhys seufzte und warf einen schweren, knorrigen Klotz auf das Feuer. Die Flammen schossen hoch wie Hornissen aus einem Nest, knisternd und knallend. Hypnotisiert von dem Geräusch, hörte er nicht, dass sich die Tür öffnete.

»Ich habe dreimal geklopft, Rhys. Hast du mich nicht gehört? Darf ich 'reinkommen?«

Rhys spähte über die Schulter. Diego steckte den Kopf durch den Eingang. Zwar trug er trockene Kleider, aber sein rotes Haar war nass. Perlen aus schmelzendem Schnee tröpfelten zu beiden Seiten seiner roten Wangen herunter. Er sah aus, als friere er.

»Was tust du schon wieder hier?«, fragte Rhys.

»Armida ist auch mein Zuhause, hast du das vergessen?«, gab der Jüngere scharf zurück. Seine Wangen nahmen ein tieferes Rot an und erinnerten Rhys an die Sonne. Er sah wieder ins Feuer.

Sein Stirnrunzeln bemerkend, gab ihm Diego hastig eine Erklärung. »Ich wollte auf mein Zimmer gehen, aber Payne hat sieben Freie Amazonen hineingestopft. Er sagte mir, ich solle heute Nacht hier schlafen.«

Rhys dachte an die enge Dachkammer, in der Diego schlief, und stellte sich sieben Freie Amazonen vor, die übereinander krochen wie Käfer in einem überfüllten Loch. Er machte keinen Versuch, den Seufzer zu unterdrücken, der seinen Lippen entschlüpfte.

»Dann komm.« Er zuckte die Schultern. »Stell dich ans Feuer. Du siehst großartig aus.« Es war kein Kompliment.

Auf die Einladung hin eilte Diego an den Kamin. Er rieb die Hände aneinander, schaukelte auf den Füßen vor und zurück, und bei jedem Ruck ruckte auch seine Stimme.

»Ich habe die dritte Gruppe zu dem Lager bei Mariposa hinausgeführt und bin gerade erst zurückgekommen. Der Schnee fällt da draußen in Decken! Der Wind hätte mir beinahe die Ohren abgerissen.«

Diego übertrieb natürlich. Das tat er immer, wenn er aufgeregt oder nervös war. Rhys stand auf und ging hin und her. Von Diegos Hopsen bekam er Kopfschmerzen.

»Ich nehme an, Payne hat dich gehen lassen, weil du da oben in den Hellers an Schnee wie diesen gewöhnt bist«, brummte er, immer noch böse auf Payne, dass dieser ihm nicht erlaubt hatte, eine Verantwortung zu übernehmen. Wie konnte sein älterer Bruder den Sohn eines anderen Mannes seiner eigenen Familie vorziehen?

Als habe Diego seine Gedanken gelesen, sagte der Jüngere: »Er hat mich nicht vorgezogen, Rhys. Es wäre sehr leicht, sich da draußen zu verirren. Und das würde dir wahrscheinlich gefallen.«

Rhys stellte sein Hin- und Herlaufen ein und schwang sich auf den Absätzen seiner Stiefel herum. Die Haare in seinem Nacken richteten sich auf. Er öffnete den Mund, um zu protestieren, aber Diego fuhr fort, ehe er etwas sagen konnte.

»Nein, ich kenne deine Gefühle für mich. Wenn ich mich verirrte, gäbe es einen Delleray weniger, mit dem euer Rat sich befassen müsste. Götter! Ihr Comyn seid so selbstgerecht; es macht mich krank.«

Er wandte sich von Rhys ab und hielt seine Hände vor das Feuer. Die Kehle tat ihm weh von dem unterdrückten Zorn, der sich bei diesem schrecklichen Ritt zurück nach Armida in ihm aufgebaut hatte, einem Ritt durch so tiefen Schnee, dass er seine verängstigte Stute auf den letzten drei Meilen hinter sich hergezogen hatte. Jeder Kopf in der Halle unten hatte sich ihm zugedreht, als er eintrat. Sogar Payne war sprachlos gewesen, nachdem Diego über die Wetterbedingungen berichtet hatte.

Er hatte nur helfen wollen, und stattdessen war es ihm gelungen, wieder etwas fertig zu bringen, das sein Vetter als ungehörig betrachtete. Vielleicht war der Versuch, mit Rhys Alton Freundschaft zu schließen, mit dem Versuch zu vergleichen, ein Küken in sein Ei zurückzuschieben. Er konnte nicht so tun, als sei er Rhys ebenbürtig; da half auch *laran* nicht. Rhys glaubte ihm sowieso nicht. Warum versuchte er es überhaupt? Was kam es darauf an, dass Rhys und die meisten Mitglieder des Alton-Clans ihn loswerden wollten?

»Du bist ein Lügner, Diego Delleray. Das will niemand, wie du genau weißt.« Rhys zog an Diegos Jacke und zwang ihn, sich umzudrehen.

»Es ist wahr, Rhys Alton, wie du genau weißt!«, antwortete Diego. »Gib es zu. Wenn ich mich draußen verirren würde, brauchte sich euer Rat keine Sorgen darüber zu machen, was man mit mir anfangen soll, jetzt, da Payne mich seinen Sohn genannt hat und möchte, dass ich die Kadetten-Ausbildung erhalte. Was ihr Dummköpfe euch nicht klar macht, ist, dass ein Delleray sich nicht verlaufen kann!«

In dem Augenblick, als diese Worte seinen Mund verlassen hatten, bereute Diego sie. Er stöhnte und schlug sich die kalte Hand auf die Lippen. Der Raum um ihn begann zu kippen, und Rhys' Gesicht verschwamm ihm vor den Augen. Was hatte ihn getrieben, das zu sagen? Das war für die Ohren Kimris von Arilinn; niemand sonst würde es verstehen.

»Was meinst du denn damit?« Rhys schüttelte ihn.

Diego machte sich mit einem Ruck los.

»Nichts«, murmelte er und hoffte, das Essen im Magen behalten zu können, wo es hingehörte. Es hätte ihm gerade noch gefehlt, wenn er sich vor seinem Vetter erbrach! Es würde ihm bis an sein Lebensende vorgehalten werden. Rhys ließ jedoch nicht locker.

»Was meinst du damit, ein Delleray könne sich nicht verlaufen?« Die misstönenden Worte hämmerten in Diegos Kopf.

»Ich bin krank«, brachte er heraus und führte die Hand an die Stirn.

»O nein, so entkommst du mir nicht! Du bist nichts so Besonderes. Ich könnte dich immer zum Reden bringen, ob du willst oder nicht.«

Diego taumelte vor Rhys' Drohung zurück. Sein ganzes Leben lang hatte er von der Alton-Gabe gehört. Rhys' ererbte Fähigkeit, einen Rapport zu erzwingen, war Grund genug gewesen, ihn in den Arilinn-Turm aufzunehmen.

Minuten vergingen. Rhys wollte immer noch wissen, was er gemeint hatte. Die Worte brüllten durch Diegos Gehirn, bis er glaubte, wahnsinnig zu werden.

»Wir verlaufen uns niemals«, gab Diego schließlich zu, nur damit das Brüllen aufhörte. Seine Stimme schien eine Welt entfernt zu sein. »Wir können uns nicht verlaufen. Das ist Teil unserer Gabe. Es ist ein Rapport mit allen unbelebten Gegen-

ständen. Und«, setzte er hinzu, selbst erstaunt über den törichten Stolz darauf, »es ist allemal viel besser, als dich zum
Freund zu haben!«

»Ich glaube dir nicht.«

»Natürlich nicht. Und genau deswegen wird eure kostbare
Kimri da draußen im Schneesturm sterben.«

Rhys stemmte die Hände in die Hüften und musterte Diego
kritisch. Er sah krank aus.

»Damit willst du wohl sagen, nur ein Delleray könnte sie
finden, weil ihr diese so genannte Gabe habt? Wie willst du
das anfangen, einen Baum fragen, welchen Weg sie genommen hat?«

»Das könnte ich tun«, antwortete Diego.

Rhys hob die Augen zur Decke auf. Diego bildete sich offenbar ein, alles fertig zu bringen, nur weil er sich draußen
nicht verlaufen hatte.

»Aber so leicht ist es nicht. Wenn ich ausgebildet wäre –
aber niemand hält es für wichtig, einen Delleray in einen
Turm zu schicken.«

»Es ist nicht meine Schuld, dass ihr Dellerays euch mit den
Aldarans verbündet habt.«

Diegos Gesicht wurde rot. »Und muss mir ein Vorwurf daraus gemacht werden, was meine Vorfahren getan haben? Ich
habe nichts getan, wofür du mich hassen kannst, Rhys.«

»Beweise es«, verlangte Rhys. »Finde Kimri doch mit deiner
Gabe. Ich fordere dich heraus!«

»Ja, du forderst mich heraus, wieder in diesen Schnee zu
gehen, und hoffst, diesmal wird er mich begraben.« Diego
wusste, der ganze Gedanke war Wahnsinn. Er war nicht ausgebildet. Dafür hatten seine Vorfahren gesorgt. Sie hatten es
unmöglich gemacht, mit *laran* zu leben. Ohne Ausbildung
wurde man verrückt, und davor hatte er mehr Angst als vor
dem Tod.

»Ich werde mit dir gehen.« Rhys ließ die Hände fallen. Seine Augen belebten sich bei dem Gedanken.

»Als ob Payne dich gehen lassen würde! Bring mich nicht zum Lachen.« Diego ließ sich auf das Bett sinken.

»Ich mache keine Witze. Ich werde mitkommen. Wenn Kimri stirbt, werde ich noch länger darauf warten müssen, nach Arilinn zu gehen, und das Warten steht mir bis hier.« Rhys hob die Hand über seinen Kopf.

Diego hörte ihn kaum. Er war sehr beschäftigt, seine Gedanken in irgendeine Ordnung zu zwingen. Wenn Kimri starb, welche Chance hatte er dann, dass ihn ein Turm annahm? Sie hatte wenigstens versprochen, ihn auf *laran* zu testen. Das hätte keine der anderen Bewahrerinnen getan.

»Wenn du da draußen stirbst, hast du überhaupt keine Chance mehr, in irgendeinen Turm zu kommen«, stellte Diego fest. Allein mochte es ihm gelingen, Kimri zu retten, aber wenn Rhys mitging, der überhaupt keine Schneekenntnisse hatte, bedeutete es unter Umständen für sie alle den Untergang.

Rhys zog es vor, die Bemerkung zu ignorieren. Stattdessen kamen seine nächsten Worte als völlige Überraschung.

»Finde sie, Diego. Im Namen aller Götter, finde sie, wenn du kannst, und ich will tun, was in meinen Kräften steht, damit du vom Turm angenommen wirst.«

»Warum willst du das tun?« Die Frage sprang Diego aus dem Mund wie eine Beleidigung.

»Darum«, erklärte Rhys gereizt.

Diego setzte sich hoch und zuckte die Schultern.

»Was kann dich daran hindern, zu sagen, du habest sie gefunden?«

»Das würde ich nicht sagen!«, explodierte Rhys zornig. Draußen schlug der Schnee jetzt in dicken Klumpen gegen die Fensterscheibe. Rhys fror schon wieder.

»Na sicher.«

»Diego, ich schwöre es. Ich würde so etwas nicht tun.«

»Und ich sagte, sicher.«

Rhys drehte sich zu ihm um und zog das kurze Messer aus der Scheide an seiner Seite. Diegos Gesicht wurde blass. Rhys zielte einen Augenblick auf ihn, dann warf er das Messer auf das Bett.

»Da! Lass das Messer mein Versprechen sein!« Er schleuderte die Worte durch die gespannte Atmosphäre, die zwischen ihnen herrschte.

Sprachlos nahm Diego das Messer auf. Das silberne Heft warf Lichtstreifen an die Decke. Rhys musste ganz schön verzweifelt sein. Der Austausch von Messern war eine Geste von *bredin*. Gab Diego jetzt Rhys sein Messer, wurden sie zu geschworenen Brüdern, durch Eid verpflichtet, sich gegenseitig bis zum Tod zu schützen.

»Nun? Reicht dir das immer noch nicht?«, fragte Rhys ungeduldig.

»Weißt du, was du tust?«, fragte Diego erstaunt.

»Ja, natürlich, und vielleicht werde ich es später bereuen, aber das liegt ganz bei dir. Ich kann nur sagen, du tätest gut daran, nicht zu lügen.«

Diego sprang vom Bett, nahm sein eigenes Messer und reichte es Rhys mit dem Heft vorab. Es war leicht und klein, unbedeutend neben dem dekorativen Heft von Rhys' Messer, das sich hart gegen die Innenfläche seiner anderen Hand drückte.

»Du wirst es nicht bereuen«, versprach Diego. Seine Stimme brach vor Bewegung und einem plötzlichen Stolz. »Ich schwöre es, *bredu*. Ich werde dich nicht im Stich lassen.«

Diego zerrte seine festgefrorenen Handschuhe vom Sattelhorn. Der Atem gefror ihm fast in der Kehle. Ein paar Stunden vor Sonnenaufgang hatte der Schneefall nachgelassen, doch jetzt begann er von neuem. Die Eiskristalle durchbohrten seine Haut wie spitze Nadeln und trieben ihm Tränen in die Augen. Seine Wangen waren erfroren, seine Zehen waren trotz der pelzgefütterten Stiefel taub, und seine Gedanken waren trübe.

Aber was konnte er sagen? Rhys erwartete, dass er versagte. Das war es. Warum hätte er sonst ein Messer aufs Spiel gesetzt? Rhys konnte es immer noch zurücknehmen, wenn Diego seinem Versprechen nicht gerecht wurde. Warum hatte er das Gefühl, er schulde Rhys Alton etwas, und gar einen Gefallen wie diesen? Wünschte er sich so sehr, vom Bruder seines Vaters akzeptiert zu werden, dass er dafür ihrer beider Leben riskierte? Oder ging es tiefer? Legte er so viel Wert darauf, von den Comyn akzeptiert zu werden, dass ihm diese Torheit mutiger und ehrenhafter zu sein schien als ein Leben ohne *laran?*

Sie kämpften sich jetzt schon seit mehreren Stunden durch Schneemauern. Es war leicht gewesen, sich aus Armida hinauszuschleichen. Unter den schläfrigen Menschenmassen bemerkte nicht einer die beiden Jungen, die in die Küche und von dort zu den Ställen schlüpften. Diego bedauerte nur, dass er keine Zeit mehr gehabt hatte, sich auszuruhen oder zu essen. An Ausruhen war nicht zu denken gewesen, und bei dem Gedanken an Essen hatte sich ihm der Magen umgedreht.

Jetzt schloss er die Lider vor dem Schneetreiben. Alles, was er sehen konnte, waren die blauen Energie-Muster der Leronis von Arilinn. Sie hoben sich vor den matten, namenlosen Mustern ab, die im Hintergrund wirbelten. Der Kopf tat ihm weh. Er hatte einen Kontakt mit dem seidenen Beutel hergestellt, den Rhys von Kimri um den Hals gehängt bekommen hatte, und nun waren seine Nerven davon wund. Durch diesen Kontakt hatten sich Kimris Muster für ihn manifestiert, aber es war nicht leicht, sie im Auge zu behalten.

Wenn es ihm gelang, dieses Muster mit einem ähnlichen auf einem unbelebten Objekt, das sie berührt haben mochte, in Deckung zu bringen, konnte er sie finden. Unglücklicherweise riefen jedes Mal, wenn er die Augen öffnete, die vielfach überlagerten Muster anderer Leute, die vorübergekommen waren, bei ihm Schwindel und Übelkeit hervor. Rhys' Stimme und Gesicht verblassten oder wurden so scharf, als sei er nur ein paar Zoll von ihm entfernt. Jedes Mal, wenn Diego die Augen schloss, füllte das Blau von Kimris Muster die Schwärze. Wenn Kimri an einer Stelle gewesen war, die sie zufällig passierten, tanzte das blaue Licht zwischen vielen anderen, die vor ihr gekommen oder gegangen waren. Es half, das Muster klar zu machen, wenn er seinen steifen Körper vom Pferd zog und den Gegenstand berührte.

Diego war nicht darin ausgebildet worden, alte Muster auszufiltern, und deshalb war der Kontakt ein langwieriger Prozess autodidaktischen Aussortierens. Oft tauchte er desorientiert und unfähig, zusammenhängend zu denken, daraus auf. Rhys konnte nichts anderes tun als warten. Er wartete jetzt.

Diego zwang seine Augenlider in die Höhe, spähte durch den Spalt zwischen den Schneeflocken zu dem verwischten Fleck hin, der sein Vetter war. Er schüttelte den Kopf. Die Bewegung tat seinem Gesicht weh.

Eine höchst unabhängige Person, dieser Rhys Alton. *Bredu*, dachte er, aber keiner von ihnen beiden hatte es sich verdient, dieses Wort zu gebrauchen. Eine Prahlerei und eine Herausforderung machten zwei sich feindlich gegenüberstehende junge Männer kaum zu *bredin*. *Eine Zusammenarbeit wie diese muss schrecklich für dich sein,* dachte er, unfähig, das kräftige silberblaue Muster von Rhys' Energonen daran zu hindern, überall herumzuwirbeln. Diego klammerte sich an das Sattelhorn, damit er nicht von seiner Stute fiel.

Er sah weg, dankbar für die abblendende Wolkendecke. Er

prüfte die Landschaft rings um sie und seufzte. Das Tal füllte sich mit Schnee, als ob Zandru persönlich es zu einer zehnten Hölle machen wolle. Schnee erstickte die Straße nach Syrtis. Am hinteren Rand des Tales verbargen große, unregelmäßige Gebilde Steinblöcke und Überhänge. Diego wusste, dass es eine Felsformation war, die »der Covey« genannt wurde. Einmal hatten dort wilde Falken gelebt, die man für die Falknerei brauchte. Es gab sie nicht mehr, weil Diebe einer früheren Zeit eine Leidenschaft für die rot gefleckten Eier gehabt hatten. Übrig geblieben waren nur die schwarzen Augen von kleinen Höhlen und Spalten.

Hatte jemand diesem Wetter entfliehen wollen, bot der Covey guten Schutz vor den Elementen. Bei diesem Gedanken zwang Diego das klare blaue Muster Kimris auf die schneebedeckten Buckel. Sie schienen so weit weg zu sein, weil er sich so schrecklich fühlte.

Diego beugte sich im Sattel vor. Die Verlagerung seines Gewichts ließ das Leder unter seinen zitternden Beinen quietschen und ächzen.

Gelbe, grüne und sogar verblasste blaue Muster tanzten über die Steinblöcke zu seiner Rechten. Alt und verwischt und doch schien eines, wie eine Kräuselung im Wasser, stärker zu sein als die Übrigen. Kimri?

Ein Windstoß warf ihn aus dem Gleichgewicht, und er kippte nach vorn auf den eisigen Hals seiner Stute. Das Pferd wieherte, tänzelte nervös mit kleinen Seitenschritten und warf Diego, der darum kämpfte, im Sattel zu bleiben, hin und her.

Eine behandschuhte Hand ergriff die Zügel, und das Schleudern hörte mit einem Schlag auf. Ein zweiter Handschuh schob ihn in sitzende Position zurück. Der Griff war stark. Diego hob den Kopf und sah in die funkelnden Augen von Rhys Alton.

»Das ist Wahnsinn, Diego!«, überschrie Rhys den Wind.

»Kimri war doch nicht nach Syrtis unterwegs! Das liegt doch in einer ganz anderen Richtung.«

Diego schüttelte den Kopf, dass Schneeklumpen von seiner Kapuze flogen.

»Nein, Rhys. Ich denke, sie ist dort.« Er wies mit einem zitternden Finger auf die höchsten Gipfel des Covey.

»Bist du verrückt?«

Rhys starrte ihn mit offenem Mund an. Schneeflocken legten sich auf seine purpurne Zunge und schmolzen sofort. Er schluckte.

»Da oben? Kimri könnte gar nicht hinauf. Nicht so hoch.«

Diego ignorierte Rhys' kriegerischen Ton und zeigte wieder auf die Stelle, wo das blaue Muster tanzte. Rhys beugte sich dicht zu ihm und sagte wütend: »Diego, ich bin bis auf die Knochen durchnässt und am Sattel festgefroren, und es gibt keine Möglichkeit, wie du mich bei diesem Schnee durch das Tal oder da hinaufbekommen kannst. Ich reite nach Hause.«

»Rhys!«, rief Diego und tastete nach seinem Handgelenk. »Du musst mir glauben. Ich habe etwas gesehen. Sie ist dort. Das weiß ich.« Innerlich betete er: *Sie muss dort sein.*

Voller Entsetzen sah Rhys auf Diegos behandschuhte Hand nieder, die auf seinem Handgelenk ruhte. Der Rapport kam wie eine Flut von Emotionen, die aus einem geheimen inneren Ort stürzte und einen Kanal in ihrem Elend öffnete. Rhys hatte Diegos unausgesprochene Bitte vernommen. Er brach unter der Unsicherheit und Krankheit des anderen zusammen. Er stieß ihn ab. Er riss seine Hand los, als habe er sie am Schmiedefeuer verbrannt. Diego stöhnte.

»Bitte, Rhys«, flehte er, »wir sind so nahe. Bitte. Nur durch das Tal. Wenn ich dann kein klares Bild erhalte, werden wir umkehren. Aber jetzt kann ich nicht umkehren, auch dann nicht, wenn du es tust.«

»Du bist verrückt. Aldones da oben, warum hast du mir nicht gesagt, dass du krank bist? Du weißt ja nicht, was du tust.« Rhys war außer sich.

Diego gelang es, die Schultern zurückzunehmen.

»Doch. Aber wenn du mir nicht glauben willst – bitte. Kehr um, du Feigling.« Diego drängte sein Pferd an Rhys vorbei in die Richtung, die er bezeichnet hatte.

»Götter!«, fluchte Rhys, wütend über die Beleidigung, wütend über den Teil seines Ichs, der es nicht wagte, den Eid der *bredin* zu brechen.

Eine feine Zeit, es zu beweisen! Er zog sein Pferd herum. Die Zügel, die inzwischen an seinen Handschuhen festgefroren waren, fühlte er nicht mehr.

»Diego!«, brüllte er, bis der Junge ihn ansah. »Gut. Aber wenn du vom Pferd fällst, hebe ich dich auf und bringe dich nach Hause.« Er schüttelte den Kopf und murmelte: »Idiot. Ich bin ein Idiot, dass ich geglaubt habe, ein Delleray könne Vernunft zeigen.«

Ich lüge nicht, Rhys.

Diego hatte die geschwollenen Lippen nicht geöffnet. Rhys fing den Gedanken ganz deutlich auf. Er war stark.

»Ja, aber du bist krank. Komm schon. Reiten wir hinauf, bevor Zandru uns beide in Eiszapfen verwandelt.«

Diego schwankte auf seinen Knien vorwärts und streckte die Hände aus, damit er nicht umkippte. Seine Handschuhe fuhren bis an die Ellenbogen in den Pulverschnee. Er fühlte seine Finger kaum noch, so erstarrt waren sie von der Kälte. Aber das Energon-Muster war da. Er hatte es an einem hellen Aufblitzen der Vertrautheit entdeckt. Er hatte sich nicht geirrt. Die gekurvten blauen Linien der Bewahrerin Kimri lagen über den schneebedeckten Felsblock ausgebreitet, als sitze sie direkt vor ihm. Sie waren so nahe. Diego löschte die Welt aus, bis er nichts mehr wahrnahm als die eisenharten blauen Linien, die die Klippenwand hochrasten.

»Diego! Diego!«

Er stöhnte, als ein silberner Lichtsplitter das klare blaue Muster unter seinen Fingern zerschmetterte. Eine Stimme schrie auf ihn ein. Sie klang wie das Heulen des Windes, der ihn mit der gleichen beharrlichen Bewegung schüttelte wie die Äste der fernen Bäume.

»Diego. Komm zurück. Komm da heraus.« Die Stimme klang sehr streng. »Ängstige mich nicht so.«

»Was?« Diego öffnete die Augen und versuchte, sie auf die dunkelgrauen Augen seines Vetters einzustellen. Er spürte Rhys' Atem auf seiner erstarrten Wange. Warm! War in dieser Welt noch irgendetwas warm?

»Was?«, fragte er noch einmal, überrascht, wie schwach seine Stimme war.

»Hör auf damit. Lass uns umkehren. Soll doch jemand anders sie finden«, flehte Rhys. »Sie werden sie finden, aber ängstige mich nicht mehr.«

Wieder schüttelte Rhys ihn. Er hatte keine Ahnung, was Diego gesehen hatte, aber der leere, tote Blick in Diegos Augen war Furcht erregend.

Das alles war ohne jeden Sinn. Warum hatte er nicht auf Payne gehört? Warum hatte Kimri nicht auf ihn gehört? Sie würden alle hier draußen sterben. Er war verrückt gewesen, Diego zu glauben. Er war verzweifelt gewesen. Diego hatte tatsächlich *laran*. Ihr Rapport vorhin hatte das bewiesen. Aber er hatte auch die Schwellenkrankheit. Rhys konnte nicht einmal sagen, ob Diego in Rapport mit den Felsen stand oder sich der Krise näherte. Seine Kanäle waren verschmutzt, grau wie die Wolken. Sie mussten nach Hause zurückkehren. In seiner Panik begann er zu murmeln:

»Ich bin verrückt. Du bist nicht verrückt. Du bist nur krank.

Ich habe dich herausgefordert, das zu tun. Du sagtest mir, du hättest Rapport mit den Felsen. Zandrus Höllen, Diego, dieses Gen ist seit Jahrhunderten ausgestorben. Wenn du nicht damit aufhörst, wirst du deinen Körper in die Krise werfen.« Rhys schüttelte wild den Kopf. »Verdammt! Warum hast du mir nicht gesagt, dass du die Schwellenkrankheit hast?«

»Rhys, ich weiß, wo sie ist«, flüsterte Diego. Dann würgte er hervor: »Aber ich ... ich kann nicht ...«

Rhys drückte Diegos schlaffen Körper. »Ich werde jemanden holen. Sie können anfangen, von hier aus zu suchen, aber wir müssen umkehren. Sie werden sie finden«, sagte er Diego ins Ohr.

»Nein!«, gellte ein mentaler Schrei. »Sie kann nicht so lange am Leben bleiben. Sie verblasst schon.« Plötzlich pressten sich Diegos Finger fest in Rhys' Rücken. »Rhys, du bist ein Alton, *nimm* es von mir! Ich kann es nicht an der Krankheit vorbeibekommen. Ich kann es nicht in Worte fassen, Rhys, bitte.«

Rhys sah ihn entsetzt an. Wie kam Diego auf eine solche Idee? Es konnte ihn umbringen. Er holte tief Atem. Es fiel ihm ein, dass er selbst Diego die Idee in den Kopf gesetzt hatte. Aus Stolz und Zorn hatte er mit einer Kraft geprahlt, von der Kimri gesagt hatte, er dürfe sie auf keinen Fall benutzen.

Wie konnte er auch nur daran denken, sie zu benutzen? Aldones, er wusste nicht einmal, wie er sie kontrollieren sollte. Die Alton-Gabe ist die Fähigkeit, einen Rapport zu erzwingen. Absolutes Vertrauen ist wesentlich, wenn man dem Opfer keinen Schaden zufügen will. Opfer. Diego war immer sein Opfer gewesen. Er hatte einen Delleray niemals seines Vertrauens oder seiner Freundschaft für würdig befunden.

Warum hast du ihm dann dein Messer hingeworfen? Dies ist alles deine Schuld. Du hast dich dein ganzes Leben lang nach Verantwortung gesehnt, und jetzt willst du sie ablehnen.

Erwachsen? Kaum. Gut, dann werde jetzt erwachsen. Jetzt oder nie.

Eine demütige Stimme drang in den Sturm ein, der in Rhys' Kopf tobte. Sie war klar, ruhig. »Ich vertraue dir.«

Rhys holte scharf Atem. »Ich könnte dich in die Krise werfen. Warum? Warum hast du mir nicht gesagt, dass du krank bist?«

Als habe er Diego geschlagen, kehrte die Stimme zurück. »Ich wollte nicht, dass du mich auslachst. Und du hättest mich ausgelacht.« Es war die Wahrheit, und Rhys verschlug es die Sprache. »Es ist ein Messer zwischen uns. Ich vertraue dir, weil du mir geglaubt hast. Ich weiß, wo Kimri ist. Schnell, nimm es von mir, bevor ich das Bewusstsein verliere oder mich übergebe und sterbe.«

Rhys fasste Diegos Handgelenk. Er war das Vertrauen nicht wert. Sein ganzer Körper bebte. Hatte Diego noch nicht genug getan, um seine Freundschaft zu beweisen? Auch ohne das Messer waren sie Brüder mit *laran*. Sie waren *bredin*.

Er wollte noch einmal versuchen, es ihm auszureden.

»Diego ...«

»Bitte, *bredu*«, flüsterte Diego.

»Ich könnte dich töten.«

Diego schüttelte den Kopf. »Du verstehst immer noch nicht. Du tötest Kimri, nicht mich, wenn du mir jetzt nicht hilfst. Ist sie für Darkover nicht wichtiger als einer von uns?«

Und diesmal fuhr Rhys zurück, als sei er geschlagen worden, geschlagen mit der tiefen Wahrheit von Diegos Worten. Er konnte nichts dagegen einwenden, das war ihm klar. Zärtlich zog er Diego an sich.

»Du hast Recht, und ich habe Unrecht. Ich danke dir, *bredu*.«

»Danke mir nicht, beeile dich. Schnell.«

Schnell!

Rhys suchte mit seinen Augen die Klippenwand ab. Der Wind summte unheimliche Melodien um die Felsen. Kimri war da oben. Würde sie es verstehen? Es musste die Gabe benutzen. Wenn es Diego tötete, tötete es sie alle. Sie würde verstehen müssen, dass er die Gabe benutzt hatte, um sie alle zu retten – aber er hatte Angst. Dies war Verantwortung.

Schnell!

Er legte seine Finger auf Diegos Kopf oberhalb der Stirn und biss sich vor Konzentration heftig auf die Unterlippe.

»Halt!«

Die Warnung hallte in Rhys' Kopf wider. Er zog sich ins Bewusstsein zurück und blickte auf. Kimri von Arilinn stand vor ihnen, gekleidet in schwere Pelze und dicke Lederstiefel. Ihr Lächeln war gütig, traurig.

»Das wird nicht notwendig sein.« Sie beugte sich nieder und bedeckte Diegos Augen mit der Handfläche. Andere Leute, Mitglieder des Arilinn-Turms, kamen aus dem Schnee rings um sie.

»Der Junge lebt«, verkündete sie feierlich. »Ihr habt es beide gut gemacht.«

»Gut gemacht?«

Rhys war sprachlos. Die Erkenntnis, dass die ganze Situation geplant gewesen war, brannte in seinem Gehirn wir Feuer. Er begann zu zittern. Gut gemacht? Das war doch kein Theaterstück!

»Er hätte sterben können!«, schrie Rhys sie an.

»Das glaube ich nicht«, erwiderte ein schwer gebauter Mann mit feuchtem rotem Haar. »Kimri kann Menschen gut einschätzen.«

Die Bewahrerin erhob sich und winkte demselben Mann, Diego aus dem Schnee aufzuheben. Eine Hand an Rhys' Ellenbogen half ihm von den Knien. Rhys starrte die Bewahrerin an, unfähig, seinen Zorn zu verbergen.

»Auch ich kann mich nicht vor meiner Verantwortung drücken, Rhys Alton. Zu viele andere Leute hängen davon ab.« Sie sah sich im Kreis ihrer Freunde um. »Bringt sie hinein«, sagte sie und ging davon.

Wenn Rhys es nicht besser gewusst hätte, dann hätte er schwören können, er sitze in der Familienhalle zu Armida und nicht in einer Höhle, die von den zerklüfteten Felsen des Covey gebildet wurden.

Er saß nahe dem Feuer, trank heißen Gewürzwein, war nervös und von schwelendem Zorn erfüllt. Kimris Männer hatten Diego außer Sicht getragen. Man hatte ihm versichert, Diego werde am Leben bleiben, aber er konnte ihnen nicht glauben. Der Gedanke, dass er und Diego da draußen hätten sterben können, dass unschuldige Männer und Frauen hätten sterben können, weil sie sich einbildeten, eine verirrte Frau zu suchen, die in Wirklichkeit genau wusste, wo sie sich befand, ließ ihn innerlich kochen. Kimri hatte sie belogen. Wie konnte er den Leuten aus dem Turm, wie konnte er ihr jemals wieder vertrauen?

»Rhys?«

Bei seinem Namen drehte er sich um. Payne und Kimri standen zusammen am Eingang des Tunnels, der tief in die Höhle hineinführte. Rhys stöhnte bei dem Gedanken, sein Bruder habe die ganze Zeit Bescheid gewusst, vielleicht sogar den Plan mit Kimri ausgeheckt. Er drückte sich tiefer in seinen Sessel. Sie kamen näher.

»Ist Diego in Ordnung?«, fragte Rhys, ohne aufzublicken.

»Ihm wird es inzwischen wieder gut gehen«, antwortete Payne.

Es folgten lange Sekunden des Schweigens.

»Du hast mir etwas zu sagen?«, fragte Kimri.

»Das war nicht fair«, brummte Rhys. »Es war nicht fair.«

»Wenige Dinge im Leben sind fair. Ich muss mir Gedanken darüber machen, wie einer mit der Ungerechtigkeit fertig wird, und du musst es auch. Sollte Diego für die Sünden seiner Vorfahren leiden? Wäre es fair, Rhys, wenn eine lange verborgene Gabe verloren ginge, weil törichte Menschen entschlossen sind, nach der Tradition zu leben und nicht über ihre bequemen Comyn-Gesetze hinauszublicken?«

Rhys klopfte nervös mit dem Fuß gegen den Steinboden.

Was Kimri sagte, war vernünftig. Er hatte selbst dicht davor gestanden, die Tradition zu brechen, als sie dazugekommen war. Er hätte die Alton-Gabe benutzt, ohne ausgebildet worden zu sein.

»Nun?«, fragte Payne.

»Nein, es wäre nicht fair gewesen.«

»Dann wirst du es vielleicht eines Tages über dich bringen, mich fair zu beurteilen. Ihr seid beide in Arilinn willkommen«, sagte sie. Als er nicht antwortete, setzte sie hinzu: »Ich werde Diego hereinschicken.«

»Er ist mein Sohn, auch wenn er nicht von meinem Blut ist. Ich konnte ihn nicht sterben lassen«, sagte Payne zu Rhys, nachdem Kimri verschwunden war.

»Du hast ihn nahe herankommen lassen.«

»Ich hatte Vertrauen zu dir, Rhys.«

Rhys starrte seinen älteren Bruder an.

»Armida wird eines Tages dir gehören. Ich weiß jetzt, dass ich es in guten Händen lasse.«

»Armida?«

»Ich werde keine weiteren Söhne mehr haben, Rhys. Es war lebenswichtig, zu wissen, was ihr beiden tun würdet. Wir mussten sicher sein.«

»Aber Diego ...«

»Diego hat die Alton-Gabe nicht, das Zeichen des Erben. Ich muss Diego geben, was ich kann, aber Armida wird dein sein. Ich bin überzeugt, dass du deine Gabe weise benutzen wirst. Ah, da ist Diego.«

Mit dieser Ankündigung verließ Payne den Raum, während Diego eintrat. Ein stummer Gruß wurde zwischen Vater und Sohn gewechselt, bevor Payne ging.

Diego sah müde aus, aber es war mehr Farbe in seinen Wangen, und der Widerschein des Feuers tanzte in seinen grünen Augen. Er hielt etwas in der linken Hand.

»Ich wusste es nicht, Rhys. Ehrlich. Sie sagte, sie werde mich auf *laran* testen, aber ich hatte mir nicht im Traum einfallen lassen, dass sie es auf diese Weise tun werde.«

Rhys fand nichts zu sagen. Er glaubte Diego, aber er wusste immer noch nicht, ob er Kimri vergeben konnte.

»Hier.« Diego hielt Rhys das Messer hin. »Du willst es wahrscheinlich zurückhaben.«

»Wage es bloß nicht, mir das Messer zurückzugeben, Diego!« Er legte seine Hand auf die seines Bruders, um das Messer von sich zu schieben.

Der Rapport war augenblicklich da, stark und klar. Sie wussten beide, sie hatten sich das Recht verdient, einander *bredu* zu nennen. Sie hatten gelernt, dass Freundschaft nicht leicht gegeben oder genommen wird. Erleichtert umarmten sie sich, und ihr Lachen füllte den Raum.

Darkover bei Knaur

Eine Liste aller Darkover-Romane in chronologischer
Reihenfolge

Die Entdeckung des Planeten: Ein vom Kurs abgekommenes und in
einen noch unbekannten Sektor des Weltraums verschlagenes terra-
nisches Siedlerschiff muss auf dem Planeten Cottman IV notlanden;
die Besatzung nennt ihre neue Heimat Darkover.

Die Landung

Das Zeitalter des Chaos: 1000 Jahre sind seit der Landung auf dem
Planeten vergangen. Die Nachfahren der Siedler haben jedes Wissen
über ihre Herkunft verloren und leben in einer mittelalterlichen Welt.

Herrin der Stürme
Herrin der Falken

Die Zeit der hundert Königreiche: Das Land ist in unzählige kleine
Königreiche geteilt, deren Herrscher sich erbittert bekämpfen.
Furchtbare Waffen verwüsten den Planeten – und nur ein Mann
kann Darkover den Frieden bringen ...

Die Zeit der hundert Königreiche
Die Erben von Hammerfell

Die Entsagenden: Frauen haben auf Darkover nur wenig Rechte – es
sei denn, sie werden zu Entsagenden, zu Frauen, die bewusst auf den
Schutz durch einen Mann verzichten und selbstbewusst ihr eigenes
Leben führen.

Die zerbrochene Kette
Gildenhaus Thendara
Die schwarze Schwesternschaft

Knaur

Ein Darkover-Roman

Die Wiederentdeckung: Das Terranische Imperium entdeckt den Planeten Darkover wieder und meldet Rechte auf ihn als ehemalige Kolonie an. Gleichzeitig wächst auf Darkover aber auch die Unzufriedenheit mit den althergebrachten Traditionen. Ein Bürgerkrieg scheint unausweichlich, als sich eine der Domänen mit den Terranern verbünden will ...

An den Feuern von Hastur

Das Zauberschwert

Der verbotene Turm

Die Kräfte der Comyn

Sturmwind

Nach den Comyn: Obwohl die Terraner mittlerweile einen festen Raumhafen auf dem Planeten eingerichtet haben, bleibt Darkover weitestgehend vom restlichen Universum abgeschnitten. Der Kampf zwischen Alt und Neu, zwischen Tradition und Aufbruch führt zu immer neuen Kämpfen und Auseinandersetzungen.

Die blutige Sonne

Hasturs Erbe

Retter des Planeten

Sharras Exil

Die Weltenzerstörer

Der Marguerida Alton-Zyklus: Eigentlich denkt Margaret Alton, sie würde den Planeten ihrer Eltern zum ersten Mal betreten, als sie nach Darkover kommt. Bald schon aber häufen sich die Beweise dafür, dass ihre Erinnerungen manipuliert wurden ...

Asharas Rückkehr

Die Schattenmatrix

Der Sohn des Verräters

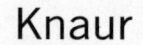

Ein Darkover-Roman

Anthologien: Die Darkover-Anthologien wurden von Marion Zimmer Bradley gemeinsam mit dem amerikanischen Fanclub, den »Friends of Darkover«, herausgegeben. Die Kurzgeschichten beschäftigen sich mit neuen oder auch bekannten (Neben-)Figuren des Zyklus, schlagen Brücken zwischen den einzelnen Romanen oder vertiefen die große Geschichte des Planeten und seiner Bewohner weiter.

Der Preis des Bewahrers

Schwert des Chaos

Rote Sonne

Die vier Monde

Die Freien Amazonen

Die Schwesternschaft des Schwertes

Planet der blutigen Sonne

Die Domänen

Die andere Seite des Spiegels

Die Türme

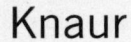

Ein Darkover-Roman